W0379421

BASTEI
LÜBBE

BASTEI LÜBBE DAVID GEMMELL IM TASCHENBUCH-PROGRAMM:

DIE DRENAI-SAGA
20 307 Band 1 Die Legende
20 320 Band 2 Der Schattenprinz
20 332 Band 3 Waylander
20 347 Band 4 Der Bronzefürst
20 359 Band 5 Im Reich des Wolfes
20 372 Band 6 Druss – Die Legende
28 314 Band 7 Die Augen von Alchazza
28 317 Band 8 Winterkrieger

DIE PARMENION-SAGA
20 270 Band 1 Der Löwe von Macedonien
20 292 Band 2 Der dunkle Prinz

DIE STEINE DER MACHT
20 384 Band 1 König der Geister
28 308 Band 2 Das letzte Schwert

20 296 Des dunklen Ritters Heldenlied

David Gemmell

Die Steine der Macht

König der Geister

Roman

Ins Deutsche übertragen
von Irmhild Seeland

BASTEI
LÜBBE

BASTEI LÜBBE TASCHENBUCH
Band 20 384

1. Auflage: Mai 2000

Vollständige Taschenbuchausgabe

Bastei Lübbe Taschenbücher ist ein Imprint der
Verlagsgruppe Lübbe

Titel der englischen Originalausgabe: Ghost King

© 1988 by David A. Gemmell
© für die deutschsprachige Ausgabe 2000 by
Verlagsgruppe Lübbe GmbH & Co.,
Bergisch Gladbach
All rights reserved
Lektorat: Alexander Huiskes / Stefan Bauer
Titelillustration: Luis Rojo / Norma Agency, Barcelona
Umschlaggestaltung: QuadroGrafik, Bensberg
Satz: KCS GmbH, Bucholz / Hamburg
Druck und Verarbeitung:
Brodard & Taupin, La Flèche, Frankreich
Printed in France
ISBN 3-404-20384-4

Sie finden uns im Internet unter
http: / / www.luebbe.de

Der Preis dieses Bandes versteht sich einschließlich der gesetzlichen Mehrwertsteuer

Dieses Buch widme ich Stella Graham, Tom Taylor und Jeremy Wells in Liebe für ihre Freundschaft.

Gleiches gilt für die Damen des Folkestone Herald – *Sharon, Madders, Susie und Carol – und für Rocky. Und Pip Clarkson sowieso.*

In der Welt des gedruckten Wortes hängt viel vom Können derjenigen ab, die ein Manuskript in ihre Hände nehmen und zur Veröffentlichung vorbereiten. Ein Autor fabuliert nur allzu leicht in die falsche Richtung oder verliert den Faden der Geschichte. Ein guter Lektor lenkt ihn geschickt wieder auf die richtige Spur und trägt dadurch viel zur Verbesserung des Werkes bei, für das dann der Autor die Lorbeeren einheimst. Ebenso kann ein guter Lektor aus einem langweiligen Satz einen strahlenden Diamanten schleifen, indem er hier ein Wort einfügt oder da eines streicht.

Mein Dank gilt meiner Herausgeberin Liza Reeves, die alles so einfach aussehen läßt, meiner Lektorin Jean Maund für den letzten Schliff und meiner Agentin Pamela Buckmaster, die uns zusammengebracht hat.

VORWORT

König der Geister ist ein Fantasy-Roman, der keinen Anspruch auf historische Genauigkeit erhebt. Die erwähnten Städte des römischen Britannien existierten allerdings tatsächlich in den angegebenen Landstrichen, ebenso wie bestimmte Figuren, die in diesem Buch erscheinen.

Cunobelin war wirklich ein mächtiger Kriegerkönig, der den Titel eines Rex Britannorum von dem römischen Schriftsteller Sueton erhielt. Cunobelin regierte 40 Jahre lang von Camulodunum aus. Möglicherweise erwuchs aus seiner Persönlichkeit die Artuslegende.

Paullinus ist ebenfalls eine historische Figur. Er schlug den vom Unglück verfolgten Aufstand der Iceni von Boudicca nieder. Zur gleichen Zeit verschwand auch tatsächlich die Neunte Legion. Einige Historiker sind der Ansicht, sie sei in einen Hinterhalt geraten und aufgerieben worden, andere vermuten eher eine Meuterei, die von den Römern vertuscht wurde.

Die Manöver der römischen Militäreinheiten sind so detailgetreu, wie Recherchen und dichterische Freiheit es zulassen.

Die verwendete Sprache ist relativ modern, und zweifellos wird es den einen oder anderen unter den Lesern geben, dem einige Begriffe zu neuzeitlich anmuten. Ausdrücke wie »Sekunden« und »Minuten« sind ebenfalls gewissermaßen ihrer Zeit voraus.

Solchen Argumenten möchte ich entgegenhalten, daß die gesprochene Sprache eben nicht Englisch war, sondern eine Mischform aus Latein und Keltisch, so daß eine gewisse Freiheit bei der Übersetzung wohl erlaubt ist.

Über das Leben Uther Pendragons ist nur wenig

bekannt. Aber dies ist auch keine historische Biographie dieses Mannes, sondern ein Fantasy-Roman.

Mit anderen Worten: Er erzählt nicht die Geschichte, wie sie war, sondern so, wie sie hätte sein *sollen*.

David A. Gemmell
Hastings, 1988

DIE HAUPTPERSONEN

ALHYFFA	Tochter des Hengist, Ehefrau Morets
BALDRIC	Krieger aus Pinrae
CAEL	Sohn Eldareds, des Königs der Briganten
CULAIN LACH FERAGH	Nebelkrieger, auch bekannt als Lanzenlord. Meister der Waffenkunst
ELDARED	König der Briganten und Herr von Burg Deicester. Verriet zwanzig Jahre zuvor seinen Bruder Cascioc, um Aurelius zum Thron zu verhelfen
GWALCHMAI	Gefolgsmann des Königs. Angehöriger des Stammes der Cantier
GOROIEN	Die Hexenkönigin, unsterblich und skrupellos
HENGIST	Sachsenkönig, Vater Horsas, des Kriegsherrn
KORRIN ROGEUR	Waldbewohner von Pinrae. Bruder Pallins
LAITHA	Culains Mündel
LUCIUS AQUILA	General der römisch-britannischen Streitkräfte
MAEDHLYN	Oberzauberer bei Aurelius
MORET	Sohn Eldareds
PALLIN	Halb Mensch, halb Bär, von der Hexenkönigin gequält
PRASAMACCUS	Angehöriger des Stammes der Briganten
SEVERINUS ALBINUS	Römischer Legat der Neunten Legion

THURO	Sohn des Hochkönigs Aurelius Maximus und der Nebeljungfer Alaida
VICTORINUS	Gefolgsmann des Königs und Erster Zenturio

Römische Namen britannischer Siedlungen

ANDERITA	– Pevensey
CALCARIA	– Tadcaster
CAMULODUNUM	– Colchester
CATARACTONIUM	– Catterick
DUBRIS	– Dover
DUROBRIVAE	– Rochester
EBORACUM	– York
LAGENTIUM	– Castleford
LINDUM	– Lincoln
LONDINIUM	– London
LONGOVICIUM	– Lancaster
PINNATA CASTRA	– Inchtuthill
SKITIS ISLAND	– Isle of Skye
VENTA	– Winchester
VINDOLANDA	– Chesterholm
VINDOMARA	– Ebchester

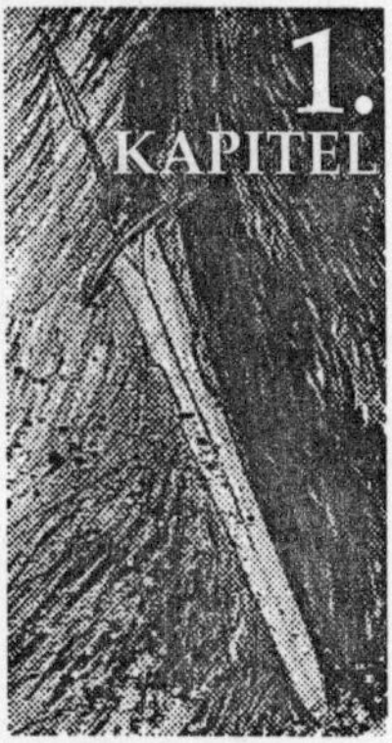

Der Junge ließ seinen Blick träge über die kalten grauen Mauern wandern und überlegte, ob es nicht sogar in den Burgverliesen noch gemütlicher wäre als hier in diesem kalten Turmzimmer, dessen einziges Fenster sich wie ein Auge dem beißenden Nordwind öffnete. Zwar glomm ein Feuer im Kamin, doch es spendete kaum mehr Wärme als eine von Maedhlyns Illusionen. Die großen grauen Steinquader sogen die Hitze des Feuers förmlich auf, und nur der gespenstische Widerschein der Flammen an der Wand verblieb. Thuro setzte sich aufs Bett und schlang den weißen Bärenfellmantel seines Vaters um die schmalen Schultern.

»Was für ein elender Ort«, sagte er, schloß die Augen und verdrängte das Turmzimmer aus seinen Gedanken. Er dachte an die Villa seines Vaters in Eboracum und an die Pferdekoppeln jenseits der weißen Mauern, auf denen der große Cephon mit seinen Stuten überwinterte. Aber vor allem stellte er sich sein eigenes Zimmer vor, warm und gemütlich, ohne die bitterkalten Winterwinde, vollgestopft mit der großen Liebe seines jungen Lebens: seinen Büchern, seinen wunderbaren Büchern. Sein Vater hatte ihm verboten, auch nur einen einzigen Band mit auf diese einsame Burg zu bringen, damit die anderen Kriegsherren den Prinzen nicht beim Lesen ertappten und so das dunkle Geheimnis des Königs erfuhren. Denn obwohl es auf Burg Caerlyn allgemein bekannt war, daß der Knabe Thuro schwächlich an Körper und Geist war, hüteten die Gefolgsleute des Königs die traurige Wahrheit wie eine Familienschande.

Thuro schauderte und stieg vom Bett, um sich auf das Ziegenfell vor dem Feuer zu setzen. Er war so unglücklich wie eh und je. Tief unten in der großen Halle von Burg Deicester versuchte sein Vater, einen Bund gegen die Barbaren von jenseits der See zu schließen, finster dreinblickenden Räubern, die weit im Süden Siedlungen errichtet hatten, von denen aus sie Raubzüge in die reicheren Nordgebiete unternahmen. Die Gesandtschaft nach Deicester war gegen Maedhlyns Warnungen unternommen worden. Thuro hatte seinen Vater gar nicht begleiten wollen, wenn auch nicht aus Angst vor irgendwelchen schwer vorstellbaren Gefahren. Der Prinz konnte einfach die Kälte nicht ausstehen, verabscheute lange Ritte, und vor allem haßte er es, auch nur für einen Tag von seinen Büchern getrennt zu sein – geschweige denn für die zwei Monate, die für diese Mission veranschlagt waren.

Die Tür wurde geöffnet, und als der Prinz aufsah, erblickte er die hochgewachsene Gestalt Gwalchmais, der eine gewaltige Menge Holzscheite auf seinen muskulösen Armen trug. Er lächelte den Jungen an, und Thuro stellte beschämt fest, daß der Gefolgsmann trotz der beißenden Kälte nichts weiter als eine wollene Tunika trug.

»Spürst du die Kälte eigentlich nie, Gwalchmai?«

»Doch«, antwortete Gwalchmai, während er niederkniete, um Holz aufs Feuer zu legen.

»Spricht mein Vater noch?«

»Nein. Als ich vorbeikam, stand Eldared schon.«

»Du magst Eldared nicht, oder?«

»Du siehst etwas, wo nichts ist, junger Thuro; davon habe ich nichts gesagt.«

O doch, dachte Thuro. Man konnte es in deinen Augen sehen und an deinem Tonfall ablesen, als du seinen Namen nanntest. Thuro blickte dem Gefolgsmann in die dunklen Augen, doch Gwalchmai wandte sich ab.

»Traust du ihm?« fragte der Junge.

»Offensichtlich traut ihm dein Vater, und wer bin ich, daß ich dem widerspräche? Glaubst du, der König käme mit nur zwanzig Gefolgsleuten hierher, wenn er Verrat fürchtete?«

»Auf meine Frage antwortest du mit Fragen. Versuchst du mir auszuweichen?«

Gwalchmai grinste. »Ich muß zurück auf meinen Posten. Aber vergiß nicht, Thuro: Meinesgleichen steht es nicht zu, die Großen zu kritisieren. Ich könnte dafür meine Rückenhaut verlieren – oder schlimmer noch, mein Leben.«

»Glaubst du, es könnte hier gefährlich werden?« beharrte der Prinz.

»Ich mag dich, Junge, möge Mithras wissen, warum. Du hast einen scharfen Verstand; es ist ein Jammer, daß du so schwächlich bist. Aber ich will versuchen, dir deine Frage in gewisser Weise zu beantworten. Auf einen König lauern überall Gefahren; deswegen ist es mir ein Rätsel, warum jemand überhaupt König werden möchte. Ich diene deinem Vater mittlerweile sechzehn Jahre, und in dieser Zeit hat er vier Kriege, elf Schlachten und fünf Mordanschläge überlebt. Er ist ein vorsichtiger Mann. Aber mir wäre wohler, wenn der Oberzauberer hier wäre.«

»Maedhlyn traut Eldared nicht, das hat er meinem Vater gesagt.«

Gwalchmai erhob sich. »Du verschenkst dein Vertrauen zu leichtfertig, Thuro. Du solltest dieses Wissen weder mit mir noch irgendeinem anderen Gefolgsmann teilen.«

»Aber ich kann dir doch trauen, nicht wahr?«

»Woher willst du das wissen?« zischte Gwalchmai.

»Ich sehe es in deinen Augen«, sagte Thuro leise. Gwalchmai entspannte sich, und ein breites Grinsen zog sich über sein Gesicht, als er den Kopf schüttelte und an seinem geflochtenen Bart zupfte.

»Du solltest dich etwas ausruhen. Morgen steht eine Hirschjagd auf dem Programm.«

»Ich werde nicht mitkommen«, sagte Thuro. »Ich reite nicht gern.«

»Du verblüffst mich, Junge. Manchmal sehe ich so viel von deinem Vater in dir, daß ich jubeln könnte. Und dann wieder ... nun, es spielt keine Rolle. Bis morgen. Schlaf gut.«

»Danke für das Holz.«

»Es ist meine Pflicht, für dein Wohlergehen zu sorgen.«

Gwalchmai verließ das Zimmer, und Thuro stand auf und ging zum Fenster. Er schob den schweren Samtvorhang zur Seite und blickte hinaus auf die winterliche Landschaft: sanfte, schneebedeckte Hügel, kahle, kohlschwarze Bäume. Er schauderte und wünschte, er wäre zu Hause.

Auch er hätte sich besser gefühlt, wenn Maedhlyn mit ihnen gereist wäre, denn er schätzte die Gesellschaft des alten Mannes und seinen raschen Verstand – und die Spiele und Rätsel, die der Zauberer ihm aufgab. Eines hatte ihn im letzten Sommer fast einen ganzen Tag lang beschäftigt, während sein Vater im Süden die Jüten aufzustöbern versuchte. Thuro hatte mit Maedhlyn in dem terrassenförmig angelegten Garten gesessen, im Schatten der Statue des großen Julius.

»Es war einmal ein Prinz«, begann Maedhlyn, und seine grünen Augen funkelten, »der vom König gehaßt, aber vom Volk geliebt wurde. Der König beschloß, daß der Prinz sterben mußte, da er aber den Zorn des Volkes fürchtete, ersann er einen Plan, um sowohl der

Beliebtheit des Prinzen als auch dessen Leben ein Ende zu setzen. Er beschuldigte ihn des Verrats und bot ihm ein Gottesurteil durch Mithras an. Auf diese Weise würde der römische Gott über Schuld oder Unschuld des Angeklagten richten.

Der Prinz wurde vor den König gebracht, und eine große Menschenmenge hatte sich eingefunden, um dem Gottesurteil beizuwohnen. Vor dem Prinzen stand ein Priester, der einen verschlossenen Lederbeutel in der Hand hielt, in dem zwei Weinbeeren lagen. Nach dem Gesetz war die eine Beere weiß, die andere blau. Zog der Angeklagte die weiße Beere aus dem Beutel, war er unschuldig. Eine dunkle Beere hingegen bedeutete seinen Tod. Kannst du mir folgen, Thuro?«

»Bis jetzt ist es ganz einfach, Meister.«

»Nun wußte der Prinz um den Haß des Königs und vermutete zurecht, daß sich in dem Beutel zwei dunkle Weinbeeren befanden. Nun antworte mir, mein quecksilbriger junger Mann: Wie konnte der Prinz eine weiße Beere hervorholen und damit seine Unschuld beweisen?«

»Das ist nicht möglich, außer durch Magie.«

»Es war keine Magie im Spiel, nur Nachdenken«, entgegnete Maedhlyn und tippte sich zur Untermalung an die Stirn. »Komm morgen mit der Antwort zu mir.«

Den ganzen Tag über dachte Thuro angestrengt nach, aber ihm fiel nichts ein. Er borgte sich von der Köchin Listra einen Beutel und zwei Weinbeeren, setzte sich in den Garten und starrte diese Dinge an, als trügen sie in sich die Antwort. Als die Dämmerung den Himmel in die Farbe des brennenden Troja tauchte, gab er es auf. So saß er dort allein im schwindenden Tageslicht, nahm eine der Beeren und aß sie. Er griff nach der anderen – und hielt inne.

Am nächsten Morgen ging er in Maedhlyns Arbeitszimmer. Der alte Mann begrüßte ihn mürrisch – er hatte eine unruhige Nacht voll düsterer Träume gehabt, erklärte er.

»Ich kenne die Lösung deines Rätsels, Meister«, sagte der Junge. Bei diesen Worten leuchteten die Augen des Zauberers auf.

»So rasch, junger Prinz? Alexander der Große brauchte zehn Tage, aber vielleicht war Aristoteles auch nur ein weniger begabter Lehrer als ich!« Er kicherte. »Also sag mir, Thuro, wie bewies der Prinz seine Unschuld?«

Er steckte seine Hand in den Beutel, holte eine Beere heraus und aß sie rasch auf. Daraufhin sagte er zu dem Priester: »Ich weiß zwar nicht, welche Farbe sie hatte, aber du brauchst dir ja nur die anzusehen, die noch da ist.«

Maedhlyn klatschte in die Hände und lächelte. »Du machst mir große Freude, Thuro. Aber sag mir, wie bist du auf die Antwort gekommen?«

»Ich habe die Beere aufgegessen.«

»Das ist gut. Darin liegt auch eine Lektion. Du hast das Problem zergliedert und die einzelnen Teile untersucht. Die meisten versuchen, Rätsel dadurch zu lösen, daß sie ihren Gedanken erlauben, sich wie Affen von Ast zu Ast zu hangeln, statt die Wurzel zu untersuchen, in der sich die Lösung verbirgt. Erinnere dich stets daran, junger Prinz, denn diese Methode wirkt bei Menschen genauso gut wie bei Rätseln.«

Thuro wandte seine Gedanken jetzt wieder von den goldenen Sommertagen ab und der öden Winternacht zu. Er entledigte sich seiner Beinkleider und schlüpfte unter die Decken. Dann drehte er sich auf die Seite, um die flackernden Flammen im Kamin zu betrachten.

Er dachte an seinen Vater – groß und breitschultrig

mit Augen aus Eis und Feuer, verehrt als Heerführer und selbst von seinen Feinden mit Ehrfurcht betrachtet.

»Ich will kein König sein«, flüsterte Thuro.

Gwalchmai beobachtete mit gemischten Gefühlen, wie sich die Edlen zur Jagd fertigmachten. Er empfand einen wilden Stolz, wenn er die kraftvolle Gestalt seines Königs betrachtete, der auf einem schwarzen, Hengst von ein Meter siebzig Schulterhöhe saß. Das Tier hieß Feuerblut, und ein Blick in seine bösartigen Augen gemahnte jeden Reiter zur Vorsicht. Doch den König schien dies nicht zu beeindrucken, und der Hengst kannte seinen Herrn; sie waren sich im Temperament so ähnlich wie Brüder. Doch Gwalchmais Stolz wurde überschattet von dem unvermeidlichen Kummer, so oft er Prinz Thuro neben seinem Vater sah. Der Junge hockte unglücklich auf einer sanften, ein Meter fünfzig hohen Stute, hielt seinen Umhang fest vor der Brust zusammen, und das weißblonde Haar wehte um sein schmales, asketisches Gesicht. Der Junge hat zuviel von seiner Mutter, dachte Gwalchmai. Vor seinem inneren Auge sah er die Nebel-Jungfer, wie er sie zum ersten Mal gesehen hatte. Es war jetzt fast sechzehn Jahre her, doch er erinnerte sich so genau an die Königin, als wäre erst eine Stunde vergangen. Sie saß auf einem weißen Pony und wirkte neben dem Kriegerkönig so zerbrechlich und deplaziert wie eine Rose im Schnee. Unter den Gefolgsleuten ging das Gerücht, ihr Lehnsherr sei gemeinsam mit Maedhlyn in ein nebelverhangenes Tal im Norden gegangen und erst nach acht Tagen wieder zum Vorschein gekommen. Als er zurückkehrte, war sein Bart um gut und gerne fünfzehn Zentimeter gewachsen, und an seiner Seite war diese wunderliche Frau einhergeschritten, mit goldenem Haar und Augen vom wirbelnden Grau des Nebels über nördlichen Seen.

Zunächst hatten viele Leute auf Burg Caerlyn sie für eine Hexe gehalten, denn auch hier kannte man die Geschichten über das Land des Nebels, einen Ort uralter Magie. Doch im Laufe der Zeit bezauberte sie alle mit ihrer Freundlichkeit und ihrem sanften Wesen. Die Neuigkeit von ihrer Schwangerschaft wurde überall voller Freude aufgenommen und umgehend gefeiert. Niemals würde Gwalchmai das rauhe Bankett in der Burg vergessen oder die sich anschließende ausgelassene Nacht des Vergnügens.

Doch acht Monate später war Alaida, die Nebel-Jungfer, tot, und ihr kleiner Sohn, der jede Nahrungsaufnahme verweigerte, stand ebenfalls an der Schwelle des Todes. Der Zauberer Maedhlyn wurde gerufen, und mit seiner Magie rettete er den jungen Thuro. Doch der Knabe blieb schwächlich, und die Lehnsmänner, die auf einen jungen Mann gehofft hatten, der dem König glich, sahen statt dessen ein ernstes Kind, das alle typisch männlichen Beschäftigungen verabscheute. Zugleich war aber genug von der Sanftheit seiner Mutter an ihm, um das, was Spott hätte sein können, in freundliche Traurigkeit zu verwandeln. Thuro wurde gemocht, doch wenn die Männer ihn ansahen, schüttelten sie die Köpfe und dachten an das, was hätte sein können.

All das ging Gwalchmai durch den Kopf, als die Jagdgesellschaft aufbrach, angeführt von Fürst Eldared und seinen beiden Söhnen Cael und Moret.

Der König hatte sich nie von Alaidas Tod erholt. Er lachte selten und erwachte nur zum Leben, wenn er entweder Tiere oder Menschen jagte. In diesen blutigen Tagen hatte er reichlich Gelegenheit dazu, denn die

Sachsen und Jüten machten den Süden unsicher, und die Wikinger segelten mit ihren Wolfsschiffen stromaufwärts auf den tiefen Flüssen und verheerten den Osten. Darüber hinaus gab es zahlreiche Räuberbanden kleinerer Clans und Stämme, die niemals das Recht der römisch-britannischen Kriegsherren anerkannt hatten, über das alte Land der Belgae, der Icener und der Cantii zu herrschen.

Gwalchmai konnte diesen Standpunkt gut verstehen, da er selbst reinblütiger Cantii war, nur einen Steinwurf von den Geisterklippen entfernt geboren.

Jetzt beobachtete er, wie die Edlen auf die bewaldeten Hügel zugaloppierten, dann ging er zurück in seine Unterkunft hinter den langgestreckten Ställen. Seine Augen musterten die Mannen aus Deicester, die am Brauhaus herumlungerten, und Unbehagen machte sich in ihm breit. Die unterschiedlichen Gruppen, die hier beisammen waren, hatten nichts füreinander übrig, obwohl sie sich an den Waffenstillstand gehalten hatten – eine gebrochene Nase hier, ein verrenktes Handgelenk dort, doch weitgehend waren die Gefolgsleute unter sich geblieben. Aber heute spürte Gwalchmai, daß Spannung in der Luft lag, bemerkte ein Glitzern in den Augen der Soldaten.

Er schlenderte in den langen Raum. Nur zwei Männer des Königs waren hier, Victorinus und Caradoc, vertieft in das Knöchelspiel, das der Römer gerade mit Anstand verlor.

»Hilf mir, Gwal«, sagte Victorinus. »Rette mich vor meiner eigenen Dummheit.«

»Der Mann, der das kann, muß erst noch geboren werden!« Gwalchmai ging zu seiner Pritsche mit den zusammengerollten Decken. Er zog Gladius samt Scheide aus der Rolle und schnallte sich das Schwert um die Hüften.

»Erwartest du Ärger?« fragte Caradoc, ein großer, langgliedriger Krieger vom Stamme der Belgae.

»Wo sind die anderen?« antwortete er, der Frage ausweichend.

»Die meisten sind ins Dorf gegangen. Dort gibt es einen Jahrmarkt.«

»Wann hat man das denn bekanntgegeben?«

»Heute morgen«, schaltete sich Victorinus ein. »Ist etwas vorgefallen?«

»Noch nicht«, antwortete Gwalchmai, »und ich bete zu Mithras, daß es auch so bleibt. Aber irgend etwas liegt in der Luft.«

»Ich merke nichts«, erwiderte Victorinus.

»Das liegt daran, daß du ein Römer bist«, warf Caradoc ein, ging zu seiner eigenen Deckenrolle und holte sein Schwert.

»Ich will mich nicht mit zwei abergläubischen Stammesleuten streiten, aber überlegt doch einmal: wenn wir bis an die Zähne bewaffnet herumlaufen, könnten wir Ärger heraufbeschwören. Man könnte uns beschuldigen, den Waffenstillstand zu brechen.«

Gwalchmai fluchte und setzte sich. »Du hast recht, mein Freund. Was schlägst du vor?«

Victorinus wurde von den anderen Angehörigen der Königlichen Leibgarde respektiert, obwohl er jünger war als seine Gefährten. Er war standhaft, tapfer und durchdachte alles sorgfältig. Seine gründliche römische Erziehung erwies sich auch als perfektes Gegengewicht zu dem ungebärdigen, aufbrausenden Temperament der Britannier, die dem König dienten.

»Ich bin mir nicht ganz sicher, Gwal. Versteh mich nicht falsch, denn ich schätze deine Talente nicht gering. Du hast einen siebten Sinn für Fallen und weißt die Menschen einzuschätzen. Wenn du sagst, irgend etwas stimme nicht, dann kann man darauf wetten, daß dem so ist. Ich schätze, wir sollten unsere Schwerter unter der Tunika verbergen und uns in der Burg umsehen. Vielleicht ist es nichts weiter als ein letztes Nachgrollen bei den Leuten aus Deicester, weil Caradoc ihnen vergangene Nacht beim Messerwurfturnier ihr Geld abgenommen hat.«

»Das glaube ich nicht«, sagte Caradoc. »Tatsächlich hatte ich den Eindruck, daß sie ihre Niederlage zu leicht nahmen. Zuerst hat es mich nur etwas verblüfft. Irgend etwas stimmte nicht. Ich habe sogar mit der Hand am Dolch geschlafen.«

»Wir sollten nicht einfach drauflos spekulieren, meine Freunde«, sagte Victorinus. »Wir treffen uns hier in einer Stunde wieder. Falls Gefahr in der Luft liegt, sollten wir alle etwas davon mitbekommen.«

»Und wenn wir wirklich etwas finden?« fragte Caradoc.

»Unternehmt nichts. Wenn ihr könnt, haltet euch von Ärger fern. Schluckt euren Stolz hinunter.«

»Darum sollte man keinen Mann bitten«, protestierte der Belgae.

»Das mag schon stimmen, mein aufbrausender Freund. Aber wenn es Ärger gibt, dann sollen die anderen anfangen. Der König wird keineswegs erfreut sein, wenn ihr den Waffenstillstand brecht, er wird euch die Haut vom Leibe ziehen.«

Gwalchmai ging zum Fenster und stieß die hölzernen Läden auf.

»Ich glaube, wir brauchen uns keine Gedanken darum zu machen, wie wir unsere Waffen verbergen«, sagte er leise. »Die Männer aus Deicester sind alle bewaffnet.«

Victorinus schnappte sich seine Deckenrolle. »Nehmt eure Sachen und folgt mir. Rasch.«

»Etwa ein Dutzend von ihnen kommen mit gezogenen Schwertern auf uns zu«, sagte Gwalchmai und duckte sich unter das Fenster. Er nahm seine Sachen und folgte seinen beiden Gefährten zu der rohen, hölzernen Tür, die zu den Ställen führte. Sie zogen ihre Schwerter, traten hindurch und zogen die Tür hinter sich zu. Rasch sattelten sie drei Pferde und ritten in den Hof hinaus.

»Da sind sie!« rief jemand, und Soldaten rannten herbei, um den Reitern den Weg abzuschneiden. Victorinus ließ sein Pferd in Galopp fallen und hielt auf die Krieger zu, die auseinandersprangen und zu Boden stürzten. Dann donnerte das Trio durch das Tor und hinaus in die schneebedeckten Hügel.

Sie waren kaum anderthalb Kilometer weit gekommen, als sie die Leichname ihrer Kameraden fanden, die in einer Senke an einem zugefrorenen Wasserlauf lagen. Die siebzehn Gefolgsleute waren nur mit Messern bewaffnet gewesen, aber mindestens elf von ihnen waren durch Pfeile getötet worden. Die anderen hatte man mit Schwertern und Äxten erschlagen.

Die drei Männer saßen schweigend auf ihren Pferden. Es hatte keinen Sinn abzusteigen. Sie blickten in die leblosen Gesichter der Männer, die ihre Freunde oder doch zumindest ihre Kriegskameraden gewesen waren. Neben einer knorrigen Eiche lag der Leichnam von Atticus, dem Seiltänzer. Um ihn herum war der Schnee blutbefleckt, und es war offensichtlich, daß er der einzige gewesen war, der seinerseits den Angreifern Wunden hatte schlagen können.

»Mindestens drei Männer«, sagte Caradoc, als ob er die Gedanken seiner Gefährten gelesen hätte. »Aber Atticus war auch ein zäher Hurensohn. Was machen wir jetzt, Victorinus?«

Der junge Römer schwieg einen Augenblick und suchte den Horizont ab. »Der König«, sagte er leise.

»Und der Junge!« rief Gwalchmai. »Bei Juno! Wir müssen sie finden – und warnen.«

»Sie sind tot«, erklärte Victorinus, nahm seinen Bronzehelm ab und starrte sein verzerrtes Spiegelbild darin an. »Nur aus diesem Grund wurden die Gefolgsleute davongelockt und ermordet, und nur deswegen wurde der König zur Hirschjagd eingeladen. Es war ein königlicher Hirsch, den sie jagten. Wir müssen zurück nach Caerlyn und Aquila warnen.«

»Nein!« rief Caradoc. »Dieser Verrat darf nicht ungesühnt bleiben.«

Victorinus sah den Schmerz in den Augen des Belgae. »Und was willst du tun, Caradoc? Zurück nach Deicester reiten und über die Mauern klettern, um Eldared zu finden?«

»Warum nicht?«

»Weil es zwecklos wäre – du wärest tot, bevor du auch nur in die Nähe Eldareds kämest. Denk nach, Mann. Aquila erwartet den König nicht vor dem Frühjahr zurück und wird unvorbereitet sein. Das erste, was er von Norden kommen sieht, wird die Armee von Deicester sein und von jedem Verbündeten, den Eldared gewinnen konnte. Sie werden Eboracum einnehmen, und damit hat der Verräter gewonnen.«

»Aber wir müssen den Leichnam des Königs finden«, sagte Gwalchmai. »Wir können ihn nicht den Krähen überlassen, das schickt sich nicht.«

»Und vielleicht ist er auch noch nicht tot?« wandte Caradoc ein. »Ich könnte es mir nie verzeihen, ihn im Stich gelassen zu haben.«

»Ich weiß, was ihr empfindet, und ich bin ebenso bekümmert. Aber ich bitte euch, eure Gefühle beiseite zu lassen und der römischen Logik zu vertrauen. Ja, wir könnten den König begraben – aber was ist mit Eboracum? Glaubt ihr, der König wäre damit einverstanden, daß wir seinen Leichnam über das Schicksal seines Volkes stellen?«

»Und wenn er gar nicht tot ist?« beharrte Caradoc.

»Du weißt genau, daß er tot ist«, sagte Victorinus traurig.

Thuro hatte sich verirrt. Es war schon kurz nach Verlassen der Burg geschehen, als die Hunde die Fährte aufgenommen hatten und in den dunklen Wald gerannt waren, gefolgt von den hinterherdonnernden Reitern. Da er nicht die Absicht hatte, in vollem Galopp wie verrückt durch die Bäume zu reiten, hatte er seine Stute gezügelt und war in einem ruhigen, leichten Galopp gefolgt, aber irgendwo hatte er eine falsche Abzweigung genommen, und jetzt konnte er die Hunde nicht einmal mehr hören. Die Wintersonne stand hoch, und Thuro fror bis ins Mark ... und er hatte Hunger. Hier war der Wald lichter, das Gelände stieg allmählich an. Der Wind hatte nachgelassen, und Thuro hielt an einem zugefrorenen Bach an. Er stieg ab, zerschlug die Eisdecke, tauchte seinen Kopf in den Wasserlauf und schlürfte das kalte, frische Wasser. Sein Vater würde wütend auf ihn sein – er würde zwar nichts sagen, aber seine Augen würden seinen Ärger verraten, und er würde sich von Thuro abwenden.

Er wischte den Schnee von einem flachen Stein und setzte sich, um seine Handlungsmöglichkeiten zu überdenken. Er konnte blindlings weiterreiten in der Hoffnung, auf die Jäger zu stoßen, oder er konnte seinen eigenen Spuren zurück zur Burg folgen. Es war nicht schwer, aus diesen Möglichkeiten die richtige auszuwählen. Er saß wieder auf und lenkte seine Stute zurück nach Süden.

Ein großer Hirsch trat leichtfüßig auf den Pfad und verharrte, um den Reiter zu betrachten. Thuro brachte sein Pferd zum Stehen und beugte sich im Sattel nach vorn. »Guten Morgen, König des Waldes, hast du dich auch verirrt?« Der Hirsch drehte sich verächtlich um und setzte gelassen seinen Weg über den Pfad und wieder in den Wald hinein fort. »Du erinnerst mich an meinen Vater«, rief Thuro ihm nach.

»Redest du oft mit Tieren?« Thuro drehte sich im Sattel um und sah ein junges Mädchen, das wie ein Waldläufer eine grüne Wolltunika mit Kapuze, lederne Beinkleider und kniehohe, mit Schaffell besetzte Mokassins trug. Ihr kurzes Haar zeigte eine Mischung aus Herbsttönen – hellbraun, mit einem Hauch von Gold und Rot. Ihr Gesicht war bemerkenswert, ohne im geringsten schön zu sein, und doch …

Thuro verbeugte sich. »Lebst du hier in der Nähe?« fragte er.

»Vielleicht. Aber du offensichtlich nicht. Wie lange irrst du schon durch den Wald?«

»Woher weißt du, daß ich mich verirrt habe?« erwiderte er.

Das Mädchen trat hinter dem Baum neben dem Pfad hervor, und Thuro sah, daß sie einen schönen Bogen aus dunklem Horn trug.

»Vielleicht hast du dich auch nicht verirrt«, sagte sie lächelnd. »Vielleicht fandest du deine Spuren auch nur so faszinierend, daß du sie unbedingt noch einmal sehen mußtest.«

»Ich gebe es zu«, erklärte er. »Ich suche Burg Deicester.«

»Hast du Freunde dort?«

»Mein Vater ist dort. Wir sind Gäste.«

»Um nichts in der Welt möchte ich bei dieser abscheulichen Familie zu Gast sein«, sagte sie. »Geh auf diesem Weg weiter, bis du zu einer Eiche kommst, in die der Blitz eingeschlagen hat, dann halte dich rechts und folge dem Bach. So sparst du Zeit.«

»Danke. Wie heißt du?«

»Namen sind etwas für Freunde, junger Edeling, nichts, was man mit Fremden austauscht.«

»Aus Fremden können Freunde werden. Genau genommen waren alle Freunde irgendwann einmal Fremde.«

»Nur zu wahr«, gab sie zu. »Aber um ganz offen zu sein, ich habe nicht den Wunsch, mich mit einem Gast Eldareds anzufreunden.«

»Es tut mir leid, daß du so empfindest. Ich finde es sehr schade, daß das Wesen eines Mannes schon allein dadurch besudelt wird, wenn er in einer kalten, zugigen Burg schläft. Wie auch immer, mein Name ist Thuro.«

»Du führst hübsche Reden, Thuro«, sagte sie lächelnd, »und du hast ein wunderbares Auge für Pferde. Komm, iß mit mir zu Mittag.«

Thuro stellte ihren plötzlichen Stimmungsumschwung nicht in Frage, sondern stieg ab, führte sein Pferd vom Weg zwischen die Bäume und folgte dem Mädchen über einen gewundenen Pfad zu einer flachen Höhle unter einem Felsvorsprung aus Sandstein. Hier brannte ein kleines Feuer unter einem Kupfertopf, der auf zwei Steinen stand. Thuro band die Stute an einen Busch in der Nähe und ging zum Feuer, wo das Mädchen sich neben ihn setzte. Sie schüttete Haferflocken in das kochende Wasser und gab eine Prise Salz aus einem kleinen Beutel an ihrem Gürtel dazu. »Sammle Holz«, befahl sie, »und verdiene dir deine Mahlzeit.« Er tat wie geheißen, sammelte dicke Zweige längs des Pfades ein und trug sie zurück zur Höhle.

»Willst du ein Signalfeuer anzünden?« erkundigte sie sich, als er zurückkehrte.

»Was meinst du damit.«

»Das hier ist ein Kochfeuer. Es soll die Haferflocken und das Wasser erhitzen und uns für etwa eine Stunde wärmen. Das Holz, das man dafür braucht, sollte trocken sein und nicht dicker als dein Daumen. Hast du noch nie ein Kochfeuer gemacht?«

»Nein. Tut mir leid, aber dieses Vergnügen hatte ich noch nicht.«

»Wie alt bist du?«

»Im nächsten Herbst werde ich zum Mann erklärt«, sagte er etwas steif. »Und du?«

»Genauso alt, Thuro. Fünfzehn.«

»Ich hole passenderes Holz«, sagte er.

»Bring dir auch gleich einen Teller mit«, meinte sie.

»Einen Teller?«

»Wie willst du sonst deinen Haferbrei essen?«

Thuro war wütend, als er die Höhle verließ – ein Gefühl, das er nur selten verspürte und mit dem er sich äußerst unbehaglich fühlte. Als er dem Waldmädchen gefolgt war, waren ihm die rhythmischen Bewegungen ihrer Hüften und die fließende Anmut ihres Ganges nur allzu bewußt gewesen. Im Gegensatz zu ihr schien er praktisch keinen Schritt mehr tun zu können, ohne über seine eigenen Füße zu stolpern, als wären sie doppelt so groß geworden. Thuro hätte zu gern etwas getan, um Eindruck auf sie zu machen, und zum ersten Mal in seinem jungen Leben wünschte er, er wäre ein bißchen mehr wie sein Vater. Er schob diese Gedanken von sich, sammelte Holz für das Feuer und fand dabei auch einen runden, flachen Stein, der ihm als Teller dienen konnte.

»Hast du Hunger?« begrüßte sie ihn.

»Nicht besonders.« Mit einem kurzen Stock hob sie geschickt den Topf aus den Flammen und rührte den dicken, milchigen Brei um. Er reichte ihr seinen Stein, und sie kicherte.

»Hier«, sagte sie und bot ihm ihre eigene Holzschale an. »Nimm lieber das hier.«

»Der Stein genügt mir.«

»Es tut mir leid, Thuro, ich sollte mich nicht über dich lustig machen. Es ist nicht deine Schuld, daß du ein Edeling bist. Du hättest deinen Diener mitbringen sollen.«

»Ich bin kein Edeling, ich bin ein Prinz: der Sohn von Maximus dem Hochkönig. Und wenn du in der Halle von Caerlyn sitzen würdest, würdest du dich zweifellos ebenso unbehaglich fühlen, wenn du die Vorzüge von Plutarchs *Das Leben von Lycurgus* diskutieren müßtest.«

Ihre Augen funkelten, und Thuro sah darin die rötlichen Töne ihres Haars sich widerspiegeln – hellbraun mit goldenen Flecken.

»Wahrscheinlich hast du recht, Prinz Thuro«, sagte sie mit einer spöttischen Verbeugung, »denn ich habe Lycurgus nie gemocht und stimme Plutarch in seinem Vergleich mit Numa zu. Wie drückte er es noch aus? ›Tugend macht den einen so achtbar, daß er einen Thron verdient, den anderen so groß, daß er darüber steht‹.«

Thuro erwiderte die Verbeugung, allerdings ohne jeden Spott. »Verzeih mir meine Arroganz«, bat er. »Ich bin es nicht gewohnt, mich so töricht zu fühlen.«

»Du fühlst dich wahrscheinlich wohler bei der Hirschjagd und beim Waffengang.«

»Nein, darin bin ich auch ziemlich schlecht. Ich bringe meinen Vater zur Verzweiflung. Ich hatte gehofft, dich mit meinem Wissen zu beeindrucken, denn sonst gibt es wenig, womit ich prahlen könnte.«

Sie wandte den Blick ab und schüttete die abkühlenden Haferflocken in ihre Schale, dann reichte sie sie

Thuro. »Ich heiße Laitha. Willkommen an meinem Herd, Prinz Thuro.« Er suchte in ihrer Miene nach Anzeichen von Spott, fand jedoch keine.

Er nahm die Speise und aß schweigend. Laitha stellte den Topf ab und lehnte sich an die Höhlenwand, um den jungen Mann zu betrachten. Er sah auf eine sanfte Weise gut aus, und seine Augen waren grau wie Holzrauch, zart-traurig und wundersam unschuldig. Doch trotz aller Sanftheit seiner Züge fand Laitha keine Spur von Schwäche darin. Er blinzelte nicht und wandte nicht den Blick ab, wirkte aber auch keine Spur verdrießlich.Und das offene Eingeständnis seiner eigenen Unzulänglichkeiten machte ihn dem Mädchen sympathisch, denn sie hatte genug von großmäuligen Prahlhänsen, die sich gegenseitig darin zu übertreffen versuchten, ihr ihre Stärke und Männlichkeit zu beweisen.

»Aus welchem Grund bist du auf diesem Gebiete nicht so gut?« erkundigte sie sich. »Ist dein Schwertmeister denn ein schlechter Lehrer?«

»Ich interessiere mich nicht für Schwertspiele. Sie ermüden mich, und dann werde ich krank.«

»Was meinst du damit – krank?«

Er zuckte die Achseln. »Man sagt, ich wäre bei meiner Geburt beinahe gestorben, und seitdem bin ich schwach auf der Brust. Wenn ich mich anstrenge, wird mir schwindlig, und dann dröhnt mein Kopf, und manchmal kann ich nichts mehr sehen.«

»Wie reagiert dein Vater darauf?«

»Mit großer Geduld und großer Trauer – ich fürchte, ich bin nicht der Sohn, den er gerne gehabt hätte. Aber es spielt keine Rolle. Er ist stark wie ein Ochse und furchtlos wie ein Drache. Er wird noch Jahrzehnte regieren – und vielleicht heiratet er noch einmal und zeugt einen passenderen Erben.«

»Was ist mit deiner Mutter?«

»Sie starb zwei Tage nach meiner Geburt. Ich kam einen Monat zu früh zur Welt, und Maedhlyn – unser Zauberer – war in Angelegenheiten des Königs unterwegs.«

»Und dein Vater hat nie wieder geheiratet? Seltsam für einen König.«

»Ich habe nie mit ihm darüber gesprochen ... aber Maedhlyn sagt, sie war das stille Wasser in seiner Seele, und seit sie fort ist, gibt es dort nichts mehr als Feuer. Maximus hat um sich und seinen Kummer eine Mauer errichtet, die keiner durchdringen kann. Er kann mir nicht ins Gesicht sehen, so sehr gleiche ich meiner Mutter. Und so lange ich mich zurückerinnern kann, hat er mich niemals berührt – hat mir nie den Arm um die Schultern gelegt oder ist mir mit der Hand durch die Haare gefahren. Maedhlyn sagt, mit vier Jahren hätte mich ein schreckliches Fieber niedergestreckt, und mein Geist verlor sich in der Finsternis der Leere. Er sagt, damals wäre mein Vater zu mir gekommen und hätte mich in die Arme genommen. Sein Geist sei es gewesen, der mich in der Finsternis suchte, fand und nach Hause zurückbrachte. Aber ich kann mich an nichts davon erinnern, und das macht mich traurig. Ich würde mich zu gern an diesen Moment erinnern können.«

»Er muß dich sehr lieben«, flüsterte sie.

»Ich weiß nicht.« Er blickte zu ihr auf und lächelte. »Danke für den Haferbrei. Ich muß jetzt gehen.«

»Ich bringe dich zur Furt oberhalb von Deicester«, sagte sie.

Er widersprach nicht und wartete, während sie ihren Topf, die Schale und den Löffel säuberte. Sie verstaute alles in einem Leinenbeutel, den sie sich um die Schulter schlang, dann nahm sie Bogen und Köcher, und sie brachen auf. Der Schnee fiel jetzt in dicken Flocken, und er war froh, daß sie bei ihm war. Ohne Spuren, denen er folgen konnte, hätte er sich gewiß binnen weniger Minuten wieder verirrt.

Sie waren nur ein kleines Stück in Richtung des Weges gekommen, als sie Pferde heranpreschen hörten. Im ersten Moment war Thuro froh – bald würde er zurück in der Burg und im Warmen sein. Doch dann erkannte er, daß das auch Abschiednehmen von Laitha bedeutete, und aus einem Impuls heraus verließ er den Pfad und führte die Stute tiefer in den Wald, hinter ein dichtes Gebüsch unterhalb des Pfades.

Laitha folgte ihm wortlos. Es waren vier Männer, bewaffnet mit Schwertern und Lanzen. Sie ritten an ihnen vorüber, und nach wenigen Metern trafen sie mit drei weiteren Reitern zusammen, die aus der Gegenrichtung herankamen.

»Irgendeine Spur?« Die Worte trieben wie ein Windhauch zu Thuro hinüber, und er schämte sich dafür, sich hier zu verstecken. Diese Männer waren draußen in der Kälte unterwegs, um nach ihm zu suchen – es war unfair von ihm, ihnen weiter Arbeit zu machen. Er wollte gerade aus seinem Versteck heraustreten, als ein anderer Mann sprach.

»Nein, nichts. Es ist unglaublich. Da töten wir den Vater in wenigen Minuten, aber dieser bartlose Knabe macht uns viel mehr zu schaffen.«

»Du redest Unsinn, Calin. Der Vater hat sechs Männer von uns getötet – und das mit einem Pfeil in seiner Lunge. Der Junge kostet uns nur Zeit.«

»Na gut, aber ich werde ihn dafür bezahlen lassen, daß er meine Zeit vergeudet. Ich röste seine Augen auf meinem Dolch.«

Thuro stand noch stockstill, lange nachdem die Reiter weitergezogen waren.

»Ich schätze du solltest nicht nach Deicester zurückgehen«, flüsterte Laitha und legte ihm sanft eine Hand auf die Schulter.

Thuro blieb reglos stehen, starrte auf den leeren Pfad, seine Gedanken wirbelten und wandelten sich von Furcht zu Bedauern, von Panik zu Trauer. Sein Vater war ermordet worden, und Thuros Welt würde nie wieder dieselbe sein. Heute morgen hatte er sich elend und kalt gefühlt, scheinbar allein in einer freudlosen Burg. Aber jetzt wußte er, daß er nicht allein gewesen war, daß die riesenhafte Stärke von Aurelius Maximus, dem Hochkönig, ihn eingehüllt hatte wie ein Mantel, und daß die Gefolgschaft von Männern wie Gwalchmai und Victorinus ihn vor der rauhen Wirklichkeit abgeschirmt hatte.

Laitha hatte recht, er war ein verwöhnter Edeling, der nicht einmal wußte, wie man ein Kochfeuer richtete. Jetzt war seine Welt wieder aus den Fugen geraten. Eldared war, wie Maedhlyn gefürchtet hatte, ein Verräter und Königsmörder. Der Prinz war jetzt ein gehetztes Wild, das keine Chance hatte, seinen Jägern zu entkommen. Was nützte ihm jetzt all sein Wissen? Plutarch, Aristoteles und Sueton waren einem schwächlichen Knaben in einem gefährlichen Wald keine Hilfe.

»Thuro?«

Er drehte sich langsam um und sah die Besorgnis in Laithas Augen. »Ich denke, du wärest gut beraten, mich jetzt zu verlassen«, sagte er. »Meine Gesellschaft bringt dich in Gefahr.«

»Was hast du vor?«

Er zuckte die Achseln. »Ich werde den Leichnam meines Vaters suchen und ihn begraben. Dann sollte ich wohl versuchen, mich nach Caerlyn durchzuschlagen.«

»Du bist jetzt der König, Thuro. Was willst du tun, wenn du in Caerlyn bist?«

»Ich werde abdanken. Ich bin nicht geschaffen, andere zu regieren. Lucius Aquila ist nicht nur meines Vaters General, sondern auch sein Vetter zweiten Grades. Er wird weise herrschen – falls er überlebt.«

»Warum sollte er nicht?«

»Eldared stehen Fußtruppen in der Stärke von fünf Legionen und vierhundert Reiter zur Verfügung. In Caerlyn sind nur zwei Legionen stationiert, der Rest der Armee meines Vaters besteht aus Miliztruppen, die im Winter nach Hause zurückkehren. Der Mord an meinem Vater wird einen Krieg in Gang setzen, den sich niemand leisten kann. Mit den Sachsen, die im Süden einfallen, ist Eldareds Vorhaben Irrsinn. Aber die Briganten haben die Römer immer schon gehaßt, selbst ehe Hadrian den Wall baute, um sie zu ärgern.«

»Man hat mich gelehrt, daß Hadrian den Wall baute, weil er die Briganten fürchtete«, wandte Laitha ein.

»Wenn das so wäre, gäbe es nur wenige nach Norden führende Tore. Die Tore waren Ausfallstellen für Überfälle tief ins Gebiet der Briganten hinein.« Thuro schauderte und stellte fest, daß der Schnee unter einem gewitterdunklen Himmel immer dichter fiel. »Wo ist das nächste Dorf?« fragte er.

»Wenn wir von der Stadt Deicester absehen, gibt es noch Daris, etwa zwölf Kilometer im Südosten. Doch Eldared wird auch dort nach dir suchen lassen. Warum kommst du nicht mit zu mir nach Hause? Dort bist du sicher.«

»Ich werde nirgendwo in Sicherheit sein. Und ich möchte dich nicht in Gefahr bringen, Laitha.«

»Du verstehst nicht. Ich lebe bei meinem Vormund, und er wird nicht zulassen, daß irgend jemand dir etwas antut.«

Thuro lächelte. »Ich habe dir doch gerade erzählt, daß Eldared fünf Legionen hat. Und er hat sogar den Hochkönig ermordet. Dein Vormund kann nicht so mächtig sein wie meine Feinde.«

»Wenn wir weiter hier herumstehen und diskutieren, frieren wir uns zu Tode. Also laß dein Pferd frei und folge mir. Vertrau mir, Thuro, denn ich bin deine einzige Chance zu überleben.«

»Aber warum soll ich mein Pferd freilassen?«

»Es kann nicht dorthin gehen, wo ich dich hinführe. Und, was vielleicht noch wichtiger ist, deine Jäger suchen nach einem berittenen Jungen und werden deswegen die Pfade, die wir benutzen werden, nicht absuchen. Und jetzt komm.«

Thuro schlang der Stute die Zügel über den Kopf und legte sie über den Sattelknauf. Dann folgte er der geschmeidigen Gestalt des Waldmädchens immer tiefer in den Wald, bis sie schließlich am Fuß eines steilen Hügels im Schatten der nördlichen Berge herauskamen. Thuros Füße waren kalt, seine Stiefel völlig durchnäßt. Ein Stück hügelaufwärts hielt er inne – mit bleichem Gesicht und stoßweise atmend sank er in den Schnee. Laitha war vielleicht zwanzig Schritte weitergegangen, bis sie sich umdrehte und ihn neben dem Pfad liegen sah. Leichtfüßig lief sie zu ihm zurück und kniete neben ihm nieder. »Was ist mit dir?«

»Es tut mir leid – ich kann nicht mehr. Ich muß mich ein wenig ausruhen.«

»Nicht hier, Thuro, wir sind in offenem Gelände. Komm weiter, nur noch ein Stückchen.« Sie half ihm auf die Füße, und er stolperte noch vielleicht zehn

Schritte weiter. Dann gaben seine Beine unter ihm nach. Als Laitha sich bückte, um ihm zu helfen, sah sie eine Bewegung etwa zweihundert Schritt weiter zurück auf dem Pfad.

Drei Reiter tauchten zwischen den Bäumen auf, sahen die Wanderer und ließen ihre Pferde in Galopp fallen.

»Deine Feinde sind da, Thuro!« rief sie, ließ ihr Bündel von der Schulter gleiten und spannte flink ihren Hornbogen. Thuro rollte sich auf die Knie und versuchte aufzustehen, doch er war schon zu schwach. Er konnte nur zusehen, wie die Reiter ihre Schwerter zogen und wie ihre Augen triumphierend funkelten. Er hörte die Bosheit in ihren Rufen. Sein Blick wanderte zu Laitha, die gelassen mit ihrem Bogen dastand, die Sehne an ihre Wange geschmiegt. Der Zeitablauf schien sich zu verlangsamen. Thuro verfolgte die Szene mit entrückter Faszination, als Laitha langsam ausatmete und genau zwischen Aus- und erneutem Einatmen ihren Pfeil abschoß. Er traf den ersten Reiter zwischen den Schulterblättern und warf ihn aus dem Sattel.

Doch die verbliebenen Reiter waren inzwischen zu nah, um noch einmal so perfekt den richtigen Zeitpunkt zu erwischen; Laithas nächster Pfeil kam zu früh. Er prallte vom Helm des zweiten Kriegers ab, so daß sein Kopf zurückgerissen wurde. Beinahe hätte er auch noch das Gleichgewicht verloren, und sein Pferd brach nach rechts aus. Aber der letzte Mann warf sich vom Sattel auf das Waldmädchen, das vergebens versuchte, einen weiteren Pfeil aus ihrem Köcher zu ziehen. Ihre Hand zuckte zum Jagdmesser an ihrem Gürtel, doch er hämmerte ihr eine Faust ans Kinn, so daß sie bewußtlos in den Schnee fiel. Der andere Reiter, der sein Pferd wieder unter Kontrolle hatte, glitt aus dem Sattel und kam mit ausgestrecktem Schwert auf Thuro zu.

»Na, kleiner Prinz, ich hoffe, die Jagd hat dir Spaß gemacht?«

Thuro sagte nichts, sondern kam langsam auf die Füße und sah dem Angreifer in die Augen.

»Willst du nicht um dein Leben betteln? Wie schade! Ich dachte, du würdest uns wenigstens ein königliches Lösegeld anbieten.«

»Ich fürchte dich nicht«, sagte Thuro gleichmütig. »Du bist ein Mann von geringem Wert. Komm schon, Kinderschlächter, verdien dir dein Salz!«

Der Mann straffte sich und hob sein Schwert zum Schlag, doch dann zuckte sein Blick zu einem Punkt hinter Thuro. »Wer bist du?« fragte er, und Thuro wandte den Kopf. Hinter ihm, anscheinend aus dem Nichts, war ein Mann in einem weißen Bärenfellmantel aufgetaucht. Er hatte schwarzes Haar, das an den Schläfen silbern wurde, das Gesicht war kantig und glatt rasiert, die Augen grau. Er trug eine dunkle Ledertunika über grünen Wollbeinkleidern, und in seinen Händen hielt er einen silbernen Stab mit zwei Ebenholzgriffen – einer an der Spitze, der andere auf halber Höhe.

»Ich habe dich gefragt, wer du bist«, wiederholte der Angreifer.

»Ich habe dich gehört«, antwortete der Neuankömmling. Seine Stimme war tief und kälter als die Winterwinde.

»Dann antworte mir.«

»Ich bin Culain lach Feragh, und du hast mein Mündel angegriffen.«

Der Mann warf einen Blick auf das bewußtlose Mädchen. »Sie ist nur betäubt – und sie hat Pagis getötet.«

»Es war ein guter Schuß, und ich werde sie loben,

wenn sie aufwacht. Du, Junge«, sagte er leise zu Thuro, »stell dich hinter mich.« Thuro tat es, und Culain trat einen Schritt vor.

»Ich töte nicht gern«, sagte er, »aber leider kann ich nicht zulassen, daß du und dein Gefährte diesen Ort wieder lebend verlassen. Mir bleibt keine Wahl. Kommt, verteidigt euch.«

Einen Augenblick blieben die beiden Mörder wie erstarrt stehen und glotzten den Mann mit dem Stab an. Dann rannte der erste von ihnen mit einem Kampfschrei los.

Culains Hand glitt an dem Silberstab hinunter bis zum Griff in der Mitte und drehte ihn. Der Stab teilte sich, und eine silberne Klinge erschien in seiner rechten Hand. Er parierte den wilden Hieb und konterte mit einem ausholenden Schwung zur Kehle des Angreifers. Die Klinge fuhr sauber hindurch, und der Kopf des Mannes fiel langsam von seinen Schultern. Einen gräßlichen Moment lang blieb der Körper noch stehen, dann gab das rechte Knie nach, und er fiel neben dem Kopf zu Boden. Thuro schluckte schwer und wandte seinen Blick ab.

Der zweite Angreifer rannte zu seinem Pferd, ließ sein Schwert fallen und schwang sich in den Sattel, als Culain über den Toten trat und Laithas Bogen aufnahm. Er wählte einen Pfeil, spannte die Sehne und schoß mit so vollendeter Kunst und ohne jede Hast, daß Thuro keinen Zweifel am Ausgang hatte, noch ehe das Geschoß in den Rücken des Reiters drang. Culain legte den Bogen nieder und ging zu Laitha, die er sanft hochhob.

Nach einer Weile schlug sie die Augen auf.

»Wirst du es denn nie lernen, Gian?« flüsterte er. »Noch ein Reh für deine Sammlung?«

»Er ist der Sohn des Königs. Eldared will ihn töten.«

Culain drehte sich um, und sein Blick heftete sich auf den Prinzen. Thuro sah etwas Neues in seinen Augen, ein Gefühl, das der Knabe nicht einordnen konnte. Doch dann verbarg eine Maske Culains Gefühle.

»Willkommen an meinem Herd«, sagte er schlicht.

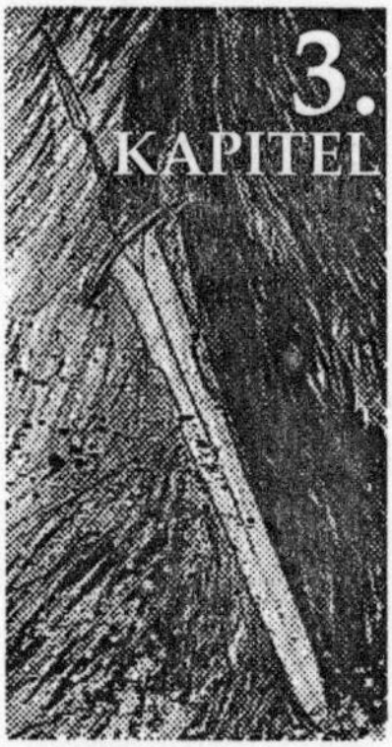

Eldared, König der Briganten, Herr des Nordwalls, lauschte schweigend den Berichten seiner Jäger. Seine Söhne Cael und Moret saßen neben ihm, wohl gewahr, daß sich die Stimmung ihres Vaters trotz seiner scheinbaren Ruhe mit jedem Augenblick mehr verdüsterte.

Eldared war einundfünfzig Jahre alt und ein erfahrener Ränkeschmied. Vor zwanzig Jahren hatte er seinen eigenen Bruder Cascioc verraten und die Seiten gewechselt, um den jungen Römer Aurelius Maximus in seinem Anspruch auf den Thron zu unterstützen. Seither war seine Macht gewachsen, und seine Unterstützung für Maximus hatte ihm großen Reichtum eingebracht. Aber Eldareds Ehrgeiz ging weit über den eines Herrschers über das Hochland hinaus. In den vergangenen fünf Jahren hatte er unablässig seine Anhängerschaft unter den miteinander im Krieg liegenden Stämmen der hochgelegenen Gebiete vergrößert und seine Machtgrundlage bei den Britanniern des Südens gefestigt. Damit ihm der Thron in den Schoß fiel wie eine reife Frucht, brauchte es nur den Tod Aurelius' und seines schwächlichen Sohnes. Danach würde ein Überraschungsangriff auf Eboracum ihn in eine unangreifbare Position bringen.

Aber jetzt war sein verblüffend einfacher Plan durch schlichtes menschliches Versagen zunichte gemacht worden. Drei Gefolgsleute waren entkommen, und Prinz Thuro verbarg sich in den Bergen. Eldared verzog keine Miene, seine im Schatten liegenden Augen verrieten nichts von seinem inneren Aufruhr. Der Junge an sich war kein großes Problem, denn nach allem, was Eldared über ihn gehört hatte, war er schwach und ohne Rückgrat. Falls es ihm jedoch gelingen sollte, zurück nach Caerlyn zu kommen, würde ihn der gerissenste General des Königs, Lucius Aquila, als Galionsfigur dazu benutzen, um Anhänger gegen Eldared zu mobilisieren. Außerdem würde der Überfall auf Eboracum doppelt so gefährlich werden, wenn es einem der Überlebenden gelang, Aquila zu warnen.

Eldared entließ seine Jäger und wandte seine Aufmerksamkeit seinem älteren Sohn Cael zu, einem falkenäugigen Krieger von knapp zwanzig Jahren.

»Vorschläge?« fragte der König, und Cael lächelte.

»Ich muß dir doch nicht das Offensichtliche sagen, Vater.«

»Nein. Du sollst mir zeigen, daß du das Offensichtliche *verstehst*.«

Cael verbeugte sich. »Im Moment ist der Junge nur zweitrangig. Er versteckt sich irgendwo tief in unserem Land, so daß wir uns in aller Ruhe mit ihm beschäftigen können. Zuerst müssen wir die flüchtigen Gefolgsleute des Königs finden, vor allem diesen Römer Victorinus. Aurelius hatte ihn für zukünftige Kommandos vorgesehen, und ich glaube, daß er es war, der die anderen davon abgehalten hat, zurückzukommen und den König zu suchen.«

»Gut und schön, Sohn. Aber was sollen wir deiner Meinung nach *tun*?«

»Unsere Kräfte im Südwesten konzentrieren. Victorinus wird bei Norcester den Wall überqueren und sich dann nach Osten und Süden gen Eboracum wenden.«

»Warum sollte er den langen Weg nehmen?« fragte Moret. »Das erhöht doch nur die Gefahr.«

In Caels Blick spiegelte sich Verachtung für die Frage, aber seine Stimme war gleichmütig, als er sie beantwortete. »Victorinus ist kein Dummkopf, Bruder.

Er weiß, daß wir Männer nach Südosten schicken werden, und er gewinnt durch ein solches Manöver Zeit. Wir müssen Goroien einsetzen.«

Moret räusperte sich und rutschte nervös auf seinem Stuhl hin und her. Eldared sagte nichts.

»Welche Wahl bleibt uns denn sonst noch, Vater?« fuhr Cael fort.

»Wahl?« fauchte Moret. »Wieder ein totes Briganten-Baby für dieses schreckliche Weib!«

»Und wie viele Krieger unserer Briganten werden vor den Mauern von Eboracum fallen, wenn wir die Hexe *nicht* einsetzen?« erwiderte Cael. »Wenn ich glaubte, dies sei eine Garantie für unseren Sieg, würde ich Goroien sogar hundert Babys opfern lassen.«

»Moret hat auf etwas Wichtiges hingewiesen«, sagte Eldared leise. »In diesem tödlichen Spiel möchte ich gern die Kontrolle über die Ereignisse behalten. Die Nebelmagie Goroiens kann eine wertvolle Hilfe sein, aber zu welchem Preis? Sie spielt ihr eigenes Spiel, denke ich.« Er lehnte sich in seinem Stuhl zurück und stützte das Kinn auf die verschränkten Finger. »Wir geben den Jägern noch zwei Tage, um die Gefolgsleute einzufangen. Wenn sie versagen, werde ich Goroien rufen. Und was den Jungen anbelangt: Ich vermute, daß er schon längst irgendwo tot in einer Schneewehe liegt. Aber schickt Alantric zur Sicherheit ins Hochland.«

»Das wird ihm nicht gefallen«, sagte Moret. »Der Streiter des Königs, ausgeschickt nach einem entlaufenen Knaben?«

»Ich bestimme über seine Vorlieben oder Abneigungen – genau wie über eure«, sagte Eldared. »Im Frühling wird Alantric reichlich Gelegenheit haben, seine Fähigkeiten mit der Klinge unter Beweis zu stellen.«

»Und was ist mit dem Schwert?« fragte Moret.

Eldareds Augen verschossen zornige Blitze, und sein Gesicht verfinsterte sich. »Sprich nicht davon! *Niemals*!«

Victorinus saß an dem schmalen Fenster der Schankwirtschaft vor einem Krug Bier und starrte hinaus auf die Überreste des Antoniuswalls, der weit im Norden von Hadrians ungeheurer Befestigungsanlage erbaut worden war und sich über sechzig Kilometer von Küste zu Küste erstreckte. Der Antoniuswall war ein Erdwall mit einem Fundament aus Steinen, und der junge Römer betrachtete die Ruinen als lebende, stoffliche Mahnung an das untergehende römische Reich. Vor dreihundert Jahren patrouillierten drei Legionen durch diese Gegend, nach jeder römischen Meile gab es eine Befestigung. Jetzt war es ein windgepeitschtes, weitgehend verlassenes Land, abgesehen von einsamen Dörfern wie Norcester an vielbereisten Handelsstraßen. Er nippte an seinem Bier und warf einen verstohlenen Blick durch den Raum zu Gwalchmai und Caradoc, die direkt hinter den sechs Briganten saßen. Sie waren jetzt seit neun Tagen unterwegs, und es war ihnen gelungen, auf der Südstraße Proviant und frische Kleidung von einem griechischen Händler zu kaufen. Victorinus trug nun die Kleidung eines Auftragvermittlers: ein langes, wollenes Gewand und ein Pelzwams. Über seiner Schulter hing ein Lederbeutel, in dem sich Schreibgerät, Pergament und ein Brief von Publius Aristarchos befanden, in dem er als Varius Seneca, Auftragsvermittler aus Eboracum bezeichnet wurde.

Der Wirt, ein älterer römisch-britannischer Veteran, setzte sich auf die Bank neben Victorinus.

»Wie schnell kann die Lieferung erfolgen, wenn ich Waren bei dir bestelle?« fragte er.

»Sie werden in der zweiten Frühlingswoche hier sein«, antwortete Victorinus, der sich der in der Nähe sitzenden Briganten deutlich bewußt war. »Hängt natürlich davon ab, was du brauchst«, fuhr er fort. »Es war ein schlechtes Weinjahr in Gallien, und die Vorräte sind knapp.«

»Ich brauche Salz sehr viel nötiger als gallischen Wein«, sagte der Mann. »In diesen Hügeln kann man gut jagen, aber ohne Salz kann ich kaum Fleisch aufbewahren. Also, was fordert dein Händler für Salz?«

Victorinus holte tief Luft, er war kein Quartiermeister und hatte von solchen Dingen keine Ahnung.

»Was bezahlst du im Moment?« fragte er.

»Sechs Sesterzen pro Pfund. Fünf, wenn ich die gesamte Schiffsladung abnehme und dann an die Stämme weiterverkaufe.«

»Die Kosten sind gestiegen«, erklärte Victorinus, »und ich fürchte, diesen Preis kann ich nicht halten.«

»Wie lautet dein Angebot?«

»Sechseinhalb. Aber wenn du Aufträge aus den umliegenden Dörfern hereinholen kannst, autorisiere ich Zahlung in Naturalien. Dann bekommst du zehn Säcke zum Preis von neun.«

»Ich weiß nicht, woher ihr Leute den Nerv habt, derartige Preise zu verlangen. Wir haben schließlich keinen Krieg. Die Handelsrouten sind so sicher wie eh und je.«

»Du denkst zu provinziell, mein Freund. Die meisten Handelswege in brigantischem Territorium mögen offen sein, aber im Süden herrscht Krieg, und das schmälert unseren Gewinn.«

Ein großer brigantischer Krieger mit einer tiefen Narbe über der Wange stand auf und ging auf Victorinus zu.

»Ich habe dich noch nie gesehen«, sagte er.

»Warum solltest du auch?« entgegnete Victorinus. »Bist du oft in Eboracum?«

»Du siehst eher wie ein Soldat aus als wie ein Auftragsvermittler.«

»Das erhöht meinen Gewinn, mein Freund, und reduziert zugleich erheblich die Gefahr.«

»Reist du allein?«

»Wie du siehst. Aber ich habe nur wenig Geld bei mir, und kaum einer würde einen Auftragsvermittler angreifen. Da lohnt es sich eher zu warten, bis ich meine Arbeit getan habe, und dann die Wagenladungen zu überfallen.«

Der Mann nickte, aber seine scharfen blauen Augen blieben fest auf den jungen Römer gerichtet. Schließlich drehte er sich um und setzte sich wieder zu seinen Kameraden. Victorinus nahm sein Gespräch mit dem Wirt wieder auf, behielt jedoch die Briganten wachsam im Auge. Der Stammeskrieger mit der Narbe blickte zu Caradoc und Gwalchmai hinüber.

»Woher kommt ihr?« fragte er.

»Süden«, antwortete Caradoc.

»Du bist ein Belgae, nicht wahr?«

Caradoc nickte.

»Ich wußte doch, daß es hier nach Fisch riecht!« Die anderen Briganten kicherten. Caradoc schoß die Röte ins Gesicht, aber er riß seinen Blick von dem Krieger los. »Ich hatte einmal eine belgaesche Hure«, fuhr Narbengesicht fort. »Sie verlangte einen Kupferpfennig. Sie sah dir ziemlich ähnlich. Vielleicht war es deine Mutter?«

Gwalchmai griff über den Tisch und packte Caradocs Arm, als dieser gerade nach seinem Schwert tastete. »Es hätte tatsächlich seine Mutter sein können«, erklärte er mit sanfter Stimme. »So weit ich mich erinnere, hatte sie Tiere gern.«

Der Brigant erhob sich von seiner Bank. »Es zeugt nicht gerade von Klugheit, in der Fremde jemanden zu beleidigen.«

»Muß an meiner Erziehung liegen«, sagte Gwalchmai und erhob sich dabei geschmeidig. »Man hat mich gelehrt, einen kläffenden Köter immer zum Schweigen zu bringen.«

Zischend glitten Eisenklingen aus ihren Scheiden. Gwalchmai warf den Tisch um und sprang nach rechts, während er gleichzeitig seinen Gladius zog. Caradoc bewegte sich mit ausgestrecktem Schwert nach links.

»Sechs gegen zwei«, sagte Gwalchmai grinsend. »Typisch für Briganten!«

»Man kämpft, um zu gewinnen«, sagte Narbengesicht. Seine Augen leuchteten, seine Gesichtsfarbe wurde dunkler.

Caradocs linke Hand fuhr zum Gürtel und zückte einen schweren Dolch. Gerade als sich die Briganten zum Angriff spannten, zuckte Caradocs Arm nach vorn, und der Dolch drang Narbengesicht unterhalb des Kinnriemens in die Kehle. Mit einem gurgelnden Aufschrei sank er zu Boden, während Caradoc und Gwalchmai sich hauend und stechend ins Gefecht stürzten.

Victorinus fluchte und zog seinen Gladius unter dem Gewand hervor. Mit einem Satz war er bei den Gefährten und stieß seine Klinge einem untersetzten Brigantenkrieger tief in den Rücken. Die Schänke war erfüllt von den mißtönenenden Geräuschen des Kampfes – Eisen auf Eisen und Eisen auf Fleisch. Innerhalb weniger Sekunden war der Kampf vorüber. Victorinus hatte zwei der Männer erledigt, ebenso wie Gwalchmai. Caradoc gab seinem eigenen Gegner den Rest, dann sank er zu Boden. Victorinus kniete neben ihm nieder und starrte voller Kummer auf das Schwert, das aus dem Bauch des Belgae ragte.

»Er hat mich erledigt, schätze ich«, sagte Caradoc. Er biß vor Schmerzen die Zähne zusammen.

»Ich fürchte fast«, gab Victorinus ihm leise recht.

»Ihr laßt mich besser hier. Ich muß noch über vieles nachdenken.«

Victorinus nickte. »Du warst ein guter Kamerad.«

»Du auch – für einen Römer!«

Gwalchmai kam zu ihnen. »Kann ich irgend etwas tun?«

»Du könntest dich um meine Frau kümmern, Gwal. Sie ist wieder schwanger. Vielleicht könntest du ...« Seine Augen brachen, und sein Atem entwich rasselnd der Kehle.

Gwalchmai fluchte. »Glaubst du, sie haben erraten, wer wir sind?« fragte er.

»Vielleicht«, antwortete Victorinus, »aber es ist eher wahrscheinlich, daß das der normale britannische Hang zu Stammesstreitigkeiten war. Komm, wir machen uns besser auf den Weg.«

»Wie weit ist es bis zum Hadrianswall?«

»Zu weit – es sei denn, die Götter sind auf unserer Seite.«

Cael lachte über das Unbehagen seines Bruders, als sie den gepflasterten Hof zu den Unterkünften der Gefolgsleute überquerten. »Du hättest das Schwert nicht erwähnen dürfen«, sagte der größere.

»Mach dich nur lustig über mich, Cael. Aber ich weiß, was ich gesehen habe. Als er dieses Schwert auf das Eis hinauswarf, kam eine Hand aus dem Wasser und zog es herunter.«

»Ja, Bruder. War es eine menschliche Hand?«

»Dein Spott kann mich nicht ärgern. Zwei andere Männer sahen die Hand auch, auch wenn du sie nicht gesehen hast.«

»Ich war zu sehr damit beschäftigt, dem Römer den Todesstoß zu versetzen«, fauchte Cael.

»Von hinten, wie ich feststellte. Obwohl er sein Schwert nicht mehr hatte, fehlte dir der Mut, ihn von vorn anzugreifen.«

»Ausgerechnet du sprichst von Mut?« höhnte Cael und blieb vor den Eichentüren der Kaserne stehen. »Und wo warst du? Du hast keinen einzigen Hieb angebracht.«

»Ich hatte angenommen, achtzehn zu eins wäre selbst dir genug, Cael.«

»Du elender Schafskopf! Blök doch, soviel du willst. Ich habe nicht gehört, daß du deine Stimme dagegen erhoben hättest, als Vaters Plan bekanntgegeben wurde.«

»Die Tat war niedrig und gemein. In solch einem Mord liegt keine Ehre. Und bei allen Göttern im Jenseits, er starb gut. Selbst du mußt das zugeben.«

»Glaubst du denn, er hatte eine Wahl? Selbst eine Ratte kämpft um ihr Leben, wenn man sie in die Enge treibt.«

Cael beendete die Unterhaltung, indem er sich von seinem Bruder abwandte und auf der Suche nach Alantric die schwach beleuchtete Kaserne betrat. Moret ging zurück über den Hof in seine Gemächer, wo seine junge Frau Alhyffa wartete. Sie hatte dunkles Haar und Augen schwarz wie Schlehen, und Morets Leidenschaft für sie wuchs mit jedem Tag. Er hatte das Sachsenmädchen nicht heiraten wollen und bis spät in die Nacht mit seinem Vater gestritten. Aber endlich hatte er – wie er es schon vorher gewußt hatte – nachgegeben, und die Verlobung wurde heimlich erklärt. Er war mit dem Schiff zu seiner Braut gereist, den ganzen Weg die Küste entlang in das Land, das man jetzt Süd-Sachsen nannte.

Alhyffas Vater hatte ihn in einer Bucht beim Wald von Anderida erwartet und ihn in die Langhalle geführt, um seine Braut kennenzulernen. Morets Herz war schwer gewesen – aber nur bis zu dem Augenblick, als sie die Halle betrat ... in diesem Moment hatte es beinahe ausgesetzt. Wie hatte nur ein unzivilisierter Wilder wie Hengist solchen Nachwuchs hervorbringen können? Als sie näher kam, verbeugte er sich tief und brach dadurch sämtliche Regeln der Etikette. Falls sie überrascht war, zeigte sie es nicht. Er hielt sie auf, als sie vor ihm niederknien wollte.

»Du wirst nie vor mir knien müssen«, flüsterte er.

Und er hatte sein Wort gehalten – eine Tatsache, die Alhyffa erstaunte, vor allem nach den geringschätzigen Kommentaren ihres Vaters über die verräterische Familie Eldareds.

»Hab keine Angst«, hatte ihr Vater zum Abschied zu ihr gesagt. »In wenigen Jahren stehe ich mit einer Armee vor Burg Deicester, und dann suchen wir einen guten Ehemann für dich.«

Doch im Augenblick war Alhyffa sich gar nicht sicher, ob sie wollte, daß ihr Vater nach Norden käme, um sie zurückzuholen. Ihr Gatte war zwar kein starker Mann, doch er war auch keineswegs schwach; er war sanft und liebevoll und hatte in ihr etwas erweckt, das der Liebe nicht unähnlich war. Als er das Zimmer betrat, sah sie, wie sein normalerweise ständig trauriger Gesichtsausdruck sich zu fast jugendlicher Freude wandelte. Er nahm sie in die Arme und schwang sie hoch in die Luft.

Sie schlang ihm die Arme um die breiten Schultern und küßte ihn leicht.

»Ich habe dich vermißt«, sagte er.

»Lügner! Du warst nicht einmal eine Stunde fort.«

»Es ist die Wahrheit, das schwöre ich.«

»Wie ging es mit deinem Vater?«

Er zuckte die Achseln und ließ sie los, sein Gesicht war wieder traurig und wehmütig. »Ich kann mit seinem Machthunger nichts anfangen. Und mein Bruder ist ebenso schlimm – wenn nicht noch schlimmer. Aurelius Maximus war kein schlechter Hochkönig, mußt du wissen.«

»Mein Vater sprach immer voller Achtung von ihm.«

»Und trotzdem hat dein Vater den Mord an ihm stillschweigend geduldet?«

Sie zog ihn zum Fenstersitz und setzte sich neben ihn in den Sonnenschein. »Der Hochkönig hätte sicherlich auch den Mord an Hengist stillschweigend geduldet, obwohl ich nicht daran zweifle, daß er meinen Vater ebenfalls geachtet hat. Es hat noch nie einen König mit sauberen Händen gegeben, Moret. Du bist viel zu sensibel.« Er grinste und sah so schrecklich jung aus, daß sie sein Gesicht in ihre Hände nahm und seine hellen Wangen küßte. Ihre Finger fuhren durch sein langes blondes Haar. »Du hast mich glücklich gemacht. Ich bete zu Odin, daß du dafür eine angemessene Belohnung erhältst.«

»Du bist Belohnung genug für jeden Mann.«

»Das sagst du jetzt, junger Prinz, aber was wird sein, wenn meine Schönheit vergeht?«

»Frag mich das in zwanzig Jahren. Oder in dreißig. Oder in vierzig. Oder in hundert!«

Ihr Gesicht wurde ernst. »Wünsch dir nicht, daß die Zeit vergeht, Moret, Liebster. Wer weiß, was die Zukunft für uns bereithält?«

»Schscht! Schau nicht so traurig drein. Ich sehe eine strahlende Zukunft für uns voraus, versprochen.«

Alhyffa zog seinen Kopf an ihre Brust und strich ihm übers Haar, während ihre himmelblauen Augen nach Süden hinausblickten. Sie sah drei Reiter, und jeder hielt einen abgeschlagenen Kopf. Sie kamen näher – ritten über den Himmel und auf das Fenster zu, an dem sie saß –, und der Himmel verdüsterte sich, Blitze leuchteten hinter ihnen auf und erloschen. Sie konnte weder die Gesichter der Reiter sehen, noch wollte sie die Köpfe betrachten, die sie trugen. Sie verschloß ihr inneres Auge vor ihnen und hörte das bittere Gelächter, als sie weiterritten: Odins Boten, die Raben, die sie mit unheilvollen Vorahnungen quälten.

Sie hatte ihren Vater nie geliebt und sich daher auch nie um seine Siege oder Niederlagen geschert. Aber jetzt war sie innerlich zerrissen. Morets Familie war mit Hengist verbunden, und deshalb sollte sie ihm Erfolg wünschen. Doch sobald der Erfolg eintrat, würde sich ihr Vater gegen Eldared wenden und ihn und alle, die zu ihm standen, vernichten. Eldared mußte dies aufgrund seiner Schläue ebenfalls erkannt haben, also würde er dieselbe Taktik verfolgen. Und was würde dann aus Hengists Tochter werden?

»Denk nicht an morgen, Moret. Genieße das Jetzt, denn es ist alles, was wir haben.«

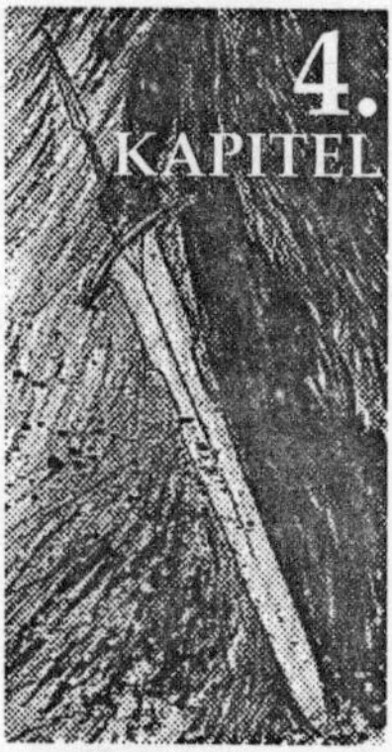

Thuro erwachte in einem schmalen Zimmer mit Wänden aus Holzbohlen und einem einzigen Fenster, das auf die Berge hinaussah. Der Raum war eiskalt, und der junge Prinz vergrub sich in den Decken und zog sie dicht um seinen schlafwarmen Körper. Er konnte sich nicht daran erinnern, wie er ins Bett gekommen war, nur an die scheinbar endlose Wanderung zu Culains Blockhütte, eingebettet in ein Kiefernwäldchen. Irgendwann hatten Thuros Beine nachgegeben, und Culain hatte ihn mühelos hochgehoben und ihn wie einen Säugling vor der Brust getragen. Thuro erinnerte sich, wie Culain ihn in einem breiten Ledersessel ablud und ein Feuer in dem steinernen Kamin entfachte, und er wußte auch noch, daß er in die größer werdenden Flammen gestarrt hatte. Aber irgendwann mußte er das Bewußtsein verloren haben.

Er sah sich im Zimmer um und bemerkte, daß seine Kleider auf einem einfachen Stuhl bereitlagen. Mit einem Blick unter die Decken stellte er fest, daß er nackt war. Er hoffte inständig, daß Laitha nicht dabeigewesen war, als man ihn ausgezogen hatte.

Die Tür ging auf, und Culain trat ein. Er hatte sein langes, dunkles Haar im Nacken zusammengebunden und trug ein Hemd aus dicker Wolle mit hohem Kragen sowie dunkle Lederhosen über Bergstiefeln aus gegerbtem Schafsfell.

»Zeit zum Aufstehen, Prinz! Und zum Arbeiten!«

Er ging zum Bett und zog die Decken weg. »Zieh dich an und komm zu mir nach nebenan.«

»Guten Morgen«, rief Thuro dem Entschwindenden hinterher, doch Culain gab keine Antwort. Der Prinz kletterte aus dem Bett und stieg in seine grünen Wollhosen und das mit Borten verzierte Hemd aus cremefarbener Wolle. Dann zog er seine Stiefel an und setzte sich wieder auf das Bett. Die Ereignisse des vergangenen Tages schlugen über ihm zusammen wie eisige Wogen. Sein Vater war tot, sein eigenes Leben in Gefahr. Er war Hunderte von Kilometern von seinen Freunden und seiner Heimat entfernt, der Gnade eines grimmigen Fremden ausgeliefert, den er nicht kannte. »Jetzt könnte ich deine Hilfe gebrauchen, Maedhlyn«, flüsterte er.

Er holte tief Luft, und mit einem Gebet zur Erdgöttin auf den Lippen, ging er zu Culain nach nebenan. Er sah den Krieger Holz neben dem Kamin aufstapeln, doch Culain blickte nicht einmal auf.

»Draußen liegen eine Axt und ein Beil. Hacke 20 Scheite klein, nicht größer als diese hier. Aber fix, Junge.«

»Warum sollte ich Holz für dich hacken?« fragte Thuro, dem der Ton des Mannes nicht gefiel.

»Weil du in meinem Bett geschlafen hast und zweifellos auch meine Mahlzeit essen willst. Oder bist du zu erhaben, um zu bezahlen, Prinz?«

»Ich hacke dein Holz, und dann gehe ich«, sagte Thuro. »Dein Benehmen gefällt mir nicht.«

Culain lachte. »Du kannst gerne gehen, aber es würde mich interessieren, welche Schneewehe du dir zum Sterben ausgesucht hast. Du bist schwächlicher als jeder andere Knabe, den ich je getroffen habe. Ich bezweifle, daß du die Kraft hast, den Berg hinunterzuwandern, und ganz sicher hast du nicht genug Verstand, um zu wissen, welche Richtung du einschlagen mußt.«

»Warum sollte dich mein Schicksal bekümmern?«

»Diese Frage beantworte ich dir, wenn ich fertig

bin«, sagte Culain, erhob sich und stand hochaufragend vor dem Jungen. Thuro behauptete seinen Platz und begegnete dem festen Blick mit hochgerecktem Kinn, ohne auch nur einen Zoll zu weichen.

Culain lächelte. »Nun, Junge, du hast vielleicht keine Kraft in den Armen, aber an geistiger Kraft mangelt es dir nicht, der QUELLE sei Dank. Jetzt hack das Holz, und beim Frühstück besprechen wir deine Abreise.«

Thuro hatte das Gefühl, einen kleinen Sieg errungen zu haben, aber er war sich nicht sicher, zu welchem Preis, oder ob der Sieg auch nur einen Pfifferling wert war. Er verließ die Hütte und fand den Holzschuppen in etwa fünfundzwanzig Metern Entfernung neben einer Baumgruppe.

Er fand die Axt, die in einem dicken Ast steckte und zog sie mühsam heraus. Dann legte er das Scheit auf einen dicken Klotz aus Kiefernholz und schwang die Axt über den Kopf. Mit dem ersten Schwung verfehlte er das Scheit, und die Schneide grub sich in den Schnee. Er zog die Axt heraus, suchte sich mit den Füßen festen Halt und versuchte es erneut. Diesmal glitt die Schneide von dem Scheit ab, und die Axt entglitt seinen schlanken Fingern. Er hob sie wieder auf. Beim dritten Schwung traf die Axt das Scheit, drang bis zur Mitte ein und blieb dann stecken. Es dauerte ein paar Minuten, bis er die Axt wieder frei hatte; dann überlegte er zunächst, wie er die Aufgabe lösen könnte. Er spreizte seine Füße etwas weiter, setzte den rechten ein kurzes Stück vor den linken, schwang die Axt – und spaltete das Scheit. So arbeitete er eine Weile weiter, bis sein Atem stoßweise ging und sein Gesicht weiß vor Erschöpfung war. Er zählte die Scheite. Elf ... und Culain hatte 20 gefordert! Er setzte seine Arbeit fort, jetzt allerdings langsamer. Seine Hände schmerzten, und er legte die Axt hin, um sie zu begutachten: vier große Blasen zierten die Innenflächen seiner Hände. Er warf einen Blick zur Hütte hinüber, aber von Culain war nichts zu sehen. Noch einmal zählte er die Scheite: 18. Er nahm die Axt in seine verletzte Hand und arbeitete weiter, bis er zwanzig Scheite gespalten und so vierzig Stücke erhalten hatte.

Als er zur Hütte zurückkehrte, fand er Culain in dem breiten Ledersessel vor, die Füße auf dem kleinen Tisch. Der Krieger blickte auf, als er eintrat.

»Ich dachte schon, du wärst da draußen eingeschlafen, Prinz.«

»Ich bin nicht eingeschlafen, und mir gefällt dein Ton nicht, wenn du meinen Titel benutzt – es klingt wie ein Hundename. Ich heiße Thuro; wenn du dich in Gegenwart von Fürstlichkeiten unbehaglich fühlst, darfst du mich so nennen.«

»Ach, darf ich das? Welch einzigartige Ehre! Wo ist das Holz?«

»Alles gehackt.«

»Aber um von Nutzen zu sein, brauche ich es hier drinnen, Junge.«

Thuro schluckte seinen Ärger hinunter, ging zum Holzschuppen zurück und nahm drei Holzstücke, die er mühelos zur Hütte zurücktrug, die drei Stufen hinauf und zum Kamin. Dieses Manöver wiederholte er achtmal, bis seine Arme brannten wie Feuer und er nur noch durch den Schnee schlurfen konnte. Culain saß einfach da, ohne ihm Hilfe anzubieten. Noch zweimal stolperte Thuro mit Holz beladen zurück, dann taumelte er und fiel zu Boden. Culain beugte sich in seinem Stuhl vor und tippte dem Jungen auf den Rücken.

»Noch sieben Stücke, glaube ich, nicht wahr, Jung-Thuro?«

Der Prinz stemmte sich auf die Knie. Zorn verlieh ihm die Kraft, als er in den Schnee hinausstolperte und dieses Mal vier Stücke aufnahm, die er langsam zurückschleppte. Seine rechte Hand war heiß und klebrig, und als er das Holz in die Feuerstelle fallen ließ, merkte er, daß die aufgerissenen Blasen bluteten. Er ging zurück zum Holzschuppen, und mit äußerster Anstrengung schleppte er die letzten Stücke zurück zur Hütte.

»Setze eine Axt niemals längere Zeit ungeschützt der Luft aus«, sagte Culain. »Bette sie immer in Holz, das schützt die Schneide.«

Thuro nickte bloß, er hatte keine Kraft mehr für eine Antwort. Wieder draußen, nahm er die Axt und hieb sie in ein Scheit.

»Noch etwas?« rief er. »Oder gehört es zum Spiel, daß ich zuerst zurückkomme?«

»Komm herein und iß«, rief Culain.

Die beiden frühstückten kaltes Fleisch und Käse, und Thuro verschlang seine kleine Portion rasch. Anschließend gab es ein dunkles Bier, so bitter, daß der Prinz husten mußte. Culain schwieg dazu, doch Thuro leerte das scheußliche Gebräu, um jedem Spott zuvorzukommen.

»Wie fühlst du dich?« fragte Culain.

»Gut.«

»Möchtest du, daß ich mich um deine Hand kümmere?«

Thuro wollte gerade ablehnen, als ihm aufging, daß der andere Mann genau das erwartete. Er erinnerte sich an den Rat des Ptolemäus, wie er ihn bei Plutarch gelesen hatte: »Solange du reagierst, hält dein Feind dein Schicksal in seiner Hand. Wenn du ihn aber zu reagieren zwingst, hast du ihn in deiner Hand.« Thuro lächelte. »Das wäre nett.«

Culain hob die Augenbrauen. »Streck die Hand aus.« Thuro tat dies, und der Krieger schüttete Salz aus dem Streuer direkt auf die Wunde. Es brannte wie Feuer. »Das sollte genügen«, meinte Culain. »Jetzt möchte ich dich um einen Gefallen bitten.«

»Ich schulde dir nichts. Ich habe für mein Frühstück bezahlt.«

»Das hast du allerdings, aber ich möchte gern, daß du Laitha eine Nachricht überbringst. Ich nehme an, du möchtest nicht gehen, ohne dich von ihr zu verabschieden?«

»Nun gut. Wo ist sie?«

»Wir haben eine Hütte, höher in den Bergen. Sie liebt die Einsamkeit. Geh zu ihr und sage ihr, daß ich mich heute abend über ihre Gesellschaft freuen würde.«

»Ist das alles?«

»Ja.«

»Dann möchte ich dir Lebwohl sagen, Culain lach Feragh – was immer das auch heißen mag – und dir danken für deine ehrfurchtgebietende Gastfreundschaft.«

»Du solltest deine Abreise noch einen Moment verschieben – zumindest, bis du weißt, wo du Laitha findest.«

»Dann sei so freundlich und sag es mir.«

Culain gab ihm eine einfache Wegbeschreibung, und Thuro ging ohne ein weiteres Wort. Es war ein strahlender Morgen, klar und ohne einen Windhauch, und er wanderte über eine Stunde durch die öde Winterlandschaft. Dann stieß er auf den Pfad, den Culain ihm beschrieben hatte, markiert von einem umgestürzten Baum. Er wandte sich nach rechts und setzte seinen Aufstieg fort, wobei er oft rastete. Die Dämmerung setzte bereits ein, als der erschöpfte Prinz bei Laithas Hütte ankam. Sie half ihm hinein, und er sank minutenlang vor dem Holzfeuer zusammen, um wieder zu Atem zu kommen.

»Ich dachte, ich würde da draußen sterben«, sagte er schließlich.

Sie setzte sich neben ihn. »Steig aus deinen nassen Sachen und werde erst mal wieder warm.«

»Das schickt sich nicht«, erwiderte er in der Hoffnung, sie würde ihm widersprechen. Doch sie tat es nicht.

»Ich hole dir etwas zu essen. Vielleicht etwas Brot und Käse?«

»Das wäre großartig. Ich hatte nicht mehr so einen Hunger seit ... ich weiß nicht wann.«

»Es ist ein langer Weg zu meinem Haus. Warum bist du gekommen?« Sie bot ihm dunkles Brot und einen runden, weißen Käse an.

»Culain bat mich, dir eine Nachricht zu überbringen. Er sagte, er hätte heute abend gern deine Gesellschaft.«

»Wie merkwürdig.«

»Der Mann an sich ist merkwürdig und so ziemlich der unhöflichste Mensch, den ich je kennengelernt habe.«

»Auf jeden Fall solltest du wieder Kräfte sammeln und ein bißchen Wärme tanken, ehe wir uns auf den Rückweg machen.«

»Ich gehe nicht mit zurück. Ich habe ihm Lebwohl gesagt«, erklärte Thuro.

»Du mußt zurück. Es ist der einzige Weg herunter von dem Berg, und es wird längst dunkel sein, ehe wir seine Hütte erreichen. Du mußt mindestens noch eine Nacht dort verbringen.«

»Kann ich nicht hierbleiben? Bei dir?«

»Wie du schon sagtest, Prinz Thuro, das würde sich nicht schicken.«

»Er hat es gewußt«, sagte Thuro. »Er hat gewußt, daß ich hier in der Falle sitzen würde. Was für ein gemeines Spiel spielt er?«

»Ich finde, du maßt dir zuviel an«, fauchte sie. »Du sprichst von einem Freund von mir – dem besten Freund, den ein Mensch nur haben kann. Vielleicht mag Culain keine verwöhnten jungen Edelinge. Aber er hat dein Leben gerettet, wie er vor zehn Jahren mir das Leben gerettet hat – unter nicht geringer Gefahr für sich selbst. Hat er dafür etwas gefordert, Thuro?«

Instinktiv streckte er die Hand aus und berührte ihre. Sie zuckte zurück, als hätte sie etwas gestochen. »Es tut mir leid«, sagte er. »Ich wollte dich nicht kränken. Nördlich des Walles bist du im Augenblick der einzige Freund, den ich habe. Aber du selbst hast es doch seltsam gefunden, daß er mich gebeten hat herzukommen. Warum?«

»Das spielt keine Rolle. Wir sollten uns auf den Weg machen.«

»O doch, es spielt eine Rolle, Laitha. Laß mich raten: Du warst überrascht, weil du ohnehin zu ihm gehen wolltest. Stimmt's?«

»Vielleicht. Oder vielleicht hatte er es vergessen.«

»Er wirkt auf mich nicht gerade vergeßlich. Er wußte, daß ich gezwungen wäre, zu seiner Hütte zurückzukehren.«

»Frag ihn, wenn du ihn siehst«, entgegnete sie, warf ein schweres Schaffellwams über und öffnete die Tür der Hütte. Draußen hatte heftiger Schneefall eingesetzt, und der Wind nahm beängstigend zu. Mit einem Fluch, den Thuro zuletzt von einem Soldaten gehört hatte, knallte sie die Tür zu. »Wir können jetzt nicht gehen«, sagte sie. »Du mußt die Nacht über hierbleiben.« Thuros Stimmung hob sich erheblich.

In diesem Moment ging die Tür auf, und Culain trat ein. Auf der Schwelle blieb er stehen, um sich den Schnee von den Schultern zu bürsten.

»Keine gute Nacht zum Wandern, Prinz«, sagte er.

»Trotzdem, ein oder zwei Aufgaben am Morgen, und schon bald kannst du für deine Unterkunft bezahlen.«

Victorinus und Gwalchmai waren seit vier Tagen unterwegs, und während der letzten beiden hatten sie nichts gegessen. Der Römer machte sich mehr Sorgen um ihren Proviant als um die Möglichkeit ihrer Gefangennahme, denn die Pferde brauchten Hafer, und ohne Pferde hatten sie keine Chance, aus dem Land der Briganten herauszukommen.

»Was würde ich jetzt für einen guten Bogen geben«, seufzte Gwalchmai, als sie ein paar Rehe auf einem flachen Hügel erspähten.

Victorinus antwortete nicht. Er war müde, und der Bartwuchs auf seinem kantigen Unterkiefer machte ihn gereizt. Als jemand, der auf seine Sauberkeit achtete, quälte ihn auch der Gestank seines eigenen abgestandenen Schweißes, während er sich das Gesicht kratzte und fluchte, weil er kein Rasiermesser hatte.

»Allmählich siehst du ganz menschlich aus«, sagte Gwalchmai. »Noch ein paar Monate, und ich flechte dir den Bart – dann kannst du in ehrenwerter Gesellschaft verkehren.«

Victorinus grinste, und ein Teil seiner schlechten Laune verflüchtigte sich. »Wir haben kein Geld mehr, Gwal, aber irgendwie müssen wir Futter für die Pferde finden.«

»Ich schlage vor, wir versuchen es im Hochland«, sagte Gwalchmai, »und versuchen, ein Dorf oder eine Siedlung zu finden. Wir können ein paar von Caradocs Sachen tauschen, sein Schwert müßte einen guten Preis bringen.« Victorinus nickte, aber ihm gefiel die Idee nicht. Das Traurigste an den britannischen Stämmen war, daß sie unfähig waren, ohne Blutvergießen zusammenzutreffen. Der Gedanke, daß Gwalchmai in eine Siedlung der Briganten oder Trinovanten ritt, erfüllte ihn mit Angst.

In dieser Nacht lagerten sie zwischen den Hügeln in einem windgeschützten, bewaldeten Tal. Es schneite heftig, aber die beiden Männer und ihre Pferde hatten es im Schutz einer breit ausladenden Kiefer gemütlich, und das Feuer verhinderte, daß ihr Blut zu Eis gefror.

Am nächsten Morgen stießen sie auf eine kleine Siedlung, die aus zwölf Hütten bestand. Sie ritten wachsam hinein. Gwalchmai wirkte sorglos, und Victorinus wunderte sich wieder einmal über den britannischen Optimismus, der unter den Stämmen verbreitet war. Die Briten waren nicht imstande, aus Fehlern der Vergangenheit zu lernen und begrüßten jeden neuen Tag als Gelegenheit, die Fehler der vergangenen 24 Stunden zu wiederholen.

»Versuche, niemanden zu beleidigen«, drängte Victorinus.

»Keine Angst, Römer. Heute ist ein guter Tag.«

Der Dorfälteste trat ihnen entgegen, ein älterer Krieger mit geflochtenem weißem Haar und einer blauen Tätowierung in Form eines Spinnennetzes auf der Stirn.

»Sei gegrüßt, Vater«, sagte Gwalchmai, während sich eine kleine Menschenmenge hinter dem Ältesten versammelte.

»Nenn mich nicht Vater, Ratte des Südens«, antwortete der Mann und grinste, wobei er seinen einzigen Zahn im Oberkiefer zeigte.

»Sei dir da nicht zu sicher, Vater. Du siehst aus wie ein Mann, der seinen Samen als Jüngling weit gesät hat, und meine Mutter war eine Frau, die solche Männer anzog.«

Die Menge kicherte, und der alte Mann trat vor, die blauen Augen funkelten. »Jetzt, wo du es erwähnst, erkenne ich eine gewisse Familienähnlichkeit. Ich nehme an, du hast deinem alten Vater ein Geschenk mitgebracht?«

»Allerdings«, antwortete Gwalchmai, glitt aus dem Sattel und zeigte dem alten Mann Caradocs bestes Messer, eine Waffe mit ovaler Klinge und einem Griff aus geschnitzten Knochen.

»Von jenseits des Wassers«, sagte der Mann und wog die Waffe in der Hand. »Gutes Eisen – und eine feine Schneide.«

»Es ist schön, zu Hause zu sein«, meinte Gwalchmai. »Können wir uns diese Nacht ausruhen und unsere Pferde versorgen?«

»Aber natürlich, mein Sohn.« Der alte Mann rief zwei junge Burschen herbei, die die Pferde auf eine Koppel östlich der Siedlung brachten. »Kommt mit in meine Hütte.«

Die Hütte war spärlich eingerichtet, bot aber willkommenen Schutz vor dem Wind. Es gab ein schmales Bett und ein paar Fellteppiche, und in einem eisernen Becken glommen Kohlestücke. Eine ältere Frau verbeugte sich bei ihrem Eintritt und brachte Schalen mit dunklem Bier sowie Brot und Käse. Die drei Männer saßen um das Kohlebecken, und der alte Mann stellte sich als Golaric vor, einst Streiter des alten Königs Cascioc.

»Ein guter König – gut mit Schwert und Lanze. Er wurde von seinem Bruder und diesem verfluchten Römer Aurelius ermordet.« Golarics helle Augen richteten sich auf Victorinus. »Es kommt nicht oft vor, daß ein Auftragsvermittler mein kleines Dorf besucht.«

»Ich bin kein Auftragsvermittler«, gestand Victorinus.

»Das weiß ich. Ich mag vielleicht keine Zähne mehr haben, aber mein Verstand ist noch gut. Du bist Victorinus, der Centurio. Und du, mein ungeratener Sohn, bist Gwalchmai, der Cantii, der Hund des Königs. Nachrichten reisen immer besonders schnell.«

»Wir sind Gejagte, Vater«, sagte Gwalchmai.

»Allerdings. Stimmt es, daß dieser Bastard von Römer tot ist?«

»Ja«, antwortete Victorinus, »und ich werde nicht zulassen, daß man ihn so nennt – ob er nun lebt oder tot ist.«

»Er ist ganz schön hitzköpfig, nicht wahr?« fragte Golaric, als er Victorinus' Hand zum Gladius fahren sah.

»Du kennst doch diese Römer, Vater. Keine Beherrschung«, sagte Gwalchmai. »Warum bist du uns gegenüber mit deinem Wissen so offen?«

»Es gefällt mir so.«

Gwalchmai lächelte. »Ich kenne mich ein wenig in der Geschichte der Briganten aus. Cascioc war Eldareds älterer Bruder, er wurde in seinem Bett erschlagen. Es gab fast einen Bürgerkrieg unter den Stämmen der alten Kaledonischen Konföderation. Welche Rolle hast du dabei gespielt, Vater?«

»Wie gesagt, ich war der Streiter des Königs. Ich hatte in jenen Tagen einen guten Arm, und ich hätte zu Eldared gehen und ihm die Kehle durchschneiden sollen, aber ich tat es nicht. Die Tat war verübt, und ich hatte einen Blutschwur getan, den König mit meinem Leben zu schützen. Aber jetzt war Eldared der König, also verließ ich seinen Dienst. Und jetzt bietet er gutes Gold, um die Männer zu töten, die eine Gefahr für ihn darstellen. Sein Gold interessiert mich nicht, was mich interessiert, ist sein Untergang.«

»Das kann ich nicht versprechen«, sagte Victorinus.

»Ich kann lediglich mit Sicherheit sagen, daß er Erfolg haben wird, wenn wir nicht nach Eboracum kommen. Eldared hat damit geprahlt, daß er rund 15 000 Mann mobil machen kann. Lucius Aquila hat nur 4000 in Eboracum. Bei einem Überraschungsangriff wird er in die Flucht geschlagen.«

»Es ist mir egal, ob ein Römer in Eboracum überlebt, aber ich verstehe, was du meinst. Deine Pferde werden heute abend gefüttert und getränkt, aber morgen werdet ihr weiterreisen. Ich gebe euch Proviant mit – nicht viel, denn wir sind ein armes Dorf. Aber sei gewarnt, im Süden und Osten von euch sind Jagdtrupps unterwegs. Ihr müßt euch erst nach Westen und dann nach Süden halten.«

»Wir werden vorsichtig sein, Vater«, sagte Gwalchmai.

»Und hör auf, mich ›Vater‹ zu nennen. Ich habe in meinem ganzen Leben nicht mit einer Cantii-Frau geschlafen – sie hatten alle einen Bart.«

Gwalchmai kicherte. »Er hat recht«, sagte er zu Victorinus. »Das ist einer der Gründe, warum ich zur Armee gegangen bin.«

»Es gibt für euch noch etwas zu bedenken«, sagte Golaric. »Die Jäger scheinen sich nicht um eure Gefangennahme zu sorgen, sie sagen, daß Nebel-Magie benutzt wird, um euch aufzuspüren. Wenn das stimmt, tut ihr mir leid.«

Alle Farbe wich aus Gwalchmais Gesicht.

»Wovon spricht er?« fragte Victorinus.

»Tod«, flüsterte Gwalchmai.

Den ganzen langen Tag ritten die beiden Männer zusammen, und Victorinus wurde das Schweigen immer unbehaglicher. Das Land war offen, der Wind bitterkalt, aber es war Gwalchmais verschreckter Blick, der die Gedanken des Römers beherrschte. Er kannte Gwalchmai seit vier Jahren, seit er als unbedarfter Achtzehnjähriger frisch aus Rom in Camulodunum eingetroffen war. In dieser Zeit hatte er gelernt, den Mann hoch zu schätzen wegen seines ewigen Optimismus und seiner tollkühnen Tapferkeit, aber jetzt wirkte er wie ein Besessener – mit blicklosen Augen und einer Haltung, die von Niederlage kündete. Sie lagerten im Windschatten eines Felshanges, und Victorinus bereitete ein Feuer vor.

»Was ist los mit dir, Mann?« fragte er, als Gwalchmai teilnahmslos in die Flammen starrte.

»Es ist gut für dich, wenn du es nicht erkennst«, sagte Gwalchmai.

»Ich erkenne Angst, wenn ich sie sehe.«

»Es ist schlimmer als Angst, es ist die Vorahnung des Todes. Ich muß mich auf die Reise vorbereiten.«

Um eine Antwort verlegen, lachte Victorinus ihm ins Gesicht. »Ist das wirklich Gwalchmai, den ich vor mir sehe? Der Jagdhund des Königs? Wohl eher ein Kaninchen im Fackelschein, das auf den Pfeil wartet. Was ist los mit dir?«

»Das verstehst du nicht«, wiederholte Gwalchmai. »Es liegt in den Gebeinen dieses Landes ... in den Göttern des Waldes und der Seen. Einst war dies Land die Heimat der Götter, und noch immer wandeln sie hier in den Nebel. Verhöhne mich nicht, Römer, denn ich weiß, wovon ich spreche. Ich habe geschuppte Drachen durch die Luft fliegen sehen. Ich habe einen Atrol gesehen. Ich habe den zischenden Atem der Toten gehört. Es gibt kein Entrinnen, denn wenn die Götter auf unseren Spuren wandeln, gibt es kein Versteck.«

»Du redest wie ein altes Weib. Was ich sehe, kann ich durchbohren. Was ich durchbohren kann, kann ich töten. Mehr gibt es dazu nicht zu sagen. Götter, also wirklich! Sieh dich um! Wo sind die Atrols? Wo sind die Drachen? Wo sind die wandelnden Toten?«

»Du wirst schon sehen, Victorinus. Ehe sie dich packen, wirst du sie sehen.«

Eine Wolke verdeckte den Mond, und eine Eule zog lautlos über ihren Lagerplatz. »Da hast du deinen Drachen, Gwalchmai! Auf Mäusejagd!«

»Mein Vater hat einmal einen Zauberer verärgert«, sagte Gwalchmai leise, »und dieser rief eine Hexe herbei. Man fand meinen Vater auf einem Berg – oder besser, man fand seine untere Hälfte. Die obere war abgerissen worden, und ich sah die Klauenspuren auf seinem Rücken.«

»Vielleicht hast du ja recht«, lenkte Victorinus ein,»und vielleicht gibt es hier ja Dämonen. Aber wenn, dann muß man sich ihnen stellen. Die Angst ist es, was hier tötet, Gwal.« In der Ferne heulte ein Wolf, und es hallte unheimlich durch den Wald. Victorinus schauderte und fluchte innerlich. Er wickelte sich seine Decke um die Schultern, stocherte das Feuer neu an und legte noch einige Zweige in die Glut.

»Ich halte ein paar Stunden Wache«, sagte er. »Du schläfst so lange.«

Gehorsam wickelte sich Gwalchmai in seine Decken und legte sich neben das Feuer, während Victorinus seinen Gladius zog und sich mit dem Rücken an einen Baum setzte. Die Nacht schritt voran, und es wurde kälter. Der Römer legte noch Brennholz nach, bis auch der letzte Zweig fast verbraucht war, dann stand er auf, streckte sich und ging ein Stück in die Dunkelheit, um mehr totes Holz zu sammeln. Er legte seinen Gladius ab und hatte sich gerade gebückt, um einen langen Ast aufzuheben, den der Wind vom Baum gebrochen hatte, als ein leises, wisperndes

Geräusch ihn alarmierte. Noch etwas schreckhaft nach dem Gespräch mit Gwalchmai ließ er das Holz fallen, riß sein Schwert hoch und tauchte nach rechts ab. Etwas streifte seinen Rücken, und er drehte sich herum und stieß sein Gladius in die Dunkelheit, die ihn zu überwältigen drohte. Die Klinge traf auf Widerstand, und ein bestialischer Schrei ertönte. Wieder warf sich Victorinus herum, als ein dunkler Schatten sich über ihm auftürmte, dann sprang er seinem Angreifer mit einem Schlachtruf entgegen. Sein Schwert traf sein Ziel, dann schleuderte ihn ein Hieb an die Schläfe taumelnd zurück zum Lagerplatz, wo er über die glühenden Kohlen ihres Feuers rollte. In diesem Augenblick teilten sich die Wolken, der Mond tauchte die Szene in silbernes Licht. Victorinus kam auf die Füße – und erstarrte ... Ihm gegenüber stand ein über zweieinhalb Meter großes Wesen, das mit langem, braunem Fell bedeckt war. Es hatte rote Augen, die wie frisches Blut glänzten, die Fangzähne waren lang wie Dolche und grausam gekrümmt. Die Arme des Wesens waren unverhältnismäßig lang und hingen fast bis zum Boden, und jeder seiner vier Finger endete in glänzenden, gezähnten Krallen.

Grauer Nebel wirbelte um Victorinus' Beine und stieg bereits an ihm empor, als er ihn gerade bemerkte. Das Wesen griff an. Rasch wischte sich der Römer den Schweiß von der Schwerthand und packte den Ledergriff seines Gladius fester. Es war die falsche Waffe für dieses Wesen, er brauchte einen Speer.

»Komm und stirb!« schrie er. »Probier einmal, wie römisches Eisen schmeckt!«

Das Wesen hielt inne – und sprach. Victorinus war so erstaunt, daß er beinahe sein Schwert fallen ließ.

»Du kannst nicht gegen dein Schicksal ankämpfen, Victorinus«, sagte es mit zischender Stimme. »Heute ist der Tag deines Dahinscheidens. Hör auf zu kämpfen. Komm zur Ruhe und finde Frieden. Komm zur Ruhe und finde Freude. Komm zur Ruhe ...« Die Stimme war hypnotisch, und als das Wesen vorrückte, blinzelte Victorinus und versuchte, die Lethargie abzuschütteln, die es in ihm erweckte. Der Nebel hob sich um seine Schultern, blähte sich wie Holzrauch.

»Nein!« rief er zurückweichend.

Plötzlich zerriß ein unirdischer Schrei die Stille. Der Nebel teilte sich, und Victorinus sah Gwalchmai hinter dem Wesen, wie er mit seinem blutigen Schwert zum zweiten Streich ausholte. Der Römer rannte los, und stieß seine Klinge tief in die haarige Kehle der Kreatur. Die Krallen griffen nach ihm, zerrissen sein Gewand und ritzten seine Haut. Gwalchmai stieß noch einmal von hinten zu, und das Wesen fiel nieder. Der Nebel wurde dichter – und verschwand.

Das Wesen war fort.

Victorinus taumelte zurück zum Lager, schob die heißen Kohlen mit der Schwertspitze zusammen und fachte die Glut neu an. Gwalchmai setzte sich zu ihm, aber keiner sagte ein Wort, bis das Feuer wieder hell brannte.

»Vergib mir«, bat der Römer. »Ich habe aus Unwissenheit gespottet.«

»Es gibt nichts zu verzeihen. Du hattest recht – ein Mann muß um sein Leben kämpfen, selbst wenn er glaubt, alles sei verloren. Du hast mir heute eine Lektion erteilt, Römer. Ich werde sie nicht vergessen.«

»Heute haben wir beide viel gelernt. Was war das für ein Wesen?«

»Ein Atrol – und zwar ein kleiner. Wir hatten Glück, Victorinus. Inzwischen werden sie wissen, daß ihr erster Versuch fehlgeschlagen ist, und der nächste Dämon wird nicht so leicht sterben.«

»Vielleicht wird er nicht leicht sterben – aber sterben wird er.«

Gwalchmai grinste und klopfte ihm auf die Schulter. »Ich glaube dir.«

»Wenigstens einer von uns sollte das auch«, sagte der Römer.

»Ich glaube, wir sollten besser hier verschwinden«, meinte Gwalchmai. »Jetzt, wo sie unsere Fährte aufgenommen haben, werden sie dicht hinter uns sein.«

Wie um seine Worte zu unterstreichen, erscholl ein gräßliches Heulen von Norden und wurde von Osten und Westen beantwortet.

»Wölfe?« fragte Victorinus, der die Antwort fürchtete.

»Atrols. Laß uns aufbrechen.«

5. KAPITEL

Thuro starrte den unbewegt dreinblickenden Culain an, und zum ersten Mal in seinem jungen Leben fühlte er Haß in sich aufwallen. Sein Vater war tot, sein eigenes Leben lag in Scherben, und jetzt war er der Gnade dieses merkwürdigen Bergmenschen ausgeliefert. Er erhob sich vom Boden vor dem Feuer.

»Ich werde für meine Unterkunft heute nacht arbeiten«, sagte er, »obwohl du mich hereingelegt hast. Aber dann gehe ich.«

»Ich fürchte, das wird nicht gehen, junger Prinz«, widersprach Culain, streifte sein Lederwams ab und stellte sich vor das Feuer. »Die tiefer gelegenen Täler werden morgen früh abgeschnitten sein, der Schnee über drei Meter hoch liegen. Ich fürchte, wir sind gezwungen, deine Gesellschaft mindestens zwei Monate lang zu ertragen.«

»Du bist ein Lügner!«

»Nur hin und wieder«, gab Culain zu und kniete sich, um die Hände den Flammen entgegenzustrecken. »Aber dieses Mal ganz sicher nicht. Betrachte doch einfach einmal die gute Seite, Thuro. Du mußt mich nicht allzu oft sehen – ein paar einfache Arbeiten, und danach kannst du Laitha Gesellschaft leisten. Außerdem kommst zwar du hier nicht weg, aber deine Feinde kommen auch nicht her. Im Frühjahr wird deine Heimreise weit weniger gefährlich sein. Vielleicht lernst du sogar noch etwas.«

»Es gibt nichts, was du mir beibringen könntest. Ich brauche von deiner Art und Weise nichts zu lernen.«

Culain zuckte die Achseln. »Wie du willst. Ich bin

müde. Ich bin auch nicht mehr so jung, wie ich mal war. Darf ich meine alten Knochen auf deinem Bett ausruhen, Gian?«

»Selbstverständlich«, antwortete Laitha. Thuro sah den Ausdruck in ihren Augen und wünschte, er könnte eine solche Reaktion bei ihr hervorrufen. Ihre Liebe zu Culain war strahlend, und Thuro wunderte sich, daß er es vorher nicht erkannt hatte. Er fühlte sich wie ein Eindringling, und sein Mut schwand. Warum sollte das Waldmädchen diesen tatkräftigen Mann nicht lieben – groß und stark wie eine Eiche, erfahren und mächtig? Thuro wandte den Blick von der Liebe in ihren Augen und ging zum Fenster. Es war wegen des Wetters fest geschlossen, und so begann er damit, das Holz zu untersuchen, bemerkte, wie sorgsam es in den Rahmen eingepaßt war. Nicht der kleinste Hauch Zugluft drang herein. Als er sich wieder umdrehte, war Culain ins Hinterzimmer gegangen und Laitha mit ihm. Thuro setzte sich wieder ans Feuer. Er konnte sie leise miteinander sprechen hören, aber nichts verstehen.

Laitha kam ein paar Minuten später zurück und zündete zwei Kerzen an. »Er schläft jetzt«, sagte sie.

»Verzeih mir, Laitha. Ich wollte mich nicht aufdrängen.«

Ihre großen braunen Augen richteten sich auf ihn, ihr Blick war fragend. »Wieso aufdrängen?«

Er schluckte, sich wohl bewußt, daß er einen gefährlichen Pfad einschlug. »Dir und Culain. Ihr scheint glücklich zusammen zu sein und braucht wahrscheinlich keine ... Gesellschaft. Ich werde so schnell wie möglich gehen.«

Sie nickte. »Du hattest unrecht, Thuro. Es gibt vieles, was du hier lernen kannst – wenn du deine Zeit gut nutzt. Culain ist ein guter Mann, der beste, den ich kenne. In ihm ist nichts Schlechtes – was du auch denken magst. Es gibt immer einen Grund für sein Handeln, und der hat nichts mit Selbstsucht zu tun.«

»Ich kenne ihn nicht so gut wie du«, sagte Thuro, so neutral wie er konnte.

»Allerdings nicht. Aber du könntest ihn kennenlernen, wenn du endlich anfangen würdest zu denken anstatt zu reagieren.«

»Ich verstehe nicht, was du meinst. Denken ist vielleicht die einzige Stärke, die ich besitze. In meinem ganzen Leben hat mich mein Verstand nie so im Stich gelassen wie meine Beine und meine Lungen.«

Sie lächelte und streckte die Hand aus, um seine Schulter zu berühren, und er fühlte einen fast elektrischen Schlag. »Dann denke, Thuro. Warum ist er hier?«

»Wie kann ich das beantworten?«

»Indem du die Hinweise prüfst, die dir vorliegen und daraus Schlüsse ziehst. Stell es dir als Rätsel vor.«

Jetzt hatte Thuro eine Situation, in der er sich auskannte. Und das Wort ›Rätsel‹ ließ ihn sich heimischer fühlen und an den Abend mit Maedhlyn in dem eichengetäfelten Studierzimmer denken. Sein Verstand paßte sich mühelos der neuen Herausforderung an. Culain hatte ihn gebeten, Laitha zu besuchen und ihr eine Botschaft zu überbringen, aber dann war er selbst gekommen und hatte damit Thuros Wanderung überflüssig gemacht. Warum? Er dachte an den langen, mühsamen Aufstieg zu dieser einsamen Hütte und erkannte, daß Culain kurz nach ihm aufgebrochen sein mußte. Er blickte auf und sah, daß Laitha ihn gespannt anblickte. Er lächelte, aber ihr Gesicht bliebt unbewegt.

»Hast du eine Antwort gefunden?« fragte sie.

»Möglicherweise. Er hat auf mich aufgepaßt – falls ich im Schnee zusammengebrochen wäre.«

Jetzt war es an ihr zu lächeln, und er sah, wie die

Spannung von ihren Schultern wich. »Siehst du ihn immer noch als Ungeheuer?«

»Die Tatsache bleibt, daß für mich keine Notwendigkeit bestand, überhaupt hierher zu kommen.«

»Denk auch darüber nach«, forderte sie ihn auf, erhob sich geschmeidig und ging zu einer langen Truhe an der Wand. Sie holte zwei Decken heraus und reichte ihm eine davon. »Du kannst hier vor dem Feuer schlafen. Wir sehen uns morgen früh.«

»Wo wirst du schlafen?« fragte er.

»Neben Culain.«

»Oh! Ja, natürlich.«

»Ja, natürlich«, wiederholte sie. In ihren Augen funkelte es provozierend. Er wurde rot bis über beide Ohren und wandte den Blick ab.

»Ich wollte dich nicht beleidigen. Ehrlich.«

»Deine Worte sind nicht so beleidigend wie dein Blick.«

Er nickte und breitete die Hände aus. »Ich bin eifersüchtig. Verzeih mir.«

»Warum sollte ich dir verzeihen? Weißt du überhaupt, wo dein Fehler liegt? Du siehst und siehst doch nicht. Du fällst beim leisesten Verdacht Urteile. Laß dich nicht irreführen, Thuro, was deine Stärken angeht. Es stimmt wohl, dein Körper ist nicht so stark wie dein Geist. Aber was sagt uns das? Dein Körper ist so schwach, daß du die tatsächliche Stärke deines Verstandes überschätzt. Dein Verstand ist undiszipliniert und deine Arroganz unannehmbar. Gute Nacht.«

Er saß noch lange und betrachtete das Feuer, legte Holz nach und dachte über das nach, was sie gesagt hatte. Er hätte wissen müssen, daß Culain ihm gefolgt war, und zwar von dem Augenblick an, als der große Krieger in die Hütte getreten war – ebenso wie er hätte wissen müssen, aus welchem Grund er hierher geschickt worden war. Sicher, es hielt ihn für den Rest des Winters hier in den Bergen fest, aber nicht Culain hatte einen Vorteil davon, sondern nur Thuro, der jetzt in Sicherheit vor seinen Feinden war. Er legte sich auf den Boden, zog die Decke über die Schultern und fühlte sich dumm und jung und ratlos. Erst Laitha und dann Culain hatten ihm das Leben gerettet. Und er hatte es ihnen mit Arroganz und mangelnder Dankbarkeit vergolten.

Er erwachte früh nach einem traumlosen Schlaf. Das Feuer war zu grauer Asche heruntergebrannt, nur hie und da glühte noch ein Funke. Sorgfältig stocherte er in der Asche, so daß die Luft zirkulieren konnte, dann legte er das letzte Scheit auf. Anschließend stand er auf und verließ die Hütte. Draußen hatte es aufgehört zu schneien, und die Luft war frisch und bitterkalt. Er fand den Holzvorrat und nahm eine langschaftige Axt zur Hand. Mit dem ersten Schlag spaltete er ein dickes Scheit, und er fühlte, wie Stolz in ihm aufstieg. Er grinste und holte tief Luft. Die Blasen auf seiner Hand waren trocken, doch die Haut war noch nicht verheilt. Er beachtete den wachsenden Schmerz nicht und hackte weiter Holz, bis er zwanzig dicke Stücke in sechsundvierzig handliche Scheite gespalten hatte. Dann stapelte er sie und setzte sich auf den Hackklotz, Schweiß rann ihm übers Gesicht. Ihm war nicht mehr kalt, er fühlte sich richtig lebendig. Seine Arme und Schultern brannten von der körperlichen Anstrengung, und er wartete ein Weilchen, bis sein Atem sich wieder beruhigt hatte. Dann nahm er drei Scheite und trug sie in die Hütte. Wie schon am Tag zuvor begann er sich nach einigen Gängen etwas schwindlig zu fühlen, also machte er langsamer weiter und ruhte sich oft aus. Auf diese Weise brachte er seine Aufgabe ohne Zusammenbruch zu Ende, und er hatte das alberne Gefühl, eine

Heldentat vollbracht zu haben, als der Kamin voll war. Er ging noch einmal zum Holzschuppen und hieb die Axt in einen Klotz. Seine Hand blutete wieder, und er betrachtete das gerinnende Blut, so stolz darauf, als wäre es eine Kriegsverletzung.

Ein leuchtend bunter Vogel flatterte herbei und ließ sich auf einem Zweig über seinem Kopf nieder. Seine Brust war rötlichbraun, und auf dem Kopf saß ein schwarzer Fleck wie ein Käppchen. Die Federn auf dem Rücken waren grau, wie ein kleiner Umhang, und die Flügelspitzen und der Schwanz waren schwarz mit einem weißen Streifen – wie das Symbol für einen Pilus Primus, einen Ersten Zenturio.

Thuro hatte schon früher solche Vögel im Wald von Eboracum gesehen, aber nie innegehalten, um ihre Schönheit zu betrachten. Der Vogel stieß einen leisen, flötenden Ton aus und verschwand im Wald.

»Das war ein Pyrrhula, ein Gimpel«, erklärte Culain. Thuro zuckte zusammen. Der Mann war so lautlos gekommen wie die Morgendämmerung. »Es gibt viele schöne Vögel im Hochland. Sieh einmal dort!« Thuro folgte seinem deutenden Finger und sah etwas äußerst Komisches, einen kleinen orangefarbenen Vogel mit weißem Bart und schwarzem Schnurrbart, der aussah wie ein kleiner Zauberer. »Das ist ein Panurus biarmicus, eine Bartmeise«, sagte Culain. »Es gibt nur noch sehr wenige davon.«

»Sie sieht aus wie ein Freund von mir. Ich wünschte, er könnte sie sehen.«

»Du sprichst von Maedhlyn – und er hat schon Bartmeisen gesehen.«

»Du kennst Maedhlyn?«

»Ich kenne Maedhlyn, seit die Welt jung war. Wir wuchsen in Balacris auf, ehe Atlantis unterging. Du hattest mich doch einmal nach meinem Titel gefragt –

Culain lach Feragh: Culain der Unsterbliche.« Er lächelte. »Aber jetzt nicht mehr. Jetzt bin ich Culain der Mensch und glücklich darüber. Ich begrüße jedes neue graue Haar als Geschenk.«

»Du stammst aus dem Land des Nebels?«

»Maedhlyn und ich, und einige andere erschufen jenes Land. Es war nicht leicht, und selbst jetzt bin ich noch nicht sicher, daß es sich gelohnt hat. Was meinst du?«

»Woher soll ich das wissen? Ich war niemals dort. Es ist sicherlich ein wunderbares Land«

»Wunderbar langweilig, mein Junge! Kannst du dir Unsterblichkeit vorstellen? Was gibt es Neues in der Welt, das dein Interesse wecken könnte? Welche Ziele kannst du dir stecken, die nicht sogleich erreichbar sind? Welche Freude liegt in der endlosen Abfolge der Jahreszeiten? Es ist viel besser, sterblich zu sein und mit der Welt um dich herum zu altern.«

»Aber es gibt doch gewiß Liebe?« fragte Thuro.

»Es gibt immer Liebe. Aber nach hundert Jahren oder tausend sind die Flammen der Leidenschaft nicht viel mehr als ein Glühen in der Asche eines längst erloschenen Feuers.«

»Ist Laitha unsterblich?«

»Nein, sie stammt nicht aus dem Nebel. Magst du sie, Thuro? Oder langweilst du dich nur, weil du in diesem Wald festsitzt?«

»Ich langweile mich nicht. Und ja, sie ist schön.«

»Das habe ich nicht gefragt.«

»Dann kann ich dir nicht antworten. Aber ich würde mir nicht anmaßen, mich deiner Dame zu nähern – selbst wenn sie mich empfangen würde.«

Culains graue Augen funkelten, und ein breites Grinsen zog über sein Gesicht. »Gut gesprochen! Aber sie ist nicht meine Dame, sie ist mein Mündel.«

»Aber sie schläft mit dir!«

»Genau: Sie schläft. Warst du in Eboracum so behütet? Was hat sich Maedhlyn nur dabei gedacht?«

»Und doch liebt sie dich«, sagte Thuro. »Das kannst du nicht bestreiten.«

»Ich hoffe doch, daß sie es tut, denn ich bin ihr ein Vater gewesen – so gut ich es vermochte.«

Zum erstenmal in seiner kurzen Bekanntschaft mit dem Nebelkrieger fühlte Thuro sich ihm seltsam überlegen. Denn er wußte, daß Laitha Culain als Mann liebte, er konnte es in ihren Augen sehen und daran, wie sie ihren Kopf hielt. Doch Culain sah es nicht, das machte ihn wahrhaft sterblich, und Thuro begann sich für ihn zu erwärmen.

»Wie alt bist du?« fragte er, das Thema wechselnd.

»Die Antwort würde dich schwindlig machen, deswegen werde ich sie dir nicht geben. Aber ich kann dir verraten, daß ich diese Insel und ihre Menschen seit über siebenhundert Jahren beobachte. Ich war sogar einmal König.«

»Von welchem Stamm?«

»Von allen Stämmen. Hast du noch nie von Cunobelin gehört?«

»Dem Trinovanter König? Ja. Das warst du?«

»Ich habe über vierzig Jahre lang geherrscht. Ich war eine Legende, heißt es. Ich half, Camulodunum zu bauen. Sueton schrieb, daß ich der Rex Britannorum war – der König von ganz Britannien –, der größte der belgaeschen Könige. Ah, in jenen Tagen hatte ich ein Ego, und ich liebte es, wenn man mir schmeichelte!«

»Manche Stämme glauben, daß du zurückkehren wirst, wenn das Land bedroht ist. So erzählt man es an den Lagerfeuern. Ich hielt es bisher nur für eine hübsche Mär, aber sie könnte wahr werden. Du könntest zurückkommen, du könntest wieder König sein.«

Culain sah den Hoffnungsschimmer in den Augen des Knaben. »Ich bin kein König mehr, Thuro. Und ich habe nicht den Wunsch zu herrschen. Aber du kannst es.«

Thuro schüttelte den Kopf. »Ich bin nicht wie mein Vater.«

»Stimmt, aber du hast viel von deiner Mutter.«

»Kanntest du sie?«

»Ja, ich war dabei an dem Tag, als Maedhlyn deinen Vater nach Hause brachte. Alaida gab alles für ihn auf, selbst ihr Leben. Ich spreche nicht gern darüber, aber du hast ein Recht darauf. Alaida war meine Tochter, das einzige Kind, das ich in meinem langen Leben gezeugt habe. Sie war neunzehn, als sie die Feragh verließ, zwanzig als sie starb. Zwanzig! Ich hätte Maedhlyn damals umbringen können. Ich hätte es auch beinahe getan. Aber er war so voller Reue, und ich erkannte, daß es eine größere Strafe war, ihn am Leben zu lassen.«

»Dann bist du mein Großvater?« fragte Thuro, probierte das Wort aus und sah zum ersten Mal, daß Culains rauchgraue Augen das genaue Abbild seiner eigenen waren.

»Ja«, antwortete Culain.

»Warum hast du mich nie besucht? Hast du mich dafür gehaßt, daß ich deine Tochter getötet habe?«

»Ich glaube schon, Thuro. Hohes Alter bringt nicht immer auch große Weisheit mit sich – Maedhlyn weiß das selbst nur zu gut! Ich hätte Alaida retten können, aber ich habe ihr verboten, einen Stein von den Feragh mitzunehmen.«

»Haben dort die Steine magische Kräfte?«

»Nicht alle, aber es gibt einen besonderen Stein, den wir Sipstrassi nennen, und er ist die Quelle aller Magie. Er kann Träume Wirklichkeit werden lassen. Die phantasievollsten Männer werden Verstärker; sie sind es, die eine ansonsten langweilige Existenz mit ihren lebendigen Träumen beleben.«

»Maedhlyn gehört zu ihnen«, erkannte Thuro. »Ich habe gesehen, wie er geflügelte Pferde erschuf, nicht größer als meine Finger, und ganze Armeen, die auf dem Schreibtisch meines Vaters kämpften. Er zeigte mir Marathon und die Thermopylen, Platäa und Phillipi. Ich sah, wie der große Julius in Britannien von Caswallon bis zur Erschöpfung bekämpft wurde. Ich hörte die Grabrede des Antonius ...«

»Ja, auch ich habe diese Dinge gesehen«, sagte Culain, »aber ich sprach von Alaida.«

»Es tut mir leid«, sagte Thuro, sogleich zerknirscht.

»Das brauchst du nicht. Knaben und Magie, das ist aufregend. Sie hatte ihren eigenen Stein, aber ich wollte ihr nicht erlauben, ihn mit fort von den Feragh zu nehmen. Ich dachte irgendwie, wenn sie mich brauchte, würde sie mich rufen. Ich wußte, ich würde sie hören, wo immer sie auch war. Aber sie rief nicht. Sie entschied sich zu sterben. So stolz war sie.«

»Und du gibst dir die Schuld an ihrem Tod?«

»Wem sonst? Aber das ist Vergangenheit, und du bist die Gegenwart. Was soll ich mit dir machen?«

»Mir helfen, zurück nach Eboracum zu kommen?«

»Nicht so wie du bist, Thuro. Du bist nur ein halber Mann. Wir müssen dich stark machen, so schwach wie du bist, würdest du keinen einzigen Tag überleben.«

»Wirst du Steinmagie benutzen, um mich stark zu machen?«

»Nein. Erdmagie«, sagte Culain. »Wir werden in dein Inneres schauen und sehen, was wir finden können.«

»Ich bin nicht zum Krieger geschaffen.«

»Du bist mein Enkelsohn und der Sohn von Aurelius

und Alaida. Ich glaube, du wirst feststellen, daß Blut sich durchsetzt. Wir wissen ja bereits, daß du eine Axt schwingen kannst. Welche Überraschungen hältst du sonst noch bereit?«

Thuro zuckte die Achseln. »Ich möchte dich nicht enttäuschen, wie ich meinen Vater enttäuscht habe.«

»Lektion eins, Thuro: Von jetzt an enttäuschst du niemanden außer dir selbst. Aber du mußt damit einverstanden sein, zu tun, was ich dir sage und mir aufs Wort zu gehorchen. Willst du das tun?«

»Ja.«

»Dann bereite dich auf deinen Tod vor«, sagte Culain. Und in seinen Augen lag kein Funken Humor.

Thuro wurde starr, als Culain aufstand und einen Gladius aus einer Scheide am Gürtel zog. Die Klinge war fünfundvierzig Zentimeter lang und zweischneidig, der Griff aus Leder. Er drehte die Waffe um und reichte sie Thuro. Sie lag klingenlastig und unbequem in der Hand.

»Ehe ich dich lehren kann zu leben, mußt du lernen zu sterben – wie es sich anfühlt, bezwungen zu werden«, erklärte Culain. »Geh ein Stück ins Freie und warte.« Thuro tat, wie ihm geheißen, und Culain zog einen kleinen goldenen Stein aus seiner Tasche und schloß die Faust darum. Die Luft vor Thuro wurde dicker und verfestigte sich in einem römischen Krieger mit bronzener Brustplatte und Lederhelm. Er wirkte jung, aber seine Augen waren alt. Der Krieger nahm eine kauernde Kampfstellung ein, die Klinge ausgestreckt, und Thuro wich unsicher zurück.

Der Krieger rückte vor und fixierte Thuros Blick. Die Klinge stieß zu. Instinktiv parierte Thuro, doch der Gladius seines Gegners rollte über seinen eigenen hinweg und bohrte sich dem Knaben in die Brust. Ihm wurde übel vor Schmerz, und alle Kraft verließ den Prinzen.

Seine Knie gaben nach, und er fiel mit einem Aufschrei, als der Römer seine Klinge herauszog.

Wenige Augenblicke später wich die Dunkelheit wieder von Thuro, und er spürte den Schnee auf seinem Gesicht. Er kam hoch auf die Knie und tastete nach der Wunde. Es gab keine. Culains starke Hand zog ihn auf die Füße, ihm wurde schwindlig. Culain setzte ihn auf den Hackklotz.

»Der Mann, gegen den du gekämpft hast, war ein römischer Legionär, der unter Agricola diente. Er war siebzehn und sollte einmal ein guter Gladiator werden. Du bist ihm in einem frühen Stadium seiner Laufbahn begegnet. Hast du etwas gelernt?«

»Daß ich kein Schwertkämpfer bin«, meinte Thuro reuevoll.

»Benutze dein Gehirn und hör auf, mit dem Bauch zu denken. Du hast nichts von Plutarch gewußt, ehe Maedhlyn es dir beibrachte. Es gibt auch keine geborenen Schwertkämpfer; es ist eine erworbene Fähigkeit wie jede andere. Sie erfordert nichts weiter als gute Reflexe, gepaart mit Mut. Du hast beides. Glaub es mir! Jetzt komm, ich möchte dir etwas zeigen.«

Thuro hielt Culain den Gladius hin, der mit einer Handbewegung ablehnte. »Trag ihn immer bei dir. Gewöhne dich an das Gefühl und das Gewicht. Halt ihn scharf.«

Der Nebelkrieger ging an der Hütte vorbei und den Berg hinunter ins Tal. Thuro folgte ihm, sein Magen schrie nach Nahrung. Sie legten den Weg zu Culains Hütte in weniger als einer Stunde zurück, und der Prinz war durchgefroren, als sie ankamen. Die Hütte war kalt, und im Kamin lag kein Holz.

»Ich mache Frühstück«, sagte Culain. »Du …«

»Ich weiß schon. Holz hacken.«

Culain grinste, und der Junge ging zum Holzschuppen. Thuro nahm die Axt in seine wunden Hände und begann mit der Arbeit. Er schaffte nur sechs Scheite und schleppte die Stücke zum Kamin. Culain schimpfte nicht, sondern gab ihm eine Holzschale mit heißem Haferbrei, gesüßt mit Honig. Es schmeckte himmlisch.

Culain räumte das Geschirr ab und kam mit einer großen Schale zurück, die randvoll mit klarem Wasser war. Er stellte sie vor Thuro hin und wartete, bis die Wasseroberfläche sich beruhigt hatte.

»Sieh in das Wasser, Thuro.« Als der Prinz sich vorbeugte, hielt Culain einen goldenen Stein darüber und schloß die Augen.

Zuerst sah Thuro nur sein Spiegelbild und die hölzernen Balken über seinem Kopf. Doch dann wurde das Wasser trüb, und er starrte von großer Höhe auf die Ufer eines gefrorenen Sees hinab. Ein Reitertrupp war dort versammelt. Die Szene wurde größer, als ob Thuro darauf zustürzte, und er erkannte seinen Vater. Ein brennender Schmerz setzte in seiner Brust ein, schnürte ihm die Kehle zu, und Tränen verschleierten seinen Blick. Er blinzelte sie weg. Am See trat ein Mann hinter einem Felsen hervor, einen gespannten Langbogen in der Hand. Der Pfeil fuhr seinem Vater in den Rücken, und des Königs Pferd stieg, als es dessen Gewicht auf seinem Hals lasten spürte, aber er hielt sich fest. Die anderen Reiter schwärmten nach vorn, und der König zog sein Schwert und hieb den ersten Mann aus dem Sattel. Ein zweiter Pfeil durchbohrte dem Pferd die Kehle, das Tier stürzte. Der König sprang ab und rannte zum Ufer des Sees, wo er mit dem Rücken zum Eis Aufstellung nahm. Die Reiter – siebzehn an der Zahl – saßen ab. Thuro sah Eldared mit einem seiner Söhne im Hintergrund. Die Gruppe stürzte vorwärts, und mit blutbeflecktem Bart trat der König ihnen entgegen, sein

Beidhänder hieb und stach auf sie ein. Die Mörder wichen entsetzt zurück. Fünf lagen jetzt am Boden, zwei andere zogen sich mit tiefen Wunden in Arm und Schulter aus dem Kampfgeschehen zurück. Der König stolperte und bückte sich nach vorn, blutigen Schaum vor dem Mund. Thuro wollte den Blick abwenden, doch seine Augen wurden von der Szene festgehalten. Einer der Mörder lief herbei, um dem König einen Dolch in die Seite zu rammen, die Klinge des sterbenden Monarchen fuhr hoch und trennte dem Mann fast den Kopf ab. Dann drehte sich der König um und taumelte auf das Eis. Mit letzter Kraft schleuderte er das Schwert weit auf den See hinaus. Die Mörder schwärmten um den gefallenen König, und Thuro sah, wie Cael ihm den Todesstoß versetzte. Und in jenem schrecklichen Moment sah Thuro, daß in Aurelius' Augen fast etwas wie Triumph aufflackerte. Das Schwert hing in der Luft, mit dem Griff nach unten, gerade über einem Fleck in der Mitte des Sees, wo das Eis aufgebrochen war. Eine schmale Hand tauchte aus dem Wasser auf und zog das Schwert herunter.

Die Szene zerbrach und verschwamm, und Thuros eigenes erstauntes Gesichter erschien auf der Wasseroberfläche in der Schale. Er lehnte sich zurück und sah, daß Culain ihn gespannt beobachtete.

»Was du gesehen hast, war der Tod eines Mannes«, sagte Culain leise, respektvoll, als ob er das größte Kompliment machte. »Es war wichtig, daß du das siehst.«

»Ich bin froh darüber. Hast du seine Augen am Ende gesehen? Habe ich das falsch gedeutet, oder lag Freude darin?«

»Das habe ich mich auch gefragt, und nur die Zeit wird es weisen. Hast du das Schwert gesehen?«

»Ja, was hat das zu bedeuten?«

»Es bedeutet zunächst lediglich, daß Eldared es nicht hat. Und ohne das Schwert kann er nicht Hochkönig werden. Es ist Cunobelins Schwert. Mein Schwert!«

»Natürlich. Mein Vater hat es aus dem Stein in Camulodunum gezogen, er war der erste, der das fertigbrachte.«

Culain kicherte. »Dazu gehörte nicht viel. Aurelius hatte Maedhlyn, der ihm beistand, und Maedhlyn ist es, auf den die Geschichte mit dem Stein zurückgeht. Der Grund, weshalb niemand das Schwert herausziehen konnte, war, daß es immer einen Herzschlag in der Zeit voraus war. Es herausziehen? Kein Mensch konnte es auch nur berühren. Es war Teil der Legende von Cunobelin, eine Legende, die Maedhlyn und ich vor 400 Jahren ersonnen haben.«

»Aus welchem Grund?« fragte Thuro.

»Eitelkeit. In jenen Tagen hatte ich, wie ich schon sagte, ein großes Ego. Und es hat mir Spaß gemacht, König zu sein, Thuro. Maedhlyn half mir, würdevoll zu altern. Ich hatte noch immer die Kraft eines Fünfundzwanzigjährigen, in einem Körper, der wundervoll faltig war. Aber dann wurde es mir langweilig, und Maedhlyn inszenierte meinen Tod – aber nicht, ehe ich nicht dramatisch mein Schwert in den Stein gesteckt und die Legende meiner Rückkehr geschaffen hatte. Wer wußte schon, was ich vielleicht noch machen wollte? Leider liefen die Dinge nach meinem Ableben nicht allzu gut. Ein junger Mann namens Caractacus beschloß, die Römer zu ärgern, und daraufhin nahmen sie die Insel mit Gewalt. Aber zu diesem Zeitpunkt war ich anderswo. Maedhlyn und ich durchquerten den Nebel zu einem anderen Zeitalter. Er hatte sich in die griechische Kultur verliebt und wurde ein wandernder Philosoph. Aber er konnte es nicht lassen, sich einzumischen. Er unterrichtete einen jungen Knaben und machte ihn zum Herrscher – er eroberte den größten Teil der Welt.«

»Was hast du gemacht?«

»Ich kam nach Hause und tat, was ich konnte, für die Britannier. Ich fühlte mich irgendwie für ihr Elend verantwortlich. Aber ich griff erst nach dem Tod von Prasutagas zu den Waffen. Als er tot war, peitschten die Römer seine Frau Boudicca aus und schändeten seine Töchter. Ich scharte die Icener unter Boudiccas Banner zusammen, und wir jagten die unbesiegbare römische Armee bis nach Londinium hinunter, das wir bis auf die Grundmauern niederbrannten. Aber die Stämme lernten nie Disziplin, und bei Atherstone wurden wir von dem schlauen Fuchs Paullinus aufgerieben. Ich brachte Boudicca und ihre Töchter zurück zu den Feragh, und dort lebten sie recht zufrieden noch viele Jahre.«

»Und hast du wieder gekämpft?« fragte Thuro.

»Ein andermal, Thuro. Wie fühlst du dich?«

»Müde.«

»Gut.« Culain zog sein pelzgefüttertes Wams aus und reichte es dem Jungen. »Das sollte dich warm halten. Ich möchte, daß du zu Laithas Hütte zurückgehst, dich bei ihr wieder beliebt machst und dann wieder herkommst.«

»Könnte ich mich nicht ein Weilchen ausruhen?«

»Geh jetzt«, sagte Culain. »Und wenn du kannst, dann renne, wenn du in Sichtweite ihrer Hütte bist. Ich will, daß in diese spindeldürren Beine Kraft kommt!«

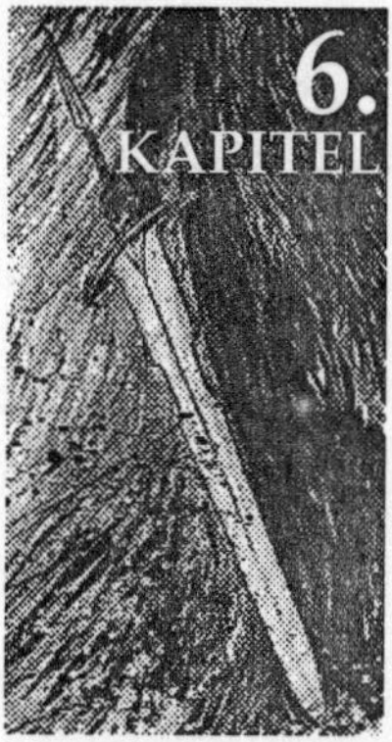

Prasamaccus war stolz auf seinen Ruf als bester Jäger der Drei Täler. Er hatte hart gearbeitet, um sich im Bogenschießen zu vervollkommnen, wußte aber, daß es seine Geduld war, die ihn von den anderen unterschied. Gleichgültig, wie das Wetter war, ob brennende Hitze oder klirrende Kälte, er konnte stundenlang lautlos dasitzen und auf den richtigen Moment für den Schuß warten. Kein zähes Fleisch für Prasamaccus, denn seine Beute fiel augenblicklich mit einem Blattschuß tot zu Boden. Kein Wild, das er je getötet hatte, war noch meilenweit gelaufen, die Lungen voll Wasser und mit vollgesogenen Muskeln, an denen man sich hinterher die Zähne ausbiß.

Sein Bogen war ein Geschenk von seinem Clan-Führer Moret, dem Sohn Eldareds. Es war eine römische Waffe aus dunklem Horn, und er schätzte sie hoch. Seine Pfeile waren so gerade wie Sonnenstrahlen, und er schnitt jede Gänsefeder mit äußerster Sorgfalt zu. Bei einem Turnier am letzten Astarte-Tag hatte die Menge aufgestöhnt, als er mit einem Pfeil seinen letzten mitten im Schwarzen gespalten hatte. Es war schieres Glück, unterstrich aber trotzdem sein hervorragendes Auge.

Jetzt, als er verborgen im Gebüsch des Hügels saß, brauchte er seine ganze Geduld. Das Rotwild bewegte sich langsam, aber stetig auf ihn zu. Er versteckte sich bereits seit zwei Stunden hier, und sein Blut fühlte sich an wie Eis, trotz des Schaffellmantels, in den er seine schlanke Gestalt gehüllt hatte. Er war nicht groß, sein Gesicht war schmal und eckig, die blauen Augen standen dicht beieinander. Sein Kinn war spitz, was noch durch einen etwas struppigen blonden Bart betont wurde. In seiner kauernden Position war nichts von der Mißbildung zu erkennen, die ihn von seinen Kameraden unterschied und die es diesem besten der Jäger verwehrte, sich eine Braut zu nehmen.

Das Wild war inzwischen fast in Schußweite, und Prasamaccus wählte eine fette Hindin als Ziel. Unendlich langsam zog er einen langen Pfeil aus seinem Hirschlederköcher und legte ihn auf die Sehne.

Genau in diesem Moment fuhr der Kopf des Leithirschs hoch, und die Herde sprengte auseinander. Prasamaccus seufzte und stand auf. Er humpelte los, sein verkrümmtes Bein ließ ihn auf eine komisch-traurige Art hüpfen. Als Kleinkind war er einem galoppierenden Pferd in die Quere gekommen, und das hatte sein linkes Bein zertrümmert. Jetzt war es etwa fünfzehn Zentimeter kürzer als das rechte, der Fuß verkrüppelt und einwärts gedreht. Er wartete, während die Reiter auf ihn zugaloppierten. Es waren zwei Männer, ihre Pferde waren schweißbedeckt. Sie beachteten ihn nicht, sondern donnerten an ihm vorbei. Als Jäger wußte er, daß sie verfolgt wurden und spähte den Pfad entlang. Drei riesige Wesen rannten durch den Schnee, und Prasamaccus blinzelte. Bären? Kein Bär konnte sich so schnell bewegen. Seine Augen wurden groß. Er hob die Hand an den Mund und stieß einen durchdringenden Pfiff aus, worauf eine kastanienbraune Stute zwischen den Bäumen hervorgaloppiert kam. Er zog sich in den Sattel und gab ihr einen Klaps auf den Rumpf. Eine solche Behandlung von einem normalerweise sanften Herrn nicht gewohnt, rannte die Stute los. Prasamaccus lenkte sie hinter den Reitern her und überholte rasch ihre müden Tiere.

»Nach links!« rief er ihnen zu. »Da ist ein Ring aus Steinen und ein großer Altar!«

Ohne nachzusehen, ob sie ihm folgten, drängte er die

Stute den schneebedeckten Hang hinauf bis dorthin, wo schwarze Steine die Hügelkuppe umringten wie abgebrochene Zähne. Er rutschte aus dem Sattel und humpelte zur Mitte, in der ein riesiger Altarstein auf einem zusammengefallenen Gebäude lag, das etwa zweieinhalb Meter hoch war. Prasamaccus kletterte mühsam hinauf, warf seinen Köcher vor sich und legte einen Pfeil auf.

Die beiden Reiter, deren Tiere vor Erschöpfung fast tot waren, erreichten den Steinkreis knapp vor den Ungeheuern. Prasamaccus spannte und schoß. Der Pfeil traf das erste Wesen, als es sich über einen rennenden Stammeskrieger mit geflochtenem blondem Bart beugte. Der Pfeil traf das Untier ins rechte Auge, und es fiel mit einem durchdringenden Schrei zurück, der beinahe menschlich klang. Die beiden Männer krabbelten zu Prasamaccus empor und zogen die Schwerter.

Um den Steinkreis erhob sich ein Nebel, der zwischen den Steinen wirbelte und aufstieg, so daß er eine graue Mauer hinter den Monolithen bildete. Die beiden übriggebliebenen Atrols waren nicht mehr zu sehen, und die drei Männer blieben in geisterhaftem Schweigen in der Mitte zurück.

»Was sind das für Wesen?« fragte Prasamaccus.

»Atrols«, antwortete Gwalchmai.

»Das dachte ich mir, aber ich hatte sie mir größer vorgestellt«, meinte der Bogenschütze. Victorinus lächelte grimmig. Der Nebel um die Steine war jetzt undurchdringlich, aber er war noch nicht in den Kreis gedrungen. Victorinus warf einen Blick nach oben. Es war nichts mehr vom Himmel zu sehen, nur eine dicke graue Wolke, die über den Steinen hing.

»Warum greifen sie nicht an?« fragte der Römer. Gwalchmai zuckte die Achseln. Von jenseits der Steine erklang eine zischelnde, wispernde Stimme.

»Komm her, Gwalchmai! Komm her! Dein Vater ist hier.« Eine Gestalt erschien am Rande des Nebels, ein bärtiger Mann mit blauen Tätowierungen auf beiden Wangen. »Komm her zu mir, mein Sohn!« Gwalchmai erhob sich halb, doch Victorinus packte ihn am Arm. Gwalchmais Augen waren verschleiert. Victorinus gab ihm eine kräftige Ohrfeige, doch der Britannier reagierte nicht. Dann sprach die Stimme wieder.

»Victorinus ... deine Mutter wartet.« Und eine schlanke, weißgekleidete Frau stand auf einmal neben dem Mann.

Ein gequältes Stöhnen entrang sich Victorinus' Lippen, und er ließ Gwalchmai los, der vom Altar herunterkletterte. Prasamaccus, der überhaupt nichts verstand, hievte sich hoch und schoß Gwalchmais Vater einen Pfeil in den Kopf. Das Abbild des Mannes verschwand, und die ungeheure Gestalt eines Atrols erschien an dessen Stelle, der an dem Pfeil in seiner Wange zerrte. Gwalchmai hielt inne, der Bann war gebrochen. Das Abbild von Victorinus' Mutter verblaßte im Nebel.

»Gut gemacht, Bogenschütze!« rief Victorinus. »Komm zurück, Gwal!«

Als der Stammeskrieger sich umdrehte, um der Aufforderung Folge zu leisten, klarte der Nebel auf, und am Rand der Steine stand ein Dutzend riesiger Wölfe, fast so groß wie Ponys.

»Mutter Mithras'!« schrie Prasamaccus auf.

Gwalchmai hastete auf die Steine zu, während die Wölfe den Kreis stürmten. Er sprang und griff nach Victorinus' ausgestreckter Hand. Der Römer packte ihn und zog ihn hoch, knapp vor den Zähnen des Leitwolfs, die nur Zentimeter von Gwalchmais Bein entfernt zuschnappten.

Prasamaccus schoß dem Tier in die Kehle, und es fiel

nach hinten. Ein zweiter Wolf sprang auf den Altar und suchte Halt, doch Victorinus trat ihn kräftig, und er rutschte wieder zu Boden. Jetzt waren die Wölfe überall, knurrten und schnappten nach ihnen. Die drei Männer wichen zurück in die Mitte des Altars. Prasamaccus schickte zwei Pfeile in das Rudel, doch die übrigen ignorierten ihre verwundeten Kameraden. Da er nur noch drei Pfeile übrig hatte, verzichtete Prasamaccus darauf, weitere zu verschießen.

»Ich möchte ja nicht pessimistisch klingen«, sagte Gwalchmai, »aber jetzt hätte ich nichts gegen einen römischen Vorschlag einzuwenden.«

Ein Wolf sprang und überwand die Felsbarriere um die Männer. Gwalchmais Schwert traf ihn neben Prasamaccus' Pfeil. Plötzlich begann der Erdboden unter ihnen zu zittern, die Steine bebten. Gwalchmai wäre beinahe gestürzt, fand aber sein Gleichgewicht gerade rechtzeitig wieder, um zu sehen, wie Victorinus von ihrem Zufluchtsort abglitt. Der Stammeskrieger warf sich über den Altar, packte den Römer am Gewand und zerrte ihn in Sicherheit. Die Wölfe wichen ebenfalls zurück, während das Beben andauerte. Blitze durchzuckten den Kreis, und ein riesiger Wolf bäumte sich auf, sein Fleisch war durchscheinend, so daß man sein eindrucksvolles Knochengerüst erkennen konnte. Als der Blitz verglomm, fiel das Tier zu Boden, und der Gestank von verkohltem Fleisch erfüllte den Steinkreis. Noch einmal fuhr der Blitz sengend in die Wölfe, und diesmal starben drei. Der Rest floh in die verhältnismäßige Sicherheit des Nebels.

Ein Mann tauchte in einem glühenden, goldenen Licht neben dem Altar auf. Er war groß und stattlich, ein langer, schwarzer Schnurrbart reichte ihm bis zu dem kurzgeschnittenen weißen Bart. Er trug ein schlichtes Gewand aus purpurfarbenem Samt.

»Ich schlage vor, ihr folgt mir«, sagte er, »ich fürchte nämlich, ich habe meine Magie fast aufgebraucht.«

Victorinus sprang vom Altar, gefolgt von Gwalchmai. »Beeilt euch, das Tor schließt sich.« Doch Prasamaccus, mit seinem zertrümmerten Bein, konnte sich nicht schnell bewegen, und der goldene Kreis begann zu schrumpfen. Gwalchmai folgte dem Zauberer hindurch, doch Victorinus rannte zurück, um dem Bogenschützen zu helfen. Keuchend warf sich Prasamaccus durch das Licht. Victorinus zögerte. Der Schimmer war jetzt nicht mehr größer als ein Fenster und schrumpfte rasch, während die Wölfe in den Steinkreis eindrangen. Eine Hand griff aus dem goldenen Licht und riß den Römer mit sich. Es war ein Gefühl, als wenn Eis heißes Fleisch versengen würde, und als Victorinus die Augen aufschlug, sah er Gwalchmai, der ihn immer noch am Gewand festhielt … nur standen sie jetzt im Wald von Caerlyn, oberhalb von Eboracum.

»Ihr habt ein treffliches Gespür für den richtigen Zeitpunkt, Meister Maedhlyn«, sagte Victorinus.

»Lange Übung«, erwiderte der Zauberer. »Du mußt Aquila Bericht erstatten, wenn er auch bereits weiß, daß Aurelius tot ist.«

»Woher?« fragte Gwalchmai. »Ist noch jemand entkommen?«

»Er weiß es, weil ich es ihm gesagt habe«, fauchte Maedhlyn. »Deswegen bin ich ja Zauberer und kein Käsemacher, du unwissender Trottel.«

In Gwalchmai flammte der Zorn auf. »Wenn du so ein toller Zauberer bist, warum ist der König dann tot? Warum haben deine Kräfte ihn nicht gerettet?«

»Ich werde mich nicht mit dir herumstreiten, Sterblicher«, zischte Maedhlyn, drohend über dem Stammeskrieger aufgerichtet. »Der König ist tot, weil er nicht zuhörte, aber der Junge lebt, weil ich ihn geführt habe. Und wo bist du gewesen, Jagdhund des Königs?«

Gwalchmai klappte der Kiefer nach unten. »Thuro?«

»Er lebt, aber das verdankt er nicht dir. Und jetzt verschwinde in die Kaserne.« Gwalchmai stolperte davon, und Victorinus ging auf den Zauberer zu.

»Ich bin dankbar, Herr, für deine Hilfe. Aber du tatest unrecht, Gwalchmai zu beschimpfen. Ich führte ihn von Deicester fort, wir glaubten, der Junge sei tot.«

Maedhlyn wedelte mit der Hand, als wollte er eine Fliege verscheuchen. »Recht, Unrecht! Was spielt das für eine Rolle? Der Kerl hat mich wütend gemacht, er hat Glück gehabt, daß ich ihn nicht in einen Baum verwandelt habe.«

»In dem Fall, Herr«, sagte Victorinus mit erzwungenem Lächeln, »hätte ich Euch die Kehle durchgeschnitten.« Er verbeugte sich und folgte Gwalchmai zur Kaserne.

»Und welche Rolle spielst du bei dieser Sache?« fragte Maedhlyn Prasamaccus.

»Ich war auf der Jagd. Dies scheint kein guter Tag für mich zu sein.«

Prasamaccus humpelte auf den Kasernenhof, er hatte die beiden schnelleren Männer aus den Augen verloren. Ein paar Kinder scharten sich zusammen, um ihn zu verspotten, aber daran war er gewöhnt, und er beachtete sie nicht weiter. Die Gebäude hier waren großartig, aber selbst Prasamaccus konnte sehen, wo die alten römischen Bauten repariert oder renoviert worden waren; die handwerkliche Arbeit war weniger kunstvoll als die alten Teile.

Die Straßen und Gassen waren schmal, und Prasamaccus ging über den Kasernenhof bis zur Straße der

Kaufleute, wo er gelegentlich stehenblieb und in die offenen Läden schaute, um einen Blick auf Tuch oder Töpferwaren und selbst Waffen in einem großen Eckhaus zu werfen. Ein dicker Mann in einer Lederschürze kam auf ihn zu, als er einen gekrümmten Jagdbogen untersuchte.

»Eine schöne Waffe«, sagte der Mann mit einem breiten Grinsen. »Aber nicht so gut wie die, die du da hast. Willst du tauschen?«

»Nein.«

»Ich habe Bögen, die deinen an Reichweite um fünfzig Schritt übertreffen. Gute, starke Eibe, gut abgelagert.«

»Vamera ist nicht zu verkaufen«, sagte Prasamaccus, »aber ich könnte ein paar Pfeile gebrauchen.«

»Fünf Denare pro Stück.«

Prasamaccus nickte. Es war zwei Jahre her, seit er Geld gesehen hatte, und selbst damals war es nicht sein eigenes gewesen. Er lächelte den Mann an und verließ den Laden. Der Tag war strahlend, in der Stadt lag kein Schnee mehr, wenngleich er noch malerisch auf den umliegenden Bergen lag. Prasamaccus dachte an seine Zwangslage. Er war ein Jäger ohne Pferd, mit nur zwei Pfeilen, in einem Land, das nicht das seine war. Er hatte kein Geld und keine Hoffnung auf Unterstützung. Und er hatte Hunger. Er seufzte und überlegte, welchen der Götter er jetzt wohl wieder verärgert hatte. Sein Leben lang hatten ihm die Leute erzählt, daß die Götter ihn nicht mochten. Die Verletzung seines Beines war Beweis genug dafür, sagten sie. Das einzige Mädchen, das er je geliebt hatte, war an der Roten Pest gestorben. Nicht daß Prasamaccus ihr je seine Liebe gestanden hätte, aber trotzdem, sobald er sich seiner Zuneigung zu ihr bewußt wurde, war sie aufs Krankenlager geworfen worden. Er richtete seine hellen Augen zum

Himmel. Er war nicht zornig auf die Götter. Wie konnte er auch? Es war nicht an ihm, ihre Vorlieben und Abneigungen in Frage zu stellen. Aber er hatte das Gefühl, es wäre ganz schön, wenigstens zu wissen, welcher von ihnen ihn so geringschätzte.

»Was ist mit deinem Bein los?« fragte ein kleiner, hellhaariger Junge von etwa sechs Jahren.

»Drachenfeuer«, entgegnete Prasamaccus.

»Hat das weh getan?«

»O ja. Es tut immer noch weh, wenn das Wetter feucht wird.«

»Hast du den Drachen getötet?«

»Mit einem einzigen Pfeil von meinem magischen Bogen.«

»Drachen sind doch mit goldenen Schuppen bedeckt, oder?«

»Du weißt aber eine Menge über Drachen.«

»Mein Vater hat Hunderte getötet. Er sagt, man kann sie nur hinter ihren langen Ohren treffen, dort gibt es eine weiche Stelle, die zum Gehirn führt.«

»Ganz genau«, sagte Prasamaccus. »So habe ich meinen auch getötet.«

»Mit deinem Zauberbogen.«

»Ja. Möchtest du ihn mal anfassen?« Die Augen des Jungen strahlten, und seine kleine Hand strich über den schwarzen, schimmernden Bogen.

»Geht jetzt der Zauber auch auf mich über?«

»Natürlich. Wenn du das nächste Mal einen Drachen siehst, erscheint Vamera mit einem goldenen Pfeil in deiner Hand.«

Ohne Abschiedsgruß rannte der Junge davon, nach seinem Vater rufend, um ihm unverzüglich von seinem Abenteuer zu erzählen. Prasamaccus fühlte sich schon besser. Er hinkte zurück zum Kasernenhof und folgte dem Duft von bratendem Fleisch zu einem ausgedehnten Gebäude aus goldfarbenem Sandstein. Darin befand sich die Kantine mit Reihen von Bänken und Tischen, und am anderen Ende eine riesige Feuerstelle, in der sich ein Ochse am Spieß drehte. Prasamaccus achtete nicht auf Blicke, die ihm zugeworfen wurden, und ging langsam zu der Schlange von Männern, die auf ihr Essen warteten und nahm sich einen großen Holzteller. Die Schlange bewegte sich weiter, und jeder Mann erhielt zwei dicke Scheiben Fleisch und eine große Kelle voll Rosenkohl und Möhren. Prasamaccus erreichte den Austeiler, einen kleinen Mann, der stark schwitzte. Der Mann beobachtete ihn einen Augenblick, ohne ihm Fleisch anzubieten.

»Was machst du hier, Krüppel?«

»Ich möchte essen.«

»Hier ist die Kantine der Hilfstruppen. Du bist kein Soldat.«

»Meister Maedhlyn sagte, ich könnte hier essen«, log Prasamaccus gewandt. »Aber wenn du möchtest, gehe ich zu ihm und sage, daß du das abgelehnt hast. Wie heißt du?«

Der Mann klatschte zwei Scheiben Fleisch auf seinen Teller. »Der nächste!« rief er. »Geh weiter.«

Prasamaccus sah sich nach einem freien Tisch in der Nähe um. Es war wichtig, daß er nicht zu dicht bei den anderen Männern saß, denn alle, die ihn sahen, wußten, daß die Götter ihn verabscheuten, und niemand wollte, daß das auf ihn abfärbte. Er fand einen Tisch an einem Fenster und setzte sich. Dann nahm er sein Jagdmesser mit der dünnen Klinge aus der Scheide, zerschnitt das Fleisch und aß langsam. Es schmeckte gut, war aber sehr fettig.

Er rülpste und lehnte sich zurück, zum erstenmal zufrieden seit dem Zwischenfall mit den Atrols. Nahrung war kein Problem mehr. Der magische Name Maedhlyns wirkte hier scheinbar einen mächtigen Zauber.

Ein kräftiger, untersetzter Mann mit einem eckig gestutzten Bart setzte sich ihm gegenüber. Prasamaccus blickte in ein Paar dunkelbrauner Augen. »Habe ich richtig gehört? Der Oberzauberer hat dir gesagt, du sollst hier essen?«

»Ja.«

»Würde mich interessieren, weshalb«, fuhr der Mann fort. Sein Mißtrauen war offensichtlich.

»Ich bin gerade mit Gwalchmai und ... dem anderen aus dem Norden zurückgekommen.«

»Du warst mit dem König zusammen?«

»Nein. Ich begegnete Gwalchmai und kam mit ihnen zusammen her.«

»Wo ist Gwalchmai jetzt?«

»Er erstattet Bericht.« Prasamaccus konnte sich nicht an den Namen des Clanführers erinnern, den Maedhlyn genannt hatte.

»Was gibt es Neues aus dem Norden?« fragte der Mann. »Stimmt es, daß der König tot ist?«

Prasamaccus erinnerte sich an die wilde Freude in seinem eigenen Brigante-Dorf, als die Nachricht dort eintraf. »Ja«, antwortete er. »Ich fürchte ja.«

»Du wirkst nicht besonders betrübt.«

Prasamaccus beugte sich vor. »Ich habe den Mann nicht gekannt. Gwalchmai empfindet es als herben Verlust.«

»Das glaube ich«, sagte der Mann und entspannte sich. »Er war der Jagdhund des Königs. Wie wurde die Tat verübt?«

»Ich kenne nicht alle Fakten. Am besten wendest du dich an Gwalchmai und ... «

»Wen?«

»Ich kann mir Namen nicht merken – großer Mann, dunkle Haare, Hakennase.«

»Victorinus?«

»Das war's«, bestätigte Prasamaccus, der wieder an die zischelnden Lockrufe der Atrols dachte.

»Was ist mit den anderen passiert?«

»Welchen anderen?«

»Den Gefolgsleuten des Königs?«

»Ich weiß es nicht. Gwalchmai kann dir alle Fragen beantworten.«

»Da bin ich sicher, mein brigantischer Freund, und bis er kommt, mußt du dich als meinen Gast betrachten.« Der Mann stand auf und rief zwei Soldaten herbei. »Nehmt diesen Mann in Gewahrsam.«

Prasamaccus seufzte. Die Götter hatten heute sicherlich ihren Spaß.

Die beiden Soldaten brachten Prasamaccus über den Hof, hielten sich aber auf Armeslänge von dem Krüppel fern. Einer trug seinen Bogen und Köcher, der andere hatte sein Jagdmesser an sich genommen. Sie führten ihn in einen kleinen fensterlosen Raum mit vergitterter Tür. Drinnen befand sich eine schmale Pritsche. Er lauschte, als der Riegel einrastete, dann legte er sich auf das Bett. Es gab eine einzige Decke, in die er sich wickelte. Für sein Essen war gesorgt worden, und jetzt hatten sie ihm noch ein Bett gegeben. Er schloß die Augen und fiel fast augenblicklich in Schlaf.

Er hatte angenehme Träume. Er hatte einen Nebeldämon getötet – er, Prasamaccus der Krüppel. In seinen Träumen wurde sein Bein geheilt, und schöne Jungfern bedienten ihn.

Er war nicht gerade erbaut, als er geweckt wurde.

»Mein Freund, bitte nimm meine aufrichtige Entschuldigung entgegen«, sagte Victorinus, als Prasamaccus sich aufsetzte und sich die Augen rieb. »Ich mußte Bericht erstatten und hatte dich ganz vergessen.«

»Sie haben mir etwas zu essen und einen Platz zum Schlafen gegeben.«

»Ja, das sehe ich. Aber ich möchte, daß du Gast in meinem Hause bist.«

Prasamaccus schwang die Beine von der Pritsche. »Kann ich meinen Bogen wiederhaben?«

Victorinus kicherte. »Du kannst deinen Bogen haben, so viele Pfeile wie du tragen kannst und ein gutes Pferd aus meinen Ställen. Nach deiner Wahl.«

Prasamaccus nickte weise. Vielleicht träumte er immer noch.

Drei Wochen schon folgte Thuro jetzt Culains Unterweisungen. Er war über Bergpfade gerannt, hatte Holz gehackt und gesägt, geschleppt und geschuftet und war bei zahllosen Gelegenheiten von einer Reihe von Schwertkämpfern »getötet« worden, die der Nebelkrieger heraufbeschwor. Sein größter Triumph war es gewesen, als er schließlich den jungen Römer besiegte. Er hatte während ihrer drei vorangegangenen Gefechte bemerkt, daß sein Gegner in der Taille dicklich und ungelenkig war, und so hatte er einen Ausfallschritt gemacht, war auf die Knie gefallen und hatte dem Mann seinen Gladius nach oben in die Lende gestoßen. Der Soldat war im selben Moment verschwunden. Culain war sehr zufrieden gewesen, mahnte aber trotzdem zur Vorsicht.

»Du hast gewonnen, und du solltest deinen Triumph auskosten. Aber es war ein gefährlicher Zug. Hätte er ihn vorausgeahnt, hätte er dich ganz leicht mit einem Stoß in den Nacken töten können.«

»Hat er aber nicht.«

»Allerdings. Aber sag mir nun, was ist das Prinzip des Schwertkampfes?«

»Den Gegner zu töten.«

»Nein. Sinn ist, nicht vom Gegner *getötet zu werden*. Es kommt nur selten vor, daß ein guter Schwertkämpfer seine Deckung offen läßt. Manchmal ist es nötig, vor allem, wenn du merkst, daß dein Feind besser ist, aber solche Risiken sollten normalerweise vermieden werden.«

Danach hatte Culain einen mazedonischen Krieger aus der Armee Alexanders herbeigeholt. Dieser Mann, mit finsterem Blick und dunklem Bart, hatte Thuro große Probleme bereitet. Der Junge hatte den Zug versucht, der bei dem Römer erfolgreich gewesen war, nur um sogleich das grauenvolle Gefühl zu verspüren, wie ein geisterhaftes Schwert seinen Hals durchtrennte. Beschämt war er Culains Blick ausgewichen, aber der Nebelkrieger tadelte ihn nicht.

»Manche Menschen müssen ihre Lektionen immer auf die schmerzhafte Art lernen«, war alles, was er sagte.

Eines Morgens kam Laitha, um ihm zuzuschauen, aber seine Bewegungen waren alles andere als geschmeidig, und er stolperte über seine Füße, die anscheinend größer geworden waren. Culain schüttelte den Kopf und schickte die lachende Laitha fort.

Endlich besiegte Thuro den Mazedonier mit einem Zug, den Culain ihm beigebracht hatte. Er blockte den von links ausholenden Hieb des Mannes, drehte sich auf dem Absatz um und rammte ihm seinen Ellbogen ins Gesicht, dann schlitzte er ihm die Kehle auf.

»Verrate mir eines, Culain: Fühlen sie Schmerzen?«

»Sie?«

»Die Soldaten, die du herbeiholst.«

»Sie sind nicht wirklich, Thuro. Es handelt sich nicht um Geister, sondern es sind Männer, die ich kannte und die ich aus meinen Erinnerungen erschaffe. Illusionen, wenn du so willst.«

»Es sind sehr gute Schwertkämpfer.«

»Es waren schlechte Schwertkämpfer – deswegen sind sie uns jetzt von Nutzen. Aber bald wirst du bereit sein, es mit ebenbürtigen Kriegern aufzunehmen.«

Wenn er nicht arbeitete, wanderte Culain mit ihm durch den Wald, zeigte ihm Tierfährten und erklärte sie. Bald konnte Thuro die Spur des Rotfuchses mit seinen fünf Zehen ausmachen oder die paarigen Hufe von trabendem Damwild, das leichte, zarte Spuren hinterließ. Manche Tiere hinterließen ganz verblüffende Spuren, und eine solche fanden sie an einem gefrorenen Bach: vier Eindrücke, dicht beieinander in einem engen Viereck. Einen halben Meter weiter waren wieder vier … und so weiter.

»Das ist ein springender Otter«, erklärte Culain. »Er stößt sich mit den kräftigen Hinterbeinen ab und landet auf den Vorderpfoten. Dann landen die Hinterpfoten unmittelbar hinter den Vorderpfoten und das Tier setzt zum nächsten Sprung an, so daß es immer vier Pfotenabdrücke dicht beieinander hinterläßt. Offensichtlich hatte es Angst.«

Zu anderen Zeiten begleitete Thuro Laitha, die sich für Bäume und Blumen, Kräuter und Pilze interessierte. In ihrer Hütte hatte sie farbenprächtige Zeichnungen von allen möglichen Pflanzen. Thuro war fasziniert.

»Magst du Pilze?« fragte Laitha eines Tages, kurz nach Frühlingsbeginn.

»Ja, in Butter gebraten.«

»Sieht dieser hier lecker aus?« Sie zeigte ihm eine schöne Zeichnung von vier Hutpilzen, die aus einem Baumstamm wuchsen. Sie schimmerten wie die Sommersonne.

»Ja, sie sehen köstlich aus.«

»Dann wärest du gut beraten, dir genau zu merken, wie sie aussehen. Es sind Grünblättrige Schwefelköpfe, und eine Mahlzeit daraus würde dir große Schmerzen bereiten und dich wahrscheinlich umbringen. Was ist mit diesem?« Es war ein häßliches Ding in leichengrau.

»Eßbar?«

»Ja, und sehr nahrhaft. Und er schmeckt gut.«

»Welcher Pilz ist der gefährlichste?« fragte er.

»Du solltest dich lieber für die nahrhaftesten interessieren, aber wenn du schon fragst, vermutlich dieser hier«, antwortete sie und zog die Zeichnung eines zarten weißen und gelbgrünen Pilzes hervor. »Man findet ihn meistens unter Eichen«, sagte sie, »er heißt Todeskappe, rate mal, weshalb.«

»Wird es dir hier oben in den Bergen nie zu einsam?«

»Warum sollte es?« erwiderte sie und legte ihre Bilder weg. »Ich habe Culain zum Freund, und die Tiere und Vögel und Bäume, die ich studiere und zeichne.«

»Vermißt du denn nicht die Menschen, Jahrmärkte, Bankette?«

»Ich war nie unter so vielen Menschen – oder auf einem Bankett. Der Gedanke daran reizt mich nicht. Bist du denn unglücklich hier, Thuro?«

Er blickte in ihre goldgesprenkelten Augen. »Nein, ich bin nicht einsam – jedenfalls nicht mit dir.« Er war sich bewußt, daß sein Tonfall zu intensiv war und wurde dunkelrot. Sie berührte seine Hand.

»Ich bin etwas, das du niemals haben kannst«, sagte sie. Er nickte und versuchte ein Lächeln.

»Du liebst Culain.«

»Schon mein ganzes Leben lang.«

»Und doch kannst du ihn auch nicht haben, so wie ich dich nie haben kann.«

Sie schüttelte den Kopf. »Das muß sich erst noch herausstellen. Er sieht in mir immer noch das Kind, das er aufgezogen hat. Er braucht Zeit, um zu erkennen, daß ich eine Frau bin.«

Thuro klappte den Mund zu, um nicht die auf der Hand liegende Bemerkung zu machen. Wenn Culain es jetzt nicht sah, würde er es niemals sehen. Außerdem, hier war ein Mann, der das Leben seit der Morgendämmerung der Geschichte kannte. Wie viele Frauen hatte er gekannt? Wie viele hatte er geheiratet? Welche

Schönheiten hatten im Laufe der Jahrhunderte an seiner Seite gelegen?

»Wie hat er dich gefunden?« fragte Thuro, um das schmerzliche Thema zu wechseln.

»Meine Eltern waren Trinovanten, sie hatten ein Dorf etwa hundert Kilometer südlich von hier. Eines Tages wurde es von Briganten überfallen. Ich erinnere mich nicht an viel, weil ich erst fünf war, aber ich sehe immer noch die brennenden Strohdächer und höre die Schreie der Sterbenden. Ich lief in die Berge, und zwei Reiter verfolgten mich. Dann war Culain da mit seiner Silberlanze; er erschlug die Reiter und trug mich hoch in die Berge. Später kehrten wir zurück, aber alle waren tot. So behielt er mich bei sich, er hat mich aufgezogen und mich alles gelehrt, was ich weiß.«

»Dann überrascht es mich kaum noch, daß du ihn liebst. Ich wünsche dir Erfolg … und Glück.«

Jeden Morgen verlangte Culain von Thuro zwei Stunden harter körperlicher Übungen: Laufen, Steine heben oder an den Armen an einem Ast hängen und sich hochziehen, bis sein Kinn den Ast berührte. Zuerst konnte Thuro sich nur dreimal hochziehen, ehe seine Arme zitterten und die Anstrengung verweigerten. Aber jetzt, als der Frühling die Berge mit seinen strahlenden Farben verwandelte, schaffte er es dreißigmal. Er konnte eine Stunde lang laufen, ohne zu ermüden, und er hatte zwölf der geisterhaften Gegner, die Culain erschuf, gemeistert. Der letzte war schwierig gewesen. Er war ein Perser aus der Armee des Xerxes, und er kämpfte mit Dolch und Säbel. Viermal besiegte er Thuro, ehe der Junge gewann. Er schaffte es, indem er zweimal seine Deckung eine Winzigkeit öffnete und erst spät wieder schloß, und dadurch lockte er beim dritten Mal den Perser in einen Vorstoß, wich aus und stieß ihm den Gladius in den Hals. Culain hatte ihm auf den Rücken geklopft, ohne ein Wort zu sagen. Thuro schwitzte heftig, denn der Kampf hatte mehr als zehn Minuten gedauert.

»Jetzt glaube ich«, sagte Culain, »daß du bereit für die guten Schwertkämpfer bist.«

Thuro sah eine Bewegung zu seiner Linken, und schon schnitt ein geisterhaftes Schwert in seine Schulter, so daß sein linker Arm taub wurde. Er warf sich von dem Stamm, auf dem er saß und rollte sich wieder auf die Füße. Der Mann vor ihm war ein blonder Hüne von fast zwei Metern. Er trug einen Bronzehelm, der mit Stierhörnern verziert war. Er kämpfte mit einem Langschwert und trug ein Kettenwams.

Thuro blockte den plötzlichen Angriff des Mannes ab, doch sein Gegner rammte ihm eine Schulter in den Leib, so daß er der Länge nach hinschlug. Thuro rollte sich herum, als das Langschwert auf seinen Kopf zielte. Sein Gegner strauchelte, und Thuro nutzte die Gelegenheit, wieder auf die Füße zu kommen und einen mörderischen Angriff zu unternehmen, aber sein Arm war müde, und er wurde zurückgeschlagen. Dreimal hätte er beinahe die Deckung seines Gegners durchbrochen, aber dieser – mit seinem längeren Schwert und der größeren Reichweite – wehrte ihn ab. Schweiß rann dem Jungen in die Augen, sein Schwertarm brannte. Sein Gegner holte aus, Thuro parierte, schwang sich auf dem Absatz herum und hämmerte ihm den Ellbogen ins Gesicht. Der Krieger taumelte zurück, und Thuro, noch immer in Drehbewegung, stieß dem Mann das Schwert in die Brust. Als sein Feind verschwand, fiel der junge Prinz auf die Knie, sein Atem ging in kurzen Stößen. Nach ein paar Minuten blickte er Culain zornig an.

»Das war unfair!«

»Das Leben ist nun einmal unfair! Glaubst du, deine

Feinde setzen sich und warten so lange ab, bis du wieder frisch bist? Lerne, mit deinen Kräften zu haushalten. Wenn ich jetzt noch einen Krieger erscheinen ließe, würdest du keine fünf Herzschläge durchhalten.«

»Jeder Mann hat seine Grenzen«, stellte Thuro fest.

»Allerdings – das solltest du nie vergessen. Eines Tages führst du vielleicht eine Armee in die Schlacht. Dann wirst du den Drang verspüren, dein Schwert zu ziehen und an der Seite deiner Männer zu kämpfen. Du wirst das für heldenhaft halten, aber dein Feind wird jubeln, denn es ist Torheit. Während der lange Tag allmählich vergeht, sind die Augen der Feinde auf dich und deinen schwächer werdenden Körper gerichtet. Sie werden alle Angriffe auf dich richten. Also denk immer daran, junger Prinz. Jeder Mann hat seine Grenzen.«

»Wollen die Männer, die man anführt, denn nicht die Gewißheit haben, daß man mit ihnen kämpft? Wird das nicht ihre Kampfmoral stärken?« fragte Thuro.

»Doch, natürlich.«

»Wie lautet dann die Antwort auf das Rätsel? Kämpfe ich nun, oder kämpfe ich nicht?«

»Das kannst nur du entscheiden. Aber benutze deinen Kopf. Es gibt in jeder Schlacht einen Zeitpunkt, einen Augenblick, wo sie sich wenden kann. Schwächere Männer machen dafür die Götter verantwortlich, aber es hat mehr mit den Herzen der Krieger zu tun. Du mußt lernen, diese Augenblicke zu erkennen, und dann erst wirfst du dich selbst in die Schlacht, zur bitteren Verzweiflung deiner Feinde.«

»Woran kann man einen solchen Augenblick erkennen?«

»Die meisten erkennen ihn nur im nachhinein. Der wahrhaft große General sieht ihn sofort. Aber das kann ich dich nicht lehren, Thuro. Es ist eine Fähigkeit, die man entweder hat oder nicht hat.«

»Hast du sie?«

»Ich dachte, ich hätte sie, aber als Paullinus mich bei Atherstone zum Angriff verleitete, ließ mich diese Gabe im Stich. Er spürte die Gelegenheit und ergriff sie, und meine braven Britannier brachen um mich herum zusammen. Wir waren ihm zwanzig zu eins überlegen. Ein unangenehmer Kerl, dieser Paullinus, aber ein kluger General.«

Wenn er nicht mit Culain oder Laitha unterwegs war, wanderte Thuro oft allein durch die Berge und erfreute sich an der Frische des Frühlings. Die Welt war übersät von Farben: weiße, purpurn überhauchte Waldanemonen, goldgelbes Schöllkraut, lila Veilchen, schneeweißer Waldsauerklee, langstielige, herrliche purpurne Orchideen mit schwarzgefleckten Blättern und Blüten wie geflügelte Helme.

Eines Morgens, kurz nach Sonnenaufgang, als er seine Arbeiten erledigt hatte, wanderte Thuro allein durch das Tal unterhalb von Culains Hütte. Seine Schultern waren breiter geworden, und er konnte sich nicht mehr in die Kleider zwängen, die er noch vor zwei Monaten getragen hatte. Jetzt trug er eine einfache Lederweste und wollene Beinkleider über Schaffellstiefeln.

Er saß an einem Bach und beobachtete die Fische, bis er ein Pferd kommen hörte. Als er aufstand, sah er einen einzelnen Reiter. Der Mann erblickte ihn und stieg ab. Er war groß und schlank, mit schulterlangem, rotem Haar und grünen Augen, und er hatte ein Langschwert umgegürtet. Er ging zu Thuro und blieb vor ihm stehen, die Hände in die Hüften gestemmt.

»Tja, es war eine lange Jagd«, sagte er, »und du hast dich sehr verändert.« Er lächelte. Sein Gesicht war offen und nett, und Thuro fand keine Bosheit darin.

»Ich heiße Alantric«, sagte der andere, »und bin der

Streiter des Königs.« Er setzte sich auf einen flachen Stein, zupfte ein paar Grashalme aus und steckte sie zwischen die Zähne. »Leider, mein Junge, habe ich den Auftrag, deinen Leichnam zu finden und dem König deinen Kopf zu bringen.« Der Mann seufzte. »Ich töte nicht gern Kinder.«

»Dann geh zurück und sag, du hättest mich nicht gefunden.«

»Das würde ich gern ... ehrlich. Aber ich bin ein Mann, der zu seinem Wort steht. Unglücklicherweise diene ich einem König, dessen Charakter alles andere als heilig ist. Weißt du, wie man das Schwert da benutzt, mein Junge?«

»Das wirst du schon noch feststellen«, antwortete Thuro, dessen Herz schneller schlug, als Angst in ihm aufstieg.

»Ich kämpfe mit links gegen dich. Das scheint mir fairer zu sein.«

»Ich will keinen Vorteil«, fauchte Thuro. Er bedauerte seine Worte schon, ehe er sie ausgesprochen hatte.

»Gut gesprochen! Du bist trotz allem deines Vaters Sohn. Wenn du ihn triffst, sag ihm, daß ich an seiner Ermordung nicht teilhatte.«

»Das kannst du ihm selbst sagen«, erwiderte Thuro.

Alantric stand auf und zog sein Langschwert, während Thuros Gladius hochzuckte. Alantric ging ein paar Schritte, bis er einen offenen Platz erreicht hatte, drehte sich auf dem Absatz um und griff an. Thuro wich aus und blockte, ließ das Schwert an seinem Gladius abgleiten, bis er Alantrics Unterarm leicht ritzte. »Gut gemacht!« rief der Streiter und trat einen Schritt zurück. Seine grünen Augen funkelten. »Du hattest einen guten Lehrer.« Wieder rückte er vor, diesmal vorsichtiger. Thuro bemerkte die flüssige Anmut seiner Bewegungen, sein vollkommenes Gleichgewicht und seine Geduld. Culain wäre von diesem Mann beeindruckt gewesen. Thuro griff überhaupt nicht an, sondern wehrte seinen Gegner nur immer wieder ab, während er dessen Technik studierte.

Alantric griff an, sein Schwert hieb und stieß, und das mißtönende Klirren von Eisen auf Eisen hallte im Wald wider. Plötzlich täuschte der Brigant einen Schlag an, machte eine Drehung aus dem Handgelenk und stieß zu. Überrascht parierte Thuro hastig und fühlte, wie die rasiermesserscharfe Klinge seinen rechten Bizeps aufschlitzte. Blut sickerte durch sein Hemd. Mit einem zweiten Angriff fügte Alantric ihm eine ähnliche Wunde auf der Schulter zu, dicht an seiner Kehle. Der Junge wich zurück, Alantric sprang nach vorn. Diesmal erkannte Thuro den Angriff, wich aus und stieß Alantric den Gladius in die Seite. Aber der Brigant war schnell und hatte sich mit einem Sprung in Sicherheit gebracht, ehe die Klinge weiter als ein, zwei Zentimeter eindringen konnte.

»Du hattest wirklich einen guten Lehrer«, wiederholte er. Er hob sein Schwert grüßend an die Lippen, dann griff er erneut an. Thuro, jetzt verzweifelt, nahm Zuflucht zu dem Trick, den Culain ihm beigebracht hatte. Er blockte einen Stoß ab, wirbelte auf dem Absatz herum, und stieß seinen Ellbogen nach hinten – ins Leere! Aus dem Gleichgewicht gebracht, fiel der junge Prinz ins Gras. Er rollte sich rasch herum, spürte aber Alantrics Schwertspitze im Nacken.

»Ein schlauer Trick, Prinz Thuro, aber du hast dich angespannt, ehe du ihn versuchtest, und ich konnte deine Absicht in deinen Augen lesen.«

»Zumindest habe ich ...«, und noch während er dies sagte, trat Thuro Alantric die Beine weg und rollte sich auf die Füße. Der Britannier setzte sich auf und lächelte.

»Du steckst voller Überraschungen«, sagte er, während er aufstand und sein Schwert in die Scheide steckte. »Ich bin mir sicher, daß ich dich töten könnte, aber um ehrlich zu sein, ich habe kein Verlangen danach. Du bist zehnmal soviel wert wie Eldared. Wie es scheint, muß ich mein Wort brechen.«

»Keineswegs«, widersprach Thuro und steckte seinen Gladius weg. »Du wurdest ausgeschickt, um meinen Leichnam zu suchen. Es entspricht der Wahrheit, wenn du sagst, du hättest ihn nicht gefunden.«

Alantric nickte. »Ich könnte mich entschließen, dir zu dienen, Prinz Thuro … solltest du jemals König werden.«

»Ich werde mich daran erinnern«, sagte Thuro, »ebenso wie an deine Ritterlichkeit.« Alantric verbeugte sich und ging zu seinem Pferd.

»Denk immer an eins, Prinz Thuro: Laß deinen Feind niemals in deinen Augen lesen. Denk nicht an einen Angriff – unternimm ihn!«

Thuro erwiderte die Verbeugung und sah dem Krieger nach, als jener sein Pferd bestieg und davonritt.

Prasamaccus folgte Victorinus zu den Alia-Ställen, wo der junge Römer einen kastanienbraunen Wallach mit drei weißen Stirnlocken für den Briganten satteln ließ. Da er nicht ernstlich damit gerechnet hatte, sich sein Pferd selbst aussuchen zu dürfen, war Prasamaccus auch nicht enttäuscht über sein Reittier. Victorinus bestieg einen schwarzen Hengst mit einer Schulterhöhe von ein Meter siebzig, und die beiden ritten über die breite Römerstraße nach Westen aus Caerlyn hinaus. Sie umgingen Eboracum und hielten sich eine Stunde lang nach Westen, bis sie zur befestigten Stadt Calcaria kamen.

»Meine Villa liegt hinter dem nächsten Hügel«, sagte

Victorinus. »Dort können wir baden und uns ausruhen.«

Prasamaccus lächelte pflichtschuldig und fragte sich, was um alles in der Welt wohl eine Villa war. Aber nichtsdestotrotz, die Sonne schien, sein Bein machte ihm praktisch keine Beschwerden, und er hatte auch noch keinen Hunger. Alles in allem mußten die Götter wohl schlafen. Eine Villa war, wie sich herausstellte, die römische Bezeichnung für einen Palast. Weiße, mit Kletterpflanzen bewachsene Mauern, ein Garten, Terrassenstufen und hübsche Mädchen, die herbeiliefen, um ihnen die Zügel der Pferde abzunehmen. Herrliche junge Geschöpfe – und alle hatten Zähne.

Er bemühte sich, würdevoll auszusehen, indem er den ernsten Ausdruck auf Victorinus' dunklem Gesicht imitierte. Leider konnte er nicht mit der Anmut des Römers aus dem Sattel gleiten, aber trotzdem kletterte er gemessen herunter und gab sich größte Mühe, sich sein Hinken kaum anmerken zu lassen. Es erstaunte ihn nicht, als niemand lachte. Wer würde schon den Gast eines so wichtigen Mannes auslachen? Sie gingen hinein, und Prasamaccus sah sich nach Hinweisen auf ein Feuer um, entdeckte aber nichts. Der Mosaikfußboden stellte eine Jagdszene in leuchtenden Rot- und Blautönen, Gold und Grün dar. Dahinter befand sich ein Türbogen, und hier half man den beiden Männern aus ihren Kleidern und bot ihnen Kelche mit angewärmtem Wein an. Er wirkte fad im Vergleich zum Lebenswasser, das im Norden gebrannt wurde, aber trotzdem fühlte Prasamaccus, wie sich die Wärme des Weines in ihm breitmachte.

Der nächste Raum enthielt ein tiefes Becken, und Prasamaccus folgte dem Römer vorsichtig in das warme Wasser. Unter der Oberfläche waren steinerne Sitze angebracht, und der Brigant lehnte den Kopf an den Beckenrand und schloß die Augen. Das hier, dachte er, kam dem Paradies näher als alles, was er je erlebt hatte. Nach etwa zwanzig Minuten stieg der Römer aus dem Wasser, und Prasamaccus folgte ihm pflichtschuldigst. Sie setzten sich schweigend auf eine lange Marmorbank. Zwei junge Mädchen, eins davon schwarz wie die Nacht, kamen mit Schalen voller Öl aus dem Bogengang. Wenn das Bad schon paradiesisch gewesen war, die Empfindungen, die nun folgten, waren kaum zu beschreiben, als das Öl sanft in ihre Haut gerieben und dann mit abgerundeten Knochenmessern abgeschabt wurde.

»Hättest du gern eine Massage?« fragte Victorinus, als die Mädchen sich zurückzogen.

»Selbstverständlich«, antwortete Prasamaccus und fragte sich, ob man das essen oder darin baden konnte.

Victorinus ging voran zu einem Nebenraum, in dem zwei Tische dicht nebeneinander standen. Der Römer streckte seinen schlanken, nackten Körper auf dem ersten aus, Prasamaccus nahm den zweiten. Zwei andere Mädchen traten ein und begannen, noch mehr Öl in ihre Haut zu reiben, aber ohne es abzuschaben. Statt dessen kneteten sie die Rückenmuskeln und glätteten verspannte Stellen, die Prasamaccus vorher gar nicht bemerkt hatte. Langsam bewegten sich ihre Hände abwärts, die Schultern der Männer wurden mit warmen, weißen Tüchern bedeckt. Der Brigant spürte die Unsicherheit des Mädchens, als es zu seinem verkrüppelten Bein kam. Ihre Finger flatterten wie Schmetterlingsflügel über seine Haut, und dann fing sie an, mit kunstvollen Strichen den tiefsitzenden Schmerz zu lindern, den er immer mit sich trug. Ihr Können war nicht in Worte zu kleiden, und Prasamaccus fühlte, wie er langsam in den Schlaf der Gesegneten hinüberglitt. Endlich traten die Mädchen zurück, und zwei männliche Sklaven kamen mit weißen Togen heran. Als er in eine davon gekleidet war, kam Prasamaccus sich etwas albern und ziemlich aufgeputzt vor. Und wieder folgte ein weiterer in einer anscheinend endlosen Reihe von Räumen. Hier standen zwei Diwane an einem Tisch, der beladen mit Früchten, kaltem Fleisch und Backwaren war. Prasamaccus wartete, bis der Römer sich auf dem einen Diwan ausgestreckt hatte, auf einen Ellbogen gestützt, dann tat der Brigant es ihm nach.

»Du hast offensichtlich eine gewisse Erziehung genossen«, sagte Victorinus. »Ich hoffe, du fühlst dich in meinem Hause wohl.«

»Selbstverständlich.«

»Deine Tapferkeit, als du uns beistandest, wird nicht ohne Belohnung bleiben, obwohl ich mir vorstellen kann,wie betrübt du bist, fern von deiner Heimat und deiner Familie zu sein.«

Prasamaccus breitete die Hände aus und hoffte, daß diese Geste die richtigen Gefühle vermittelte – welche das auch sein mochten.

»Wie du zweifellos weißt, wird es einen Krieg zwischen den Stämmen geben, die Eldared folgen, und unseren eigenen Truppen. Wir werden selbstverständlich gewinnen, aber der Krieg wird unsere Kämpfe im Süden gegen die Sachsen und Jüten behindern. Was ich damit sagen will: Es dürfte schwierig werden, dir bei der Heimreise behilflich zu sein. Aber du kannst gern hierbleiben.«

»Hier in deiner Villa?« fragte Prasamaccus.

»Ja – wenn ich auch nicht daran zweifle, daß du lieber die Gefahren der Reise in den Norden auf dich nimmst. Wenn das der Fall ist, dann mußt du dir – wie ich schon sagte – ein Pferd aus den Ställen wählen, und ich werde dich mit Proviant und Geld ausstatten.«

»Lebt Gwalchmai auch hier?«

»Nein. Er ist Soldat und und wohnt in der Kaserne in Caerlyn. Er hat auch eine Frau dort, glaube ich.«

»Ah, eine Frau. Natürlich.«

»Wie dumm von mir!« rief Victorinus. »Wenn dir eins der Sklavenmädchen gefällt, darfst du es gern in dein Bett holen. Ich empfehle dir die Nubierin, sie garantiert einen guten Nachtschlaf. Und jetzt muß ich dich verlassen. Ich habe eine Besprechung in der Burg, werde aber gegen Mitternacht wieder zurück sein. Mein Diener Grephon wird dir dein Zimmer zeigen.«

Prasamaccus sah dem Römer nach, dann stürzte er sich wie ein Wolf auf das Essen. Er war zwar nicht hungrig, hatte aber festgestellt, daß man keine Gelegenheit zu essen versäumen sollte.

Der Diener Grephon trat lautlos heran, dann räusperte er sich. Er sah zu, wie der Britannier sich vollstopfte, achtete aber sorgsam darauf, daß seine Miene völlig ausdruckslos blieb. Wenn sein Herr entschieden hatte, diesen Wilden in die Villa zu bringen, gab es offensichtlich gute Gründe dafür. Zumindest mußte der Mann ein Fürst unter den nördlichen Stämmen sein und deshalb, trotz seines offenkundigen Barbarentums, behandelt werden wie ein Senator. Grephon war sein Leben lang in den Diensten der quirinischen Familie gewesen, darunter sieben Jahre bei Victorinus' berühmtem Vater in Rom, wo er den Haushalt mit eiserner Tüchtigkeit führte. Er war klein, untersetzt und kahl – obwohl er erst fünfundzwanzig war – mit runden Augen, die selten blinzelten, und seine Haut war dunkel wie Zobelpelz. Ursprünglich stammte er aus Thrakien, ein Sklavenjunge, der als Stallbursche in den quirinischen Haushalt gekommen war.

Seine rasche Auffassungsgabe hatte ihm die Aufmerksamkeit von Marcus Lintus eingebracht, der ihn als Spielgefährten für seinen Sohn Victorinus ins Haus geholt hatte. Mit den Jahren wuchs Grephons Ruf. Er war unbedingt loyal, verschwiegen und hatte ein gutes Auge für Organisation. Im Alter von neunzehn führte er den gesamten Haushalt. Als Marcus Lintus vor vier Jahren starb, hatte der junge Victorinus ihn gebeten, ihn nach Britannien zu begleiten. Er wollte eigentlich nicht mitkommen und hätte sich weigern können, denn mit dem Tode von Marcus war er ein Freigelassener geworden. Aber die Quiriner waren reich,und bei ihnen war Grephons Zukunft gesichert, also hatte er schweren Herzens die lange Reise durch Gallien und über das Meer nach Dubris und von dort weiter durch das öde Land zur Villa in Calcaria unternommen. Er hatte sie mit Personal ausgestattet und zur Vollkommenheit geführt, während Victorinus dem Hochkönig als Primus Pilus, Erster Zenturio, in Aurelius' zusammengewürfelten Hilfstruppen gefolgt war. Grephon konnte nicht verstehen, wie ein hochgeborener Römer sich mit solchem Pöbel abgab.

Er räusperte sich noch einmal, und diesmal bemerkte der Wilde ihn. Grephon verbeugte sich.

»Hast du noch einen Wunsch, Herr?« Der Mann rülpste laut.

»Eine Frau?«

»Jawohl, Herr. Hast du eine bestimmte im Sinn?«

»Nein. Triff du die Wahl.«

»Sehr wohl, Herr. Dann zeige ich dir dein Zimmer und schicke anschließend jemanden zu dir.«

Grephon, der die Behinderung des Gastes bemerkt hatte, führte ihn langsam eine kurze Treppe zu einem schmalen Flur hinauf bis zu einer Eichentür. In dem Zimmer dahinter stand ein breites Bett, von Samtvorhängen eingerahmt. Es war warm, obwohl es kein Feuer gab. Prasamaccus setzte sich auf das Bett, Grephon verbeugte sich und ging. Er würde den Teufel tun und die Nubierin zu *so einem* schicken, entschied er. Er ging rasch in die Küche und rief das germanische Sklavenmädchen Helga. Sie war klein, hatte Haar wie Flachs und blaßblaue Augen ohne jedes Feuer. Ihre Stimme war kehlig, wenn sie mit der Sprache kämpfte, und obwohl sie für schwere Arbeit gut geeignet war, hatte bislang niemand sie in sein Bett holen wollen. Sie war es sicherlich nicht wert, Victorinus' Blicke auf sich zu ziehen.

Er erklärte ihr ihre Pflichten und wurde mit einem Ausdruck, der an Furcht grenzte, in ihren Augen belohnt. Sie senkte den Kopf und ging langsam zum inneren Haus. Grephon schenkte sich einen Becher guten Wein ein und nippte langsam daran. Mit geschlossenen Augen stellte er sich die Weingärten jenseits des Tiber vor.

Helga stieg schweren Herzens die Treppe hinauf. Sie hatte gewußt, daß dieser Tag kommen würde und ihn gefürchtet. Seit sie in ihrer Heimat gefangen und von den Männern der Vierten Legion vergewaltigt worden war, hatte sie mit der heimlichen Furcht gelebt, noch einmal mißbraucht zu werden. Sie hatte sich in diesem Haushalt schon beinahe sicher gefühlt, da die Männer ihr gegenüber glücklicherweise gleichgültig waren. Jetzt wurde sie benutzt, um einen verkrüppelten Wilden zu erfreuen, einen Mann, dessen Mißbildung bei ihrem eigenen Stamm seinen sicheren Tod bedeutet hätte.

Sie öffnete die Tür des Schlafzimmers und sah den britannischen Prinzen an einem Warmluftventil knien und in das dunkle Innere spähen. Er sah auf und lächelte, doch sie reagierte nicht. Sie ging zum Bett und löste ihr einfaches grünes Kleid, eine Farbe, die nicht zu ihren Augen paßte.

Der Britannier humpelte zum Bett und setzte sich.

»Wie heißt du?«

»Helga.«

Er nickte. »Ich heiße Prasamaccus.« Sanft berührte er die weiche Haut ihres Gesichtes, dann stand er auf und befreite sich mühsam von der Toga. Sobald er nackt war, schlüpfte er unter die Decken und lud sie ein, sich zu ihm zu legen. Sie legte sich auf seinen Arm. Minutenlang blieben sie reglos so liegen, dann sank Prasamaccus, die Wärme ihres Körpers spürend, in Schlaf.

Helga hob sich vorsichtig auf einen Ellbogen und betrachtete sein Gesicht. Es war schmal und zartknochig, ohne eine Spur von Grausamkeit. Sie konnte noch immer die sanfte Berührung seiner Hand auf ihrer Wange spüren. Sie hatte keine Ahnung, was sie jetzt tun sollte. Man hatte ihr befohlen, ihn glücklich zu machen, damit er gut schlafen konnte. Jetzt wo er ruhte, sollte sie wohl in die Küche zurückgehen. Aber wenn sie das tat, würde man wissen wollen, wieso sie so schnell zurückkam, sie würden glauben, er hätte sie fortgeschickt und sie vielleicht sogar bestrafen. Sie legte sich wieder neben ihn und schloß die Augen.

Beim Morgengrauen erwachte sie, als eine zarte Hand ihren Körper liebkoste. Sie schlug die Augen nicht auf, ihr Herz begann zu hämmern. Die Hand glitt, ganz langsam, über ihre Schulter und umfaßte eine ihrer schweren Brüste. Der Daumen umkreiste die Brustwarze, dann glitt die Hand weiter, die Kurven ihrer Hüfte entlang. Sie öffnete die Augen und sah den Britannier, der ihren Körper betrachtete, ganz versunken vor Staunen. Er sah, daß sie wach war und errötete tief, dann zog er die Decken wieder über sie. Er legte sich hin und schob sich etwas dichter an sie, küßte sanft ihre Schläfen, ihre Wange und schließlich ihre Lippen. Beinahe unbewußt schlang sie einen Arm um seine

Schulter. Er stöhnte ..., und sie begriff. In diesem Augenblick wußte sie alles, als hielte sie Prasamaccus' Seele in ihren Händen.

Zum ersten Mal in ihrem Leben begriff Helga, was Macht bedeutete. Sie konnte wählen: geben oder verweigern. Der Mann neben ihr würde es akzeptieren. Ihre Gedanken flogen zurück zur Brutalität ihrer Häscher, Männer, die sie am liebsten umgebracht hätte. Aber sie waren anders gewesen als dieser Mann hier.

Dieser Mann ließ ihr die Wahl, ohne zu begreifen, was er tat. Sie blickte wieder in seine Augen und sah, daß sie tränennaß waren. Sie beugte sich vor und küßte ihn auf die Augen, dann zog sie ihn an sich.

Und indem sie freiwillig gab, erhielt sie ein um so größeres Geschenk.

Ihre Erinnerungen an Wollust und Grausamkeit verblaßten und verschwanden in der Vergangenheit, ohne die Macht, sie jemals wieder heimzusuchen.

In den nächsten Tagen stand Victorinus früh auf und kehrte spät heim, so daß er nur wenig von seinem Hausgast sah, der die meiste Zeit eingeschlossen in seinem Zimmer mit dem Küchenmädchen verbrachte. Der Römer hatte schwerwiegendere Probleme im Kopf. Die Fünfte Legion war in Calcaria stationiert, Hilfstruppen, die im Frühling nach Hause durften, um sich um ihre Höfe und Familien zu kümmern. Jetzt, wo Eldared mit seinen solgovischen und novantischen Verbündeten bereit zur Invasion war und der Sachsenkönig Hengist sich darauf vorbereitete, den Süden zu verwüsten, gab es keine Möglichkeit, diese Hilfstruppen für zwei Monate zu entlassen. Die Spannung unter den Männern war groß, viele von ihnen hatten ihre Frauen seit dem vergangenen September nicht mehr gesehen, und Victorinus fürchtete eine Meuterei.

Aquila hatte ihn um Hilfe dabei gebeten, die Moral zu heben, indem er den Männern Geld und Salz anbot, aber es war nicht genug gewesen, und täglich gab es neue Deserteure. Die Möglichkeiten waren begrenzt. Wenn sie die Männer nach Hause ließen, wurde Eboracum und die umliegende Gegend nur noch von einer einzigen regulären Legion verteidigt – fünftausend Mann. Ihnen würden vermutlich dreißigtausend gegenüberstehen. Alternativ konnten sie eine Legion aus dem Süden abziehen, aber die Götter wußten, wie dringend General Ambrosius um Dubris und Londinium herum jeden Mann brauchte.

Die dritte Möglichkeit war, eine neue Miliz auszuheben und auszubilden, aber das wäre gleichbedeutend damit, Kinder gegen Wölfe kämpfen zu lassen. Die Briganten und ihre Vasallenstämme waren berühmte Krieger.

Victorinus entließ die nubische Sklavin Oretia und stieg aus dem Bett. Er zog sich an und ging in den Hauptraum, wo er Prasamaccus am Fenster sitzend fand, der über die mondbeschienenen Hügel nach Süden hinausschaute.

»Guten Abend«, sagte Victorinus. »Wie geht es dir?«

»Gut, danke. Du wirkst müde?«

»Es gibt viel zu tun. Gefällt dir Helga?«

»Ja, sehr.«

Victorinus goß sich einen Becher mit Wasser verdünnten Wein ein. Es war beinahe Mitternacht, und seine Augen brannten vor Müdigkeit, wohlwissend, daß der Schlaf ihn fliehen würde. Es ärgerte ihn, daß der Britannier nach sechs Tagen immer noch hier war. Er hatte ihn nur eingeladen, um die rauhe Behandlung, die er durch seinen Arrest erfahren hatte, wiedergutzumachen, sonst hätte er ihn bei Gwalchmai in der Kaserne untergebracht. Jetzt sah es so aus, als hätte er einen Dauergast. Die kleine Festungsstadt summte vor Gerüchten über den Briganten – alle hielten ihn zumindest für einen Prinzen. Grephon hatte ihm ein paar neue Sachen gekauft, und diese unterstützten das Bild nur: allerfeinste, cremefarbene Wolle, mit Litzen eingefaßt, lederne Hosen, die mit silbernen Scheibchen verziert waren, und schöne Reitstiefel aus besonders weichem Hirschleder.

»Was ist dein Problem?« fragte Prasamaccus.

»Ich wünschte, es wäre nur eins.«

»Es gibt immer eins, das größer ist als die anderen.«

Victorinus zuckte die Achseln und erklärte – ohne recht zu wissen weshalb – die Probleme mit den Männern der Milizen. Prasamaccus schwieg, als der Römer die Möglichkeiten erläuterte.

»Wieviel Geld ist für die Männer vorhanden?« fragte er.

»Keine große Summe – vielleicht ein Monatssold extra.«

»Wenn du ein paar von den Männern nach Hause gehen ließest, würde der Anteil für die übrigen doch größer, oder?«

»Natürlich.«

»Dann laß bekanntgeben, wieviel Geld insgesamt für die Männer zur Verfügung steht und sag ihnen, sie könnten nach Hause gehen. Aber erklär ihnen, daß das Geld nur unter denen verteilt wird, die bleiben.«

»Was soll das einbringen? Und wenn nur ein einziger bleibt? Er wäre reich wie Crassus.«

»Genau«, pflichtete Prasamaccus ihm bei, wenn er auch nicht die geringste Ahnung hatte, wer Crassus war.

»Ich kann dir nicht folgen.«

»Natürlich nicht; das liegt daran, daß du reich bist. Die meisten Männer träumen von Reichtümern. Ich zum Beispiel habe mir immer zwei Pferde gewünscht. Aber die Männer, die nach Hause gehen wollen, werden sich jetzt fragen, wieviel sie dadurch verlieren, wenn sie gehen. Was wäre, wenn – wie du sagst – nur einer übrigbliebe? Oder zehn?«

»Was meinst du, wie viele werden bleiben?«

»Mehr als die Hälfte – wenn sie den Briganten, die ich kenne, auch nur entfernt ähnlich sind.«

»Dein Plan stellt ein enormes Risiko dar, aber ich habe das Gefühl, dein Rat ist weise. Wir werden es versuchen. Wo hast du solche Listen gelernt?«

»Das Geschenk von Mutter Erde an einsame Männer«, antwortete Prasamaccus.

Sein Ratschlag erwies sich als richtig, denn dreitausend Mann beschlossen zu bleiben und sich so zwei Monatssolde extra zu verdienen. Das nahm Victorinus einige Last von den Schultern und brachte ihm Beifall von Aquila ein.

Drei Tage später kam ein unerwarteter Gast in der Villa an. Es war Maedhlyn – erhitzt, staubig und gereizt von seinem Ritt. Eine Stunde später, erfrischt durch ein heißes Bad und mehrere Becher angewärmten Wein, führte er ein längeres Gespräch mit Victorinus. Dann riefen sie Prasamaccus herbei. Als der Brigant den Zauberer sah, sank sein Mut. Er setzte sich schweigend und lehnte den angebotenen Wein ab.

Maedhlyn nahm ihm gegenüber Platz und fixierte ihn mit seinen Adleraugen.

»Wir haben ein Problem, Prasamaccus, von dem wir glauben, daß du es lösen kannst. Auf brigantischem Gebiet sitzt ein junger Mann in der Falle, weit im Norden von der Antoninischen Mauer in den Kaledonischen Bergen. Er ist wichtig für uns, und wir möchten, daß er nach Hause gebracht wird. Nun können wir nicht unsere eigenen Männer schicken, weil sie das Land nicht kennen. Aber du kennst es, und du kannst dort herumreisen, ohne Argwohn zu erregen.«

Prasamaccus sagte nichts, aber jetzt griff er nach dem Wein und nahm einen tiefen Schluck. Die Götter geben, die Götter nehmen. Aber diesmal waren sie zu weit gegangen, sie hatten ihm erlaubt, eine Freude zu kosten, die er bislang ins Reich der Fabel verwiesen hatte.

»Also«, sagte Maedhlyn drängend, »ich kann dich auf magische Weise zu einem Steinkreis in der Nähe von Pinnata Castra bringen, etwa drei Tagesritte von Burg Deicester entfernt. Du brauchst nichts weiter zu tun, als jenen Knaben, Thuro, aufzuspüren und ihn genau sechs Tage später zu dem Steinkreis zu bringen. Ich werde dort sein – und ich werde danach jede Nacht um Mitternacht dort sein, falls du dich verspätest. Was sagst du?«

»Ich möchte nicht wieder in den Norden zurückkehren«, sagte Prasamaccus leise. Maedhlyn schluckte und warf einen Blick auf Victorinus, als sich der Römer neben den Briganten setzte.

»Du würdest uns einen großen Dienst erweisen und eine hohe Belohnung bekommen«, sagte Victorinus.

»Ich will ein mit Gold eingefaßtes Kupferarmband, ein kleines Haus, dazu genügend Geld, um ein Pferd kaufen und eine Frau ein Jahr lang mit Nahrung und Kleidung versorgen zu können. Darüber hinaus möchte ich, daß die Sklavin Helga freigelassen wird, um in diesem Haus zu leben.« Während er sprach, war alle Farbe aus seinem Gesicht gewichen, und er fürchtete, den Preis zu hoch getrieben zu haben.

»Ist das alles?« fragte Victorinus, und Prasamaccus nickte. »Dann ist es abgemacht. Sobald du zurückkehrst, wird alles in die Wege geleitet.«

»Nein«, widersprach der Britannier energisch. »Es wird morgen arrangiert. Ich bin kein Narr und weiß genau, daß ich diese Reise vielleicht nicht überlebe. Das Land der Kaledonier ist wild, und Fremde sind dort nicht willkommen. Außerdem ist der Knabe Thuro der Sohn des Römerkönigs. Eldared will seinen Tod. Es gehört sich nicht, *mich* zu bitten, *eure* Pflichten zu erfüllen, aber wenn dem schon so ist, dann müßt ihr auch dafür bezahlen ... und zwar jetzt.«

»Einverstanden«, sagte Maedhlyn rasch. »Wann soll die Hochzeit stattfinden?«

»Morgen.«

»Als langjähriger Druide werde ich die Trauung vollziehen«, erklärte Maedhlyn. »Unweit von hier steht eine Eiche, und morgen bei Sonnenaufgang werden wir uns dorthin begeben. Du solltest es der Dame lieber sagen.«

Prasamaccus erhob sich, machte eine Verbeugung und ging so würdevoll, wie es einem Hinkenden möglich war, auf sein Zimmer.

»Was war das mit Hochzeit?« fragte Victorinus.

»Das Armband ist für sie. Es symbolisiert den Ring der Ewigkeit und den endlosen Kreis des Lebens, das der Vereinigung der Liebe entspringt. Rührend!«

Alantric wußte, daß sein Leben verwirkt war, sollte jemand etwas von seiner Begegnung mit dem Prinzen erfahren, also erzählte er niemandem außer seiner Frau Frycca etwas davon, als sie die Wunde in seinem Arm nähte. Frycca liebte ihn von Herzen und hätte nie etwas getan, was ihm schadete, aber sie war stolz auf seine Ritterlichkeit und erzählte ihrer Schwester Marphia davon, die sie zum strengsten Stillschweigen verpflichtete. Marphia erzählte es ihrem Gatten Briccys, der es nur seinem besten Freund unter der Voraussetzung erzählte, daß er das Geheimnis für sich behielt.

Zwei Tage nach seiner Rückkehr wurde Alantric von drei von Eldareds Gefolgsleuten aus seiner Hütte gezerrt. Er erkannte augenblicklich, daß er verdammt war, drehte sich um und rief Frycca zu: »Deine lose Zunge hat mich umgebracht, Weib!«

Er kämpfte nicht, als sie ihn zu den Pferden schleppten, sondern ging mit gesenktem Haupt, völlig entspannt. Seine Wächter entspannten sich mit ihm. Da riß er seinen rechten Arm los und schlug dem nächststehenden der Männer aufs Ohr. Als dieser taumelte, zog Alantric dessen Schwert und stieß es dem zweiten Soldaten ins Herz. Der dritte wich zurück, zog sein eigenes Schwert, und Alantric eilte zum nächstbesten Pferd, doch das Tier scheute. Nun rannte noch ein Dutzend weitere Wächter herbei, und der Streiter des Königs wich an die Palisade zurück, ein wildes Lächeln auf den Zügen.

»Kommt schon, meine Brüder«, rief er. »Holt euch eine Lektion, die ihr euer Leben nicht vergeßt!«

Zwei Männer stürzten vor. Alantric blockte einen Schlag ab, schickte den Mann mit einem Rückhandhieb gegen den Hals zu Boden und grunzte, als das Schwert des zweiten in seine Seite drang. Sich drehend, drückte er die Klinge gegen seine Rippen und spießte den Schwertkämpfer auf.

»Lebendig! Faßt ihn lebendig!« schrie Cael von den Wehrgängen hinab.

»Komm und hol mich selbst, du Hurensohn!« brüllte Alantric, als die Wächter alle zusammen auf ihn zustürmten. Alantrics Klinge wob ein tödliches Netz. In dem folgenden Getümmel drang ihm ein Schwert in den Rücken und verletzte seine Lungen. Er sank zu Boden, wurde in die Burg geschleppt und starb in eben jenem Moment, als Cael zum Fallgittertor gelaufen kam.

»Ihr elenden Schwachköpfe!« bellte Cael. »Ich lasse euch auspeitschen. Holt seine Frau!« Aber Frycca hatte sich in ihrem Kummer mit dem Jagdmesser ihres Mannes die Kehle durchgeschnitten und lag in einer großen Blutlache vor der Feuerstelle.

Eldareds Folterknechte nahmen sich bis spät in die Nacht der anderen an, die das Geheimnis kannten, brachten aber nur eine einzige unleugbare Tatsache zu Tage. Der junge Prinz war tatsächlich am Leben und verbarg sich in einer unerforschten Gegend der Kaledonischen Berge.

Eldared ließ Cael zu sich rufen. »Du wirst zu Goroien gehen und ihr sagen, daß ich die Seelenräuber brauche. Wir haben unten sechs Leute, deren Blut sie zufriedenstellen sollte, und so viele Welpen, wie sie braucht. Aber ich will den Jungen!«

Cael sagte nichts. Von allen dunklen Legenden des Nebels ließen allein die Seelenräuber ihn schaudern. Er verbeugte sich und ließ den König allein, der gedankenverloren auf die Berge im Süden starrte.

Thuro erwachte und spürte noch den Schmerz der Wunde, die ihn getötet hatte, eine blitzschnelle Rolle und ein Stoß mit dem Kurzschwert des Griechen. Culain half ihm auf die Füße.

»Du hast dich gut gehalten, besser als ich gehofft hatte. Gib mir noch einen Monat, und in ganz Britannien wird sich kein Schwertkämpfer mehr finden lassen, der dir das Wasser reichen kann.«

»Aber ich habe verloren«, sagte Thuro und erinnerte sich mit Schaudern an die eiskalten Augen seines jungen Gegners.

»Natürlich hast du verloren. Das war Achilles, der beste Krieger seiner Generation, ein Dämon mit Schwert oder Lanze. Ein hervorragender Kämpfer.«

»Was geschah mit ihm?«

»Er starb. Alle Menschen sterben.«

»Das hatte ich mir schon gedacht«, sagte Thuro. »Ich meinte wie.«

»Ich tötete ihn«, sagte Culain. »Damals trug ich einen anderen Namen, ich war Aeneas, und Achilles tötete einen Freund von mir im Krieg gegen Troja. Nicht nur das, er zerrte den Leichnam noch hinter seinem Streitwagen immer wieder rund um die Stadt. Er demütigte einen ungemein tapferen Mann und brachte dessen Vater Kummer.«

»Ich habe von Troja gehört. Es wurde durch ein hölzernes Pferd eingenommen, in dem sich Männer versteckten.«

»Laß dich nicht von Homers Sprachspielchen irreführen: ›Hölzernes Pferd‹ ist ein umgangssprachlicher Ausdruck für einen nutzlosen Gegenstand oder für etwas, das vorgibt, etwas anderes zu sein. In Troja war es ein Mann, der zu den Trojanern ging und vorgab, seine Herren, die Griechen, zu verraten. König Priamos glaubte dem Mann. Ich nicht. Ich verließ die

Stadt mit denen, die mir folgen wollten, und kämpfte mich zur Küste durch. Später hörten wir, daß dieser Mann, Odysseus, ein Seitentor geöffnet hatte, so daß die griechischen Soldaten in die Stadt eindringen konnten.«

»Warum hat der König ihm geglaubt?«

»Priamos war ein Romantiker, der in jedem nur das beste sah. Nur aus diesem Grund hat es auch Krieg gegeben, weil er das beste in Helena sah. Hinter dem Gesicht, das tausend Schiffe zum Auslaufen brachte, verbarg sich nichts weiter als eine ränkeschmiedende Frau mit blondgefärbten Haaren. Der Trojanische Krieg wurde von ihrem Gatten Menelaos begonnen und von Helena geplant. Sie verführte Priamos' Sohn Paris dazu, sie in seine Stadt zu bringen. Daraufhin suchte Menelaos die Unterstützung der anderen griechischen Könige, um sie zurückzubekommen.«

»Aber warum eine solche Mühe wegen einer einzigen Frau?«

»Es ging nicht um eine Frau oder um die Ehre. Troja kontrollierte die Handelsrouten und belegte alle Schiffe, die nach Griechenland wollten, mit hohen Steuern. Wie bei allen Kriegen geschah es aus Gewinnstreben.«

»Ich glaube, ich ziehe Homer vor«, meinte Thuro.

»Lies Homer zum Zeitvertreib, junger Prinz, aber verwechsle ihn nicht mit der Wirklichkeit.«

»Warum bist du heute so düsterer Stimmung?« fragte Thuro. »Tut dir etwas weh?«

Culains Augen funkelten kurz auf, und er ging in Richtung seiner Hütte davon. Erst folgte Thuro ihm nicht, aber dann sah er, daß der Nebelkrieger ihm einen Blick über die Schulter zuwarf. Der Prinz grinste, steckte seinen Gladius ein und folgte ihm. Culain saß am Tisch vor einem Becher mit starkem Wein.

»Es liegt an Laitha«, sagte Culain. »Ich habe ihr Kummer bereitet, völlig unabsichtlich und sie hat mich damit ziemlich überrascht.«

»Sie hat dir gesagt, daß sie dich liebt?«

»Komm dir nicht allzu schlau vor, Thuro«, fauchte Culain. Er machte eine Handbewegung, als ob er die zornigen Worte beiseite wischen wollte. »Ja, du hast recht. Ich war ein Narr, das nicht zu sehen. Aber sie täuscht sich, sie kennt ja auch keinen anderen Mann und hat mich in den Himmel gehoben. Ich hätte sie schon längst zu einer Ansiedlung bringen sollen.«

»Was hast du ihr gesagt?«

»Daß ich sie als meine Tochter sehe, daß ich sie nur so lieben könnte.«

»Warum?«

»Was ist das für eine Frage? Warum was?«

»Warum kannst du sie nicht zur Frau nehmen?«

»Das war mein zweiter Fehler, denn sie hat mir dieselbe Frage gestellt. Ich habe mein Herz bereits vergeben, für mich kann es keine andere geben, solange die Dame lebt.« Culain lächelte. »Aber sie will mich nicht, weil ich mich entschieden habe, sterblich zu sein, und ich kann sie nicht lieben, während sie eine Göttin bleibt.«

»Und das hast du Laitha gesagt?«

»Ja.«

»Das war nicht sehr klug«, meinte Thuro. »Ich glaube, du hättest lügen sollen. Ich bin nicht sehr bewandert im Umgang mit Frauen, aber ich glaube, Laitha hätte dir beinahe alles verziehen, außer eine andere zu lieben.«

»Ich kann zwar allerhand, Thuro, aber ich kann mein Leben nicht zurückdrehen. Ich wünsche Gian keinen Kummer, aber es ist geschehen. Geh zu ihr, hilf ihr zu verstehen.«

»Keine einfache Aufgabe, ganz besonders, weil ich sie liebe und sie morgen heiraten würde.«

»Das weiß ich – und sie auch. Darum bist du derjenige, der zu ihr gehen sollte.«

Thuro stand auf, doch Culain bedeutete ihm noch einmal, sich wieder zu setzen. »Bevor du gehst, möchte ich dir etwas zeigen und schenken.« Er holte eine Schale mit Wasser und stellte sie vor den Prinzen. »Schau tief ins Wasser und erkenne.« Culain nahm einen goldenen Stein aus seiner Tasche und hielt ihn über die Schale, bis sich das Wasser trübte. Dann verließ er die Hütte und zog die Tür fest hinter sich zu.

Thuro blickte hinab in einen kerzenerhellten Raum, in dem mehrere Männer schweigend um ein breites Bett herumstanden, in dem ein schmales Kind mit weißblondem Haar lag. Ein Mann, in dem Thuro Maedhlyn erkannte, beugte sich vor und legte seine Hand auf den Kopf des Kindes.

»Sein Geist ist nicht hier«, wisperte Maedhlyns Stimme in Thuros Kopf. »Er ist in der Leere, er wird nicht mehr zurückkehren.«

»Wo ist diese Leere?« kam eine andere Stimme, die in dem Jungen eine tiefe Traurigkeit aufkommen ließ. Sie gehörte Aurelius, seinem Vater.

»Die Leere ist ein Ort zwischen Himmel und Hölle. Kein Mensch kann ihn zurückholen.«

»Ich kann es«, sagte der König.

»Nein, Majestät. Es ist ein Ort der Nebeldämonen und der Finsternis. Ihr werdet euch verlieren, so wie der Knabe verloren ist.«

»Er ist mein Sohn. Benutz deine Magie, um mich dorthin zu bringen. Ich befehle es!«

Maedhlyn seufzte. »Nehmt den Jungen in Eure Arme und wartet.«

Das Wasser trübte sich wieder, und Thuro sah das

Kind, das verwirrt auf einem dunklen Berg herumwanderte, seine Augen waren leer und blicklos. Schwarze Wölfe mit roten Augen und aufgerissenen Mäulern umschlichen es. Als sie auf das Kind zukrochen, tauchte eine schimmernde Gestalt mit einem schrecklichen Schwert auf. Sie schlug auf die Wölfe ein, und sie flohen. Dann riß sie das Kind in ihre Arme und kniete mit ihm an einem schwarzen Bach nieder, an dem keine Blumen wuchsen. Da erwachte das Kind und kuschelte sich an die Brust des Mannes, der ihm durch das Haar strich und sagte, daß alles gut war. Drei furchtbare Wesen kamen aus einem plötzlich aufgetauchten Nebel, doch das Schwert des Königs schimmerte wie Feuer.

»Hinfort!« sagte er. »Oder ihr sterbt. Die Wahl liegt bei euch.«

Die Unwesen blickten ihn an, schätzten seine Stärke ein, dann kehrten sie in den Nebel zurück.

»Ich bringe dich nach Hause, Thuro«, sagte der König. »Du wirst wieder gesund.« Dann küßte sein Vater ihn.

Thuros Tränen tropften in die Schale und zerstörten das Bild, aber gerade als es verblaßte, huschte ein dunkler Schatten durch sein Blickfeld.

Culain trat lautlos ein. »Gian sagte mir, du wärst traurig, daß du keine Erinnerung an diese Begebenheit hättest. Ich hoffe, du freust dich darüber.«

Thuro räusperte sich und wischte sich über die Augen. »Ich stehe noch tiefer in deiner Schuld als bisher. Er kam in die Hölle, um mich zu finden.«

»Trotz all seiner Fehler war er ein Mann von großem Mut. Nach allen Gesetzen der Zauberkunst hätte er dort mit dir sterben müssen, aber Männer wie er sind es, die uns vor Augen führen, daß es zu jeder Regel Ausnahmen gibt. Du kannst stolz auf ihn sein, Thuro.«

»Noch eine Frage, Culain. Was sind das für Männer, mit grauem Gesicht und Augen wie Opalen?«

»Wo hast du einen solchen Mann gesehen?«

»Gerade als das Bild verschwand, sah ich einen schwarzgekleideten Mann, der mit erhobenem Schwert vorstürzte. Sein Gesicht war grau, und seine Augen waren trüb wie die eines Blinden – aber er war nicht blind.«

»Und du hattest das Gefühl, daß er dich ansah?«

»Ja. Ich hatte keine Zeit, Angst zu haben, er war sofort wieder weg.«

»Angst solltest du allerdings haben, denn jener Mann war ein Seelenräuber, ein Bluttrinker. Sie leben in der Leere, und niemand weiß, wo sie herkommen. Bei den Feragh war das eine Frage von höchstem Interesse. Manche glauben, es sind die Seelen erschlagener böser Menschen, andere, daß sie aus einer Rasse stammen, die der unseren gleicht. Wie die Wahrheit auch immer aussieht, sie sind gefährlich, denn ihre Schnelligkeit ist übermenschlich und ihre Stärke ungeheuer. Sie ernähren sich von Blut und nichts anderem. Starkes Sonnenlicht vertragen sie nicht, es läßt ihre Haut Blasen werfen und sich schälen und kann sie sogar töten.«

»Warum sollte ich einen von ihnen sehen?«

»Warum wohl? Aber denk daran, du hast in die Leere geblickt, und das ist ihre Heimat.«

»Kann man sie töten?«

»Nur mit Silber, aber selbst dann können nur wenige Menschen gegen sie bestehen. Sie bewegen sich schattengleich und schlagen zu, ohne eine Chance zur Gegenwehr. Ihre Messer und Schwerter töten dich nicht, sie betäuben nur. Und dann spürst du auch schon ihre langen, hohlen Zähne an deiner Kehle, die dir das Lebensblut aussaugen. Gib mir deinen Gladius.«

Thuro hielt ihm die Waffe mit dem Griff voraus hin. Culain fuhr mit seinem goldenen Stein über beide Seiten der Klinge, dann gab er sie ihm zurück. Der Prinz untersuchte sie, konnte aber keine Veränderung feststellen.

»Wir wollen hoffen, daß du das auch nie tust«, sagte Culain.

Thuro fand Laitha weiter oben in den Bergen. Sie saß auf einem flachen Stein und zeichnete eine Rote Pestwurz. Ihre Augen waren rotgerändert, und die Zeichnung blieb weit hinter ihren anderen zurück.

»Darf ich mich zu dir setzen?«

Sie nickte und legte ihr Pergament und den Kohlestift links neben sich. Sie trug nur eine hellgrüne Wolltunika, und ihre Finger und Arme waren blau vor Kälte. Er zog sein Schaffellwams aus und legte es ihr um die Schultern.

»Er hat es dir gesagt«, meinte sie, ohne ihn anzusehen.

»Ja. Es ist kalt hier – laß uns in deine Hütte gehen und ein Feuer anzünden.«

»Du mußt mich für sehr närrisch halten.«

»Wie könnte ich? Ich halte dich für einen der klügsten Menschen, die ich je getroffen habe. Töricht ist nur Culain. Jetzt laß uns zurückgehen.« Sie lächelte schwach und glitt von dem Stein. Die Sonne ging feurig unter, und ein bitterkalter Wind wisperte zwischen den Felsen.

Als in der Hütte das Feuer im Kamin prasselte, setzte sie sich vor die Flammen und umschlang mit den Armen ihre Knie. Er setzte sich ihr gegenüber mit einem Becher verdünntem Wein aus einem Fäßchen im Hinterzimmer.

»Er liebt eine andere«, sagte sie.

»Er liebte sie schon lange vor deiner Geburt – und er

ist kein unbeständiger Mann. Wenn er das wäre, würdest du ihn nicht lieben.«

»Hat er dich gebeten, für ihn zu sprechen?«

»Nein«, log Thuro. »Er hat mir nur gesagt, wie sehr es ihn bekümmert, dir weh getan zu haben.«

»Es war alles meine Schuld. Ich hätte noch ein Jahr warten sollen, das wäre nicht so arg lang gewesen. Ich bin immer noch schlank wie ein Knabe, nächstes Jahr werde ich etwas weiblicher sein. Vielleicht erkennt er dann seine wahren Gefühle.«

»Vielleicht auch nicht«, warnte Thuro leise.

»Sie ist nicht hier – wer immer sie auch ist. Aber ich bin hier. Eines Tages wird er zu mir kommen.«

»Du bist bereits jetzt schön, Laitha, aber ich glaube, du unterschätzt ihn. Was bedeutet ein Jahr einem Mann, der die Ewigkeit gekostet hat? Er wird dich nie auf eine Art lieben, wie du es dir wünschst. Deine Leidenschaft wird euch beiden weh tun.«

Sie sah auf, und ihr Blick traf ihn wie ein Schlag. »Glaubst du, ich weiß nicht, warum du das sagst? Du willst mich selbst haben. Ich kann es in deinen Mondkalb-Augen sehen. Aber du wirst mich nicht bekommen. Niemals! Wenn ich Culain nicht haben kann, will ich gar keinen Mann.«

»Fünfzehn ist ein bißchen jung, um eine solche Entscheidung zu treffen.«

»Danke für deinen Rat, Onkel.«

»Jetzt bist du töricht, Laitha. Ich bin nicht dein Feind, und du gewinnst nichts damit, mir weh zu tun. Ja, ich liebe dich. Bin ich deswegen ein Schuft? Habe ich dich je mit meiner Werbung bedrängt?«

Sie starrte minutenlang in die Flammen, dann lächelte sie und streckte die Hand nach ihm aus. »Es tut mir leid, Thuro. Wirklich. Ich bin innerlich so verletzt, daß ich einfach nur um mich schlagen wollte.«

»Ich muß mich bei dir bedanken«, sagte er. »Du hast Culain erzählt, daß ich mich gern an den Tag erinnern würde, an dem mein Vater mich in den Armen hielt, und er hat seinen magischen Stein benutzt, um mir die Erinnerung zu schenken.« Er erzählte weiter von seiner Vision und wie Culain sein Schwert berührt hatte.

»Laß mich sehen«, bat sie

»Da ist nichts zu sehen.« Er zog den Gladius, und die Klinge glänzte wie ein Spiegel.

»Er hat sie in Silber verwandelt«, sagte Laitha.

Ein dunkler Schatten huschte am Fenster vorbei, und Thuro warf sich quer durch das Zimmer zur Tür hin, gerade als diese aufging. Seine Schulter krachte gegen das Holz, und die Tür fiel donnernd zu. Thuro packte den Riegel und ließ ihn ins Schloß fallen.

»Was ist das?« schrie Laitha, und Thuro fuhr herum. Das Fenster war zwar gegen die Kälte mit Läden versehen und verriegelt, aber die Tür zum Hinterzimmer ging auf, und ein dunkler Schatten schoß hindurch und zum Kamin. Laitha, die sich halb erhoben hatte, sank zu Boden, als eine graue Klinge sie berührte. Thuro ließ sich nach links fallen, rollte sich ab und sprang auf. Mit übernatürlicher Schnelligkeit war der Schatten bei ihm, und seine Klinge zuckte instinktiv hoch und schnitt durch den dunklen, flatternden Umhang. Ein unirdischer Schrei, und Thuro sah ein leichengraues Gesicht und opalfarbene Augen, kurz bevor das Wesen sich in Rauch auflöste. Gestank erfüllte den Raum und brachte Thuro zum Würgen. Er fiel auf die Knie und kroch zu Laitha. Ihre Augen waren offen, aber sie regte sich nicht. Er lief ins Hinterzimmer, gerade als ein zweiter Schatten das Fenster verdunkelte. Sein Schwert schoß hoch, und die Erscheinung floh zurück in die Nacht. Er rammte die Läden zu und verriegelte sie.

Dann ging er zu Laitha zurück und sah ihr in die

Augen. Sie blinzelte. »Wenn du mich hören kannst, blinzle zweimal.« Sie tat es. »Und jetzt blinzle einmal für ja, zweimal für nein. Kannst du deine Glieder überhaupt bewegen?« Sie blinzelte zweimal.

Am Fenster krachte es, und ein Schwert zerschmetterte das Holz. Thuro, dessen Gladius in blauem Feuer brannte, rannte zum Fenster und wartete. Ein zweites Krachen kam aus dem Hinterzimmer, dann ertönte vor der Hütte wieder ein unirdischer Schrei, und Thuro riskierte einen Blick durch den zersplitterten Fensterladen.

Culain stand allein auf der Lichtung, seine silberne Lanze in den Händen. Drei Gestalten bewegten sich blitzschnell auf ihn zu. Er ließ sich auf die Knie fallen, seine Lanze fuhr hoch und stieß zu. Zwei der in Umhänge gehüllten Angreifer fielen. Thuro riß die Tür der Hütte auf und stürzte sich in die Nacht, als vier weitere sich um Culain scharten.

»Nein, Thuro!« bellte Culain, aber es war zu spät. Schon stürzte sich ein Seelenräuber auf den Prinzen. Thuro blockte einen Hieb ab und schlitzte seinem Feind mit der Silberklinge die Kehle auf. Das Wesen verschwand. Zwei weitere waren auf dem Weg. Culain griff die beiden an, die ihm zugewandt waren, schlug und parierte und tötete einen mit einem Bauchstoß. Der zweite rückte näher, doch Culain drückte einen Knopf in der Lanze, und eine scharfe Silberklinge schoß durch die Luft und traf den Seelenräuber in der Brust.

Es gelang Thuro, den ersten der Angreifer zu töten, doch der zweite stach ihm ein kaltes Messer zwischen die Rippen. Alle Kraft verließ ihn, seine Beine gaben unter ihm nach. Er fiel auf den Rücken und sah das graue Gesicht drohend über sich, große, hohle Zähne senkten sich zu seiner Kehle.

Culain rannte drei Schritte vor, dann warf er die schwere Lanze. Sie drang dem Wesen in den Rücken und trat aus der Brust wieder aus. Es verschwand, und die Lanze fiel neben Thuro auf die Erde.

Culain hob den gelähmten Prinzen auf und trug ihn in die Hütte, wo Laitha sich zu rühren begann. »Mach Feuer und verschließ die Tür«, bat er.

Er ging zu ihrem Bogen und leerte den Köcher. Es waren zwanzig Pfeile. Er legte seinen Sipstrassi-Stein an jede Pfeilspitze, doch nichts geschah. Culain nahm Thuros Gladius, er war wieder aus Eisen.

»Was war das?« fragte Laitha und rieb sich die Glieder, die vor Kälte schmerzten.

»Mörder der Leere. Wir sind hier nicht mehr sicher. Komm her!« Als sie näher trat, hob er ihre Hand. Ein Kupferarmreif schmückte ihr linkes Handgelenk, und er berührte ihn mit dem Stein. »Sollte er jemals silbern schimmern, weißt du, was das bedeutet?«

Sie nickte. »Es tut mir leid, Culain. Kannst du mir verzeihen?«

»Es gibt nichts zu verzeihen, Gian Avur. Ich hätte dir von meiner Dame erzählen sollen, aber ich habe sie seit über vierzig Jahren nicht gesehen.«

»Wie heißt sie?«

»Sie trägt einen alten Namen, der soviel bedeutet wie ›Licht ins Leben‹. Sie heißt Goroien.«

Culain blieb die ganze Nacht wach, doch die Seelenräuber kehrten nicht zurück. Thuro erwachte am Morgen mit dem Gefühl, sein Kopf sei in Watte gepackt, seine Bewegungen waren langsam und schwerfällig. Culain brachte ihn nach draußen, und die frische Luft vertrieb seine Schläfrigkeit.

»Sie werden wiederkommen«, sagte Culain. »Sie

sind zahllos. Sie erwarteten nicht, daß du mit Silber gerüstet warst.«

»Ich kann nicht gegen sie bestehen, sie sind zu schnell.«

»Ich habe bereits über das Eleari-mas, das Entleeren, mit dir gesprochen, Thuro. Das ist etwas, das du beherrschen lernen mußt. Können ist nicht genug, Schnelligkeit nicht ausreichend, du mußt deinen Instinkt freilassen, deinen Verstand leeren.«

»Ich habe es versucht, Culain. Ich schaffe es nicht.«

»Ich habe dreißig Jahre dafür gebraucht, Thuro. Glaube bloß nicht, daß du es in ein paar Stunden beherrschst.« Die Sonne schien strahlend golden, und die Ereignisse der Nacht schienen einem anderen Zeitalter anzugehören. Laitha schlief noch. Der Nebelkrieger sah hager und erschöpft aus, das Silbergrau an seinen Schläfen schimmerte wie Schnee auf den fernen Berggipfeln. Dunkle Ringe umschatteten seine Augen. »Eldared hat einen Verbündeten von den Feragh gewonnen«, sagte er. »Niemand anders könnte die Leere öffnen. Ich danke der QUELLE, daß du sie in der Vision gesehen hast, aber wer weiß, was als nächstes kommt? Atrols, Schlangen, Drachen, Dämonen. Die Gefahren des Nebels sind unendlich. Ich mache mir Vorwürfe, weil ich als erster die zirkulierenden Tore benutzt habe.«

»Inwiefern?« fragte Thuro.

»Als ich Boudiccas Icener gegen die Römer führte, gab es eine Elitelegion, die Neunte. Sie marschierten von Eboracum nach Süden, um uns zwischen sich und Paullinus in die Zange zu nehmen. Aber ich schickte den Nebel, und sie marschierten hinein und verschwanden aus der Geschichte.«

»Die legendäre Neunte«, flüsterte Thuro. »Niemand hat je erfahren, was aus ihr geworden ist.«

»Das wird auch niemand. Nicht einmal ich. Sie starben außer Sichtweite ihrer Freunde, ihrer Familien und selbst ihres Landes.«

»Fünftausend Mann«, sagte Thuro. »Das ist wahrlich Macht.«

»Ich würde so etwas nie wieder tun ... aber jemand anders hat es getan.«

»Wer hat noch die Macht?«

»Maedhlyn hat sie. Und ich. Vielleicht noch ein Dutzend anderer. Aber das setzt den Mangel an Vorstellungskraft für irgendeine der Hunderttausenden Welten voraus, die den Nebel ausmachen. Vielleicht hat jemand einen neuen Weg gefunden.«

»Was kann ich tun? Ich kann nicht einfach hierbleiben, bis sie mich finden, und es bringt sowohl dich als auch Laitha in Gefahr.«

»Du mußt das Schwert deines Vaters finden und dein eigenes Schicksal.«

»Finden ...? Es wurde von einer Geisterhand ins Wasser des Sees gezogen. Dorthin kann ich nicht.«

»Ich wünschte, es wäre wirklich so einfach. Aber das Schwert ist nicht im See – ich habe dort gesucht. Nein, es ist im Nebel, und wir müssen dorthin, um es zu finden.«

»Du sagtest, der Nebel bestünde aus Tausenden von Welten. Woher wollen wir wissen, wo wir suchen sollen?«

»Du bist mit dem Schwert verbunden. Wir gehen aufs Geratewohl los und sehen, wohin uns der Weg führt.«

»Verzeih mir, wenn ich das sage, aber das klingt nicht sehr vielversprechend.«

Culain kicherte. »Ich werde bei dir sein, Thuro. Obgleich es wirklich sein wird, wie eine Nadel im Heuhaufen zu suchen. Aber besser das, als hier darauf zu warten, daß die Dämonen zuschlagen, oder?«

»Wann brechen wir auf?«

»Morgen. Ich muß den Pfad vorbereiten.«

»Und wir müssen noch eine Nacht hier verbringen und auf die Seelenräuber warten?«

»Ja, aber wir haben jetzt einen Vorteil. Wir wissen, daß sie kommen.«

»Ein reichlich geringer Vorteil.«

»Vielleicht so gering wie der Unterschied zwischen Leben und Tod.«

Prasamaccus war dankbar für die Tränen, die Helga in aller Öffentlichkeit vergoß, als er den riesigen schwarzen Hengst bestieg, den er sich am Morgen aus Victorinus' Ställen ausgesucht hatte. Kein Krieger sollte zu einem gefährlichen Abenteuer aufbrechen ohne ein solches Schauspiel von einem liebenden Weib. Er hatte Glück gehabt, denn Maedhlyn war gezwungen gewesen, fünf Wochen zu warten, nachdem seine Magie ihm enthüllt hatte, daß die Pässe in die Kaledonischen Berge von hohem Schnee blockiert wurden. Prasamaccus hatte die Zeit gut genutzt, um Helga kennenzulernen und sie ihn. Glücklicherweise mochten sie das, was sie in dem anderen fanden. Das Haus am Rande von Calcaria war von Grephon zu einem Bruchteil seines Wertes gekauft worden, da der Eigentümer Angst vor dem kommenden Krieg hatte. Hinter dem kleinen weißen Haus befanden sich eine Pferdekoppel mit wackligem Zaun und zwei Felder, auf denen man Getreide anbauen konnte.

Jetzt beugte Prasamaccus sich aus dem Sattel. »Schsch, Frau!« sagte er. »Das schickt sich nicht.« Doch Helgas Tränen wollten nicht versiegen, und frohen Herzens ritt Prasamaccus neben dem Zauberer zu den Überresten des Steinkreises oberhalb von Eboracum.

Maedhlyn für sein Teil war alles andere als glücklich mit der Wahl der Eskorte, die er zu Thuro schickte. Der schlanke blonde Krüppel war offensichtlich ein Mann mit Verstand, aber wohl kaum ein Krieger. Und konnte man ihm trauen?

Der Brigant scherte sich nicht um die Zweifel, die er in Maedhlyns verdrießlicher Miene entdeckte. Die

Kaledonischen Berge waren tatsächlich nur spärlich besiedelt, und die Vacomager, die in den Vorbergen lebten, waren als freundlicher Stamm bekannt. Mit Glück würde seine Mission nicht mehr als eine Reise von sechs Tagen und eine schnelle Rückkehr in seinen weißen Palast bedeuten. Er blickte nervös zum Himmel. Er verzog keine Miene, aber die Götter konnten auch bloß in den Augen der Menschen lesen.

Nur zwei zerbrochene Zähne standen noch von dem Steinkreis, und Prasamaccus stand dort, wo er sechs Wochen vorher aufgetaucht war und blickte auf die Stadt hinab.

»Hast du verstanden? Sechs Tage«, sagte Maedhlyn.

»Ja. Aber ich werde zur Sicherheit Kerben in einen Stock schnitzen«, antwortete Prasamaccus.

»Sei nicht so vorlaut. Du wirst oberhalb von Pinnata Castra landen. In den Bergen wirst du einem Mann namens Culain begegnen. Er ist groß, mit Augen von der Farbe von Gewitterwolken. Erzürne ihn nicht. Er wird dich zum Prinzen bringen.«

»Gewitteraugen. Ja, ich bin bereit.«

Mit einem gemurmelten Fluch zog Maedhlyn einen gelb-goldenen Stein hervor und schwenkte ihn über seinem Kopf. Ein goldener Schein erfüllte den Kreis. »Reite nach Westen«, sagte der Zauberer, und Prasamaccus stieg auf und lenkte den Hengst vorwärts. Er scheute und begann zu rennen, direkt auf den größten Stein zu. Prasamaccus schloß die Augen. Ein Geruch wie brennendes Öl auf Tuch stieg ihm in die Nase, und seine Ohren dröhnten. Er schlug die Augen auf, als das Pferd aus dem Kreis lief, wo er den Atrol getötet hatte. Er zog Vamera aus dem Sattelsack und legte rasch eine Sehne auf. Dann hängte er mit einer zornigen Verwünschung den Bogen über den Sattelknauf.

»Dämlicher Zauberer«, sagte er. »Das ist der falsche Kreis. Ich bin Tage von den Kaledonischen Bergen entfernt.«

Den ganzen Tag lang arbeitete Culain daran, aus dünnem Golddraht einen Kreis auf der Lichtung unterhalb seiner Hütte zu errichten. Er schlang den Draht um vier Birken, dann markierte er die Erde innerhalb des Kreises mit einer Reihe von Pentagrammen, die er mit Kreide hervorhob. In der Mitte des Kreises konstruierte er ein vollkommenes Quadrat, indem er die Abstände mit größter Sorgfalt von den Winkeln des Quadrats zu den jeweils am weitesten entfernten Spitzen der Fünfecke maß.

Am Mittag hörte er auf, und Thuro brachte ihm einen Becher Wein, den er jedoch ablehnte.

»Dafür brauche ich einen klaren Kopf, Thuro.«

»Was machst du da?«

»Ich rekonstruiere das grundlegende Muster eines kleineren Kreises – ich schaffe ein Tor, wenn du so willst. Aber wenn ich auch nur um Haaresbreite in meinen Berechnungen danebenliege, enden wir in einer Welt oder in einer Zeit, wo wir nicht hinwollen.«

»Wo ist Laitha?«

»Sie beobachtet das Tal und hält Ausschau nach Eldareds Jägern.«

»Soll ich dir etwas zu essen holen?«

»Nein. Ich muß den Kreis fertigstellen und die magischen Linien aufbringen. Er wird nur ein einziges Mal funktionieren, und wir können nicht hierher zurückkehren.«

»Ich halte mit Laitha Ausschau.«

»Nein«, widersprach Culain scharf, »ich brauche dich hier. Der ganze Kreis ist auf dich und deine

Schwingungen abgestimmt. Es ist unsere einzige Hoffnung, das Schwert zu finden.«

Gegen Abend kam Laitha auf die Lichtung gerannt.

»Ein einzelner Reiter kommt das Tal hinauf«, sagte sie. »Soll ich ihn töten?«

Culain wirkte todmüde. »Nein. Kein unnötiges Blutvergießen. Ich bin beinahe fertig. Thuro, geh mit Laitha und sieh dir den Mann an. Gian, bleib verborgen, und wenn der Reiter feindliche Absichten hat, schieß ihn nieder.«

»Ich dachte, du brauchtest mich«, sagte Thuro.

»Die Arbeit ist fast getan, das Ziel festgelegt. Wir brechen bei Morgengrauen auf.«

»Wäre es nicht sicherer, jetzt schon zu gehen?« fragte Laitha.

»Die Sonne ist fast untergegangen, und wir brauchen ihre Energie. Nein, wir müssen noch eine Nacht in den Bergen überleben.«

Thuro und Laitha brachen auf, um den Reiter abzufangen und wanderten rasch bergab. Während Thuro hinter dem anmutigen Mädchen herlief, wanderten seine Gedanken von Besorgnis über den Reiter zu Bewunderung der leichten, flüssigen Grazie ihrer Bewegungen.

Thuro entdeckte den Reiter, der vorsichtig über den Bergpfad kam, und kauerte sich mit Laitha hinter ein dichtes Gebüsch. Der Mann ritt einen großen schwarzen Hengst, der fast 17 Hand hoch war, und trug eine cremfarbene Wolltunika mit Paspeln, dazu schwarze, mit Silberscheibchen verzierte Hosen. Bewaffnet war er mit einem dunklen Hornbogen. Er war Anfang Zwanzig, hatte blondes Haar und einen schütteren blonden Bart.

Thuro trat auf den Pfad, während Laitha einen Pfeil auf den Bogen legte.

»Willkommen, Fremder«, grüßte Thuro.

Der Mann zügelte sein Pferd. »Prinz Thuro?«

»Ja.«

»Man hat mich geschickt, um dich zu suchen.«

»Dann steig ab und zieh dein Schwert.«

Laitha hatte nicht die Absicht, Thuro kämpfen zu lassen und schoß. In diesem Moment flatterte eine Eule von einem Ast in der Nähe davon, und der Hengst scheute. Laithas Pfeil traf das Pferd in der Kehle, so daß es stürzte, wobei es den Reiter ins Gebüsch neben dem Pfad warf. Thuro war außer sich vor Wut. Er rannte los und half dem Mann auf die Füße. Erst jetzt bemerkte er, daß der Reiter ein Krüppel war. Laitha hatte einen zweiten Pfeil aufgelegt.

»Verdammt noch mal!« brüllte Thuro. »Geh mir aus den Augen!« Er ging zu dem Pferd, das sich am Boden wand und öffnete ihm mit seinem Jagdmesser die Halsschlagader. »Es tut mir leid«, entschuldigte er sich bei dem Mann. »Es war nicht meine Idee.«

»Es war ein gutes Pferd – das beste, das ich je hatte. Ich hoffe, du hast andere?«

»Nein.«

Der Mann seufzte. »Die Götter geben, die Götter nehmen.«

»Wo ist dein Schwert?« fragte Thuro.

»Wofür sollte ich wohl ein Schwert brauchen?«

»Um gegen mich zu kämpfen natürlich. Oder hattest du vor, deinen Bogen zu benutzen?«

»Maedhlyn hat mich geschickt, dich nach Hause zu bringen. Ich bin Prasamaccus, ich habe bei Victorinus gewohnt.«

»Thuro!« rief Laitha. »Sieh!«

Etwas bergab folgte etwa ein Dutzend Reiter den Spuren, die Prasamaccus hinterlassen hatte.

»Deine Freunde sind da«, sagte der Prinz.

»Nicht meine Freunde. Ich habe dir die Wahrheit gesagt.«

»Dann solltest du mir lieber folgen«, meinte Thuro. »Hier, laß mich deinen Bogen tragen.«

Prasamaccus reichte ihm die Waffe, und das Trio brach auf. Sie hielten sich abseits des Weges. Die Sonne ging allmählich unter, und die drei waren in der zunehmenden Dunkelheit kaum zu sehen. Sie gingen über eine Viertelstunde, gezwungenermaßen langsam, damit der hinkende Prasamaccus Schritt halten konnte.

Sie erreichten die Hütte, als der Mond durch die Wolken brach, und Culain lief ihnen entgegen.

»Wer ist das?«

»Er sagt, Maedhlyn habe ihn geschickt«, antwortete Thuro, »aber Eldareds Häscher sind nur wenige Minuten hinter uns.« Culain fluchte.

Laitha keuchte auf, und die drei Männer fuhren zu ihr herum. Sie hielt ihren Arm hoch und starrte den Reif an ihrem Handgelenk an. Er zeigte ein schwaches Schimmern.

»Die Seelenräuber«, flüsterte Thuro.

»Könnte ich vielleicht meinen Bogen wiederhaben?« fragte Prasamaccus.

Culain zog ein silbernes Messer und setzte es dem Briganten sanft an die Kehle, dann nahm er den Sipstrassi-Stein aus der Tasche und hielt ihn dem Mann an die Schläfe. »Sag mir, warum Maedhlyn dich geschickt hat.«

»Er sagte, ich solle den Prinzen zu dem Steinkreis in der Nähe von Pinnata Castra bringen. Dann würde er uns beide nach Hause holen.«

Das Messer wanderte wieder in Culains Tasche. »Gib ihm seinen Bogen und mir die Pfeile.« Der Nebelkrieger berührte jede der zwanzig Pfeilspitzen mit seinem Stein und reichte den Köcher dann Prasamaccus.

Prasamaccus legte einen Pfeil auf die Sehne. Die Spitze schimmerte in weißblauem Licht. »Sehr hübsch«, sagte er. Ein dunkler Schatten schoß aus den Bäumen, und noch ehe Laitha reagieren konnte, hatte Prasamaccus gespannt und geschossen. Der Pfeil traf den Angreifer in die Brust, der dunkle Umhang blähte sich und fiel zu Boden, der Pfeil des Briganten daneben.

»In den Kreis!« schrie Culain. Noch mehr dunkle Schatten kamen in Sicht. Prasamaccus und Laitha schossen einen Pfeil nach dem anderen ab, während Culain vorstürzte und seine Lanze vom Boden neben den Golddrähten aufhob. »Geht in das Mittelquadrat«, befahl Culain. Als Thuro, Laitha und Prasamaccus über den Draht kletterten, schwang der Nebelkrieger gerade rechtzeitig herum, um den Hieb einer grauen Klinge abzuwehren. Seine Lanze durchbohrte den Hals des Angreifers. Noch mehr Schatten zogen sich um den Kreis zusammen. Culain sprang über den Draht, doch ein kaltes Messer schnitt in seine Schulter. Während seine Glieder alle Kraft verloren, rief er ein einziges Wort. Goldenes Licht erfüllte den Kreis und zwang die Schatten zurück, und es wurde hell, blendend wie am lichten Tag. Als der Schimmer verblaßte, war der Kreis leer, der goldene Draht verschwunden, die Erde verkohlt.

Culain erwachte in einem zerbrochenen Steinkreis auf dem Hang eines hohen Hügels oberhalb einer verlassenen römischen Festung. Er setzte sich auf und atmete tief durch, bis die unirdische Schläfrigkeit seine Glieder wieder verließ. Die Befestigung war teilweise eingestürzt, und mehrere Hütten in der Nähe waren zum Teil aus den Steinen der Ruinen erbaut worden. Culain warf einen Blick zum Himmel empor, ein einziger

Mond hing dort. Der Himmel war klar, und er betrachtete prüfend die Sterne. Er war noch immer in Britannien. Er fluchte laut.

Links von ihm begann es zu glühen, er packte seine Lanze und wartete. Maedhlyn erschien.

»Ach, du bist es«, sagte der Zauberer. »Wo ist der Junge?«

»Fort, um das Schwert seines Vaters zu suchen.«

»Allein?«

»Nein, ein Mädchen und ein Krüppel sind bei ihm.«

»Wunderbar«, sagte Maedhlyn.

Culain erhob sich. »Besser als wenn er tot wäre.«

»Unwesentlich«, gab Maedhlyn zu. »Was ist passiert?«

»Seelenräuber griffen uns an. Ich schickte Thuro und die anderen durch ein Tor.«

»Welches?«

»Ich habe es gemacht.«

»Gemacht? O Culain, das war wirklich tollkühn.«

»Schlimmer als du ahnst. Ich mußte sie bei Nacht schicken.«

»Das wird ja immer besser.« Maedhlyn schniefte laut und räusperte sich. »Du siehst älter aus«, stellte er fest. »Brauchst du einen Stein?«

»Ich habe einen, und ich sehe älter aus, weil ich es so will. Es ist Zeit zu sterben, Maedhlyn. Ich habe zu lange gelebt.«

»Sterben?« flüsterte Maedhlyn, und seine Augen wurden groß. »Was ist das für ein Unsinn? Wir sind unsterblich.«

»Nur, weil wir uns dafür entschieden haben. Ich habe mich dagegen entschieden.«

»Was sagt Athene dazu?«

»Ihr Name ist Goroien. Wir haben diesen griechischen Unsinn schon vor Jahrhunderten aufgegeben –

und ich habe sie seit vierzig Jahren nicht mehr gesehen.«

»Es ist kalt hier. Laß uns in meinen Palast gehen, dort können wir reden.«

Culain folgte ihm in das Glühen, und die beiden stiegen den langen Hügel hinab nach Eboracum zur umgebauten Villa, die Maedhlyn in der Nähe der Südmauer besaß. Drinnen brannte ein helles Feuer in einem kunstvoll verzierten steinernen Kamin. Der Zauberer hatte römische Zentralheizung immer von Herzen verabscheut und behauptet, sie mache einen schweren Kopf und störe seine Konzentration.

»Früher hieltest du es nicht für Unsinn«, sagte der Zauberer, als sie am Feuer saßen und heißen Gewürzwein tranken. »Du hast einen wunderbaren Ares abgegeben, einen prächtigen Kriegsgott. Und wir haben den Griechen auch ziemlich geholfen, indem wir ihnen Philosophie und Algebra gegeben haben.«

»Du hast dich schon immer gern eingemischt, Maedhlyn. Wie kommt es, daß du nie den Spaß daran verlierst?«

»Menschen sind wundervolle Geschöpfe«, erklärte der Zauberer. »So einfallsreich. Ich werde ihrer und ihrer herrlich belanglosen Kriege nie müde.«

»Habe ich schon erwähnt, daß ich dich absolut nicht ausstehen kann?«

»Ein- oder zweimal, Culain, wenn ich es mir recht überlege – wenn ich mir auch nicht vorstellen kann, wieso. Du weißt, ich hätte mein Leben gegeben, um Alaida zu retten ...«

»Sprich nicht von ihr!«

Maedhlyn ließ sich in seinem tiefen Ledersessel zurücksinken. »Alt zu werden bekommt dir nicht«, sagte er. Culain kicherte, aber es lag kein Humor darin.

»Alt zu werden? Ich *bin* alt – so alt wie die Zeit. Wir hätten in den Wellen sterben sollen, die Balacris zerstörten.«

»Wir sind aber nicht gestorben, der QUELLE sei Dank! Warum hast du Goroien verlassen?«

»Sie konnte meine Entscheidung, sterblich zu werden, nicht begreifen.«

»Das ist verständlich. Wenn du dich erinnerst, hat sie sich in den Helden Gilgamesch verliebt und sah ihn altern. Es gab Probleme mit seinem Blut, die der Stein nicht überwinden konnte. Ich kann verstehen, daß sie so etwas nicht noch einmal erleben will.«

»Ich mochte ihn«, sagte Culain.

»Obwohl er dir Goroien fortnahm? Du bist ein seltsamer Mann.«

»Es war eine vorübergehende Laune, und inzwischen längst Geschichte. Wie sehen deine Pläne jetzt aus, Meisterzauberer? Jetzt, wo jemand anders dein Spiel spielt?«

»Zauberer, wenn es dir nichts ausmacht. Und ich mache mir keine Sorgen. Wer es auch sei, er kann niemals so gut spielen wie ich. Du solltest das wissen, Culain, du hast mein Genie durch die Zeiten beobachtet. Habe ich nicht den Bau Trojas inspiriert? Habe ich nicht Alexander an den Rand der Weltherrschaft geführt? Um nur zwei kleine Errungenschaften zu nennen. Glaubst du, Eldareds kleiner Zauberer kann sich mir entgegenstellen?«

»Deine Arroganz ist wie immer sehr erbaulich, aber du scheinst vergessen zu haben, wie sie dich in der Vergangenheit gedemütigt hat. Troja fiel, trotz all deiner Versuche es zu retten. Alexander bekam ein Fieber und starb. Und was Caligula angeht … was um Himmels willen hast du in dem Knaben bloß gesehen?«

»Er war blitzgescheit – und sehr bösartig. Aber ich

verstehe schon, was du sagen willst. Wer glaubst du also, steht hinter Eldared?«

»Ich habe keine Ahnung. Pendarric hat die Macht, aber er ist der Sterblichen schon vor langer Zeit müde geworden. Brigamartis vielleicht.«

»Sie hatte Spaß daran, mit den Nordmännern das Götterspiel zu spielen, aber jetzt ist sie fort. Ich habe seit einem Jahrhundert oder länger nichts mehr von ihr gehört. Was ist mit Goroien?«

»Sie würde niemals die Seelenräuber einsetzen.«

»Ich glaube, du vergißt, wie rücksichtslos sie sein konnte.«

»Keineswegs. Aber nicht für jemand anderen – nicht für einen lächerlichen König wie Eldared. Er könnte ihr nicht genug zahlen. Wie auch immer, das ist jetzt dein Problem, Zauberer. Ich will nichts mehr damit zu tun haben.«

»Du erstaunst mich. Wenn Eldared die Macht hat, die Seelenräuber herbeizurufen und auf deinem Berg ein Tor zu öffnen, dann hat er auch die Macht, Mörder hinter dem Jungen herzuschicken, wo er auch sein mag. Ich gehe davon aus, daß du nichts, was dem Prinzen gehört, auf dem Berg zurückgelassen hast?«

Culain schloß die Augen. »Ich habe seine alten Kleider in einer Truhe gelassen.«

»Dann können sie ihn finden. Es sei denn, du hältst sie auf.«

»Was schlägst du vor?«

»Finde heraus, welche Macht hinter Eldared steht und vernichte sie. Oder töte den König.«

»Und was machst du, während ich das Land reinige?«

»Ich werde das hier benutzen«, sagte der Zauberer und hob ein vergilbtes, in Leder gehülltes Pergament hoch. »Es ist das Wertvollste, was Thuro besaß. Die

Werke Plutarchs. Ein Großteil seiner Harmonie steckt darin. Ich werde ihm durch den Nebel folgen.«

Prasamaccus sah sich um. Die Landschaft hatte sich verändert, sie war zerklüftet und offen, die Berge erstreckten sich bis in die Ferne hinter einen unmittelbar vor ihm liegenden Wald. Und es war hell ... er blickte auf, und sein Herz sank. Zwei Monde hingen am Himmel, einer riesig und von silbrigem Purpur, der andere klein und weiß. Der Brigant ahnte, was ein solches Phänomen bedeutete, und wenn dies zutraf, waren es keine guten Neuigkeiten. Von dem Krieger mit den Augen wie Gewitterwolken gab es keine Spur.

»Wo ist Culain?« schrie Laitha.

»Er hat das Mittelquadrat nicht mehr erreicht«, sagte Thuro leise. Sein Blick begegnete dem von Prasamaccus, der den unausgesprochenen Gedanken verstand. Culain war von den Seelenräubern überwältigt worden, sie beide hatten es gesehen. Laitha begann jenseits des weißen Steinkreises zu suchen und Culains Namen zu rufen. Thuro setzte sich neben Prasamaccus.

»Ich hätte nicht geglaubt, daß irgend etwas ihn töten könnte«, sagte Thuro. »Er war ein erstaunlicher Mann.«

»Es tut mir leid, daß ich ihn nicht kannte«, sagte Prasamaccus mit so viel Aufrichtigkeit, wie er aufbringen konnte. »Sag mir, wie kommen wir jetzt nach Hause?«

»Ich habe keine Ahnung.«

»Komisch, ich hatte mir schon gedacht, daß du etwas in dieser Art sagen würdest. Weißt du, wo wir sind?«

»Ich fürchte nein.«

»Ich hätte Wahrsager werden sollen. Ich kenne allmählich die Antworten auf meine Fragen, ehe du sie aussprichst. Eine letzte Frage. Bedeutet dieser zweite Mond da das, was ich glaube, das er bedeutet?«

»Ich fürchte ja.«

Prasamaccus seufzte und öffnete seinen Beutel, um einen kleinen Kümmelkuchen hervorzuholen. Thuro lächelte; er fing an, den verkrüppelten Bogenschützen zu mögen.

»Wie hast du Victorinus kennengelernt?«

Prasamaccus schluckte den letzten Bissen seines Kuchens hinunter. »Ich war auf der Jagd ...« Er erzählte Thuro, wie er die Atrols sah und sie in den Steinkreis flohen und von der Reise mit Maedhlyn zurück nach Eboracum. Er erwähnte Helga nicht, der Gedanke, sie nie wieder zu sehen, war zu schmerzlich. In der Zwischenzeit wanderte Laitha zurück in den Kreis und setzte sich schweigend. Prasamaccus bot ihr seinen letzten Kümmelkuchen an, doch sie lehnte ab.

»Es ist deine Schuld, Krüppel«, fauchte sie. »Wenn wir nicht auf dich hätten warten müssen, wären wir mit Culain entkommen.«

Prasamaccus nickte nur. Es hatte keinen Zweck, sich mit Frauen zu streiten.

»Unsinn!« wütete Thuro. »Wenn du nicht das Pferd des armen Mannes erschossen hättest, wären wir um so früher dagewesen!«

»Willst du andeuten, es sei meine Schuld, daß er tot ist?«

»Du warst es, die hier die Frage von Schuld aufgebracht hat, nicht ich. Wenn du dich nicht anständig benehmen kannst, halt den Mund!«

»Wie kannst du es wagen? Du bist weder mein Vormund noch mein Landesherr. Ich schulde dir nichts.«

»Wenn ich vielleicht ...«, begann Prasamaccus.

»Sei still!« knurrte Thuro. »Ich bin vielleicht nicht dein Landesherr, aber ich bin für dich verantwortlich. Das hätte Culain so gewollt.«

»Woher willst du wissen, was er wollte? Du bist ein

Kind, er war ein Mann.« Sie stand auf und stapfte davon in die Dunkelheit.

»Sich mit Frauen zu streiten bringt nichts ein«, sagte Prasamaccus leise. »Sie haben immer recht, das habe ich in meinem Dorf gelernt. Du mußt dich bloß bei ihr entschuldigen.«

»Wofür?«

»Dafür, daß du sie darauf hingewiesen hast, daß sie im Unrecht war. Was hast du vor, Prinz?«

Thuro lehnte sich zurück. »Bist du nicht wütend auf sie, weil sie dich beschuldigt hat?«

»Warum sollte ich? Sie hatte ja recht, ich habe euch aufgehalten.«

»Aber …«

»Ich weiß, sie hat mein Pferd getötet. Wie weit zurück sollen wir das treiben? Wäre ich nicht in die Berge geritten, wärt ihr überhaupt nicht aufgehalten worden. Wärst du nicht verlorengegangen, wäre ich gar nicht aufgebrochen. Ist unsere Situation also deine Schuld? Solche närrischen Überlegungen werden uns weder ein Feuer anzünden noch etwas zu essen bringen.«

»Du bist sehr philosophisch.«

»In der Tat«, stimmte Prasamaccus zu, während er sich fragte, was das bedeutete. Er stand auf und humpelte aus dem Kreis auf der Suche nach Holz für ein Feuer, fand aber keins. »Ich denke, wir sollten bis morgen früh im Wald lagern«, sagte er.

»Ich hole Laitha.«

»Ich erledige das schon«, sagte Prasamaccus rasch und humpelte zu ihr hinüber.

Die drei fanden eine geschützte Senke und zündeten vor einem umgestürzten Baum ein Lagerfeuer an. Ohne Decken oder etwas zu essen saßen sie schweigend davor, jeder in seine Gedanken versunken. Laitha plagte sich mit Kummer und unverstandenem Ärger. Thuro überlegte, was Culain nach ihrer Ankunft wohl vorgehabt hätte. Hätte er das Land gekannt? Und wenn nicht, was hätte er getan? Nach Norden aufbrechen? Nach Süden? Prasamaccus legte sich neben das Feuer und dachte an Helga. Fünf glückliche Wochen. Er hoffte, daß sie nicht allzu lange auf ihn warten mußte.

Als Thuro erwachte, hatte Prasamaccus bereits Feuer gemacht, und in der Asche lagen vier Lehmkugeln. Der Prinz reckte seine verspannten Muskeln. Laitha schlief noch.

»Du bist früh auf«, sagte Thuro mit einem Blick auf den gerade hell werdenden Himmel.

»Tauben fängt man am besten, wenn sie noch schlafen. Hast du Hunger?«

»Wie ein Wolf.« Prasamaccus angelte mit einem kurzen Stock eine Kugel aus dem Feuer und schlug dann mit einem Stein darauf. Der Lehm brach sauber auseinander, und alle Federn des Vogels blieben in ihm stecken. Das Fleisch war dunkel, ähnlich wie Rindfleisch, und Thuro verschlang es rasch und nagte die zarten Knochen blank.

»Ich habe einen hohen Berg ausfindig gemacht«, sagte Prasamaccus, »und von dort aus die Landschaft studiert. Ich konnte keinerlei Gebäude sehen, aber im Westen kann man bearbeitete Felder erkennen.«

Er rollte die nächste Kugel aus dem Feuer und öffnete sie, dann ging er zu Laitha hinüber und rüttelte sie sanft an der Schulter. Sie erwachte, und er lächelte sie an. »Es gibt Frühstück. Komm essen.« Sie folgte ihm schweigend, sorgsam darauf achtend, Thuro nicht einmal anzusehen.

»Warum hat Gewitterauge euch hergeschickt?« fragte der Brigant.

»Um das Schwert meines Vaters zu finden, das

Schwert Cunobelins. Aber ich weiß nicht, wo ich suchen soll, und ich bin nicht einmal sicher, daß dies die richtige Welt ist. Culain sagte, wir brauchten die Kraft der Sonne, und wir sind jedenfalls ohne sie abgereist.«

Prasamaccus knackte einen weiteren Lehmball und lehnte sich leise zurück. Er hatte Vamera und konnte sich somit immer mit Nahrung versorgen. Wenn sie andere Menschen trafen, konnte er Häute und Fleisch eintauschen und vielleicht irgendwann ein Pferd kaufen. Er würde nicht hungern, aber was war mit seinen Schützlingen? Welche Fähigkeiten konnte der junge Prinz hier in dieser neuen Welt einsetzen, wo er noch nicht einmal Prinz war? Das Mädchen machte ihm keine Sorgen, denn sie war jung und hübsch, und ihre Hüften sahen gebärfreudig aus. Sie würde schon nicht hungern. Plötzlich durchzuckte ihn ein unerfreulicher Gedanke. Dies war eine andere Welt. Angenommen es war die Welt der Atrols oder anderer Dämonen? Da fielen ihm die gepflügten Felder ein. Das erleichterte ihn wenigstens etwas. Dämonen, die Felder pflügten, waren schon nicht mehr ganz so dämonisch.

»Wir gehen nach Westen«, erklärte Thuro, »und suchen die Besitzer der Felder.«

Prasamaccus war froh, daß Thuro beschlossen hatte, ihr Anführer zu sein. Er war durchaus zufrieden damit, zu folgen und zu beraten. Auf diese Weise konnte man ihm nicht die Schuld dafür aufbürden, wenn etwas schiefging. Das Trio brach auf, durchquerte den Wald auf offensichtlichen Wildwechseln, wo sie die Spuren von Rotwild und Ziegen fanden. Die Pfade waren etwas breiter, als Prasamaccus sie kannte, aber auch wieder nicht so groß, daß sie Anlaß zur Besorgnis boten. Im Laufe des Vormittags erblickten sie den ersten Hirsch. Er war an den buckligen Schultern fast einen Meter achtzig hoch, und von seiner Kehle hing ein Hautlappen. Das Geweih war scharf, flach und hatte zahlreiche Enden.

»Es wird nicht einfach sein, den zu erlegen«, sagte Prasamaccus. Weiter sagte er nichts, denn sein kaputtes Bein schmerzte allmählich von dem langen Marsch. Thuro merkte, wie sein Humpeln immer deutlicher wurde, und schlug eine Pause vor.

»Wir sind erst fünf Kilometer weit gekommen«, protestierte Laitha.

»Und ich bin müde«, fauchte Thuro sie an und setzte sich an einen Baum. Dankbar sank der Brigant neben ihm ins Gras. Der Junge würde einen guten Anführer abgeben, wenn er lange genug am Leben blieb, dachte er.

Nach einer kurzen Rast war es Prasamaccus, der vorschlug weiterzugehen. Er dankte Thuro mit einem Lächeln, und am späten Nachmittag kamen sie aus dem Wald in eine Landschaft mit sanften Hügeln und Tälern. Die fernen Berge ragten weiß und blau vor dem Horizont auf, und in ihrem Schatten – etwa drei Kilometer weiter westlich – war ein kleines Dorf, das von einer steinernen Palisade umgeben war. Rinder und Ziegen grasten auf einem Hang.

Thuro betrachtete das Dorf lange und überlegte, ob es klug war, dorthin zu gehen. Doch welche Wahl hatten sie? Sie konnten sich nicht für den Rest ihres Lebens im Wald verstecken. Der Pfad wurde breiter, und sie folgten ihm, bis sie Reiter hörten. Thuro stand mitten auf dem Weg, Prasamaccus stellte sich links, Laitha rechts von ihm.

Es waren vier Männer, alle schwer bewaffnet. Sie trugen schimmernde Bronzehelme mit hohen Federbüschen. Der Anführer hielt sein Pferd an und redete sie in einer Sprache an, die Thuro noch nie gehört hatte. Der Prinz schluckte, denn das hatte er nie in Betracht gezogen. Was auch immer der Mann sagte, er wiederholte es – diesmal energischer. Instinktiv schloß sich Thuros Hand um den Griff seines Gladius'.

»Ich fragte, was ihr hier macht«, sagte der Reiter.

»Wir sind Reisende«, antwortete Thuro, »und suchen eine Herberge für die Nacht.«

»Dort hinten gibt es ein Gasthaus. Habt ihr vielleicht eine junge Frau gesehen, hochschwanger?«

»Nein, wir sind gerade aus dem Wald gekommen. Hat sie sich verirrt?«

»Sie ist entlaufen.« Der Krieger wandte sich zu seinen Männern um, hob den Arm, und vier Reiter donnerten vorbei. Thuro tat einen tiefen, beruhigenden Atemzug. Prasamaccus hinkte zu ihm und sprach. Die Worte waren unverständlich, eine Reihe von beliebigen Lauten, scheinbar ohne Rhythmus.

»Wovon redest du?« fragte der Prinz. Prasamaccus sah ihn verblüfft an und drehte sich dann zu Laitha um, deren Worte ebenso fremdartig, aber melodisch klangen. Thuro klatschte in die Hände, und beide wandten sich ihm zu. Langsam zog er seinen Gladius und hielt ihn mit dem Griff voran Prasamaccus hin, der Brigant berührte ihn. »Verstehst du mich jetzt?«

»Ja. Wie kommst du zu dieser Magie?«

Laitha unterbrach sie mit einer unverständlichen Frage.

»Vielleicht wäre es am besten, sie so zu lassen«, meinte Prasamaccus. Laitha wurde langsam zornig und schüttelte ihre Faust gegen Thuro. Dabei rutschte der Kupferarmreif über ihren Ärmel und berührte ihre Haut.

»Thuro, du elender Hurensohn! Laß mich nicht so stehen!«

»Tu ich ja nicht«, sagte Thuro. Sie schloß die Augen vor Erleichterung, riß sie aber sofort wieder auf.

»Was ist mit uns geschehen?«

»Culain hat mein Schwert und deinen Armreif mit seinem magischen Stein berührt. Ich nehme an, daß wir jetzt die Sprache sprechen, die in dieser Welt gebräuchlich ist.«

»Was wollten die Reiter?« fragte Laitha und verbannte das vorige Problem aus ihren Gedanken.

»Sie suchten eine Ausreißerin – eine hochschwangere Frau.«

»Sie versteckt sich hinter diesen Felsen«, erklärte Prasamaccus. »Ich sah sie in dem Moment, als wir die Soldaten hörten.«

»Dann lassen wir sie in Ruhe«, entschied Thuro. »Wir wollen keinen Ärger.«

»Sie ist verletzt«, widersprach Prasamaccus. »Ich glaube, sie wurde ausgepeitscht.«

»Nein! Wir haben schon genug Probleme.«

Prasamaccus nickte, aber Laitha verließ den Pfad und kletterte das kurze Stück zu den Felsen hinauf. Dort fand sie ein junges Mädchen, nicht älter als sie selbst. Die Augen des Mädchens weiteten sich vor Entsetzen, und sie biß sich auf die Lippen. Ihre schmale Hand legte sich schützend auf den geschwollenen Leib.

»Ich tue dir nichts«, sagte Laitha und kniete neben ihr nieder. Die Schultern des Mädchens bluteten. Sie war offensichtlich mit erheblicher Kraft ausgepeitscht worden. »Warum jagen sie dich?«

Das Mädchen berührte seinen Bauch. »Ich bin eine der Sieben«, sagte sie, als ob das die Frage beantwortete.

»Wie können wir dir helfen?«

»Bringt mich nach Mareen-sa.«

»Wo ist das?« Das Mädchen schien überrascht, zeigte aber zu den Bergen hinauf, wo sich ein lichter Wald auf eine Gruppe von Marmorfelsen hin öffnete. »Dann komm«, sagte Laitha und streckte die Hand aus. Das Mädchen stand auf und begann mit Laithas Hilfe den Aufstieg.

Unten seufzte Prasamaccus, und Thuro bemühte sich, seinen Zorn zu beherrschen.

»Es ist einfacher, ein wildes Pferd zu zähmen als eine wilde Frau«, murmelte der Brigant. »Soll aber trotzdem die Mühe wert sein.«

Thuro spürte, wie sein Zorn verflog, angesichts der Sanftheit des Mannes.

»Bringt dich denn nichts auf, mein Freund?«

»Doch, natürlich«, sagte Prasamaccus und humpelte davon, hinter den Frauen her.

Thuro folgte, seine Augen suchten die Berge nach Spuren der Reiter ab.

10. KAPITEL

Die Vorhut der Briganten-Armee – etwa siebentausend Kämpfer – überquerte den Hadrianswall bei Cilurnum und zog in ungeordneter Reihe zur Festungsstadt Corstopitum weiter. Die Truppe wurde von Cael angeführt und verfügte über einen Stoßtrupp von siebenhundert Reitern der Novontaner, geschickten Reitern und wilden Schwertkämpfern.

Corstopitum war eine kleine Stadt mit nicht einmal vierhundert Einwohnern, und die Stadträte schickten Botschaften zu Eldared, in denen sie versprachen, die Armee bei ihrer Ankunft mit Lebensmitteln zu versorgen. Ebenso ordneten sie den Rückzug der britannischen Garnison an, und die hundert Soldaten marschierten nach Vindomara, das achtzehn Kilometer weiter südöstlich lag. Die Stadtoberen in dieser größeren Siedlung hatten die Omen studiert und folgten dem Beispiel ihrer nördlichen Nachbarn. Wieder wurde die Garnison vertrieben.

Eldared gewann den Krieg, ehe auch nur die ersten Schlachtreihen aufgestellt waren.

Hinter einem Gebüsch in den Wäldern oberhalb von Corstopitum kniend, studierte Victorinus das unten liegende Lager. Die Briganten hatten ihre Zelte auf drei Feldern außerhalb der Stadt aufgeschlagen, die Reiter der Novontaner ihre weiter westlich an einem rasch fließenden Bach. Gwalchmai gesellte sich schweigend zu dem dunkelhäutigen Römer. »Mindestens zweitausend mehr als wir dachten, und die Haupttruppe kommt erst noch«, sagte der Cantier.

»Eldared hofft, daß dieses Zurschaustellen seiner Macht Aquila einschüchtert.«

»Das ist nicht unvernünftig. Die Städte mögen keinen Krieg.«

Hinter den beiden Männern wartete eine ganze Kohorte der Alia, vierhundertundachtzig handverlesene Kämpfer, die entweder als Fußsoldaten oder als *cohors equitana*, als berittene Krieger, ausgebildet waren. Victorinus verließ das Dickicht und rief die Truppenkommandeure zu sich. Wie in der alten römischen Armee war die Kavallerie in Turmae – Trupps – von je zweiunddreißig Mann aufgeteilt. Sechzehn Turmae ergaben eine Kohorte.

Die Befehlshaber scharten sich in einem dichten Kreis um Victorinus, während er die Aktionspläne für die Nacht umriß. Jeder Befehlshaber erhielt ein bestimmtes Ziel und wurde über die verschiedenen Möglichkeiten instruiert, die ihm offenstanden, je nachdem, wie die Schlacht sich entwickelte. In einem wilden Gemetzel konnten sich auch die besten Pläne in nichts auflösen, und Victorinus wußte, daß es keine Gelegenheit für taktische Überlegungen mehr gab, wenn der Kampf erst einmal begonnen hatte. Jede Turmae mußte ihre eigene Aufgabe erfüllen und sich dann zurückziehen. Unter keinen Umständen durfte eine Gruppe einer anderen zu Hilfe kommen.

Über eine Stunde lang diskutierten sie die Möglichkeiten, dann wanderte Victorinus zwischen den Soldaten umher, prüfte Waffen und Pferde und sprach mit den Männern. Er trug wie sie eine mit Eisenringen besetzte lederne Brustplatte und einen hölzernen Helm, der mit gefärbtem Rindsleder bezogen war, säbelförmige Ohrschützer hatte und unter dem Kinn zusammengebunden wurde. Seine Oberschenkel wurden von einem ledernen, fünffach geschlitzten Rock geschützt. An den Füßen trug er kupferbeschlagene Stiefel, die die älteren, traditionellen Beinschienen abgelöst hatten. Die Männer waren nervös, jedoch begierig, die stolzen Briganten zu bestrafen.

Eine Stunde nach Mitternacht, als das Lager der Briganten still dalag, donnerten dreihundert Reiter den Hügel hinab. Vier Turmae ritten zu den Proviantwagen der Briganten, stürzten sie um und setzten sie in Brand. Ein anderer Trupp galoppierte dorthin, wo die Novontaner ihre Pferde angepflockt hatten, töteten die Wachen und trieben die Pferde in die Berge davon. Briganten-Krieger strömten aus ihren Zelten, aber hundert Veteranen-Lanzenträger unter Gwalchmais Führung stürzten sich auf sie und trieben sie zurück. Hinter den Lanzenträgern galoppierten zwei Turmae um die Zelte und schleuderten brennende Fackeln auf die Leinwände. Das Lager war ein einziger Tumult.

Hoch über Corstopitum sah Victorinus mit Besorgnis zu, wie die Flammen wuchsen und das Höllenspektakel immer größer wurde.

»Jetzt, Gwalchmai! Jetzt!« flüsterte der Römer. Doch der Kampf tobte weiter, und die Anführer der Briganten begannen, die Ordnung wiederherzustellen. Als Victorinus kurz vor einem Wutanfall stand, sah er, wie Gwalchmais Lanzenträger sich zum »Fliegenden Pfeil« formierten und angriffen. Der Keil, mit Gwalchmai an der Pfeilspitze, zersprengte die sich sammelnden Briganten, und die anderen Turmae galoppierten hinter den Flügeln der Lanzenträger her und über die Felder davon. Ein paar Pferde gingen zu Boden, aber der Haupttrupp entkam in die Hügel. Mit Vergnügen betrachtete Victorinus die zurückbleibenden brennenden Wagen und Zelte und die zahlreichen toten Briganten, die auf den Feldern lagen.

Die Tage des Blutes hatten begonnen ...

Bitterkeit war so sehr Teil von Korrin Rogeurs Leben, daß er sich nur mühsam an eine Zeit erinnern konnte, als andere Gefühle ihn beflügelt hatten. Jetzt stand er am Rand des Waldes von Mareen-sa und beobachtete die kleine Gruppe, die bergab auf die Bäume zu wanderte. Er erkannte Erulda und freute sich über ihr Entkommen – wenn auch nicht um ihretwillen, sondern wegen des Ärgers, den der Magistrat dadurch haben würde. In Korrin Rogeurs Welt waren die einzigen freudigen Augenblicke jene, die seinen Feinden eine Niederlage beibrachten.

Er war groß, sehr dünn und trug Jagdkleidung in Braun- und Grüntönen, die ihn mit dem Wald verschmelzen ließ. An seiner Seite hing ein Langschwert, und über seinem Rücken ein Langbogen aus Eibenholz sowie ein Köcher mit schwarzbefiederten Pfeilen. Seine Augen waren dunkel, und seine stets finstere Miene hatte tiefe Linien in seine Schläfen und Wangen gegraben, was ihn älter als seine vierundzwanzig Jahre wirken ließ.

Als die Gruppe näher kam, betrachtete er die Frau, die Erulda half. Sie war jung, groß und geschmeidig, mit langen Beinen und stolz wie ein Fohlen. Hinter ihr kam ein blonder junger Mann, und diesem folgte ein Krüppel.

Korrin suchte den Horizont nach Anzeichen ab, ob irgendwo Soldaten auf der Lauer lagen, denn er wußte wohl, daß die Ankunft Eruldas eine Falle sein konnte. Er gab den Männern, die sich im Gebüsch versteckten, ein Signal, dann trat er aus seiner Deckung hinaus. Erulda sah ihn zuerst und winkte. Er beachtete sie nicht.

»Und wo glaubst du, gehst du hin, meine Hübsche?« fragte er Laitha.

Laitha sagte nichts. Ihrer Erziehung durch Culain

mangelte es an Zwischentönen der Kommunikation. Sie zog ihr Jagdmesser und machte einen Schritt nach vorn.

»Na, na«, sagte Korrin, »ein wildes Fohlen! Willst du mich mit deiner Nadel pieken?«

»Sag, was du willst, du häßlicher Vogel, und damit Schluß«, erklärte sie.

Korrin beachtete sie nicht weiter und wandte sich an Thuro. »Deine Frauen kämpfen für dich, was? Wie nett.«

Thuro stellte sich vor den größeren Waldläufer. »Erstens, sie ist nicht meine Frau. Zweitens, mir gefällt dein Ton nicht. Das mag vielleicht nicht von großem Belang sein, vor allem, weil du fünf Männer im Gebüsch hast, die auf uns zielen. Aber du kannst mir glauben, wenn ich dir sage, daß ich dich töten kann, bevor sie dir zu Hilfe kommen können.«

Korrin grinste und ging an Thuro vorbei zu Prasamaccus, der sich im Gras niedergelassen hatte. »Du willst mir auch Tätlichkeiten anbieten, nehme ich an?«

»Das ist ein albernes und törichtes Spiel«, sagte der Brigant und rieb sich sein schmerzendes Bein. »Dieses Mädchen wird von Soldaten gejagt, die jeden Moment über den Hügel kommen können. Ich entnehme ihrer Reaktion bei deinem Anblick, daß du ein Freund bist, warum handelst du also nicht wie ein solcher?«

»Du gefällst mir, Krüppel. Du bist der erste aus eurer Gruppe, der etwas Vernünftiges sagt. Folgt mir.«

»Nein«, sagte Thuro leise. »Wir wollen keinen Ärger mit den Soldaten. Du hast das Mädchen, wir gehen weiter.«

Korrin hob den Arm, und fünf Männer traten aus dem Wald, auf den gespannten Bogensehnen lagen Pfeile. »Ich fürchte, das wird unmöglich sein«, sagte er. »Ich muß darauf bestehen, daß ihr mit uns zu Mittag eßt. Das ist das mindeste, was ich euch anbieten kann.«

Thuro zuckte die Achseln, zog Prasamaccus auf die Füße und folgte dem Waldläufer in den Wald. Erulda rannte nach vorn, um neben Korrin zu gehen und hakte sich bei ihm ein.

Das Tempo war für Prasamaccus zu schnell, trotz der Faust, die ihm in den Rücken stieß, und an einer schlüpfrigen Stelle, als es bergauf ging, stürzte er. Als Thuro sich hinunterbeugte, um ihm zu helfen, trat ein Waldbewohner mit dunklem Bart Prasamaccus in den Rücken, so daß er wieder zu Boden ging. Thuro schlug dem Mann mit dem Handrücken ins Gesicht und schickte ihn ins Gras. Ein zweiter Mann machte einen Satz nach vorn, doch Thuro wirbelte herum und hämmerte dem Angreifer seinen Ellbogen an die Kehle. Prasamaccus kam mühsam auf die Füße, als die anderen herbeistürzten, um sich auf den Prinzen zu stürzen.

»Aufhören!« bellte Korrin, und die Männer erstarrten. »Was ist los?«

»Er hat mich geschlagen«, tobte der erste Waldmensch und deutete auf Thuro.

»Du machst viel Scherereien, Bursche«, sagte Korrin.

»Ceorl hat den Krüppel getreten«, sagte ein anderer. »Er hat nur bekommen, was er verdient.«

Ceorl fluchte und drehte sich zu dem Sprecher um, aber Korrin trat zwischen die beiden.

»Ihr kämpft, wenn ich es euch sage, niemals eher. Und du wirst keinen Bruder schlagen, Ceorl. *Niemals*. Alles was wir haben, ist unser Bündnis, einer für den anderen. Brich es, und ich bringe dich um.« Er fuhr zu Thuro herum. »Ich sage es dir einmal: Im Moment bist du ein Gast, wenn auch ein widerstrebender. Also zügele dein Temperament, es sei denn, du wünschst dir wirklich, wie ein Feind behandelt zu werden.«

»Gibt es da einen Unterschied?«

»Ja. Wir töten unsere Feinde. Vergiß das nicht.«

Sie gingen langsamer weiter, und Prasamaccus bemerkte erfreut, daß die Faust in seinem Rücken fehlte. Trotzdem wütete der Schmerz in seinem Bein, als sie schließlich das Lager erreichten, etliche Höhlen in einem Felshang. Er, Thuro und Laitha wurden im Freien unter den Augen von vier Wächtern zurückgelassen, während Korrin und Erulda in einer großen Höhlenöffnung verschwanden.

»Du mußt lernen, nicht so hitzköpfig zu sein«, mahnte Prasamaccus. »Sie hätten dich töten können.«

»Du hast recht, mein Freund, aber es geschah im Affekt. Wie geht es deinem Bein?«

»Es macht mir kaum Beschwerden.«

»Sie hat sich nicht einmal bei mir bedankt«, sagte Laitha plötzlich. Thuro holte tief Luft, doch Prasamaccus stieß ihn heftig an.

»Es war trotzdem eine noble Geste«, sagte der Brigant.

Laitha senkte den Kopf. »Es tut mir leid, was ich gesagt habe, Prasamaccus. Du hast Culains Tod nicht verursacht. Wirst du mir verzeihen?«

»Ich gebe selten etwas auf Worte, die im Zorn oder im Kummer gesprochen wurden. Es gibt nichts zu verzeihen. Aber wir müssen entscheiden, wie wir mit unserer jetzigen Situation umgehen wollen. Wir scheinen hier mitten in einem Kriegsgebiet zu sitzen.«

»Sicher nicht«, meinte Laitha. »Das ist nur eine Bande von Gesetzlosen.«

»Nein«, warf Thuro ein, »das Mädchen war eine Art Geisel. Und wenn diese Männer wirklich Gesetzlose wären, hätten sie uns nach Geld durchsucht. Sie scheinen so etwas wie eine Bruderschaft zu sein.«

»Und zwar eine kleine«, sagte der Brigant, »was sie wahrscheinlich zu Verlierern macht.«

»Was hat das mit uns zu tun?« fragte Laitha. »Wir wollen ihnen doch nichts tun.«

»Was wir wollen, ist nicht der Punkt«, erklärte Thuro. »Dies hier sieht aus wie ein mehr oder weniger ständiges Lager, und jetzt wissen wir, wo es sich befindet. Wenn die Soldaten uns befragen, könnten wir die Bruderschaft verraten.«

»Also? Was glaubst du?«

»Nun, sie werden uns entweder umbringen oder uns einen Platz bei ihnen anbieten. Das letztere ist wahrscheinlicher, da sie uns nicht gleich in den Bergen getötet haben.«

Prasamaccus nickte nur.

»Was sollen wir also tun?« fragte Laitha.

»Wir schließen uns ihnen an – und fliehen, wenn wir können.«

Korrin trat aus der Höhle und rief Thuro zu sich. »Laß dein Schwert und dein Messer bei deinen Freunden und folge mir.« Der Prinz tat wie geheißen und ging hinter dem Waldläufer her in das von Fackeln erhellte Labyrinth der Höhlen, bis sie schließlich an einen großen Türbogen kamen, der in den Sandstein geschnitten war. Korrin blieb stehen. »Geh hinein«, sagte er leise. Von drinnen kam ein tiefes, kehliges Grollen, und Thuro erstarrte.

»Was ist da drin?«

»Tod oder Leben.«

Der Prinz trat in den von gespenstischen Schatten erfüllten Raum. Nur eine einzige flackernde Kerze spendete ein wenig Licht, und Thuro wartete, bis sich seine Augen an die Dunkelheit gewöhnten. In einer

Ecke saß eine kauernde Gestalt, die in den Schatten riesig wirkte. Der Prinz trat näher, und die Gestalt drehte sich um und erhob sich, so daß sie drohend über ihm aufragte. Der Kopf war grotesk, mit vorquellenden Augen und grausam ausgeprägt, während das Gesicht eine Mischung aus Mensch und Bär war. Speichel tropfte aus dem Maul, und obwohl die Gestalt in weiße, menschliche Gewänder gekleidet war, waren die riesigen Pfoten, die aus den Ärmeln ragten, tierisch und mit Pranken versehen.

»Willkommen in Mareen-sa«, sagte das Wesen. Seine Stimme war tief und rollend, die Worte fast bis zur Unverständlichkeit verschwommen. »Erzähl mir von dir.«

»Ich bin Thuro. Ein Reisender.«

»Wem dienst du?«

»Ich diene niemandem.«

»Jeder Mensch dient jemandem. Von wo kommst du?«

»Ich bin durch den Nebel gewandert. Meine Welt ist weit weg.«

»Der Nebel!« flüsterte das Wesen und kam näher. Seine Pranken legten sich auf Thuros Schultern, dicht an seiner Kehle. »Dann dienst du der Hexenkönigin?«

»Ich habe noch nie von ihr gehört. Ich bin ein Fremder hier.«

»Du weißt doch, daß ich bereit bin, dich zu töten, oder?«

»So habe ich es verstanden«, antwortete Thuro.

»Ich möchte das nicht. Ich bin nicht, wie du mich siehst, Knabe. Einst war ich groß und blond, wie mein Bruder Korrin. Aber es zahlt sich nicht aus, Astarte in die Fänge zu geraten. Noch schlimmer ist es, sie zu lieben, wie ich sie liebte. Denn dann tötet sie dich nicht. Egal … geh fort, ich bin müde.«

»Leben oder sterben wir?«

»Ihr lebt ... heute. Morgen? Wir werden uns morgen wieder unterhalten.«

Der Prinz verließ den Raum, während die gebückte Gestalt sich wieder in der Ecke niederkauerte. Korrin wartete schon auf ihn.

»Wie hat dir deine Begegnung gefallen?« fragte der Waldläufer. Thuro sah ihm tief in die Augen und spürte den Kummer, der dort verborgen lag.

»Können wir uns irgendwo unterhalten?« Der Mann zuckte die Achseln und ging auf das Licht zu. In einer Nebenkammer, die mit einer Pritsche und zwei Stühlen ausgestattet war, setzte sich Korrin und bedeutete Thuro, es ihm gleichzutun.

»Worüber möchtest du sprechen?«

»Es mag schwer zu glauben sein, aber meine Gefährten und ich wissen nichts über euer Land und eure Sorgen. Wer ist Astarte?«

»Schwer zu glauben? Nein. Unmöglich. Man kann nirgendwo auf dieser Welt reisen, ohne Astarte zu kennen.«

»Trotzdem, glaube mir. Wer ist sie?«

»Ich habe keine Zeit für Spielchen«, sagte Korrin und stand auf.

»Das ist kein Spiel. Ich heiße Thuro, und ich bin durch den Nebel gereist. Dein Land, deine Welt ist mir neu.«

»Bist du ein Zauberer? Das finde ich schwer zu glauben. Oder bist du in Wirklichkeit Hunderte von Jahren alt und gibst nur vor, ein bartloser Knabe zu sein?«

»Ich kam her – wurde hergeschickt – von einem Mann der Magie. Er tat das, damit wir nicht getötet wurden. Das ist die schlichte Wahrheit – frag meine Freunde. Also, wer ist Astarte?«

Korrin setzte sich wieder. »Ich glaube dir nicht, Thuro, aber da du nichts dabei gewinnst, wenn ich von ihr spreche, werde ich dir von ihr erzählen. Sie ist die Dunkle Königin von Pinrae. Sie herrscht von Ozean zu Ozean, und wenn man den Seeleuten trauen kann, kontrolliert sie selbst Länder hinter den Wassern. Und sie ist so böse, wie es sich ein Mensch nicht im Traum vorstellen kann. Ihre Gemeinheit ist derart, daß du ihre Verdorbenheit nicht glauben wirst, wenn du wirklich noch nie von ihr gehört hast. Das Mädchen, dem ihr geholfen habt, war eine der Sieben. Ihr Schicksal war es, nach Perdita gebracht zu werden, ins Schloß aus Eisen, und dort zuzusehen, wie ihr Kind von der Hexenkönigin verschlungen wird. Stell dir das vor! Für jede Jahreszeit sieben Neugeborene!«

»Gefressen?« fragte Thuro.

»Verschlungen, sagte ich, vom Blutstein.«

»Aber warum?«

»Wie kannst du einen normalen Menschen fragen, wieso? Wieso zerstört sie lieber, als zu heilen? Warum hat sie einen Mann wie Pallin verwandelt, so daß er immer mehr zu einem Ungeheuer wird? Weißt du, warum sie das tat? Weil er sie liebte. Begreifst du jetzt das Böse? Jeden Tag wird dieser gute Mann mehr zu einem Tier. Eines Tages wird er sich gegen uns wenden und uns zerfleischen, und wir werden ihn töten müssen. So sieht das Vermächtnis der Hexenkönigin aus, mögen die Geister ihr die Gedärme rausreißen!«

»Ich nehme an, sie hat eine Armee?«

»Zehntausend Mann stark, obwohl sie schon doppelt so viele nach ihrer Eroberung der Sechs Nationen entlassen hat. Aber sie hat andere Waffen – schreckliche Untiere, die sie rufen kann, um einen Mann in blutige Fetzen zu reißen. Hast du genug gehört?«

»Wie kommt es, daß ihr gegen solch einen Feind überlebt?«

»Warum wohl? Würde sie uns jetzt töten, wie sollten

wir dann leiden? Uns am Leben zu lassen und zuzusehen, wie Pallin wahnsinnig wird, das ist wunderbar boshaft. Erst wenn wir gezwungen waren, ihn zu töten und unsere Herzen daran gebrochen sind, dann werden sie kommen.«

»Sie hört sich wahrlich böse an«, sagte Thuro. »Jetzt verstehe ich, was du mit dem Bündnis der Bruderschaft meintest. Aber sag mir, warum duldet das Volk so viel Böses? Warum erhebt es sich nicht zu Tausenden?«

Korrin lehnte sich zurück und heftete die dunklen Augen auf Thuro, als ob er ihn zum ersten Mal sähe. »Warum sollten sie? Ich tat es auch nicht – bis der Name meiner Frau von der Liste gestrichen wurde. Bis sie sie aus unserem Haus zerrten, ein Kind unter dem Herzen, das ich niemals sehen würde. Das Leben in Pinrae ist nicht unangenehm. Es gibt genug zu essen und genug Arbeit, und entlang der Grenzen gibt es keine Feinde mehr. Jetzt besteht nur noch Gefahr für schwangere Frauen – und auch nur für achtundzwanzig pro Jahr aus einer Nation von wer weiß wie vielen Tausenden? Nein, warum sollte ein Mann einen solchen wohltätigen Herrscher stürzen? Solange seine Frau und sein Kind nicht umgebracht werden ... solange sein Bruder nicht in ein abscheuliches Ungeheuer verwandelt wird, dazu verdammt, von seiner eigenen Familie getötet zu werden?«

»Wie lange herrscht Astarte schon über Pinrae?«

Korrin zuckte die Achseln. »Das ist eine Frage für Historiker. Sie war immer schon Königin. Und doch, sie anzusehen ... Mein Bruder reiste zum Eisernen Schloß, um für Ishtura, meine Frau, zu bitten. Die Königin nahm ihn an ihren Busen, und er verfiel ihrer goldenen Schönheit. Und jetzt zahlt er einen entsetzlichen Preis dafür, daß er in ihr Bett gelangte!«

»Warum flüchtet ihr nicht aus dem Land?« fragte der Prinz.

»Wohin denn? Über das Meer? Wer weiß, welche Übel dort herrschen? Nein, ich bleibe und tue alles in meiner Macht Stehende, um sie zu zerstören und alle, die ihr dienen. Was für ein Feuer wird das geben an diesem Freudentag!«

Thuro stand auf. »Öl hat noch nie ein Feuer gelöscht«, sagte er leise. »Ich glaube, ich gehe zu meinen Freunden zurück.«

»Das Feuer, das ich entfachen werde, wird niemals gelöscht«, sagte Korrin. Seine Augen glänzten im Fackelschein. »Ich habe die Namen auf einer Lebensrolle. Und wenn sie tot ist, werden andere genannt werden, und sie können ihr schreiend in die Finsternis folgen.«

»Die Namen von Menschen, die nicht gegen sie kämpften?«

»Genau.«

»Namen wie der deine – ehe sie deine Frau genommen haben?«

»Das verstehst du nicht. Wie solltest du auch?«

»Ich hoffe, ich werde es niemals verstehen«, sagte Thuro, ging hinaus in den Flur und von dort in die Wärme der Nachmittagssonne.

In den nächsten vier Tagen wurden Thuro und die anderen nicht zu dem Mensch-Tierwesen Pallin gerufen, und Korrin Rogeur ignorierte sie praktisch. Prasamaccus war fuchsteufelswild über das mangelnde Geschick, das die Jäger der Bruderschaft zeigten, die jeden Tag bei Einbruch der Dämmerung mit leeren Händen zurückkehrten und sich beklagten, daß das Wild entweder zu schnell oder zu gerissen war oder daß ihre Bögen nicht stark, die Pfeile nicht gerade genug waren. Am vierten Tag brachten sie eine Hirschkuh, deren Fleisch so zäh war, daß es ungenießbar war. Prasamaccus suchte Korrin auf, als er aufbrechen wollte, um im Norden auf Kundschaft zu gehen.

»Was gibt's, Krüppel? Ich habe wenig Zeit.«

»Und wenig zu essen ... und noch weniger Geschick.«

»Drück dich deutlicher aus.«

»Du hast nicht einen Jäger in deiner kleinen Armee, der ein Scheunentor von innen treffen könnte – und ich bin es leid, auf Wurzeln zu kauen oder Fleisch, das einem Jäger nicht angemessen ist. Laß mich meinen Bogen nehmen und frisches Fleisch für die Höhlen bringen.«

»Allein?«

»Nein. Gib mir jemanden, der ein wenig Geduld hat und bereit ist zu tun, was man ihm sagt.«

»Du bist arrogant, Prasamaccus«, sagte Korrin und benutzte dabei zum ersten Mal den Namen des Briganten.

»Nicht arrogant, nur müde, von Unfähigen umgeben zu sein.«

Korrin hob die Augenbrauen. »Also schön. Hast du jemanden im Sinn?«

»Der Ruhige, der gegen Ceorl gesprochen hat.«

»Hogun ist eine gute Wahl. Ich werde ihm sagen, daß er dich töten soll, wenn du auch nur versuchst zu entkommen.«

»Sag ihm, was du willst – aber sag es ihm jetzt.«

Thuro sah ihnen nach, als die beiden Männer die Lichtung verließen, Prasamaccus hinkte hinter dem größeren Hogun her. Korrin Rogeur kam auf ihn zu. »Kann er mit diesem Bogen umgehen?«

»Das wird sich weisen«, antwortete Thuro. Korrin schüttelte den Kopf und brach mit vier weiteren Männern auf. Laitha setzte sich neben den Prinzen.

»Sie haben gestern abend noch drei weitere schwangere Frauen hergebracht«, erzählte sie. »Ich habe sie reden hören. Es sieht so aus, als ob Korrin einen Konvoi überfallen hat, zu dem sie gehörten: vier Soldaten tot und mehrere verwundet.«

Thuro nickte. »Es ist seine einzige Chance, Astarte weh zu tun – sie ihrer Opfergaben zu berauben. Aber er ist verdammt, der arme Mann, genau wie sein Bruder.«

»Solange man lebt, gibt es Hoffnung – das sagte Culain immer.«

Thuro nickte. »Da ist wohl etwas Wahres dran. Aber hier sind nicht mehr als fünfzig Männer – gegen eine Armee von zehntausend. Sie können nicht gewinnen. Und hast du gemerkt, wie schlecht sie organisiert sind? Ihnen fehlt nicht nur das Können als Jäger, sie tun auch nichts weiter als herumzusitzen und darauf zu warten, daß Pallin völlig den Verstand verliert. Es gibt nicht genügend Späher, um das Lager richtig zu schützen, sie setzen sich nicht zusammen, um ihre Strategie zu besprechen, sie üben nicht einmal mit ihren Waffen. Von einer schlechter organisierten Bande von Rebellen habe ich noch nie gehört, sie tragen ihre Niederlage wie einen Umhang um sich.«

»Vielleicht warteten sie nur auf einen Prinzen mit deiner Kampferfahrung«, fuhr Laitha auf.

»Vielleicht!« Thuro stand auf und ging zu dem am nächsten stehenden Wächter, einem ungeschlachten Jugendlichen mit einem Langbogen. »Wie heißt du?« fragte Thuro.

»Rhiall.«

»Sag mir, Rhiall, wenn ich aus dem Lager ginge, was würdest du tun?«

»Ich würde dich töten. Soll ich vielleicht hinter dir herwinken?« Die anderen drei Wachposten, die herbeigekommen waren, kicherten.

»Ich glaube nicht, daß du mich mit diesem Bogen töten könntest – nicht einmal, wenn ich drei Meter groß und anderthalb Meter breit wäre und auf einer Riesenschildkröte ritte.« Die anderen Männer grinsten über Rhialls Unbehagen. »Was habt ihr da zu grinsen? Du!« zischte Thuro und deutete auf einen schlanken Mann mit dunklem Bart und grünen Augen. »Du hast noch nicht einmal eine Sehne auf deinem Bogen. Wenn ich zu den Bäumen dort hinten rennen würde, wärst du völlig nutzlos.«

»Es zahlt sich nicht aus, Leute zu beleidigen, Junge«, sagte der Jäger.

»Falsch«, widersprach Thuro. »Es zahlt sich nicht aus, *Männer* zu beleidigen. Was seid ihr, entlaufene Diener? Schreiber? Bäcker? Unter euch ist nicht ein einziger Krieger.«

»Das reicht jetzt!« sagte der schlanke Mann. »Es ist Zeit, daß dich jemand Benehmen lehrt, Knabe.« Thuro trat zurück, so daß der Mann sein Langschwert ziehen konnte, dann schoß der Gladius des Prinzen ans Sonnenlicht.

»Du hast ganz recht, was das Lehren anlangt, Waldmensch.« Der Prinz sprang geschmeidig zurück, als der Jäger sein Schwert hob, angriff und die Waffe mit einem mächtigen Schwung auf Thuros linke Seite zielte. Der Prinz wehrte den Hieb mühelos ab, wirbelte auf dem Absatz herum und hämmerte den Mann von den Füßen. Das Schwert des Jägers flog durch die Luft gegen einen Baumstamm. »Lektion Eins«, sagte Thuro. »Wut und Können sind keine Brüder.«

Ein zweiter Mann kam nach vorn, etwas vorsichtiger. Thuro focht mit ihm, und ihre Klingen flüsterten miteinander. Er war geschickter als sein Kamerad, aber er war nicht von Culain lach Feragh ausgebildet worden. Thuro machte einen Ausfallschritt, ließ sein

Schwert über die Klinge des Gegners gleiten und machte dann eine Drehung aus dem Handgelenk. Das Schwert des Jägers folgte dem seines Kameraden, und der Mann wich zurück, doch Thuro steckte seinen Gladius in die Scheide. »Laitha, komm her!«

Mit finsterem Blick gehorchte das Waldmädchen. Thuro wandte sich an die Wachposten. »Ich werde mich nicht so weit herablassen, mich mit euch im Bogenschießen zu messen, aber ich setze mein Schwert gegen eure Bögen, daß selbst diese Frau euch überlegen ist.«

»Die Wette nehme ich an«, sagte der schlanke Mann.

»Ich spiele eure Spielchen nicht mit«, tobte Laitha. Thuro fuhr zu ihr herum und schlug ihr mit der flachen Hand ins Gesicht, sie taumelte zurück, schockiert und verletzt.

»Dieses eine Mal wirst du genau das tun, was ich sage«, fauchte Thuro sie mit funkelnden Augen an. »Ich habe genug von deinen kindischen Ausbrüchen. Wegen deiner Dummheit sind wir hier. Benimm dich deinem Alter entsprechend, Weib! Und denk an Culain!«

Bei der Erwähnung seines Namens verrauchte Laithas Zorn, und sie ging zu dem ersten Mann. »Nenn ein Ziel«, flüsterte sie.

»Der Baum dort drüben«, sagte Rhiall.

»Ich sagte ein Ziel, kein Naturdenkmal!«

»Dann nenn du eines.«

»Also schön.« Sie beugte sich vor, nahm geschickt Rhialls dunkle Mütze von seinem Kopf und ging zu dem Baum, auf den er gezeigt hatte. Dort zog sie ihr Jagdmesser und spießte damit den Hut an den Baumstamm. Dann maß sie 30 Schritt ab und wartete, daß die Männer zu ihr kamen.

Rhiall legte Sehne und Pfeil auf den Bogen. »Das war

ein guter Hut«, brummte er, während er spannte, zielte und schoß. Der Pfeil glitt vom Stamm ab und verschwand im Wald. Der Schuß des zweiten Mannes verfehlte die Kappe um knapp einen halben Meter, der dritte traf die Krempe, was ihm Beifall von den anderen einbrachte. Zuletzt zielte der schlanke Jäger, sein Pfeil traf den Griff von Laithas Messer, aber nicht sein Ziel.

»Schieß noch einmal«, sagte Laitha. Er tat es und traf die Kappe mittendrin. Laitha nahm Rhialls Bogen und ging noch einmal zehn Schritte zurück. Sie drehte sich um, zog die Sehne zurück, erstarrte, atmete aus und schoß. Der Pfeil drang neben dem des Schlanken mitten in die Kappe.

Er schniefte laut, ging zu ihrem Standort, zielte und schoß. Der Pfeil berührte die Krempe. Laitha ging weitere zehn Schritt zurück und traf wieder den Hut. Dann ging sie zu Thuro, ließ den Bogen vor seine Füße fallen und beugte sich zu ihm.

»Faß mich noch einmal an«, flüsterte sie, »und ich bringe dich um.« Sie machte kehrt und nahm ihren Platz bei dem Steinkreis wieder ein. Der schlanke Jäger trat vor.

»Ich heiße Baldric. Vielleicht könntest du mir den Hieb beibringen, mit dem du mich entwaffnet hast?«

»Mit Vergnügen«, sagte Thuro. »Und wenn ihr den Frühling überleben wollt, solltet ihr eure Fertigkeiten üben. Die Soldaten werden schon bald kommen.«

»Wir fürchten weniger die Soldaten«, erklärte Baldric, »sondern die Voren.«

»Voren? Nie gehört.«

»Große Katzen. Sie können mit ihren Kiefern einen Ochsenschädel zermalmen. Astarte setzt sie zum Sport ein – um solche wie uns zu jagen. Wenn sie im Wald losgelassen werden, sind wir ganz sicher verloren.«

»Wenn eine Vore sterblich ist, kann man sie auch töten. Wenn man eine töten kann, können auch zehn sterben – oder hundert. Was ihr braucht, ist ein Plan für den Augenblick, in dem die Voren losgelassen werden.«

»Wie soll man planen, gegen ein Wesen zu kämpfen, das schneller läuft als ein Pferd und mit Klauen oder Zähnen tötet? Als ich noch ein Junge war, gab es Vorenjagden: zwanzig Männer mit Bogen, weitere zehn zu Pferde mit langen Lanzen. Und trotzdem starben noch Männer bei dieser Jagd. Und hier reden wir von zwanzig oder gar dreißig Voren. Und wir haben weder Jagdpferde noch Lanzen.«

»Ihr könnt einem aufrichtig leid zun. Die Voren fressen Fleisch?«

»Natürlich.«

»Dann baut Fallen. Grabt Gruben, mit zugespitzten Pfählen am Grund. Ein Mann ist erst dann geschlagen, wenn sein letzter Tropfen Blut aus seinen Wunden rinnt. Und wenn ihr nicht den Mut habt zu kämpfen, dann verlaßt den Wald. Aber zaudert nicht hier in den Schatten herum.«

»Was hast du davon, uns zu helfen?« fragte der ungeschlachte Rhiall. »Du bist doch keiner von uns.«

»Glücklicherweise nicht. Aber ich bin hier, und ihr braucht mich.«

»Wofür?« fragte Baldric.

»Um euch beizubringen, wie man gewinnt. Sprecht es doch einmal aus: *Gewinnen*.«

Ein grauenhaftes Gebrüll erscholl vom Eingang der Höhle, und die Männer fuhren herum. Dort stand, deutlich abgehoben von der Felswand, ein gewaltiger Bär, der nichts Menschliches mehr an sich hatte. Er sah, wie die Männer sich um Thuro scharten, ließ sich auf alle viere fallen ... und griff an.

Das Untier, das einst Pallin gewesen war, bewegte sich mit atemberaubender Schnelligkeit und stürzte sich auf die Gruppe, ehe jemand davonlaufen konnte. Rhiall, der langsamste, wurde ein paar Meter weit durch die Luft geschleudert und landete bewußtlos an einem großen Stein. Die anderen wurden zu Boden geworfen, wo sie versuchten, auf die Füße zu kommen und sich in die relative Sicherheit des Waldes zu retten. Thuro ließ sich nach links fallen, rollte sich über die Schulter ab und sprang auf, als das Untier sich auf die Hinterbeine stellte und mit seinen Pranken die Luft zerteilte. Der Prinz zog seinen Gladius und wich zurück. Der Bär ließ sich auf alle viere fallen, machte einen Satz nach vorn und griff erneut an. Diesmal sprang Thuro hoch in die Luft und landete mit erhobenem Schwert auf dem Rücken des Tieres. Aber er brachte es nicht fertig, ihm die Waffe in den Nacken zu stoßen bei dem Gedanken daran, was es einst gewesen war. Der Bär begann um sich zu schlagen, um den jungen Krieger abzuwerfen. In seinem Bemühen sich festzuhalten, ließ Thuro sein Schwert fallen, und als es den Rücken des Tier berührte, entsprang der Klinge ein blendendweißes Licht. Der Bär fiel ohne einen Laut um, und Thuro brachte sich mit einem Satz vor dem stürzenden Körper in Sicherheit. Die tierischen Züge wurden weicher, und der junge Britannier sah zu, wie der Pelz zurückwich und das halbmenschliche Gesicht enthüllte, an das er sich von seiner ersten Begegnung tief in den Höhlen erinnerte. Er nahm sein Schwert wieder an sich. Er spürte die Hitze, die von der Klinge ausging – und hatte die Antwort.

»Laitha!« rief er. »Komm rasch!« Sie rannte zu ihm und starrte entsetzt in Pallins mißgestaltete Züge.

»Töte ihn rasch, ehe er wieder zu sich kommt.«

»Gib mir deinen Armreif. Sofort!« Rasch zog sie den

Kupferreifen vom Arm. Thuro nahm ihn und hielt ihn an das verzerrte Gesicht. Wieder zuckte gleißendes Licht auf, und wieder wich das Tierische mehr aus Pallins Zügen.

»Was ist mit den Pfeilen?« flüsterte Laitha. »Culain hat sie ebenfalls berührt.«

Thuro nickte, und sie rannte über die Lichtung, um ihren Köcher zu holen. Nacheinander berührte Thuro mit den Pfeilspitzen das Halbwesen – und jedesmal erschien mehr von dem Menschen. Zum Schluß war die Magie erschöpft, und Pallins Gesicht war eindeutig menschlicher als zuvor, aber die klauenbewehrten Pranken blieben ebenso wie die gewaltigen, abfallenden, pelzigen Schultern. Er schlug die Augen auf.

»Warum bin ich nicht tot?« fragte er. Es war schrecklich, seinen Kummer zu spüren.

Die Wachposten liefen herbei und knieten vor ihm nieder.

»Dieser junge Mann hat dich wiederhergestellt, Herr«, sagte Baldric. »Er hat dich mit seinem magischen Schwert berührt. Dein Gesicht ...« Baldric zog seinen Bronzehelm ab und hielt ihn Pallin vor die Augen. Das Halbwesen starrte auf sein verzerrtes Spiegelbild, dann richtete es seine traurigen blauen Augen auf Thuro.

»Du hast das Unvermeidliche nur hinausgezögert, aber ich danke dir.«

»Mein Freund Prasamaccus hat noch weitere zwanzig Pfeile, die verzaubert wurden. Wenn er zurückkehrt, bringe ich sie zu dir.«

»Nein! Gegen Astarte nützt unsere Magie nichts. Behalte sie in Sicherheit. Ich bin verdammt, obwohl mir deine Hilfe vielleicht noch einen weiteren Monat Leben als Mensch verleiht.« Er betrachtete seine schrecklichen Hände. »Als Mensch? Bei allen Göttern der Erde und des Wassers! Was bin ich bloß für ein Mensch?«

»Ein guter, denke ich«, sagte Thuro. »Hab Vertrauen. Was Magie vollbringen kann, kann Magie auch wieder ungeschehen machen. Gibt es in dieser Welt keine Zauberer?«

»Meinst du die Traumwandler?« antwortete Baldric.

»Wenn sie magische Dinge können, ja.«

»Es gab mal einen in den etruskischen Bergen westlich von hier.«

»Weißt du, wo genau?«

»Ja, ich könnte dich hinbringen.«

»Nein!« widersprach Pallin. »Ich will nicht, daß einer von euch meinetwegen ein Risiko eingeht.«

»Glaubst du, hier im Wald ist die Gefahr geringer?« entgegnete Thuro. »Wie lange dauert es, bis die Voren oder die Soldaten eure Bruderschaft in Stücke reißen oder euer Volk vor Astarte schleppen, um euer Schicksal zu erleiden?«

»Du verstehst das nicht: Das alles ist für die Hexenkönigin ein Spiel«, sagte Pallin. »Sie sagte mir, daß sie jede meiner Bewegungen sehen könnte und zusehen würde, wie ich von meinen Brüdern erschlagen werde. Selbst in diesem Augenblick hat sie deine Pläne gehört und somit durchkreuzt. Die Dunkle Herrin beobachtet uns auch jetzt.«

Die Wächter wichen vor dem heimgesuchten Wesen zurück und blickten sorgenvoll zum Himmel hinauf. Thuro selbst lief ein kalter Schauer über den Rücken, aber er lachte gezwungen und stand auf.

»Glaubt ihr, sie ist die einzige Macht auf der Welt?« höhnte er. »Wenn sie so unbesiegbar ist, warum bist du dann nicht tot? Kannst du mich hören, Hexenkönigin? Warum ist er nicht tot? Komm Baldric, bring mich zu dem Traumwandler.«

Dreihundert Kilometer weit entfernt schimmerte der versilberte Spiegel, als Astarte eine elfenbeinhelle Hand davor schwenkte.

»Du interessierst mich, mein Süßer. Komm zu mir. Komm zu Goroien!«

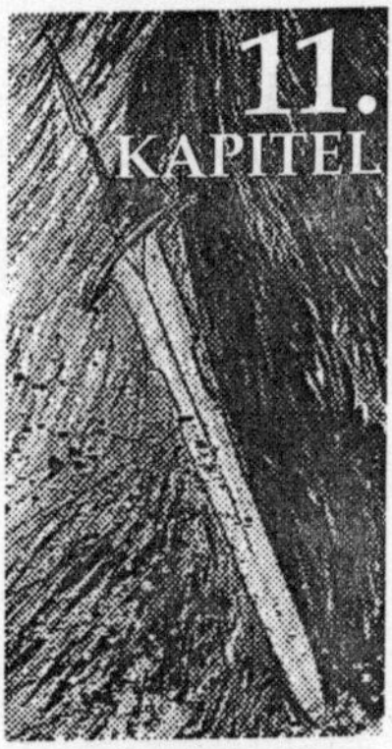

Bei Sonnenuntergang, als Thuro und Baldric sich auf ihre Reise vorbereiteten, hinkte Prasamaccus ins Lager. Hinter ihm kam der rotgesichtige Hogun, der unter dem Gewicht des Hirsches taumelte, den der verkrüppelte Brigant zwei Stunden zuvor erlegt hatte. Prasamaccus sank neben Laitha zu Boden.

»Was ist hier los?«

»Der edle Prinz hat beschlossen, es mit der Hexenkönigin aufzunehmen«, antwortete sie. »Er will zu irgendeinem Berg, um einen Zauberer zu suchen.«

»Warum bist du wütend? Er hat offensichtlich das Vertrauen der Leute hier erworben.«

»Er ist ein Knabe«, sagte sie ausweichend.

Müde wie er war, stand Prasamaccus auf und hinkte zu der Gruppe, wo Thuro die Ereignisse des Tages schilderte. Der Brigant sagte nichts, aber er spürte die wachsende Erregung unter den Männern. Der Tiermensch Pallin war in die Höhle zurückgekehrt.

»Wie willst du den Traumwandler finden?« fragte Thuro.

Als Baldric gerade antworten wollte, unterbrach Prasamaccus scharf: »Kann ich dich einen Augenblick sprechen, junger Prinz?«

Thuro folgte dem Briganten zu einer kräftigen Eiche. »Offensichtlich glaubst du nicht, daß die Hexenkönigin uns beobachtet, aber das ist nur eine Annahme und daher unklug. Laß den Mann uns führen, aber ohne das genaue Ziel zu besprechen.«

»Sie kann nicht überall sein, sie ist doch keine Göttin.«

»Das wissen wir nicht. Aber sie kann die Auswirkungen ihres Banns auf Pallin abschätzen und sie hätte auf seinen Tod warten können. Gib mir dein Schwert.«

Prasamaccus nahm drei Pfeile aus seinem Köcher und strich damit über die Klinge. »Ich weiß nicht, ob man die Magie so übertragen kann, aber ich wüßte keinen Grund, warum nicht.« Er gab dem Prinzen das Schwert zurück. »Und jetzt laß uns diesen Zauberer finden.«

»Nein, mein Freund. Pallin sagt, daß du und Laitha bleiben müßt. Sie werden nicht zulassen, daß wir alle den Wald verlassen. Paß auf sie auf. Wir sehen uns bald wieder.«

Prasamaccus seufzte kopfschüttelnd, aber er sagte nichts und beobachtete nur schweigend, wie die beiden Männer in den Schatten der Bäume verschwanden. Helga schien so weit weg. Die Lagerfrauen scharten sich um den Hirschen, zerteilten ihn geschickt, und der Brigant legte sich neben Laitha und wickelte sich in eine geborgte Decke.

»Er hat sich nicht einmal verabschiedet«, sagte Laitha.

Prasamaccus schloß die Augen und schlief ein.

Zwei Stunden später wurde er geweckt, weil sich eine Stiefelspitze in seine Seite bohrte. Er setzte sich auf und sah Korrin Rogeur, der neben ihm kauerte.

»Wenn dein Freund nicht zurückkommt, schneide ich dir die Kehle durch.«

»Du weckst mich, nur um mir etwas zu sagen, was ich schon weiß?«

Korrin setzte sich und rieb sich die müden Augen. »Danke für den Hirsch«, sagte er, als ob er sich die Worte mühsam abringen müßte, »und auch dafür, daß dein Freund meinem Bruder half.«

»War dein Kundschaftergang erfolgreich?«

»Ja und nein. An der nördlichen Grenze lagert jetzt eine Armee – tausend Mann. Zuerst dachten wir, sie wollten in den Wald, aber dann erhielten sie Befehl, abzusteigen und ins Lager zurückzukehren. Scheinbar war das ungefähr zur gleichen Zeit, als der Junge seine Magie bei Pallin angewandt hat.«

»Dann hat er nicht nur deinen Bruder, sondern auch deine Leute gerettet«, meinte Prasamaccus.

»Wie man's nimmt«, gab Korrin zu. »Aber wir sind hier verdammt, und das macht mich wütend. Als ich noch ein Kind war, hat mein Vater mir wunderbare Geschichten über Helden und ihre übermenschlichen Taten erzählt. Aber das Leben ist nicht so, oder? Hier sind wir vierunddreißig kampfbereite Männer. *Vierunddreißig*. Nicht gerade eine Armee.«

»Sieh es einmal aus Astartes Blickwinkel«, schlug der Brigant vor. »Ihr seid wichtig genug, um die Aufmerksamkeit eines Zehntels ihrer Truppen auf sich zu ziehen. Sie muß euch aus irgendeinem Grunde fürchten.«

»Wir haben nichts, das sie fürchten müßte.«

»Ihr hütet hier eine Flamme, Korrin. Zugegeben, es ist eine kleine Flamme, aber ich habe einmal erlebt, wie ein ganzer Wald durch die glühende Asche eines sorglos angezündeten Lagerfeuers vernichtet wurde. Das ist es, was sie fürchtet: daß eure Flamme wächst.«

»Ich bin müde, Prasamaccus. Wir sehen uns morgen früh.«

»Komm mit mir auf die Jagd.«

»Vielleicht.« Korrin stand auf und ging zu den Höhlen.

»Du bist ein kluger Mann«, sagte Laitha, schob ihre Decken weg und setzte sich neben Prasamaccus. Er lächelte.

»Ich wünschte, das wäre ich. Aber dann wäre ich

wieder zurück im Land Zwischen den Mauern oder in Calcaria bei meiner Frau.«

»Du bist verheiratet? Du hast nie von ihr gesprochen.«

»Manchmal ist Erinnerung etwas Schmerzliches, und ich versuche, nicht an sie zu denken. Wo sie jetzt auch ist, sie sieht nicht dieselben Sterne wie ich. Gute Nacht, Laitha.«

»Gute Nacht, Prasamaccus.« Ein paar Minuten lang herrschte Stille, dann flüsterte Laitha: »Ich bin froh, daß du hier bist.«

Er lächelte, antwortete jedoch nicht. Jetzt war nicht die Zeit für ein Gespräch ... nicht, wenn Helga in seinen Träumen wartete.

Thuro und Baldric wanderten fast die ganze Nacht durch den Wald, der vom hellen Schein der zwei Monde beleuchtet wurde – eine versilberte, fast verzauberte Landschaft, die Thuro beinahe schön fand. Sie schliefen zwei Stunden, und im Morgengrauen kamen sie an den westlichen Waldrand, vor sich die offenen Täler vor den weißblauen Bergen.

»Jetzt wird es gefährlich«, sagte Baldric. »Mögen die Geister uns behüten!«

Die beiden Männer marschierten los. Baldric legte eine Sehne auf den Bogen und hielt einen Pfeil bereit. Thuro musterte den Horizont, aber von Soldaten war nichts zu sehen. Kleine Hütten und größere Häuser sprenkelten das Land, und auf den Hügeln graste Vieh.

»Was sind das für Geister, zu denen du betest?« fragte er Baldric.

»Die Armee der Toten«, antwortete der hagere Jäger.

Gegen Mittag machten sie an einem Bauernhof halt, und Baldric wurde ein Laib dunkles Brot angeboten.

Die Bewohner, ein junger Mann und seine Frau, wirkten ängstlich und warteten allzu erpicht darauf, daß die Reisenden weiterzogen. Baldric dankte ihnen für das Essen, und sie verschwanden im Haus.

»Kennst du sie?« fragte der Prinz.

»Meine Schwester und ihr Mann.«

»Sie waren nicht sehr freundlich.«

»Mit mir zu sprechen bedeutet den Tod, seit ich gesucht werde.«

»Was hast du verbrochen?«

»Ich tötete einen Soldaten, der kam, um die Frau meines Nachbarn zu holen. Sie war eine der Winter-Sieben.«

»Was geschah mit der Frau?«

»Ihr Mann händigte sie zwei Stunden später aus und nannte mich als den Mörder. Ich lief davon und schloß mich Korrin an.«

»Ich hätte gedacht, es gäbe mehr Rebellen.«

»Gab es auch«, sagte der Jäger. »Eine Armee von zweitausend erhob sich im Norden, aber sie wurden ergriffen und an den Bäumen von Caliptha-sa gekreuzigt. Astarte wob sie in einen Zauber, so daß selbst, nachdem die Krähen das Fleisch weggepickt hatten, ihre Knochen noch lebendig waren. Ihre Schreie drangen über zwei Jahre lang aus dem Wald, bis sie sich erbarmte und ihre Seelen erlöste. Jetzt gibt es nicht mehr viele Rebellen.«

Die beiden Reisenden kamen im Laufe des Nachmittages des nächsten Tages in die Vorberge der Etrusken. Über ihnen ragten die Berge auf, kahle Riesen unter sich dräuenden Gewitterwolken. »Etwa anderthalb Kilometer vor uns, in einem engen Tal, ist eine Hütte«, sagte Baldric. »Dort verbringen wir die Nacht.«

Die Hütte war verlassen, die Fenster standen offen, die ledernen Angeln waren verrottet. Aber die Nacht war nicht kalt, und die beiden Männer saßen vor einem Feuer, ohne viel zu sagen. Baldric schien ein verschlossener, in sich gekehrter Mensch zu sein.

Gegen Mitternacht brach in den Bergen das Gewitter los. Regen peitschte gegen die Wände der Hütte und wurde von einem heulenden Wind durch die offenen Fenster hereingetrieben. Thuro verkeilte das zerbrochene Fenster und sah zu, wie Blitze über den Himmel zuckten. Er war müde und hungrig, und seine Gedanken wanderten zu Culain. Er hatte nicht gemerkt, wie sehr er den Nebelkrieger ins Herz geschlossen hatte. Daß er durch die Hände der Seelenräuber gestorben war, war mehr als Hohn. Aurelius hatte zumindest die kleine Genugtuung gehabt, einige seiner Mörder mit auf den dunklen Weg zu nehmen. Bei dem Gedanken an seinen Vater wurde Thuro schwer ums Herz. Er konnte sich nur an vier lange Gespräche mit dem König erinnern, alle hatten seine Studien betroffen. Aber sie hatten nie als Vater und Sohn miteinander geredet …

Ein Schatten bewegte sich über die Lichtung vor der Hütte, und Thuro fuhr auf. Er blinzelte, um seinen Blick zu klären, aber es war nichts zu erkennen. Er zog sein Schwert: Die Klinge schimmerte wie stumpfes Silber.

Die Tür flog auf, aber Thuro war bereits in Bewegung. Der Schatten schoß auf ihn zu, als Baldric erwachte und nach seinem Bogen griff. Thuros Kopf wurde leer, während sein Gladius eine graue Klinge abwehrte und durch den dunklen Umhang hinauf in das leichengraue Gesicht stieß. Der Dämon verschwand augenblicklich, der Umhang flatterte zu Boden. Thuro lief zu Baldric und berührte mit seinem Schwert dessen Pfeilspitze. Sie warteten, aber nichts rührte sich in dem Gewitter. Thuro warf einen Blick auf sein Schwert. War es noch silbern oder wieder eisengrau? Er konnte es nicht sagen, und eine angespannte

Stunde folgte. Er ging das Risiko ein und hastete zur Tür, schob sie wieder zu und verkeilte sie.

Baldrics Gesicht war weiß, seine Augen voller Angst. »Was war das für ein Ding?«

»Ein Wesen aus der Leere. Es ist tot.«

»Seinem Gesicht nach war es schon tot, als es hereinkam. Wie hast du das geschafft? Ich habe noch nie ein Wesen sich so schnell bewegen sehen.«

»Ich habe einen Trick benutzt, den mir mein Lehrmeister beigebracht hat. Er heißt Eleari-mas – das Entleeren.« Thuro schickte ein stilles Dankgebet an den verschiedenen Culain und gestattete seinem Körper, sich zu entspannen. Er stieß den Gladius in den Holzfußboden. »Wenn die Klinge silbern glüht, heißt das, sie sind wieder da«, erklärte er dem Jäger.

»Du bist mehr als du scheinst, Junge. Ein Gutteil mehr.«

»Ich glaube, ich bin in wenigen Tagen vom Knaben zum Manne gereift. Nenn mich nicht Knabe. Ich heiße ...« Er hielt inne und lächelte. »Ich trage noch immer meinen Namen aus Kindertagen. Im Sommer hätte ich in Camulodunum meinen wahren Namen erhalten sollen, aber ich werde nicht dort sein. Egal. Ich brauche keinen Druiden oder Zauberer, um mir zu sagen, daß ich ein Mann bin.« Er zog das Schwert aus dem Holz und hielt es hoch. »Thuro ist jetzt die Erinnerung des Mannes, eine Erinnerung an Jugend und leichtere Tage. Dieses Schwert gehört mir. Es ist das Schwert von Uther Pendragon, dem Mann.«

Baldric stand auf und reichte ihm die Hand. Uther nahm sie im Kriegergriff, Handgelenk an Handgelenk. »Mehr als ein Mann«, sagte Baldric. »Du bist ein Bruder.«

Gwalchmai saß mit gesenktem Kopf im Gras, aus dem Verband an seinem Arm tropfte Blut. Seine Turmae war bei einem Überfall fünf Kilometer vor der Handelsstadt Longovicium aufgerieben worden. Siebenundzwanzig Männer waren tot oder in Gefangenschaft, die übriggebliebenen vier saßen mit Gwalchmai in einem Wäldchen und dachten an ihre Kameraden: Männer, die bei strahlendem Sonnenschein am Morgen erwacht waren und jetzt am Nachmittag blicklos in einen sich verdunkelnden Himmel starrten. Der Sommer hatte Einzug gehalten in Britanniens Norden, aber er hatte der belagerten Armee von Lucius Aquila keine Freude gebracht. Die Briganten hatten unter Eldared und Cael Corstopitum, Vindomara, Longovicium, Voreda und Brocavum erobert. Jetzt belagerten sie die Festungsstadt Cataractonium und nagelten dort sechs Kohorten der Fünften Legion fest. Aus dem Süden gab es kaum bessere Nachrichten. Ambrosius war gezwungen gewesen, vor Hengist den Rückzug anzutreten, und der Sachsenkönig hatte Durobrivae im Südosten eingenommen.

Ein Jüte namens Cerdic hatte den Südwesten überfallen, die Stadt Lindinis geplündert und zwei Kohorten von Hilfstruppen vernichtet. Niemand sprach noch vom Sieg, denn der britannischen Armee mangelte es an Männern und Hoffnung, und der frühe Sieg bei Corstopitum konnte nicht länger die Kampfmoral heben. Eher im Gegenteil, denn er hatte Erwartungen geweckt, die nicht erfüllt worden waren.

Gwalchmai sah zu, wie das Blut auf seinem Arm gerann und trocknete. Er machte eine Faust und spürte den Schmerz in seinem Bizeps. Er würde heilen – mit der Zeit. Aber wieviel Zeit hatte er noch?

»Wenn der König noch am Leben wäre ...«, murmelte ein kleiner, fast kahler Krieger namens Casmaris. Er brauchte den Satz nicht zu beenden.

»Ist er aber nicht«, fuhr Gwalchmai auf, hin- und hergerissen zwischen dem Bedürfnis, dem unausgesprochenen Gefühl beizupflichten und seiner Loyalität Aquila gegenüber. »Was soll dieses endlose Gejammer um Dinge, die längst vergangen sind? *Wenn* der König noch am Leben wäre. *Wenn* man Eldared hätte trauen können. *Wenn* wir noch zehn Legionen hätten.«

»Ich bin es jedenfalls leid, immer nur davonzulaufen oder auszuhalten«, sagte Casmaris. »Warum können wir nicht die Vierte holen und sie in einer einzigen blutigen Schlacht besiegen?«

»Alles oder nichts?« fragte Gwalchmai.

»Und warum nicht? Nichts ist ohnehin das, was wir kriegen werden. Was wir jetzt haben, ist nur ein langsamer Tod.«

Gwalchmai wandte sich ab, er konnte nicht streiten. Er war vom Stamme der Cantier, ein Britannier von Geburt und Temperament, und er verstand die endlosen Strategien nicht. Sein Wunsch war schlicht: sich dem Feind zu stellen und zu kämpfen, bis einer verlor. Aber Aquila war ein Römer mit unendlicher Geduld, der nicht das Risiko eingehen würde, ein ganzes Reich mit einem Wurf zu verspielen. Tief im Innern spürte Gwalchmai, daß sie beide unrecht hatten. Vielleicht gab es auch eine Zeit für Geduld, aber es gab auch eine Zeit für Entschlossenheit und Wagemut, allen Wahrscheinlichkeiten zu trotzen.

Er stand auf. »Zeit aufzubrechen«, sagte er.

»Zeit zu sterben«, murmelte Casmaris.

Uther erwachte, sein Herz klopfte unregelmäßig, Angst ließ ihn aufspringen und nach seinem Schwert greifen. Er war eingeschlafen, während er Wache hielt.

»Keine Angst«, sagte Baldric, der die Klinge seines

Jagdmessers schliff. Die Morgensonne schien durch das offene Fenster. Das Gewitter war vorüber, und der Morgen war hell und klar unter einem blauen Himmel.

Uther lächelte reumütig. Baldric bot ihm das letzte Stück von dem Schwarzbrot an, das der Prinz mit Wasser aus der Feldflasche seines Kameraden anfeuchten mußte, ehe es genießbar wurde. Wenige Minuten später machten sie sich auf den Weg höher in die Berge, hinauf zur Baumgrenze. Sie folgten einem schmalen Pfad, der übersät war mit Spuren von Bergziegen und Dickhornschafen. Schließlich, als die Sonne sich dem Zenit näherte, kamen sie in ein Hochtal, in dem sich ein kleines, aus Granitblöcken erbautes Haus in die Senke eines Hügels duckte. Das Dach war reetgedeckt gewesen, jetzt aber schwarz und durch Feuer zerstört.

Die beiden Männer warteten an der Baumgrenze und suchten die Gegend nach Anzeichen von Soldaten ab. Beruhigt, daß sie allein waren, machten sie sich an den Abstieg zum Haus. An einer großen Eiche blieben sie stehen. Die gekreuzigte, halbskelettierte Leiche eines Mannes war an den Stamm genagelt.

»Das wird Andiacus sein«, sagte Baldric, »aber ich glaube nicht, daß er uns noch helfen kann.« Die Beinknochen fehlten, offensichtlich von Wölfen oder wilden Hunden abgerissen, und der Schädel war neben die Baumwurzeln auf die Erde gefallen. Uther ging zum Haus, das um einen zentralen Raum mit einer steinernen Feuerstelle herum gebaut war. Überall herrschte Chaos – Bücher und Schriftrollen auf dem Fußboden, aus den Kommoden waren die Schubladen herausgerissen, Tische umgestürzt, Fußmatten umgedreht. Die drei Hinterzimmer waren in einem ähnlichen Zustand. Uther stellte einen Korbstuhl auf und setzte sich gedankenverloren.

»Zeit zu gehen«, sagte Baldric von der Tür her.

»Noch nicht. Wer immer das getan hat, suchte nach der Quelle für die Macht des Zauberers. Aber sie haben sie nicht gefunden.«

»Woher willst du das wissen? Sie haben das Haus auseinandergenommen.«

»Genau, Baldric. Es gibt kein Zeichen dafür, daß die Suche ein Ende hatte. Daraus folgt, daß sie entweder diese Quelle ganz zum Schluß fanden oder überhaupt nicht. Letzteres ist wahrscheinlicher.«

»Wenn sie sie nicht fanden, wie sollen wir sie dann finden?«

»Wir wissen, wo wir nicht suchen müssen. Hilf mir, hier aufzuräumen.«

»Wozu? Hier wohnt doch keiner mehr.«

»Vertrau mir.« Gemeinsam stellten die Männer die Möbel wieder an ihren Platz, dann setzte sich Uther wieder und starrte die Wände des Hauptraumes an. Nach einer Weile stand er auf und ging in die Schlafkammer. Die Menge an Büchern und Schriftrollen zeigte, daß Andiacus ein gelehrter Mann gewesen war. Einige der Manuskripte waren noch zusammengebunden, und Uther untersuchte sie. Sie waren sorgfältig gekennzeichnet.

»Was suchen wir überhaupt?« fragte der Jäger.

»Einen Stein. Einen goldenen Stein, mit schwarzen Adern, vielleicht kieselsteingroß.«

»Glaubst du, er versteckte ihn, bevor sie ihn töteten?«

»Nein, ich nehme an, er versteckte ihn grundsätzlich, wahrscheinlich jeden Abend. Und er hatte ihn nicht bei sich, als sie ihn gefangennahmen, was wahrscheinlich bedeutet, daß sie ihn im Schlaf packten.«

»Wenn er ihn versteckt hat, hätten sie ihn gefunden.«

»Nein. Wenn *du* ihn versteckt hättest, hätten sie ihn gefunden. Wir reden hier von einem Zauberer und einem magischen Stein. Er hat ihn ganz offen versteckt, aber er hat ihn verändert. Jetzt müssen wir nur noch überlegen, was es gewesen sein könnte.«

Baldric setzte sich. »Ich habe Hunger, ich bin müde, und ich verstehe kein Wort von alldem. Aber letzte Nacht hat ein Wesen der Dunkelheit versucht uns zu töten, und ich möchte gerne vor Anbruch der Nacht aus diesen Bergen verschwunden sein.«

Uther nickte. Er hatte über den Seelenräuber nachgedacht und überlegt, ob er wohl von Eldared oder Astarte gesandt war, oder ob es lediglich ein Zufall war, der mit keinem von beiden in Verbindung stand. Er verdrängte seine Angst und widmete sich wieder dem vorliegenden Problem. Maedhlyn hatte ihm oft gesagt, er solle seine Energie nicht an Dinge verschwenden, die sein Wissen überstiegen.

Der ermordete Zauberer hatte den Stein entweder versteckt oder verwandelt. Wäre er versteckt gewesen, hätten die Sucher ihn gefunden. Also mußte er verwandelt sein. Uther erhob sich von dem Bett. Irgendeins der auf dem Boden verstreuten Dinge konnte ein Sipstrassi sein. Denk nach, Uther, befahl er sich. Gebrauche deinen Verstand. Warum hatte der Zauberer den Stein getarnt? Um ihn zu sichern, damit ihn niemand stehlen konnte. Im Raum verteilt waren verzierte Becher, Schreibfedern mit goldenen Spitzen, Kleidungsstücke, Decken, Kerzenhalter, sogar eine Laterne. Es gab Schriftrollen, Bücher und Ziergegenstände aus Silber, Bronze oder Gold. All das wäre für einen Dieb etwas wert und deshalb als Tarnung für einen magischen Stein sinnlos. Uther strich sie aus seinen Gedanken, seine Augen suchten weiter den Raum ab – nach einem Gegenstand, der zwar funktional, gleichzeitig aber wertlos war. Am Fenster stand ein Schreibtisch, dessen Schubladen herausgerissen und zerstört waren. Daneben lagen Stapel von Papieren … und da in der Ecke, dicht an der Wand, ein rechteckiger Briefbeschwerer aus schlichtem Granit.

Uther stand auf und ging zu dem Stein. Er war schwer und ideal für den Zweck, den er erfüllte. Er hielt ihn über die Schreibtischplatte und konzentrierte sich stark. Nach ein paar Sekunden wurde seine Hand warm, und zwei Teller mit frischem Rinderbraten erschienen. Der Granit in seiner Hand verschwand, und statt dessen erschien ein Sipstrassi-Stein von Daumennagelgröße, mit dicken schwarzen Adern, die sich über die goldene Oberfläche zogen.

»Du hast es geschafft!« flüsterte Baldric. »Die Magie des Traumwandlers.«

Uther lächelte. Er hielt seinen Jubel zurück, kostete das Gefühl des Triumphes – ein Triumph des Geistes. »Ja«, sagte er schließlich, »aber die Kraft des Steines ist nicht mehr groß. In dem Maße, in dem sich die Magie erschöpft, werden die schwarzen Adern dicker. Wenn das Gold aufgebraucht ist, ist die Kraft verschwunden. Genieß dein Fleisch. Wir können es uns nicht leisten, noch mehr Zauberkraft zu vergeuden; wir müssen Pallin heilen.«

Das Essen war himmlisch, besser als es je einer der Männer gekostet hatte. Danach sammelten Uther und Baldric ihre Waffen ein und verließen das Haus. Der Jüngere trug den Sipstrassi-Stein in der Hand. Als sie an dem Skelett vorbeikamen, wurde der Stein wärmer, und Uther blieb stehen. Ein Wispern wie ein Windhauch in trockenem Laub raschelte in seinem Kopf, und ein einziges Wort formte sich.

»Frieden.« Es war ein Flehen, geboren aus unendlichem Leid. Uther erinnerte sich an Baldrics Erzählung von der Rebellenarmee, die gekreuzigt worden war und doch nicht sterben durfte. Er bückte sich, hob den

Schädel auf und hielt den Stein an seine Schläfe. Weißes Licht zuckte auf, und die Stimme in Uthers Kopf wurde kräftiger.

»Ich danke dir, mein Freund. Bring den Stein zum Plateau von Erin. Bring die Geister nach Hause.« Das Wispern verblaßte und verstummte, und die schwarzen Äderchen auf dem Stein waren noch dicker geworden.

»Warum hast du das getan?« fragte Baldric.

»Er war nicht tot«, antwortete Uther. »Laß uns gehen.«

Maedhlyn schleuderte den schwarzen Kieselstein auf die Tischplatte, wo Culain ihn sich schnappte. Keiner der beiden sagte etwas, während Maedhlyn sich einen ganzen Becher voll goldenem Branntwein einschenkte und mit einem Zug leerte. Der Zauberer war in einem schrecklichen Zustand, sein Gesicht wirkte eingefallen, die Haut sah faltig aus unter dem Bart. Seine Augen waren blutunterlaufen, seine Bewegungen schwerfällig. Sieben Tage lang hatte er versucht, Thuro zu folgen, aber die Stehenden Steine oberhalb von Eboracum entzogen lediglich seinem Sipstrassi die Kraft. Die beiden Männer waren zu einem anderen Kreis im Westen gereist, außerhalb von Cambodunum. Dieselben rätselhaften Umstände traten ein. Maedhlyn arbeitete tagelang an seinen Berechnungen und gönnte sich nur nachmittags eine Stunde Schlaf. Schließlich versuchte er, zurück nach Eboracum zu reisen, aber selbst das mißlang.

Die Gefährten waren zu Pferde in die Hauptstadt zurückgekehrt, wo Maedhlyn seine umfangreiche Bibliothek durchstöberte, eine Inspiration suchte, die er jedoch nicht fand.

»Ich bin erledigt«, flüsterte er und goß sich noch einen Becher Branntwein ein.

»Wie kann es sein, daß die Stehenden Steine nicht mehr funktionieren?« fragte Culain.

»Was glaubst du, woran ich die letzten vierzehn Tage gearbeitet habe? An den steigenden Apfelpreisen?«

»Ganz ruhig, Zauberer. Ich suche keine Antworten, sondern eine Eingebung. Es gibt keinen Grund, weshalb die Steine versagen müßten. Es sind keine Maschinen, sie sind lediglich im Einklang mit den Sipstrassi. Hast du je von einem Kreis gehört, der versagt hat?«

»Nein, versagt nie. Und wie soll ich wohl ruhig bleiben? Die unwandelbaren Gesetze der Mysterien sind über den Haufen geworfen. Magie funktioniert nicht mehr.« Maedhlyns Augen nahmen einen furchtsamen Ausdruck an. Er setzte sich kerzengerade auf und fischte in der Tasche seines dunkelblauen Gewandes nach einem zweiten Sipstrassi-Stein. Er hielt ihn über den Tisch, und ein frischer Krug Branntwein materialisierte sich. Er entspannte sich. »Ich habe die Kraft von zwei Steinen aufgebraucht, die Jahrzehnte hätten halten sollen, aber ich kann wenigstens noch Wein machen.«

»Ist es dir jemals mißlungen zu reisen?«

»Natürlich. Niemand kann dorthin reisen, wo er schon ist, das weißt du. Erstes Gesetz. Jede Zeitstaffel stellt ihre eigenen entgegengerichteten Kräfte auf. Das drängt uns weiter – sorgt dafür, im großen und ganzen, daß wir die Zeit als linear hinnehmen. Zuerst dachte ich, ich könnte Thuro nicht folgen, weil ich bereits dort war. Kein Kreis würde auf dieser Grundlage meine Reise akzeptieren. Wo immer er ist, und in welcher Zeit, dann bin ich auch dort. Aber das ist nicht der Fall. Es würde eine Reise von Cambodunum nach Eboracum in derselben Zeitstaffel nicht beeinträchtigen. Die Kreise haben versagt, und ich begreife nicht, weshalb.«

Culain streckte seine schlanke Gestalt auf dem lederbezogenen Diwan aus. »Ich denke, es ist Zeit, mit Pendarric Kontakt aufzunehmen.«

»Ich wünschte, ich wüßte einen Grund, der dem widerspricht«, sagte Maedhlyn. »Pendarric ist so ernst.«

»Er ist auch beträchtlich klüger als wir beide, ungeachtet deiner Arroganz.«

»Können wir nicht bis morgen warten?«

»Nein. Thuro ist irgendwo in Gefahr. Mach schon, Maedhlyn!«

»Ernst ist nicht das richtige Wort für Pendarric«, brummelte der Zauberer. Er nahm seinen Stein, hielt die Faust über den Tisch und flüsterte die Worte der Familie, den Eid von Balacris. Die Luft über dem Tisch knisterte, und Maedhlyn rückte hastig die beiden Weinkrüge beiseite. Eine frische Brise füllte den Raum mit dem Duft von Rosen, und ein Fenster erschien, das auf einen Garten hinausging, in dem eine kraftvolle Gestalt in weißer Toga saß. Ihr Bart war golden und frisch gelockt, die Augen von einem durchdringenden Blau. Pendarric drehte sich um und stellte dabei einen Korb mit perfekten Blüten ab.

»Nun?« sagte er, und Maedhlyn schluckte seinen Ärger hinunter. Schon dieses eine Wort klang so bedeutungsschwer, und der Zauberer erinnerte sich daran, wie sein Vater denselben Tonfall gebraucht hatte, als man den jungen Maedhlyn mit dem Dienstmädchen im Heuwagen gefunden hatte.

»Wir suchen deinen Rat, Herr«, murmelte Maedhlyn, der fürchtete, an den Worten zu ersticken. Pendarric lachte leise.

»Wie hart dich das ankommen muß, Taliesan. Oder

soll ich dich Zeus nennen? Oder Aristoteles? Oder Loki?«

»Maedhlyn, Herr. Die Kreise haben versagt.« Wenn Maedhlyn erwartete hatte, daß diese Ankündigung Pendarric in Aufregung versetzen würde, sah er sich enttäuscht. Der einstige König von Atlantis nickte nur.

»Nicht versagt, Maedhlyn. Sie sind geschlossen. Und nur, wenn sie geschlossen bleiben, werden sie auch versagen. Die Schwingungen werden sich verändern.«

»Wie kann das sein? Wer hat sie geschlossen?«

»Ich. Möchtest du mein Recht dazu in Frage stellen?«

»Nein, Herr«, sagte Maedhlyn hastig, »aber darf ich nach dem Grund fragen?«

»Du darfst. Ich hatte nichts dagegen, daß die etwas kapriziöser Veranlagten meines Volkes Götter für die Wilden wurden – es amüsierte sie und richtete wenig wirklichen Schaden an – aber ich werde nicht denselben Wahnsinn tolerieren, den wir schon einmal hatten. Und ehe du mich daran erinnerst, Maedhlyn, ja, es war mein Wahnsinn. Aber er hat die Welt aus den Angeln gehoben. Die Flutwellen, die Vulkane und die Erdbeben haben die Welt fast zerrissen.«

»Warum sollte dies noch einmal geschehen?«

»Eine von euch hat beschlossen, daß es nicht reicht, eine Göttin zu spielen, sie hat beschlossen, eine zu *werden*. Sie hat sich eine Burg gebaut, die sich über vier Tore erstreckt, und sie ist bereit, die Leere auf alle existierenden Welten loszulassen. Also habe ich die Pfade geschlossen.«

Maedhlyn spürte ein Zögern in Pendarrics Worten und hakte nach: »Aber doch nicht alle?«

Im Gesicht des Königs flackerte es zornig. »Nein. Du warst schon immer schnell von Begriff, Taliesan. Ich kann ihre Welt nicht schließen … noch nicht. Aber ich konnte auch nicht glauben, daß irgendein Unsterblicher töricht genug sein würde, meinen Fehler zu wiederholen.«

Culain beugte sich vor. »Darf ich etwas sagen, Herr?«

»Natürlich, Culain. Stehst du noch zu deiner Entscheidung, sterblich zu werden?«

»Ja. Wenn du von deinem Fehler sprichst, meinst du doch nicht den Blutstein?«

»Doch.«

»Und wer ist der Verräter?« fragte Culain, obwohl er die Antwort fürchtete.

»Goroien.«

»Warum sollte sie so etwas tun? Es ist unvorstellbar.«

Pendarric lächelte. »Erinnerst du dich an Gilgamesch, den Sterblichen, der die Sipstrassi-Unsterblichkeit nicht annehmen konnte? Wie es scheint, hatte er eine Blutkrankheit und diese an Goroien weitergegeben. Sie begann zu altern, Culain. Du mußt besser wissen als wir alle, was das für sie bedeutet hat. Jetzt zieht sie die Lebenskraft schwangerer Frauen in ihren Blutstein. Es wird nicht genügen, sie wird immer mehr Seelen brauchen, immer mehr. Zum Schluß wird das Blut eines Volkes sie nicht mehr zufriedenstellen, nicht das einer ganzen Welt. Sie ist zum Untergang verdammt und wird uns alle mit ins Verderben reißen.«

»Ich kann das nicht glauben«, sagte Culain. »Ja, sie ist rücksichtslos. Sind wir das nicht alle? Aber ich habe gesehen, wie sie einen kranken Faun nährte, wie sie bei Geburten half.«

»Aber was du nicht gesehen hast, ist die Wirkung der Blutsteine. Sie fressen wie Krebsgeschwüre an der Seele. Ich weiß es, Culain. Du warst noch zu jung, aber frag Maedhlyn, wie Pendarric war, als der Blutstein in Atlantis herrschte. Ich riß meinen Feinden die Herzen heraus. Einmal habe ich 10 000 Rebellen pfählen lassen. Nur das Ende der Welt hat mich gerettet. Aber nichts wird Goroien retten.«

»Mein Enkel ist im Nebel verloren. Ich muß ihn finden.«

»Er ist in Goroiens Welt, und sie sucht ihn.«

»Dann laß mich dorthin gehen. Laß mich ihm helfen. Sie wird ihn hassen, weil er Alaidas Sohn ist – und du kennst Goroiens Gefühle für Alaida.«

»Leider, Culain, kenne ich noch mehr als das. Und Maedhlyn auch. Aber die Tore werden geschlossen bleiben – es sei denn, natürlich, du versprichst, Goroien zu vernichten.«

»Das kann ich nicht!«

»Sie ist nicht mehr die Frau, die du geliebt hast, es ist nichts als Böses in ihr geblieben.«

»Ich sagte nein. Du kennst mich kein bißchen, nicht wahr, Pendarric?«

Der König schwieg einen Augenblick. »Dich kennen? Natürlich kenne ich dich. Mehr noch, ich mag dich, Culain. Du hast Ehre. Wenn du es dir anders überlegen solltest, reise nach Skitis. Ein Tor bleibt. Aber du mußt sie töten.«

Gewitterwolken zogen durch Culains Augen, und sein Gesicht war weiß. »Du hast den Blutstein überlebt, Pendarric, obgleich viele dich gerne getötet hätten. Witwen und Waisen zu Tausenden hätten gerne dein Blut gesehen.«

Der König nickte zustimmend. »Aber ich war nicht krank, Culain. Goroien muß sterben. Nicht zur Strafe – obwohl manche sicher sagen, daß sie es verdient – sondern weil ihre Krankheit sie zerstört. Im Augenblick opfert sie zweihundertundachtzig Frauen pro Jahr aus zehn Völkern, die unter ihrer Herrschaft stehen. Vor zwei Jahren brauchte sie nur sieben Frauen. Nach meinen Berechnungen wird sie nächstes Jahr 1000 brauchen. Was sagt dir das?«

Culain schlug mit der Faust auf den Tisch. »Warum machst du dann nicht selbst Jagd auf sie? Du warst einmal ein Krieger. Oder Brigamartis?«

»Würde dich das glücklich machen, Culain? Dich zufriedenstellen? Nein, Goroien ist ein Teil von dir, und du allein kannst ihr nahekommen. Ihre Macht ist gewachsen. Wenn nur ich übrigbleibe, um sie zu vernichten, muß ich die Welt, auf der sie lebt, zerschmettern. Dann werden Tausende mit ihr sterben, denn ich werde die Meere ansteigen lassen. Es liegt bei dir, Culain. Und jetzt muß ich gehen.«

Das Fenster verschwand. Maedhlyn goß einen Becher Wein ein und reichte ihn Culain, doch der Nebelkrieger ignorierte ihn.

»Wieviel davon hast du gewußt?« fragte er Maedhlyn. Der Zauberer nippte an seinem Getränk, die grünen Augen gesenkt.

»Nicht soviel, wie du denkst. Und ich bitte dich, deinem eigenen Rat zu folgen und Ruhe zu bewahren.« Ihre Blicke trafen sich, und Maedhlyn schluckte, wohl wissend, daß sein Leben an einem seidenen Faden hing. »Ich wußte nichts von Goroiens Krankheit, nur daß sie wieder einmal die Göttin spielte. Das schwöre ich.«

»Aber da ist noch etwas, Zauberer – etwas, das Pendarric weiß. Also raus mit der Sprache!«

»Erst versprich mir, daß du mich nicht umbringst!«

»Ich bringe dich um, wenn du es mir nicht sagst!« tobte Culain und sprang auf.

»Setz dich!« fauchte Maedhlyn. Seine Angst wich dem Zorn. »Wozu soll es gut sein, mir zu drohen? Bin ich vielleicht dein Feind? Denk einmal zurück, Culain. Du und Goroien seid getrennte Wege gegangen. Du nahmst Shaleat zur Frau, und sie schenkte dir Alaida. Aber Shaleat starb, gebissen von einer giftigen Schlange. Du wußtest – und streite es nicht ab – daß Goroien sie getötet hat. Und wenn du es nicht wußtest, hast du es zumindest geahnt. Deswegen hast du auch zugelassen, daß Aurelius Alaida mit fort von den Feragh genommen hat. Du dachtest, daß sich Goroiens Haß verflüchtigen würde, wenn Alaida die Sterblichkeit wählte. Du hast ihr nicht einmal einen Stein gelassen.«

»Ich will nichts davon hören!« rief Culain. In seinen Augen stand Angst.

»Goroien tötete Alaida. Sie kam auf Aurelius' Burg zu ihr und gab ihr Gift. Das Kind nahm es auf, und es veränderte Alaidas Blut. Als sie das Kind zur Welt brachte, wollte die Blutung nicht aufhören.«

»Nein!« flüsterte Culain, aber jetzt war Maedhlyn in voller Fahrt.

»Was Thuro angeht, er hatte keinen Lebenswillen, und ich brauchte einen ganzen Stein, um ihn zu retten. Aber Goroien war in diesen frühen Jahren immer nahe, und ich konnte nicht zulassen, daß Thuro kräftig wurde. Ich sorgte dafür, daß er schwach auf der Brust blieb. Ich beraubte ihn seiner Kraft. Goroien sah, wie der König litt und ließ den Jungen leben. Sie war immer eine rachsüchtige Hexe, nur warst du zu blind, um das zu sehen. Schließlich entschied sie, die Zeit sei gekommen, um ihre Rache zu vollenden. Sie war es, die zu Eldared ging und ihn mit Träumen von Ruhm erfüllte. Nicht um den König zu töten, sondern Alaidas Kind – deinen Enkel.

Du hast mich für Alaidas Tod verantwortlich gemacht. Ich habe nichts gesagt. Aber als ich sie an diesem schicksalhaften Vormittag allein ließ, war ihr Puls kräftig, ihr Körper gesund, ihr Geist glücklich. Sie hatte zu dem Zeitpunkt die Krankheit der Könige nicht, Culain.«

Der Nebelkrieger nahm seinen Becher und trank. Er spürte, wie der Wein ihn von innen wärmte. »Hast du jemals einen Menschen geliebt, Maedhlyn?«

»Nein«, antwortete der Zauberer. Während er das sagte, merkte er, wie sehr er dies bedauerte.

»Du hast recht. Ich wußte, daß sie Shaleat getötet hatte, doch ich konnte sie dafür nicht hassen. Deswegen habe ich die Sterblichkeit gewählt.« Culain lachte humorlos. »Was für eine schwache Antwort für einen Krieger. Ich würde sterben, um Goroien zu bestrafen.«

»Es ist schon Ironie, Culain. Du wirst sterben, obgleich du nicht mußt, und sie muß sterben, obwohl sie nicht will. Was willst du tun?«

»Welche Wahl habe ich? Mein Enkel irrt durch ihre Welt, zusammen mit einem anderen Menschen, der mir viel bedeutet. Um sie zu retten, muß ich die Frau töten, die ich seit zweitausend Jahren liebe.«

»Ich komme mit dir zur Insel Skitis.«

»Nein, Maedhlyn. Bleib hier und hilf diesem Römer, Aquila. Halte das Land für Thuro.«

»Wir können es nicht halten. Ich dachte schon daran, meine Reisen wieder aufzunehmen.«

»Was bleibt dir denn noch?« fragte Culain. »Du hast die Glorie von Assyrien, Griechenland und Rom genossen. Wohin willst du gehen?«

»Es gibt noch andere Welten, Culain.«

»Warte noch ein bißchen. Wir beide haben viel in diese unbedeutende Insel investiert. Es wäre mir lieber, sie würde nicht an Eldared fallen – oder an den Barbaren Hengist.«

Maedhlyn lächelte wehmütig. »Wie du schon sagst, wir haben viel investiert. Ich bleibe noch eine Weile.

Aber ich habe das Gefühl, wir versuchen das Meer mit einem Eisblock aufzuhalten … und der Sommer steht vor der Tür.«

12. KAPITEL

Prasamaccus saß mit Korrin Rogeur hinter einem Gebüsch in den östlichen Ausläufern von Mareen-sa und beobachtete eine Herde von Rotwild mit flachem Geweih, die etwa dreihundert Schritt entfernt äste.

»Wie nähern wir uns ihnen?« fragte Korrin.

»Gar nicht. Wir warten, daß sie sich uns nähern.«

»Und wenn sie das nicht tun?«

»Dann gehen wir hungrig nach Hause. Jagen ist eine Frage der Geduld. Die Fährten zeigen, daß das Wild diesem Pfad zur Tränke folgt. Wir sitzen hier und lassen die Stunden vorüberziehen. Dein Freund Hogun beschloß, die Zeit zu verschlafen, was völlig in Ordnung ist – solange jemand Wache hält.«

»Du bist die Ruhe selbst, Prasamaccus. Ich beneide dich.«

»Ich bin ruhig, weil ich Haß nicht verstehe.«

»Hat dir nie jemand unrecht getan?«

»Doch natürlich. Als ich noch ein Wickelkind war, ist ein betrunkener Jäger über mich hinweggaloppiert. Mein ganzes Leben lang leide ich seitdem Qualen – die Schmerzen eines verdrehten Gliedes, den Kummer, allein zu sein. Haß hätte mich nicht am Leben erhalten.«

Der dunkle Jäger lächelte. »Ich kann nicht wie du sein, aber mit dir zusammenzusein beruhigt mich. Warum bist du hier in Pinrae?«

»Soweit ich weiß, suchen wir ein Schwert. Oder besser gesagt, Thuro sucht ein Schwert. Er ist der Sohn eines Königs – eines großen Königs, nach allem, was ich weiß – der vor ein paar Monaten ermordet wurde.«

»Aus welchem Land hinter dem Wasser kommt ihr?«

Prasamaccus lehnte sich zurück und streckte sein Bein aus. »Es ist ein Land der Magie und des Nebels. Die Römer nennen es Britannien, aber in Wahrheit sind es viele Länder. Ich gehöre zum Stamm der Briganten, den wahrscheinlich besten Jägern der Welt – und den mit Sicherheit wildesten Kriegern.«

Korrin grinste breit. »Wild? Dann sind sie nicht alle so wie du?«

Ehe Prasamaccus antworten konnte, hetzte die Herde in wilder Jagd nach Westen. Der Brigant erhob sich. »Rasch«, sagte er, »folge mir!« Er humpelte zu einer alten Eiche, Korrin folgte ihm.

»Was machst du da?«

»Hilf mir hinauf.« Korrin verschränkte die Hände und hob den Briganten hoch genug, daß er einen überhängenden Ast packen und sich darüber werfen konnte.

»Schnell. Jetzt du!« drängte Prasamaccus. Der Brigant rutschte beiseite und spannte Vamera, dann legte er einen langen Pfeil auf die Sehne. Ein entsetzliches Gebrüll hallte durch den Wald, und Korrin machte einen Satz, packte den Ast und zog sich gerade hoch, als die erste Vore auf die Lichtung stürmte. Prasamaccus' Pfeil drang ihr in die Kehle, aber sie rannte unbehindert weiter.

Ein zweiter Pfeil prallte vom Schädel der Raubkatze ab, als sie zu den Jägern emporspringen wollte. Ihre Pranken umklammerten den Ast, doch Korrin trat aus und traf mit seinem Stiefel das aufgerissene Maul. Das Wesen stürzte ab. Zwei andere kamen herbei und umrundeten den Baum. Prasamaccus saß ganz still, hielt einen dritten Pfeil schußbereit und starrte die großen Katzen an. Sie waren etwa zwei Meter lang, hatten große, flache Gesichter, ovale gelbe Augen und fingerlange Fänge. Das erste Tier setzte sich nieder und versuchte, den Pfeil aus seiner Kehle zu ziehen. Dabei zerbrach es ihn mit der Pfote. Dann umrundete es ebenfalls den Baum. Die Rücken der Voren waren muskelbepackt, und der Brigant konnte keinen einfachen Weg entdecken, sie zu töten.

»Schieß doch!« drängte Korrin. Beim Klang seiner Stimme begannen die Wesen zu brüllen und nach dem Ast zu springen, keins konnte jedoch Halt finden. Prasamaccus legte einen Finger an die Lippen und sagte lautlos ein einziges Wort.

»Geduld!«

Er zog seinen Köcher nach vorn und begann, seine Pfeile zu untersuchen. Einige hatten einen einzelnen Widerhaken, andere einen doppelten. Einige hatten glatte Spitzen, so daß man sie leicht herausziehen konnte, einige waren leicht, andere schwer. Endlich wählte er einen Pfeil mit besonders schwerer Spitze und doppeltem Widerhaken. Er legte ihn auf. Der Brigant hatte den Eindruck, daß die einzige Schwachstelle, die die Voren hatten, hinter dem Vorderbein unter den Rippen lag. Wenn er im richtigen Winkel anlegen konnte ...

Er wartete ein paar Minuten, spannte gelegentlich den Bogen, zögerte jedoch. Korrin, der ihm zusah, wurde immer angespannter – aber er hielt den Mund. Eine der Voren wandte sich von dem Baum ab, so daß sie ihnen den Rücken zukehrte. Prasamaccus pfiff leise. Das Tier blieb stehen und drehte sich um. In diesem Augenblick schoß der Pfeil durch die Luft, drang der Vore in den Rücken und durch bis ins Herz. Sie sank lautlos zu Boden.

Der Brigant wählte einen neuen Pfeil und wartete. Die zweite Vore näherte sich dem toten Tier und begann es mit der Schnauze anzustoßen, damit es wieder aufstand. Der nächste Pfeil sirrte durch die Luft, und die Vore warf sich hoch und fiel auf den Rücken, die Hinterbeine zuckten. Dann lag sie still. Das dritte Tier war verwirrt, näherte sich seinen Kameraden und zog sich zurück, als es das Blut roch. Es brüllte seinen Zorn zum Himmel.

Ein einziger Hornstoß hallte durch den Wald, und die Vore wandte sich dem Klang zu, dann trottete sie rasch davon. Die beiden Männer blieben noch ein paar Minuten auf dem Baum, dann begann Korrin hinabzuklettern.

»Wohin willst du?«

»Das Untier ist weg.«

»Weiter im Westen sind vielleicht noch mehr. Laß uns noch ein Weilchen warten.«

»Ein guter Rat, mein Freund. Woher wußtest du, daß die Voren los waren?«

»Die Hirsche sind nicht bloß davongelaufen, sie sind in Panik geflüchtet. Die Witterung eines Menschen allein würde das nicht bewirken, auch kein Wolf. Da wir den Wind seitlich und im Rücken hatten, schloß ich, daß die Biester ziemlich nah sein mußten.«

»Gut, wenn man so einen klugen Mann wie dich dabeihat, Prasamaccus. Vielleicht hat sich unser Glück gewendet.«

Wie um seine Worte zu unterstreichen, rannte eine Vore über die Lichtung, ohne sie zu beachten, und setzte mit einem mächtigen Sprung über die Kadaver hinweg in Richtung auf das Hornsignal.

»Glaubst du, es ist jetzt sicher?« fragte Korrin.

»Noch ein paar Minuten.« Prasamaccus fühlte Trauer in sich aufsteigen. Noch hatte Korrin nicht über die volle Bedeutung des Angriffs nachgedacht, und der Brigant zögerte, seine Befürchtungen auszusprechen.

Wenn vier Voren losgelassen worden waren, warum nicht alle? Und wenn das der Fall war, was war mit der Bruderschaft in den Höhlen geschehen? »Ich glaube, jetzt ist es sicher«, sagte er schließlich.

Korrin sprang zu Boden und wartete, um dem langsameren Prasamaccus zu helfen.

»Ich schulde dir mein Leben. Das werde ich nicht vergessen.«

Er begann zurück zum Lager zu wandern, aber Prasamaccus legte ihm eine schlanke Hand auf die Schulter. »Einen Augenblick, Korrin.« Der größere Mann drehte sich um, und er erbleichte, als er die Besorgnis in Prasamaccus' Augen sah. Dann traf ihn die Erkenntnis.

»Nein!« schrie er, riß sich von dem Briganten los und rannte davon durch den Wald. Prasamaccus legte einen Pfeil auf und folgte in seinem eigenen langsameren Tempo. Er beeilte sich nicht, da er nicht das Bedürfnis hatte, zu früh anzukommen. Als die Höhlen schließlich in Sicht kamen, wurden seine schlimmsten Befürchtungen bestätigt. Über die ganze Lichtung lagen die Toten verstreut, und vor ihm auf dem Weg lag ein blutiges Bein im Gras. Es war ein Bild wie aus dem Schlachthaus. Im Höhleneingang kniete Korrin neben dem riesigen Körper seines Bruders. Prasamaccus ging zu ihm. Der Tiermensch lag neben den Kadavern von drei Voren, und seine Pranken waren rot von ihrem Blut. Hinter Korrin kauerten in der Dunkelheit drei Kinder und Laitha. Ein Teil seiner Last fiel von ihm ab, als er sah, daß sie in Sicherheit war. Korrin weinte offen und hielt eine blutbespritzte Pranke im Schoß. Der Tiermensch schlug die Augen auf.

Prasamaccus berührte Korrin an der Schulter. »Er lebt«, flüsterte er.

»Korrin?«

»Ich bin hier.«

»Ich habe sie aufgehalten, Korrin. Die Hexenkönigin hat mir schließlich doch etwas Gutes getan. Sie gab mir die Kraft, ihre eigenen Raubkatzen aufzuhalten.« Er holte tief und rasselnd Luft, und Prasamaccus sah, wie sein Lebensblut weiter aus den schrecklichen Wunden rann.

»Vier der Sieben sind sicher in den Höhlen. Einige der Männer sind in den Wald gerannt, ich weiß nicht, ob sie noch am Leben sind. Bring sie fort von hier, Korrin.«

»Das werde ich, mein Bruder. Ruh dich aus. Finde Frieden.« Der Körper schimmerte auf wie in einer Hitzewelle, dann schrumpfte er zu dem eines normalen Mannes, schlank und feinknochig, das Gesicht sanft und freundlich. »Oh, ihr Götter«, flüsterte Korrin.

»Wie rührend«, sagte eine weibliche Stimme, und Prasamaccus und Korrin drehten sich um. Auf einem Stein saß eine goldhaarige Frau in einem Kleid aus gesponnenem Silber, das eine elfenbeinweiße Schulter freiließ.

Korrin sprang auf und zog sein Schwert. Er lief auf die Frau zu, die lässig mit der Hand wedelte, als wollte sie eine Fliege verscheuchen. Korrin flog drei Meter durch die Luft und landete krachend an einem großen Stein.

»Ich sagte doch, ich würde ihn sterben sehen … und das habe ich. Bringt meine Frauen zum Lager im Norden. Vielleicht lasse ich den Rest von euch dann leben.«

Prasamaccus legte seinen Bogen nieder, als er ihre Augen auf sich ruhen fühlte.

»Warum versuchst du nicht, mich zu töten?« fragte sie.

»Wozu, meine Dame? Du bist ja nicht hier.«

»Wie gescheit von dir.«

»Man braucht nicht besonders gescheit zu sein, um zu sehen, daß du keinen Schatten wirfst.«

»Du zeigst keinen Respekt«, tadelte sie. »Komm zu mir.« Ihre Hand deutete auf ihn, und Prasamaccus fühlte einen Sog in der Brust, der ihn auf die Füße riß. Er stolperte auf seinem schlimmen Bein und hörte ihr leise singendes, spöttisches Lachen. »Ein Krüppel? Wie reizvoll! Ich wollte ein Spiel mit dir spielen, kleiner Mann – wollte dich leiden lassen wie Pallin. Aber ich sehe, daß das nicht nötig ist. Das Schicksal hat dich vielleicht noch unsanfter behandelt, als ich es könnte. Trotzdem solltest du ein paar zusätzliche Schmerzen für deine frechen Blicke ertragen.« Ihre Augen schimmerten.

Prasamaccus hielt immer noch den Pfeil, den er vorher aufgelegt hatte, und als sie ihre Hand hob, hielt er die Pfeilspitze vor sich nach oben. Ein Blitz aus weißem Licht schoß aus ihren Fingern, berührte den Pfeil, prallte zurück und traf sie in die Brust. Sie schrie und sprang auf … und in diesem Augenblick sah Prasamaccus, daß das goldene Haar an den Schläfen silbern wurde. Ihre Hand schoß an ihr alterndes Gesicht, und Panik vertrieb das boshafte Lächeln. Sie verschwand augenblicklich.

Korrin stolperte zu dem Briganten. »Was hast du gemacht?«

Prasamaccus betrachtete den Pfeil, der Schaft war schwarz und nutzlos, die Spitze ein deformierter Metallklumpen. Er warf sie beiseite. »Wir müssen die Frauen hier fortschaffen, ehe die Soldaten kommen, und sie kommen gewiß. Gibt es noch ein anderes Versteck im Wald?«

»Wo könnten wir uns vor ihr verbergen?«

»Immer eins nach dem anderen, Korrin. Gibt es einen solchen Ort?«

»Möglicherweise.«

»Dann laß uns zusammensuchen, was wir brauchen können, und dann los.« Während er sprach, kamen fünf Männer zwischen den Bäumen hervor. Prasamaccus erkannte den großen Hogun und den ungeschlachten Rhiall.

»Aha«, sagte der Brigant, »die Bruderschaft lebt also doch noch.«

Laitha trat aus der Höhle, ging zum Leichnam eines toten Kriegers und schnallte seinen Schwertgürtel ab. Sie legte ihn um ihre schmalen Hüften, zog die Klinge und wog sie in der Hand. Der Griff war lang und dicht mit dunklem Leder umwickelt, und sie konnte ihn beidhändig packen, um zuzustoßen oder die Waffe zu schwingen. Trotzdem war die Klinge nicht so lang oder so schwer, daß sie sie nicht mit einer Hand benutzen konnte. Sie fand einen geeigneten Wetzstein und begann die Schneide zu schärfen. Prasamaccus setzte sich zu ihr.

»Es tut mir leid, daß ihr solche Qualen erleiden mußtet.«

»Ich habe nicht gelitten. Pallin hat mir die Voren vom Leib gehalten. Aber die Schreie der Sterbenden ...«

»Ich weiß.«

»Diese Frau strahlte Böses aus – und dabei war sie so schön.«

»Daran ist nichts Geheimnisvolles, Laitha. Pallin etwa war ein guter Mann, aber sein Anblick konnte dir schlaflose Nächte bringen. Das Gute ist nicht immer schön.«

»Ich gebe es nicht gerne zu, aber sie hat mir Angst eingejagt. Bis ins Mark. Ehe wir Culain verließen, sah ich einen Seelenräuber aus der Leere. Sein Gesicht war grau wie der Tod, doch er hat mir weniger Angst eingeflößt als die Hexenkönigin. Wie konntest du nur so zu ihr sprechen?«

»Ich kann dir nicht folgen.«

»In deiner Stimme lag überhaupt keine Angst.«

»Die Angst war in meinem Herzen, aber ich sah lediglich eine böse Frau. Alles, was sie tun konnte, war mich zu töten. Ist das so schrecklich? In 50 Jahren wird sich niemand mehr an meinen Namen erinnern. Ich werde lediglich der Staub der Geschichte sein. Wenn ich Glück habe, werde ich alt und klapprig. Wenn nicht, sterbe ich jung. Wie auch immer, sterben muß ich in jedem Fall.«

»Ich will niemals sterben – oder alt werden. Ich möchte ewig leben«, sagte Laitha. »Genau wie Culain die Chance dazu hatte. Ich möchte die Welt in hundert Jahren sehen oder tausend. Ich möchte, daß die Sonne nie scheint, ohne auch auf mich zu scheinen.«

»Ich kann verstehen, daß das ... nett sein könnte«, meinte der Brigant, »aber ich für mein Teil möchte lieber nicht unsterblich sein. Wenn du fertig bist, sollten wir uns auf den Weg machen.«

Laitha sah ihm tief in die traurigen blauen Augen, da sie seine melancholische Stimmung nicht verstand. Sie lächelte, erhob sich geschmeidig und zog ihn hoch. »Deine Frau kann sich glücklich schätzen.«

»Inwiefern?«

»Sie hat einen sanften Mann gefunden, der trotzdem nicht schwach ist. Und ja, ich bin fertig.«

Die kleine Gruppe, zu der noch vier weitere Überlebende stießen, umfaßte neunzehn Menschen. Sie zogen hoch in die Berge ins Herz von Mareen-sa. Es handelte sich um insgesamt vier schwangere Frauen, drei Kinder und, Laitha mitgerechnet, zwölf Krieger.

Aufgrund der fortgeschrittenen Schwangerschaft

einer der Frauen ging es nur langsam vorwärts, und es dämmerte bereits, als Korrin sie einen langgezogenen Hügel zu einem Steinkreis hinaufführte, der etwa zehn Meter in die Höhe ragte. Der Kreis hatte einen Durchmesser von fast hundert Metern, und um den zweieinhalb Meter hohen Altar waren einige – jetzt verlassene – Gebäude errichtet worden. Korrin stieß eine verrottete Tür auf und trat in das größte Haus. Prasamaccus folgte ihm. Innen bestand es aus einem einzigen, großen, fast zweihundert Meter langen Raum. Uralter Staub bedeckte die Tische und Bänke, die im rechten Winkel zu den Wänden standen.

Korrin ging zu der großen Feuerstelle, in der ordentlich Scheite für ein Feuer aufgestapelt waren. Ein riesiges Spinnennetz zog sich von den Scheiten zum Schornstein. Korrin beachtete es nicht weiter und machte Feuer. Die Flammen leckten hungrig an dem trockenen Holz, und die Halle wurde in warmes rotes Licht getaucht.

»Wo sind wir hier?« fragte Prasamaccus.

»Hier lebte einst die Adlersekte – siebzig Männer, die versuchten, mit den Geistern in Verbindung zu treten.«

»Was geschah mit ihnen?«

»Astarte ließ sie töten. Jetzt kommt niemand mehr her.«

»Das kann ich auch niemandem zum Vorwurf machen«, sagte der Brigant und lauschte auf den Wind, der über die Bergspitze heulte. Eine der Frauen begann zu stöhnen und sank zu Boden. Es war Erulda.

»Das Kind kommt«, sagte Hogun. »Wir überlassen sie am besten den Frauen.« Korrin führte die Männer nach draußen zu einem kleineren Haus, in dem ein Dutzend vergammelte Pritschen die Wände säumte. An einer Wand hatten Ratten ihr Nest gebaut, und der

Raum stank nach Ungeziefer. Auch hier war ein Feuer vorbereitet, und Korrin entzündete es.

Prasamaccus probierte einige der Betten, dann legte er sich zaghaft nieder. Niemand sprach, und der Brigant dachte an Thuro und ob die Voren ihn getötet hatten. Er erwachte eine Stunde vor Sonnenaufgang, halb überzeugt, daß er den Klang von Trommeln und marschierenden Füßen gehört hatte. Er reckte sich und richtete sich auf. Korrin und die anderen Männer schliefen noch immer um das verlöschende Feuer. Er schwang seine Beine von der Pritsche und stand auf. Als sein Gewicht sich auf sein verkrümmtes Bein legte, unterdrückte er ein Stöhnen. Er nahm Bogen und Köcher und trat hinaus in das erste Tageslicht. Die Tür des Hauptgebäudes ging auf, und Laitha kam in Sicht. Sie lächelte ihn zur Begrüßung an, dann rannte sie auf ihn zu. »Ich warte schon seit einer ganzen Stunde auf dich.«

»Hast du auch Trommeln gehört?«

»Nein. Welche Trommeln?«

»Ich muß geträumt haben. Komm, wir suchen Fleisch.« Beide zogen, mit Pfeil und Bogen bewaffnet, bergab.

An diesem Tag schoß Prasamaccus nicht einmal daneben. Er erlegte zwei Hirsche, und Laitha ein Dickhornschaf. Da sie nicht alles auf einmal tragen konnten, zerteilten sie die Tiere und hängten die Kadaver an drei hohe Äste.

Während Prasamaccus die saftige Hirschlende trug, blieb Laitha zurück und sammelte ein paar Pfund Pilze, die sie in ihrer Tunika trug. Bei ihrer Rückkehr wurden die beiden Jäger freudig begrüßt. Nach einem guten Frühstück schickte Korrin Hogun, Rhiall und einen Mann namens Logay aus, um nach den Soldaten Ausschau zu halten, während Prasamaccus ihnen erklärte, wo sie den Rest des Fleisches verborgen hatten. Irgendwie wirkten die entsetzlichen Ereignisse des Vortages weniger schrecklich angesichts des niedlichen Sohnes, den Erulda zur Welt gebracht hatte. Seine hungrigen Schreie wurden von den Frauen mit einem Lächeln begrüßt, und Prasamaccus bewunderte erneut die Fähigkeit des Menschen, mit dem Grauen fertig zu werden. Selbst Korrin wirkte weniger angespannt.

Am Fuße des Hügels, unweit von einer Lehmkuhle, floß ein Bach. Die drei anderen Frauen brachten den Tag damit zu, Krüge zu formen und sie in einem Ofen zu brennen, der in der Nähe des Bachs stand. Er machte nur wenig Rauch. Prasamaccus sah ihnen bei der Arbeit zu und dachte an Helga in Calcaria. Hatte der Krieg sie schon erreicht? Wie ging es ihr? Vermißte sie ihn ebenso wie er sie, oder hatte sie gar einen gesunden Mann mit zwei guten Beinen gefunden? Selbst dafür könnte er sie nicht tadeln. Sie hatte ihm ein überaus kostbares Geschenk gemacht, und wenn er an wohlwollende Götter geglaubt hätte, hätte er für sie um Glück gebetet.

Er blickte auf seine Lederbeinkleider hinunter. Sie waren schmutzig und zerrissen, und ein paar der Silberscheiben waren abgerissen. Seine feine wollene Tunika war dreckig, die goldenen Litzen an den Handgelenken ausgefranst. Er hinkte zum Bach, zog seine Tunika aus, tauchte sie in das kalte Wasser und wusch sie, indem er sie gegen einen Stein schlug. Einem Impuls nachgebend, streifte er die Hosen ab, setzte sich ins Wasser und spritzte es sich gegen seine blasse Brust. Die Frauen in der Nähe kicherten und winkten. Er verbeugte sich ernst und fuhr fort, sich zu waschen. Laitha schlenderte den Hügel hinunter, und eine der Frauen ging zu ihr und bot ihr etwas an, das Prasamaccus nicht erkennen konnte. Das Waldmädchen lächelte zum Dank, zog die Stiefel aus und watete zu Prasamaccus hinüber.

»Was wollte sie?«

»Sie hatte ein Geschenk für den Jäger«, antwortete Laitha und zeigte ihm ein kleines Fläschchen, das mit Wachs verschlossen war. »Es ist ein Reinigungsöl für die Haare.« Mit diesen Worten zog sie ihn nach hinten, so daß er untertauchte. Er kam prustend wieder hoch. Sie zerbrach das Wachssiegel und goß ihm die Hälfte des Inhalts über den Kopf. Dann steckte sie das Fläschchen in ihren Gürtel und begann sein Haar zu massieren, ein Gefühl, das dem von Victorinus' Sklaven hervorgerufenen fast gleichkam. Sie zerstörte es, indem sie ihn wieder untertauchte, als sie fertig war. Als er wieder hochkam, hörte er die arbeitenden Frauen kichern und die Männer, die oben auf dem Hügel saßen, schallend lachen.

Die gute Laune hielt an, bis Hogun und die anderen bei Einbruch der Dunkelheit zurückkehrten. Prasamaccus wußte sogleich, daß etwas nicht stimmte, denn sie hatten sich nicht mit dem Fleisch aufgehalten. Er hinkte zu Korrin, und der dunkle Jäger blickte zu ihm auf.

»Die Soldaten kommen«, sagte er schlicht.

In dem kleinen Amphitheater saßen keine Zuschauer, abgesehen von der Königin, die in der Mitte auf einem pelzbedeckten Diwan ruhte. Unter ihr in der Arena standen vier Krieger, die Schwerter zum Gruße erhoben. Sie beugte sich vor.

»Jeder von euch ist der beste Gladiator seines Landes. Keiner von euch wurde je besiegt, und jeder hat zahlreiche Gegner getötet. Heute habt ihr die Gelegenheit, euer eigenes Gewicht in Juwelen und Gold von Perdita mit nach Hause zu nehmen. Reizt euch das?« Während sie sprach, liebkoste ihre rechte Hand die Haut an ihrem Nacken und Hals. Sie genoß das seidenweiche Gefühl jungen Fleisches. Ihre blauen Augen musterten die Krieger: starke Männer, schlank, wolfsgleich, die Augen zuversichtlich, als sie einander anblickten, jeder in dem Gefühl, er wäre zum Sieger bestimmt. Goroien lächelte.

»Versucht nicht, euch gegenseitig einzuschätzen. Heute kämpft ihr als Mannschaft gegen den Streiter, den ich erwählt habe. Tötet ihn, und alle Belohnungen, die euch versprochen wurden, sind euer.«

»Wir alle sollen gegen einen einzelnen Mann kämpfen, Herrin?« fragte ein großer Krieger mit pechschwarzem Bart.

»Gegen einen einzigen«, flüsterte sie, die Stimme heiser vor Erregung. »Seht!«

Die Männer drehten sich um. Am anderen Ende der Arena stand eine hochgewachsene Gestalt. Ein schwarzer Helm verbarg ihr Gesicht. Die Schultern waren breit, die Hüften schmal und biegsam. Der Krieger trug ein kurzes Kettenhemd und ein Lendentuch. Bewaffnet war er mit Kurzschwert und Dolch.

»Seht«, sagte die Königin noch einmal. »Dort steht der Streiter der Königin, der größte Krieger aller Zeiten. Auch er wurde nie besiegt. Geht ihn an, einzeln oder alle zusammen.«

Die vier Männer sahen einander an. Die Reichtümer warteten, warum also ein Risiko eingehen? Sie marschierten im Halbkreis auf den großen, behelmten Krieger zu. Während sie sich ihm näherten, bewegte er sich mit atemberaubender Schnelligkeit, als ob er durch sie hindurchtanzte. Doch hinter ihm sanken zwei Männer mit Bauchwunden zu Boden. Die anderen umkreisten ihn wachsam. Er sprang nach vorn, rollte sich über die Schulter ab, und sein Dolch durchschnitt die Luft, um in Schwarzbarts Kehle zu landen. Er nutzte seinen Schwung aus, landete neben dem letzten, wehrte dessen Stoß ab und öffnete seinem Feind mit einer blitzschnellen Riposte die Kehle. Dann trat er vor und verbeugte sich vor der Königin.

»Immer der beste«, sagte sie. Ihre Wangen waren gerötet. Sie streckte die Hand aus, und er schwebte durch die Luft, bis er vor ihr stand. Sie stand auf und ließ ihre Hände über seine Schultern und die schweißglänzenden Seiten gleiten.

»Liebst du mich?« flüsterte sie.

»Ich liebe dich. Ich habe dich immer geliebt.« Seine Stimme klang leise und fern.

»Du haßt mich nicht dafür, daß ich dich zurückgeholt habe?«

»Nicht, wenn du tust, was du mir versprochen hast, Goroien.« Er legte seinen Arm um sie und zog sie an sich. »Dann werde ich dich lieben, bis die Sterne erlöschen.«

»Warum mußt du an ihn denken?«

»Ich muß der König des Kampfes sein. Ich habe nichts anderes. Hatte es nie. Jetzt bin ich schneller – und tödlicher. Und er verfolgt mich noch immer. Ich werde erst sein, was ich begehre, wenn ich ihn getötet habe.«

»Aber er ist kein Gegner mehr für dich. Er hat die Sterblichkeit gewählt und wird älter. Er ist nicht mehr, was er einmal war.«

»Er muß sterben, Goroien. Du hast ihn mir versprochen.«

»Wozu? Er hätte dich in seinen besten Zeiten nicht besiegen können. Was willst du beweisen, wenn du einen Mann mittleren Alters erschlägst?«

»Ich werde wissen, daß ich bin, was ich immer war: Ein Krieger.« Seine Hände fuhren über ihren Körper. »Ich werde wissen, daß ich noch immer ein Mann bin.«

»Das bist du, Liebster. Der größte Krieger, der je gelebt hat.«

»Dann bringst du ihn mir also?«

»Ja. Ich verspreche es.«

Langsam nahm er den Helm ab. Sie blickte ihm nicht in die Augen ... sie konnte es nicht. Seit dem Tag, an dem sie ihn aus dem Grab zurückgeholt hatte, erinnerten sie sie an ihre Niederlage.

Glasig wie im Tode verursachten die Augen Gilgameschs ihr Qualen.

Uther und Baldric kamen kurz nach Morgengrauen in den Wald von Mareen-sa, nach einer gefahrvollen Wanderung von den Etruskischen Bergen hinunter. Dreimal hatten sie sich vor Soldaten versteckt, und einmal waren sie von vier berittenen Kriegern verfolgt worden und nur entkommen, weil sie durch einen Bach gewatet und eine fast senkrechte Felswand hinaufgeklettert waren. Sie waren müde, aber Uther war aufgekratzt bei dem Gedanken, daß sie fast zu Hause waren. Er würde den Zauber von dem Tiermenschen Pallin nehmen und dann seine Suche nach dem Schwert seines Vaters fortsetzen.

Er war leicht beschämt, als er sich die Jubelszenen ausmalte, wenn Pallin geheilt wurde, die Hochrufe und Gückwünsche, und seine bescheidenen Reaktionen auf ihre Komplimente zu seinem Heldentum. Er stellte sich Laitha vor, sah die Bewunderung in ihren Augen, wie sie seine Männlichkeit akzeptierte. Er wurde fast schwindlig bei seiner Vorstellungskraft und zwang sich wieder, sich auf den schmalen Pfad zu konzentrieren, dem sie folgten. Dabei fiel sein Blick auf eine große Fährte neben dem Pfad. Er blieb stehen und untersuchte sie: Es war der Pfotenabdruck einer riesigen Katze.

Baldric, der vorausging, drehte sich um und sah, wie

der Prinz am Wegrand kniete. Er schlenderte zurück, erstarrte, als er den Abdruck sah und zog einen Pfeil aus dem Köcher.

»Die Voren sind los«, flüsterte er. Seine Augen suchten den Pfad ab.

Uther stand auf, seine grauen Augen wurden schmal vor Konzentration. In der Nähe war ein Bach, und der Prinz ging hin und begann, einen schmalen Kanal in das Ufer zu graben.

»Was machst du da?« fragte Baldric, doch Uther beachtete ihn nicht. Er weitete den Kanal zu einem Kreis aus und sah zu, wie das Wasser ihn langsam füllte. Als es ganz still war, legte er sich flach auf den Boden und starrte hinein. Den Sipstrassi-Stein hielt er über das Wasser und flüsterte die Worte der Macht, die Culain benutzt hatte. Die Oberfläche schimmerte, und er sah die Höhlen und die Toten. Zwei Füchse zerrten an dem Fleisch eines abgetrennten Beines. Er stand auf.

»Sie haben das Lager angegriffen. Viele sind tot, aber von Korrin, Prasamaccus und Laitha ist nichts zu sehen.«

»Glaubst du, man hat sie gefangengenommen?«

»Ich weiß es nicht, Baldric. Wo sonst könnten sie sein?«

Der Mann zuckte die Achseln. »Jetzt sind wir verloren.« Er setzte sich und vergrub das Gesicht in den Händen. Uther sah einen Schatten über die Erde huschen. Als er aufblickte, sah er einen riesigen Adler hoch oben seine Kreise ziehen. Der Prinz packte den Stein und konzentrierte sich auf den Vogel. Ihm wurde schwindlig, und sein Geist verschmolz mit dem Adler. Der Wald lag weit unter ihm, und er konnte sehen wie noch nie zuvor: ein Kaninchen im hohen Gras, ein Rehkitz verborgen im Unterholz. Und Soldaten, die auf einen hohen Berg zumarschierten, auf dem ein Kreis von zackigen schwarzen Steinen stand. Es waren etwa dreihundert Fußsoldaten, aber vor ihnen lief eine Reihe von Voren, die von vierzig dunkelgekleideten Waldbewohnern geführt wurden. Uther kehrte in seinen Körper zurück, stolperte und stürzte beinahe.

Er holte tief Luft, um zur Ruhe zu kommen, dann begann er zu laufen, ohne auf den zusammengesunkenen Baldric zu achten. Er hastete den schmalen Pfad entlang, bis er in ein schlammiges Tal schlitterte und rutschte.

Ein großer Hirsch stellte sich ihm in den Weg. Er hob den Stein, und das Tier erstarrte. Rasch kletterte Uther auf seinen Rücken. Der Hirsch machte kehrt und rannte zum Berg. Mehrmals verlor Uther fast den Halt, aber seine Bein schlossen sich fest um den Rumpf des Tieres. Es hetzte aus dem Wald und den Hügel hinauf, dann scherte es seitlich aus und stand vor den Voren. Dahinter hatte Uther Prasamaccus, Laitha und ein paar andere gesehen, die schußbereit warteten. Vor ihm kamen die Soldaten in Sicht, Männer mit dunklen Augen, in Helmen aus Bronze und wehenden schwarzen Umhängen.

Der Hirsch stand stocksteif.

»Zurück mit euch, oder ihr seid des Todes!« rief Uther. Nach dem ersten Schreck, einen blonden Jüngling zu sehen, der auf einem wilden Hirsch ritt, herrschte Schweigen unter den Soldaten. Jetzt wurden seine Worte mit Gelächter begrüßt. Ein Befehl wurde gegeben, und die dunkelgekleideten Waldbewohner lösten die Ketten der vierzig Voren. Sie sprangen mit langen Sätzen los, ihr Gebrüll schlug wie Donner über Uther zusammen. Er hob den Stein, seine grauen Augen waren kalt wie Polareis.

Die Voren hielten in ihrem Angriff inne, machten kehrt und warfen sich in die Reihen der Soldaten. Ihre

Krallen zerfetzten Fleisch, ihre Zähne gruben sich in Schädel und Knochen. Pferde stiegen und wieherten vor Entsetzen, als die gewaltigen Wesen über die überraschten Männer herfielen. Binnen Sekunden wurde aus dem Gemetzel eine Massenpanik, und die Soldaten flohen in alle Richtungen, während die Voren ihr mörderisches Werk fortsetzten. Uther wendete den Hirsch und ritt langsam bergauf. Oben glitt er vom Rücken des Tiers und tätschelte seinen Hals. Es sprang davon.

Aus dem Wald kamen die schrecklichen Schreie der Sterbenden. Korrin kam auf Uther zu.

»Bist du ein Gott?«

Uther blickte auf den Stein hinunter. Kein Gold mehr mit schwarzen Adern, sondern schwarz mit goldenen Adern. Es war nur noch wenig Magie übrig.

»Nein, Korrin, ich bin kein Gott. Ich bin nur ein Mann, der zu spät kommt. Gestern hätte ich Pallin und die anderen retten können.«

»Es ist schön, dich zu sehen, Thuro«, sagte Prasamaccus.

»Nicht mehr Thuro, mein Freund. Das Kind ist tot. Der Mann lebt. Ich bin Uther Pendragon, Sohn des Aurelius. Und ich bin König, nach Recht und Bestimmung.«

Prasamaccus sagte nichts, doch er verbeugte sich tief. Die anderen Männer, noch immer erschüttert nach ihrer Rettung, taten es ihm nach. Uther nahm die Ehrenbezeugung ohne Kommentar entgegen und ging ein Stück, um sich auf einen Stein zu setzen, von dem er auf den Fluß hinuntersehen konnte. Prasamaccus kam zu ihm.

»Darf ich mich zu dir setzen, Herr?« fragte er ohne eine Spur von Sarkasmus.

»Halte mich nicht für arrogant, Prasamaccus. Das

bin ich nicht. Aber ich habe die Untoten getötet und bin auf den Schwingen eines Adlers geflogen. Ich habe den König des Waldes geritten und eine Armee vernichtet. Ich weiß, wer ich bin. Mehr noch, ich weiß, *was* ich bin.«

»Und was bist du, Prinz Uther?«

Uther drehte sich zu ihm und lächelte leise. »Ich bin ein junger Mann, kaum erwachsen, der klugen Rat von vertrauenswürdigen Freunden braucht. Aber ich bin auch der König von ganz Britannien, und ich werde Anspruch auf den Thron meines Vaters erheben. Keine Macht dieser oder einer anderen Welt wird mich davon abhalten.«

»Es heißt«, meinte Prasamaccus, »daß Blut dicker ist als Wasser. Ich habe manchmal auch das Umgekehrte erlebt – wie die Söhne tapferer Väter Feiglinge wurden. Aber in deinem Fall, Prinz Uther, glaube ich, daß es zutrifft. In deinen Adern fließt das Blut eines großen Königs, und du hast den Geist des Kriegers Culain. Ich glaube, ich werde dir folgen, wenn auch niemals blindlings. Und ich werde dir meinen Rat anbieten, wann immer du darum bittest. Muß ich vor dir knien?«

Uther lachte leise. »Mein erster Befehl an dich ist, niemals in meiner Gegenwart zu knien. Mein zweiter ist, mir immer zu sagen, wenn du das Gefühl hast, daß bei mir die Arroganz in meinem Wesen die Oberhand gewinnt. Ich habe viel gelernt, Prasamaccus, und ich weiß, daß Macht viele Gegenpole hat. Mein Vater hatte die Neigung zu glauben, daß er immer und allezeit recht hatte, einfach weil er der König war. Er hat einen Krieger, einen Freund, aus seinen Diensten entlassen, der an seiner Seite aufgewachsen war. Der Mann stimmte in einer strategischen Frage nicht mit meinem Vater überein, und mein Vater ließ ihn als illoyal brandmarken. Und trotzdem war Aurelius kein schlechter Mensch. Ich habe das Leben der Großen studiert, und alle wurden von ihrem Stolz geplagt. Du sollst mein Schutz vor solchen Auswüchsen sein.«

»Eine schwere Bürde«, sagte Prasamaccus, »aber eine Bürde für einen anderen Tag. Heute bist du kein König; du bist ein gejagter Mann im Wald einer fremden Welt. Aus deinem Verhalten bei deiner Ankunft schließe ich, daß du den Traumwandler gefunden hast?«

»Ja. Er ist tot, aber ich habe die Quelle seiner Magie gefunden.«

»Ist sie stark genug, um uns nach Hause zu bringen?«

»Das glaube ich nicht. Sie ist fast aufgebraucht.«

»Was hast du also vor?«

»Der Geist des Traumwandlers sprach zu mir und trug mir auf, die Geister nach Hause zu bringen. Baldric sagt, die Geister sind eine Armee der Toten. Ich werde versuchen, sie gegen die Königin zu erheben.«

Der Brigant schauderte. »Du willst die Toten erwecken?«

»Wenn ich das Plateau von Erin finden kann.«

Prasamaccus seufzte. »Nun, das sollte sich als nicht allzu mühsam erweisen. Du sitzt auf dem Plateau von Erin – und das ist genau die Art von Glück, die ich allmählich erwarte.«

»Ich habe kaum eine Wahl, Prasamaccus. Ich habe nicht die Absicht, hier zu sterben – nicht, wenn die Mörder meines Vaters mein Königreich zerreißen. Um das zu verhindern, würde ich den König der Dämonen höchstpersönlich rufen.«

Der Brigant nickte und stand auf. »Ich überlasse dich deinen Plänen«, sagte er bekümmert.

Zwei Stunden später saß Laitha unglücklich am Hang des Berges unter dem Licht der beiden Monde. Seit Thuros Rückkehr hatte er weder mit ihr gesprochen noch sie zur Kenntnis genommen. Zuerst war sie wütend genug gewesen, um das nicht zu beachten, aber als der Tag verging, war ihre Wut geschmolzen, und sie fühlte sich einsam und zurückgewiesen. Er war das einzige Verbindungsglied zur wunderbaren Welt ihrer Kindheit, das ihr geblieben war. Er hatte Culain gekannt und wußte um ihre Liebe zu ihm. Mit ihm hätte sie ihren Kummer teilen und, vielleicht, überwinden können. Jetzt hatte sie ihn verloren, ebenso wie sie Culain und die Kaledonischen Berge verloren hatte.

Und er hatte sie geschlagen! Vor all diesen Männern. Rückblickend mußte sie zugeben, daß sie streitsüchtig gewesen war, aber nur, um ihr Selbstvertrauen zu stärken. Ihr Leben mit Culain hatte sie etwas hochmütig gemacht, aber der Nebelkrieger war immer in der Nähe gewesen, wenn echte Angst sich in ihre Welt geschlichen hatte. Sie hatte gespürt, daß Thuro ein wahrer Freund war und hatte ihn in jenen ersten Wochen lieben gelernt, als sein sanftes Wesen sich gezeigt hatte. Seine Ungeschicklichkeit im Umgang mit Waffen hatte in ihr Beschützerinstinkte geweckt. Je mehr er unter Culains Anleitung gewachsen war, um so eifersüchtiger war sie auf die Zeit gewesen, die er mit ihrem Angebeteten verbrachte. All das war jetzt Unsinn.

Ein kalter Wind blies, und sie schlug die Arme um die Schultern und wünschte, sie hätte eine Decke mitgenommen, wollte aber nicht hineingehen, um sich eine zu holen. Sie fragte sich, ob der Schmerz über Culains Tod sie wohl je verlassen würde. Etwas Warmes legte sich um ihre Schultern, und als sie aufsah, sah sie Prasamaccus neben sich stehen. Er hatte ihr eine am Feuer vorgewärmte Decke mitgebracht. Sie wickelte sich hinein, dann brach sie in Tränen aus. Er setzte sich neben sie und zog sie an sich, ohne ein Wort zu sagen.

»Ich fühle mich so allein«, sagte sie schließlich.

»Du bist nicht allein«, flüsterte er. »Ich bin hier. Uther ist hier.«

»Er verachtet mich.«

»Das glaube ich nicht.«

»Uther!« zischte sie. »Für wen hält er sich eigentlich? Vielleicht jeden Tag ein neuer Name?«

»Ach, Laitha! Du begreifst es einfach nicht, oder? Der Knabe ist Vergangenheit. Du hast mir von dem schwächlichen Kind erzählt, das er war, als du ihn fandest, aber das ist er nicht mehr. Denk nur an seine Stärke, als er sich ganz allein gegen die Voren gestellt hat. Er konnte nicht sicher sein, daß er die Kraft oder die Macht hatte, sie zur Umkehr zu bewegen, aber er hat es trotzdem getan. Das war die Tat eines Mannes. Er sagt, die Magie sei fast verbraucht; viele Männer in dieser Situation würden jetzt fliehen. Aber nicht Uther. Andere Männer würden die verbleibende Magie nutzen, um das Schwert zu finden. Aber nicht Uther. Er versucht den Menschen zu helfen, die seine Freunde geworden sind. Beurteile ihn nicht nach deinen Erinnerungen von gestern.«

»Er spricht nicht mit mir.«

»Alle Wege führen in zwei Richtungen.«

»Er hat mir einmal gesagt, daß er mich liebt.«

»Dann liebt er dich immer noch, denn er ist nicht wankelmütig.«

»Ich kann nicht zu ihm gehen. Warum sollte ich? Warum sollte nur Männern die Tugend des Stolzes zugestanden werden?«

»Ich bin nicht so sicher, ob Stolz eine Tugend ist. Wie auch immer, ich bin hier als Freund. Und Freunde sind manchmal hilflos, wenn sie zwischen Verliebten stehen.«

»Wir sind keine Verliebten. Ich liebte Culain ...«

»Culain ist tot. Aber ob nun Liebende oder Freunde,

ich sehe wirklich keinen großen Unterschied. Ich muß dir doch nicht sagen, wie gefahrvoll unsere Lage ist. Niemand von uns kann erwarten, der Hexenkönigin lange zu widerstehen. Morgen kommt sie vielleicht schon mit tausend Mann zurück – zehntausend. Dann werden wir sterben, und dein Unglück wird noch unwichtiger sein. Geh zu Uther und entschuldige dich.«

»Das werde ich nicht tun. Es gibt nichts, wofür ich mich entschuldigen müßte.«

»Hör mir zu. Geh zu ihm und entschuldige dich. Dann wird er dir sagen, was du hören willst. Vertrau mir ... selbst wenn es bedeutet, daß du lügen mußt.«

»Und wenn er mir ins Gesicht lacht?«

»Du hast zu lange im Wald gelebt, Laitha, du verstehst die Welt nicht. Die Männer glauben gern, sie hätten die Kontrolle, aber das ist Unsinn. Die Frauen herrschen, wie sie es immer getan haben. Sie sagen einem Mann, er sei wie ein Gott. Der Mann glaubt ihnen und ist in ihrem Bann. Denn wenn sie es ihm nicht mehr sagen, wird er wieder zu einem gewöhnlichen Menschen. Geh zu ihm.«

Sie schüttelte den Kopf, stand aber auf. »Ich werde deinen Rat annehmen, mein Freund. Aber nenn mich in Zukunft Gian. Der Name ist etwas Besonderes für mich, denn in der Sprache der Feragh lautet er: Gian Avur, Kitz des Waldes.« Dann lächelte sie und wanderte zu dem Hauptgebäude hinüber. Sie öffnete die Tür und trat ein. Uther saß bei den anderen Männern, und sie lauschten gespannt seinen Worten. Er sah auf und erblickte sie. Sofort erstarb die Unterhaltung, als er geschmeidig aufstand und zu ihr ging und mit ihr hinaus in die Nacht trat. Prasamaccus war nirgends zu sehen.

»Du wolltest mit mir sprechen?« fragte er, das Kinn hochgereckt, der Ton hochmütig.

»Ich wollte dir gratulieren und ... und mich entschuldigen.«

Er entspannte sich, sein Miene wurde weich, dann zeigte er das verlegene Grinsen, an das sie sich von ihrer ersten Begegnung her erinnerte.

»Es gibt nichts, wofür du dich entschuldigen müßtest. Es war schwer für mich, ein Mann zu werden. Culain lehrte mich zu kämpfen und Maedhlyn zu denken. Beides zusammenzubringen blieb mir überlassen. Du aber hast viel gelitten, und ich war dir keine große Hilfe. Verzeihst du mir?« Er öffnete die Arme und sie flog in seine Umarmung.

Im Hintergrund, hinter den Felsen kauernd, seufzte Prasamaccus und hoffte, daß sie nicht zu lange in der Kälte stehenblieben. Sein Bein schmerzte, und er sehnte sich nach Schlaf.

Uther ging ins Haus zurück, holte seine Decken und ging mit Laitha ein Stück nach Westen, wo ein großer Stein umgefallen war und einen Windschutz bildete. Er sammelte Holz für ein kleines Feuer und breitete die Decken auf der Erde aus. All dies geschah schweigend, bei einer wachsenden Spannung in ihren Körpern, die ihren Blickkontakt nicht beeinträchtigte. Als das Feuer glühte, setzten sie sich zusammen, ohne den hinkenden Prasamaccus zu bemerken, der zu Bett ging.

Uther senkte den Kopf und küßte Laitha aufs Haar, dann zog er sie näher an sich. Sie hob ihm ihr Gesicht entgegen. Er roch den Moschusduft ihrer Haut und ließ seine Lippen über ihre Wangen gleiten. Seine Gedanken verschwammen, und ein traumartiges Gefühl überschwemmte ihn. Er, die Nacht und Laitha waren eins. Er konnte beinahe die wispernden Erinnerungen der riesigen Steine hören, die pulsierende Ferne der

Sterne spüren. Sie legte sich zurück, schlang die Arme um seine Schultern und zog ihn zu sich. Seine Hand glitt langsam über ihren Rücken, spürte ihren Körper unter der Tunika. Er war hin- und hergerissen von dem Drang, ihr die Kleider herunterzureißen und diesen höchsten aller Augenblicke aufzusparen. Er küßte sie und stöhnte. Sie machte sich behutsam von ihm los und zog Tunika und Hosen aus. Er sah zu, wie ihre Haut unter der Kleidung zum Vorschein kam, glänzend und glitzernd im Schein des Feuers. Er zog sich selbst aus, zögerte jedoch, sie an sich zu ziehen. Seine Augen waren wie gebannt von ihrer Schönheit. Seine Hände zitterten, als er nach ihr griff. Laithas Körper schmiegte sich an den seinen, und wo sie ihn berührte, schien er zu brennen. Sie wollte sich unter ihn schieben, doch er ließ es nicht zu. Ihre Augen wurden groß vor Überraschung, aber er lächelte sanft.

»Nicht hastig«, flüsterte er. »Niemals hastig!«

Sie verstand. Er neigte den Kopf, um sie wieder zu küssen, seine Hand glitt über ihre Haut, die zart und warm wie die Morgensonne war – berührte, streichelte, erforschte. Endlich hob er sich über sie. Sein Kopf dröhnte. Ihre Beine umschlangen seine Hüften, und er drang in sie ein. Gedanken und Gefühle rasten und wirbelten durch seinen Kopf, und er war erstaunt, inmitten der Freude auch Bedauern zu finden. Dies war der Augenblick, von dem er geträumt hatte, aber jetzt würde er niemals wiederkehren. Er öffnete die Augen, betrachtete ihr Gesicht, prägte sich verzweifelt jede einzelne kostbare Sekunde ein.

Sie schlug die Augen auf und lächelte. Sie nahm sein Gesicht in beide Hände, zog ihn an sich, küßte ihn mit erstaunlicher Zartheit. Leidenschaft verschlang sein Bedauern, und er überließ sich der Ekstase.

Für Laitha war das Gefühl anders. Auch sie hatte von

dem Tag geträumt, an dem sie dem Mann, den sie liebte, ihre Unschuld schenken würde. Und in gewisser Weise hatte sie das. Denn Uther war alles, was von Culain übrig war, und sie konnte in Uthers Gewitterwolken-Augen den Nebelkrieger sehen. Prasamaccus hatte recht gehabt. Der schwächliche Jugendliche im Wald war für immer verschwunden und war durch diesen kraftvollen, zuversichtlichen jungen Mann ersetzt worden. Sie wußte, sie würde ihn lieben lernen können, aber nie mit der wilden, wundervollen Leidenschaft, die sie für Culain empfunden hatte. Als sie an Culain dachte, vermischte ihr Geist ihre Erinnerungen mit dem langsamen, rhythmischen Kontakt im Zentrum ihres Seins, und sie spürte, es war der Lanzenlord, der sich so kraftvoll über ihr bewegte. Ihr Körper zuckte in einer kochenden See der Lust, die an Schmerz grenzte. Und in ihrer Ekstase wisperte sie seinen Namen.

Uther hörte es und erkannte, daß er sie in dem Moment verloren hatte, in dem er sie gewann.

Baldric kehrte früh am nächsten Morgen auf das Plateau von Erin zurück. Als die Voren sich gegen die Soldaten gewandt hatten, hatte der hagere Jäger geschwind einen Baum erklettert und dem Gemetzel zugesehen. Die Biester hatten Scharen von Männern und Pferden getötet und die Armee aus dem Wald vertrieben. Baldric war ihnen ein gutes Stück gefolgt und konnte berichten, daß Mareen-sa jetzt frei von dieser Bedrohung war. Korrin schickte Späher aus, um Ausschau zu halten, ob der Feind zurückkehrte. Er warf Uther einen um Zustimmung fragenden Blick zu. Uther nickte.

»Der Feind wird wiederkommen«, sagte der Prinz, »aber wir müssen dafür sorgen, daß die Zeit für uns arbeitet.« Uther rief Prasamaccus zu sich und schickte ihn und Hogun los, um für frisches Fleisch zu sorgen. Laitha ging mit ihnen, um Pilze, Kräuter und eßbare Wurzeln zu sammeln. Rhiall und Ceorl wurden nach Callia gesandt, um zu sehen, welche Wirkung die Nachricht von der Niederlage der Soldaten erzielte.

Schließlich rief Uther Korrin, und die zwei Männer wanderten zum Rand des Steinkreises, von wo man über den ausgedehnten Wald und die sanften Hügel von Mareen-sa blicken konnte.

»Erzähl mir von den Geistern«, bat Uther. Der andere zuckte die Achseln.

»Ich habe sie nur einmal gesehen – und das von weitem.«

»Dann erzähl mir die Legende.«

»Ist es klug, eine Armee von Toten zu erwecken?«

»Ist es klug, wenn neunzehn Menschen gegen eine Hexenkönigin rebellieren?« konterte Uther.

»Ich verstehe schon. Nun, die Legende sagt, daß die Geister die Soldaten eines uralten Königs waren, und als er starb, marschierten sie in die Unterwelt, um ihn zurückzuholen. Aber sie verirrten sich, und jetzt marschieren sie in alle Ewigkeit durch die Wildnis der Leere.«

»Wie viele sind es?«

»Ich habe keine Ahnung. Als ich sie sah, riskierte ich nur einen raschen Blick, und das war über die Schulter zurück, während ich davonrannte.«

»Wo hast du sie gesehen?«

»Hier«, antwortete Korrin, »auf Erin.«

»Warum haben wir sie dann nicht gesehen?«

»Das liegt an den Monden – aber das kannst du nicht wissen. In bestimmten Nächten des Jahres kann man das Licht von Apricus, dem großen Mond, nicht sehen. Dann scheint nur Sennicus. In diesen Nächten streifen die Geister umher, und der Steinkreis ist in Nebel gehüllt.«

»Wie lange dauert es noch, bis Sennicus wieder allein scheint?«

Korrin zuckte die Achseln. »Tut mir leid, Uther, das weiß ich nicht. Es geschieht etwa viermal im Jahr, manchmal sechsmal. Rhiall müßte es wissen. Sein Vater hat die Sterne studiert, und etwas muß er auch gelernt haben. Wenn er zurückkommt, werde ich ihn fragen.«

Uther verbrachte den Tag damit, den Wald in der näheren Umgebung zu erforschen. Er suchte nach Verstecken und Pfaden, auf denen die Rebellen sich bewegen konnten, wenn die Soldaten zurückkamen. Seine Enttäuschung wuchs während seiner Wanderung, denn alle Krieger, deren Leben von Plutarch erforscht worden war, hatten eins gemeinsam: Jeder einzelne hatte zu bestimmten Zeiten seines Lebens ganze Armeen befehligt. Mit zehn Waldbewohnern, einem verkrüppelten Jäger und einem Waldmädchen, das tüchtig im Bogenschießen war, konnte Uther nur wenig erreichen. Und selbst wenn er aus der Bevölkerung eine Truppe ausheben konnte, wie lange würde es dauern, sie auszubilden? Wieviel Zeit würde Astarte ihm gestatten?

Er teilte die Besorgnis von Prasamaccus und Korrin über den Einsatz einer Armee von Leichnamen. Doch eine Armee war eine Armee. Ohne sie waren sie verloren.

Hungrig und müde setzte er sich an einen Bach und ließ seine Gedanken zu dem Thema zurückschweifen, das er verdrängt hatte. Auf dem Höhepunkt seiner Leidenschaft hatte Laitha Culains Namen geflüstert, und das hatte seine Gefühle tief gespalten. Er hatte Culain verehrt und war jetzt eifersüchtig auf ihn – ebenso wie er Laitha liebte und jetzt zugleich wütend auf sie war. Sein Verstand sagte ihm, daß es nicht ihre Schuld war, daß sie Culain noch immer liebte, aber sein Herz und sein Stolz konnten sich mit dem zweiten Platz nicht zufriedengeben.

»Sei gegrüßt«, sagte eine Stimme, und Uther sprang auf die Füße, das Schwert in Händen. Eine junge Frau saß unweit von ihm, gekleidet in eine schlichte Tunika aus schimmerndem weißem Stoff. Ihr Haar war golden, ihre Augen blau.

»Tut mir leid«, sagte er. »Ihr habt mich erschreckt.«

»Das wiederum tut mir leid. Du wirkst so gedankenverloren.«

Sie war die schönste Frau, die Uther je gesehen hatte.

Sie stand auf, stellte sich neben ihn und berührte ihn am Arm. Als sie ihm in die Augen sah, bemerkte er einen seltsamen Ausdruck in ihren Augen.

»Stimmt etwas nicht, meine Dame?«

»Keineswegs«, antwortete sie rasch. »Bleib ein Weilchen bei mir sitzen.« Der Gesang der Waldvögel wurde fast zu einer Melodie sanfter Lyrenklänge. Die Sonne schien auf sie beide, und die Farben des Waldes schimmerten in einer ätherischen Schönheit. Er setzte sich.

»Du erinnerst mich an jemanden, den ich einst kannte«, sagte sie. Ihr Gesicht war dem seinen nah, der Duft ihres Atems war süß und erregend.

»Ich hoffe, es war jemand, den Ihr mochtet?«

»Allerdings. Du hast seine Augen, in den Farben des Nebels.«

»Wer seid Ihr?« fragte er mit gedämpfter Stimme.

»Vielleicht bin ich ein Traum. Oder eine Waldnymphe. Oder eine Liebende?« Ihre Lippen berührten sein Gesicht, und sie nahm seine Hand und preßte sie auf ihre Brust.

»Wer seid Ihr?« wiederholte er. »Sagt es mir.«

»Ich bin Athene.«

»Die griechische Göttin?«

Überrascht machte sie sich von ihm los. »Wie kommt es, daß du mich kennst? Diese Welt liegt fern von Griechenland.«

»Ich bin weit fort von zu Hause, meine Dame.«

»Stammst du aus dem Nebel?«

»Nein. Welcher Namen bedient Ihr Euch noch?«

»Du kennst die Feragh, wie ich sehe. Man nennt mich auch Goroien.«

Jetzt war es an Uther, der Überraschung zeigte. »Ihr seid Culains Herzensdame, er hat oft von Euch gesprochen.«

Sie rutschte ein klein wenig von ihm ab. »Und was hat er gesagt?«

»Er sagte, daß er Euch seit der Morgendämmerung

der Geschichte liebte. Ich hoffe, Ihr vergebt mir, wenn ich sage, daß ich ihn gut verstehen kann?«

Sie nahm das Kompliment mit einem leisen Lächeln zur Kenntnis. »Seine Liebe war nicht so groß, wie du vielleicht glaubst. Er hat mich verlassen und beschlossen, sterblich zu werden. Wie willst du das erklären?«

»Das kann ich nicht, meine Dame. Aber ich kannte Culain, und er dachte immer an Euch.«

»Du sagst, ›kannte‹ und ›dachte‹. Hast du keinen Kontakt mehr zu ihm?«

Uther leckte sich die Lippen, plötzlich nervös. »Er ist tot, meine Dame. Es tut mir leid.«

»Tot? Wie das?«

»Meine Feinde vernichteten ihn: Seelenräuber aus der Leere.«

»Du sahst ihn sterben?«

»Nein, aber ich sah ihn fallen – kurz bevor der Kreis uns nach Pinrae brachte.«

»Und wer bist du?« fragte sie. Sie lächelte betörend, ihre linke Hand ruhte auf seinem Rücken. Während sie sprach, wurden die Nägel der verborgenen Hand lang und silbern und verharrten über seinem Herzen.

»Ich bin Uther.« Die Krallen verschwanden.

»Den Namen kenne ich nicht«, sagte sie, erhob sich und ging zur Mitte der Lichtung.

»Wirst du uns helfen?« fragte er.

»Wobei?«

»Diese Welt wird von einer Hexenkönigin beherrscht, und ich will sie stürzen.«

Goroien lachte und schüttelte den Kopf. »Dummer Junge! Süßer, dummer Junge. Ich *bin* die Hexenkönigin. Dies ist meine Welt.«

Uther erhob sich. »Das kann ich nicht glauben!«

»Glaub es ruhig, Prinz Uther«, sagte Prasamaccus und trat aus dem Schatten der Bäume.

»Ach«, sagte Goroien, »der Krüppel mit den magischen Pfeilen.«

»Soll ich sie töten?« fragte der Brigant. Ein Pfeil zielte auf ihr Herz.

Goroien drehte sich mit hochgezogenen Augenbrauen zu Uther um.

»Nein!«

»Eine kluge Entscheidung, mein Süßer, denn jetzt lasse ich euch beide am Leben … noch ein Weilchen. Sag mir, seit wann trägst du den Namen Uther?«

»Noch nicht lange, meine Dame.«

»Das dachte ich mir. Du bist der Knabe Thuro, der Sohn Alaidas. Wisse dies, Uther. Ich tötete deine Mutter, ich plante den Tod deines Vaters, und ich schickte die Seelenräuber in die Kaledonischen Berge.«

»Warum?«

»Weil es mir beliebte.« Sie wandte sich an Prasamaccus. »Schieß schon, du Narr!«

»Nein!« rief Uther, aber der Brigant hatte den Pfeil bereits abgeschossen. Er funkelte im Sonnenschein und wurde von einer schlanken Hand aufgefangen und zerbrochen.

»Du hast mir süße Worte gesagt, Uther. Ich werde dich heute nicht töten. Verlaß diesen Ort, versteck dich in der Welt Pinraes. Ich werde dich nicht suchen. Aber in vier Tagen werde ich eine Armee in diesen Wald schicken mit dem Befehl, jeden zu töten, den sie finden. Dann solltest du nicht hier sein.« Sie hob die Hand in einer schneidenden Bewegung, und die Luft neben ihr teilte sich wie ein Vorhang. Dahinter, in einem Raum, der mit Schilden, Schwertern und Kriegswaffen geschmückt war, sah Uther einen großen Mann mit einem dunklen Helm. Und dann waren sie beide fort.

»Sie kam, um dich zu töten«, sagte Prasamaccus.

»Aber sie tat es nicht.«

»Sie ist launenhaft. Laß uns Laitha holen und hier verschwinden.«

»Ich muß auf den einen Mond warten.«

»Du hast mich gebeten, dir ein kluger Ratgeber zu sein ...«

»Jetzt ist nicht die Zeit für Weisheit«, fauchte Uther. »Jetzt ist die Zeit für Mut.«

Unter einem hellen Mond kletterte eine einsame Gestalt an der äußeren Mauer von Burg Deicester hoch. Starke Finger fanden selbst die kleinsten Spalten und Vorsprünge. Culain bewegte sich langsam und mit großer Vorsicht. Er hatte sein Pferd und seine Lanze drei Kilometer entfernt im Wald versteckt, und seine einzige Waffe war ein langes Jagdmesser, das in einer Scheide am Gürtel steckte.

Bei Tageslicht wäre die Kletterei nicht schwierig gewesen, denn die Burg war über zweihundert Jahre alt, und die äußeren Mauern waren löcherig und narbig. Aber bei Nacht mußte er jeden Hand- und Fußhalt erst vorsichtig testen. Kurz nach Mitternacht erreichte er den Wehrgang. Er war nicht erstaunt, dort keine Wachposten zu finden. Wen sollte Eldared in den Kaledonischen Bergen auch schon fürchten? Welche Armee konnte so weit in seinen Herrschaftsbereich eindringen? Er schwang sich über die Mauer und kauerte sich in die Schatten unterhalb der Brüstung. Er trug dunkle Hosen aus gefärbter Wolle und ein enganliegendes Lederhemd, das so weich wie Stoff war. Er verharrte reglos und lauschte auf die Geräusche der Nacht. In der Kaserne rechts unterhalb von ihm war nur ein Dutzend Soldaten. Er hatte sie während des Tages von seinem Versteck aus gezählt, jetzt konnte er einige von ihnen beim Würfelspiel hören. Der Torwächter links von ihm schlief, die Füße auf einen Stuhl gelegt, eine Decke um die Schultern geschlungen. Culain ging lautlos zum Treppenschacht. Die Stufen waren aus Holz, und er hielt sich beim Hinabsteigen immer dicht an der Wand, möglichst weit von der Stufenmitte weg, wo die Bewegung und daher die Geräusche am lautesten sein würden. Schon früher hatte er die flackernden Lichter im höchsten, westlich gelegenen Fenster der Festung bemerkt, während der Rest der oberen Wohnräume dunkel und still dalag.

Er rannte quer über den Hof und blieb vor der Tür neben den Toren zur Inneren Festung stehen. Sie waren unverschlossen. Sobald er drinnen war, wartete er, bis sich seine Augen an die dort herrschende Dunkelheit gewöhnt hatten, dann suchte er die Treppe und stieg zu den oberen Etagen hinauf. Ein Hund knurrte ganz in seiner Nähe, und Culain öffnete einen Beutel an seinem Gürtel und nahm ein frisches Stück Kaninchenfleisch heraus. Kühn schritt er in den Korridor. Der Hund, ein grauer Kampfhund, erhob sich drohend, die zurückgezogenen Lippen entblößten lange scharfe Zähne. Culain kauerte sich nieder und bot ihm seine Hand. Der Hund roch das Fleisch und tappte vorwärts, um es aus Culains Fingern zu schnappen. Der Nebelkrieger tätschelte den großen Hundekopf und ging weiter.

Vor der am weitesten entfernten Tür blieb er stehen. Immer noch drang Licht durch die Ritzen um den Türrahmen. Er zog sein Jagdmesser und trat ein. Eine Kerze flackerte neben dem breiten Bett, in dem ein Mann und eine Frau lagen. Beide waren noch jung – die Frau nicht älter als 16, der Mann ein paar Jahre älter. Sie schliefen engumschlungen wie Kinder, und Culain fühlte einen Stich des Bedauerns. Das Gesicht der Frau war oval und verriet selbst im Schlaf Kraft. Der Mann hatte helle Haare und ein feingeschnittenes Gesicht.

Culain setzte dem Mann die kalte Messerklinge an die Kehle. Er riß die Augen auf und fuhr zusammen, so daß er sich die Haut an der Kehle aufritzte.

»Tu ihr nichts!« flehte er. Culain war gegen seinen Willen gerührt, denn der erste Gedanke des Mannes hatte der Frau an seiner Seite gegolten. Er bedeutete Moret aufzustehen, nahm die Kerze und führte ihn in ein Nebengemach. Dann schloß er die Tür hinter sich.

»Was willst du?«

»Ich will wissen, wie ihr mit der Hexenkönigin Verbindung aufgenommen habt.«

Moret ging zu einem hohen Fenster, das auf die Kaledonischen Berge hinausblickte. »Warum willst du sie sehen?«

»Das ist meine Angelegenheit, Junge. Antworte mir, und du darfst leben.«

»Nein«, sagte Moret leise. »Ich muß es wissen.«

Culain zögerte und überlegte, ob er den Mann töten und die Frau befragen sollte. Aber wenn sie nichts wußte, wäre seine Aufgabe fehlgeschlagen, denn Cael und Eldared waren im Krieg.

»Ich will sie vernichten«, sagte er schließlich.

Moret lächelte. »Geh von hier zum See Earn. Kennst du ihn?« Culain nickte. »Dort gibt es einen Steinkreis und eine kleine Hütte. Vor der Hütte liegt ein winziger Haufen aus rundgeschliffenen Steinen. Mach dort Feuer, wenn der Wind aus Norden kommt. Der Rauch dringt in die Hütte, und Goroien kommt.«

»Hast du sie gesehen?«

»Nein, mein Bruder reiste dorthin.«

Culain steckte sein Messer weg. »Ich lasse dich wider besseres Wissen am Leben, aber ich tue es. Laß mich meine Entscheidung nicht bedauern, denn ich bin gewiß kein Feind, den du dir wünschen würdest.«

»Niemand, der versucht, Goroien zu vernichten,

kann mein Feind sein«, entgegnete Moret. Culain zog sich zur Tür zurück und war in wenigen Sekunden verschwunden. Moret stand noch eine Weile am Fenster, dann ging er wieder ins Bett. Vor der Tür hörte Culain das Bett knirschen und steckte sein Messer wieder in die Scheide.

Rhiall und Ceorl kamen gehobener Stimmung aus Callia zurück. Hinter ihnen kam ein Konvoi aus drei Karren, achtundsechzig Männern und zwölf Frauen, von denen zwei schwanger waren. Der große Jugendliche eilte den Hügel hinauf und zog Korrin am Ärmel.

»Die Soldaten haben die Stadt geplündert. Sie haben zwanzig schwangere Frauen mitgenommen und den Schrein Berecs niedergebrannt. Zwei Ratsmitglieder wurden gehängt. Der ganze Ort ist in Aufruhr.«

»Was machen sie alle hier?« fragte Korrin und starrte die Menge an, die am Fuße des Hügels einen Halbkreis bildete.

»Sie sind gekommen, um die Wiedergeburt Berecs zu erleben. Die Geschichte breitet sich wie ein Lauffeuer aus, daß Berec zurückgekehrt sei, auf einem Hirschen reitend und bereit, die Hexenkönigin zu stürzen.«

»Und du läßt sie in dem Glauben?«

Rhialls Gesicht nahm einen mürrischen Ausdruck an. »Wer sagt denn, daß es nicht stimmt? Er ist doch auf einem Hirsch geritten, genau wie Berec, und seine Magie hat die Soldaten vernichtet.«

»Was ist in den Karren?«

Rhialls gute Laune kam zurück. »Lebensmittel, Korrin. Mehl, Salz, getrocknete Früchte, Haferflocken, Wein, Honig. Und Decken, Kleidung, Waffen.«

Uther kam hinzu und blickte auf die Menschenmenge hinab, die allmählich verstummte. Die Sonne stand hinter ihm, und der Menge erschien er wie in goldenes Licht getaucht. Viele in der Gruppe fielen auf die Knie.

Rhiall und Korrin kamen zu ihm. »Wie viele Kämpfer?« fragte Uther.

»Achtundsechzig.«

Uther grinste und legte Rhiall die Hand auf die Schulter. »Das ist ein gutes Omen. In meinem Land kämpfen die Männer in Zenturien zu je achtzig Kriegern. Mit deinen Leuten und diesen hier haben wir jetzt eine Zenturie.«

Korrin grinste. »Deine Rechenkünste sind nicht so groß wie deine Magie. Eine Zenturie sind doch bestimmt hundert?«

»Das stimmt, aber abzüglich der Köche, Quartiermeister und Schlachtenbummler kommt man auf eine Kampfstärke von achtzig. Unsere Armee wird aus solchen Einheiten gebildet. Sechs Zenturien machen vierhundertundachtzig Männer aus oder eine Kohorte, und zehn Kohorten ergeben eine Legion. Es ist ein kleiner Anfang, aber ein vielversprechender. Korrin, geh hinunter und finde heraus, wer ihre Anführer sind. Teile die Männer in Gruppen zu je zehn ein. Gib jeder Gruppe einen deiner eigenen Männer zur Seite, der letzten zwei. Teile den Gruppen Arbeiten zu, so daß sie sich als Teil der Bruderschaft fühlen – und sortiere die Hasenfüße aus, denn sie müssen in vier Tagen kämpfen.«

»Nur ein kleines Problem, Uther«, sagte Korrin. »Sie halten dich für einen Gott. Wenn sie herausfinden, daß du ein Mensch bist, verlieren wir vielleicht alle.«

»Erzähl mir von dem Gott – alles, woran du dich erinnern kannst.«

»Willst du die Rolle etwa spielen?« fragte Rhiall.

»Ich werde nicht riskieren, achtundsechzig kampfbereite Männer zu verlieren. Und es ist nicht notwendig zu lügen oder irgendein Täuschungsmanöver zu benutzen. Laßt ihnen ihren Glauben. In vier Tagen haben wir entweder eine Armee oder liegen tot hier im Wald.«

»Hängt das nicht auch davon ab«, warf Korrin ein, »wann Sennicus allein scheint?«

»Ja.« Beide Männer wandten sich Rhiall zu. »Wann wird ein solches Ereignis wieder eintreten?« fragte Uther.

»Ungefähr in einem Monat«, antwortete der Jüngling. Uther sagte nichts, sein Gesicht blieb ausdruckslos. Korrin fluchte leise.

»Teil die Männer in Gruppen ein«, sagte der Prinz. Dann ging er zum Rand des Steinkreises, bemüht, seinen bitteren Zorn im Zaum zu halten. In vier Tagen würde ein schrecklicher Feind über diesen Wald herfallen. Seine einzige Hoffnung war die Armee der Toten, und diese konnte man erst in einem Monat sehen. Er mußte nachdenken, planen, aber wie sollte er eine Strategie ersinnen, wenn er nur so begrenzte Streitkräfte zur Verfügung hatte? Sein Leben lang hatte er Krieg und Kriegführung studiert, die Pläne der Generäle von Xerxes bis Alexander gesehen, von Ptolemäus bis Caesar, Paullinus bis Aurelius. Aber sie waren nie in einer solchen Lage gewesen. Die Ungerechtigkeit seiner Situation brachte ihn fast zur Verzweiflung. Aber warum sollte das Leben auch gerecht sein? grübelte er. Ein Mann konnte nur sein Bestes tun mit den Gaben, die die Götter ihm schenkten.

Prasamaccus gesellte sich zu ihm. Er spürte sein Unbehagen.

»Sind die Götter freundlich?« fragte der Brigant.

»Vielleicht«, antwortete Uther. Ihm fiel ein, daß er noch nichts über das Leben Berecs erfahren hatte.

»Die Bürde der Verantwortung ist nicht leicht.«

Uther lächelte. »Sie wäre leichter, wenn ich Victorinus und ein paar Legionen hinter mir hätte. Wo ist Laitha?«

»Sie hilft beim Abladen der Karren. Ist zwischen euch alles in Ordnung?«

Uther schloß die Lippen, um eine zornige Erwiderung zurückzuhalten, dann sah er dem Briganten in die kühlen, verständnisvollen Augen.

»Ich liebe sie, und jetzt ist sie mein.«

»Aber?«

»Woher weißt du, daß es ein Aber gibt?«

Prasamaccus zuckte die Achseln. »Gibt es denn eins?«

»Wo hast du soviel über das Leben gelernt?«

»Auf einem Hügel zwischen den Mauern. Was stimmt denn nicht?«

»Sie liebte Culain und ist immer noch an ihn gefesselt. Ich konnte mit ihm nicht konkurrieren, als er noch lebte – und im Tode wohl auch nicht, wie es scheint.«

Prasamaccus schwieg einen Moment, um seine Gedanken zu ordnen. »Es muß außergewöhnlich schwierig für sie sein. Ihr Leben lang hat sie mit diesem Helden gelebt, hat ihn als Vater verehrt, ihn als Bruder geliebt, ihn als Freund gebraucht. Es ist nicht schwer zu sehen, wie sie dazu kam zu glauben, sie wollte ihn als Liebhaber. Du hast recht, Prinz Uther, du kannst nicht mit ihm konkurrieren. Aber mit der Zeit wird Culain verblassen.«

»Ich weiß, daß es arrogant ist«, sagte Uther, »aber ich will keine Frau, die in mir nur den Schatten eines anderen sieht. Wir liebten uns, und es war schön ... und dann flüsterte sie Culains Namen. Sie lag unter mir, und in ihren Gedanken war ich nicht da.«

Darauf gab es für den Briganten nichts zu sagen, und

er besaß die Weisheit, es auch nicht zu tun. Laitha war ein törichtes, undiszipliniertes Kind. Es hätte nichts ausgemacht, wenn sie den Namen in Gedanken gerufen hätte, aber ihn in einem solchen Moment auszusprechen war ein Zeichen großer Dummheit. Überrascht stellte Prasamaccus fest, daß er wütend auf sie war, ein Gefühl, das er normalerweise kaum kannte. Eine Weile saß er schweigend neben dem Prinzen und dann, als Uther wieder in Gedanken versunken war, stand er auf und hinkte zurück zu Korrin, der mit den Gruppen der Fremden wartete.

»Dies sind die Anführer der Männer aus Callia«, erklärte der Waldbewohner. »Ist ... der Gott bereit, sie zu empfangen?«

»Nein, er spricht mit den Geistern«, antwortete Prasamaccus. Einige Männer wichen zurück. Der Brigant ignorierte sie und ging hinüber zu dem langgestreckten Haus.

Uther der Mann starrte über den Wald hinaus, während Thuro der Knabe in seinem Kopf saß. Nur wenige kurze Monate vorher hatte der Knabe in seinem Zimmer geweint, sich vor der Dunkelheit und den Geräuschen der Nacht geängstigt. Jetzt handelte der Mann, aber die Qualen des Erwachsenwerdens nagten immer noch an ihm. Als der Sommer in Eboracum begann, war der Knabe Thuro in den Wald gewandert und hatte ein Spiel gespielt, in dem er der Held war und Drachen und Dämonen erschlug. Jetzt, wo der Sommer wieder da war, saß er auf einem einsamen Hügel, und all die Dämonen waren Wirklichkeit. Nur daß Maedhlyn nicht da war. Kein Aurelius mit seinen unbesiegbaren Legionen. Kein Culain lach Feragh. Nur der angebliche Mann Uther. »Ich bin König, durch Recht und Bestimmung.« Oh, wie diese Worte ihn jetzt in seiner Verzweiflung verfolgten!

Ein verängstigtes Kind saß zwischen den Steinen einer anderen Welt und spielte ein tödliches Spiel. Seine Melancholie vertiefte sich, und er spürte, daß er seinen linken Arm geben würde, wenn Maedhlyn oder Culain in diesem Augenblick erscheinen würden. Mehr noch, er würde zehn Jahre seines Lebens opfern. Aber der Wind blies über den Hügel, und er war allein. Er drehte sich um und betrachtete die Gruppe, die schweigend etwa dreißig Schritt entfernt wartete. Junge Männer, alte Männer, die geduldig darauf warteten, daß der »Gott« sie und ihre Lehnstreue anerkannte. Er wandte sein Gesicht ab, dachte an Culain und lächelte. Culain war wirklich ein Gott gewesen: Ares, der Kriegsgott der Griechen, der für die Römer Mars wurde. Unsterblicher Culain!

Nun, dachte Uther, wenn mein Großvater ein Gott war, warum dann nicht ich? Wenn die Schicksalsgötter entschieden haben, daß ich in diesem tödlichen Spiel sterbe, dann will ich es zumindest ganz spielen.

Ohne zurückzublicken, hob er die Hand und winkte die Gruppe heran. Es waren zwölf Männer, die sich zögernd vor ihm aufstellten. Er breitete die Arme aus, deutete auf den Boden, und sie setzten sich gehorsam.

»Sprich!« sagte er, und Korrin stellte jeden der Männer vor, obwohl sich Uther keine Mühe gab, sich die Namen zu merken. Zum Schluß beugte er sich vor und sah jedem Mann tief in die Augen. Alle wandten daraufhin den Blick ab. »Du!« sagte Uther und sah den ältesten der Männer an. Er hatte einen grauen Bart und war mager wie ein jagender Wolf. »Wer bin ich?«

»Es heißt, daß du der Gott Berec bist.«

»Und was sagst du?«

Der Mann errötete. »Herr, was ich letzte Nacht sagte, sagte ich in Unwissenheit.« Er schluckte. »Ich äußerte nur die Zweifel, die wir alle hegten.«

Uther lächelte. »Und das zu Recht«, sagte er. »Ich bin nicht gekommen, um euch den Sieg zu garantieren, sondern nur, um euch kämpfen zu lehren. Die Götter geben, die Götter nehmen. Nur das ist von Wert, was ein Mann mit seinem Schweiß verdient, mit seinem Mut und mit seinem Leben. Wisset dies: Vielleicht gewinnt ihr nicht. Ich werde nicht zum Himmel auffahren und die Hexe mit Feuerspeeren vernichten. Ich bin hier, weil Korrin mich rief. Ich werde wieder gehen, wenn es mir beliebt. Habt ihr das Herz, allein zu kämpfen?«

Der Bärtige hob den Kopf, seine Augen blickten stolz. »Ja. Ich habe lange gebraucht, das zu erkennen, aber jetzt weiß ich es.«

»Dann hast du etwas gelernt, was größer ist als eine Gottesgabe. Geht – alle bis auf Korrin.«

Die Männer krochen beinahe davon, einige rückwärts, andere verbeugten sich tief. Uther ignorierte sie alle, und als sie außer Hörweite waren, kam Korrin heran.

»Woher wußtest du, was der Mann gesagt hatte?« fragte er.

»Was hältst du von ihnen?« Der Waldbewohner zuckte die Achseln.

»Du hast den richtigen Mann für deine Ansprache gewählt. Es ist Maggrig, der Waffenschmied. Einst war er der gefürchtetste Schwertkämpfer in ganz Pinrae. Wenn du ihn auf deiner Seite hast, hast du sie alle. Möchtest du, daß ich dir von Berec erzähle?«

»Nein.«

»Geht es dir gut, Uther? Du blickst so abwesend.«

»Es geht mir gut, Korrin«, antwortete der Prinz und zwang sich zu einem Lächeln, »aber ich muß nachdenken.« Der Jäger mit den grünen Augen nickte verständnisvoll.

»Ich habe dir etwas zu essen gebracht.«

Nachdem er gegangen war, ließ Uther seine Gedanken zurück zu der Besprechung wandern. Es war kein Geheimnis, warum er sich auf Maggrig konzentriert hatte. Die Haltung des Mannes wies ihn als Krieger aus, und er war der erste, der vorgetreten war, die anderen hatten sich um ihn geschart. Es war eine angenehme Überraschung, als Maggrig Uthers Frage mißverstanden hatte. Aber schließlich, wie Maedhlyn immer sagte, hatte der Prinz eine rasche Auffassungsgabe.

Irgendwie fühlte sich Uther nach diesem Treffen weniger melancholisch. War es so einfach, ein Gott zu sein?

Die Antwort würde er in vier Tagen erhalten.

Und sie würde mit Blut geschrieben sein.

Culain lach Feragh saß vor dem Steinhaufen und sah zu, wie der Rauch seines kleinen Feuers durch die mit Läden versehenen Fenster des zerfallenen Hauses waberte. Der Nebelkrieger legte seine Silberlanze neben sich und zog zwei mit Silber beschlagene Lederhandschuhe über. Sein langes Haar war im Nacken zusammengebunden, und über den Schultern trug er einen Schutz aus Silberringen, die kunstvoll auf einen kurzen Umhang aus weichem Leder genäht waren. Ein breiter, mit Silber verzierter Gürtel lag um seine Taille, seine Beine wurden durch schenkelhohe Stiefel geschützt, die durch Silberstreifen vorn und an den Seiten verstärkt waren. Ein flackerndes blaues Licht strahlte in dem Haus auf, und Culain erhob sich geschmeidig, setzte sich einen Helm mit silbernen Flügeln auf und band die säbelförmigen Ohrschützer unter dem Kinn zusammen.

Eine schlanke Gestalt kam durch den wallenden Rauch, der sich hinter ihr auflöste, das Feuer erlosch augenblicklich. Als er sie sah, wurde sein Mund trocken, und er sehnte sich danach, sie in die Arme zu nehmen. Sie ihrerseits blieb wie angewurzelt stehen, als sie ihn erkannte und schlug die Hand vor den Mund.

»Du lebst!« flüsterte sie.

»Noch, meine Dame.« Sie trug ein schlichtes Gewand aus Silberstoff, ihr goldenes Haar wurde von einem schwarzen Band um die Stirn zurückgehalten.

»Sag mir, daß du zurückgekommen bist, um mit mir zusammenzusein.«

»Das kann ich nicht.«

»Warum rufst du mich dann?« fauchte sie. Ihre blauen Augen funkelten vor Zorn.

»Pendarric sagt, in dir steckt nichts als Böses, und er trug mir auf, dich zu vernichten. Aber ich kann nicht, ehe ich nicht davon überzeugt bin, daß er recht hat.«

»Er war immer schon ein altes Waschweib. Er hielt die Welt in Händen und verlor sie. Jetzt sind andere an der Reihe. Er ist am Ende, Culain. Komm mit mir, ich habe eine Welt für mich allein. Bald werden es schon vier Welten sein. Ich habe mehr Macht, als seit dem Untergang von Atlantis sich jemand erträumen konnte.«

»Und doch stirbst du langsam«, sagte er. Die Worte schnitten wie Messer in seine Seele.

»Wer behauptet das?« zischte sie. »Sieh mich an! Sehe ich anders aus? Siehst du auch nur eine winzige Spur von Alter oder Verfall?«

»Nicht an der Oberfläche, Goroien. Aber wie viele sind gestorben … wie viele werden noch sterben, um dich jung zu erhalten?«

Sie ging auf ihn zu, und in seinem Kopf setzte die Musik ein. Die Luft war still, und die ganze Welt schwieg. Sie legte ihm die Arme um den Hals, und er roch den Duft ihrer Haut, spürte die Wärme ihrer Berührung. Er zog ihre Arme von seinen Schultern und schob sie von sich.

»Was willst du beweisen?« fragte er. »Daß ich dich noch immer liebe? Das tue ich. Daß ich dich begehre? Auch das. Aber ich werde dich nie haben. Du hast mir Shaleat genommen, du hast Alaida getötet – und jetzt willst du eine Welt zerstören.«

»Was bedeuten dir diese Wilden mit ihren flüchtigen Leben? Es wird immer genug von ihnen geben, um ihre Toten zu ersetzen. Sie sind unwichtig, Culain. Das waren sie immer schon, aber du warst zu besessen, um das zu sehen. Was spielt es heute noch für eine Rolle, daß Troja fiel oder daß dein Freund Hector von Achilles erschlagen wurde? Was spielt es für eine Rolle, daß die Römer Britannien eroberten? Das Leben geht weiter. Diese Menschen sind wie Schatten für dich und mich. Sie existieren nur, um denen zu dienen, die ihnen überlegen sind.«

»Ich bin jetzt einer von ihnen, Goroien«, sagte er. »Mein flüchtiges Leben ist eine Freude. Ich habe vorher nie begriffen, was Winter heißt, habe nie wirklich die Freude des Frühlings gespürt. Komm mit mir. Lebe ein Leben bis zum Tode, und wir werden zusammen sehen, was danach kommt.«

»Niemals!« kreischte sie. »Ich werde niemals sterben. Du sprichst von Freuden. Ich sehe dein verfallendes Gesicht und möchte mich am liebsten übergeben: Falten um die Augen, und ich zweifle nicht daran, daß sich unter diesem Helm das Grau wie ein Krebsgeschwür durch dein Haar frißt. Wie alt bist du nach menschlichen Begriffen, dreißig? Vierzig? Bald beginnst du zu welken. Deine Zähne verfaulen. Junge Männer werden dich beiseite schieben und dich verspotten. Und dann wirst du fallen, und die Würmer werden dich zerfressen. Wie konntest du das nur tun?«

»Alle Dinge sterben, meine Liebste. Selbst Welten.«

»Sprich nicht zu mir von Liebe, du hast mich nie geliebt. Nur ein Mann hat mich je geliebt, und ich habe ihn aus dem Grab zurückgeholt. Das bedeutet Macht, Culain. Gilgamesch ist wieder bei mir.«

Er wich vor dem triumphierenden Ausdruck in ihren Augen zurück. »Das ist nicht möglich!«

»Ich habe seinen Körper durch all die Jahrhunderte hinweg erhalten, umgeben vom Glühen von fünf Steinen. Ich arbeitete und studierte. Und eines Tages hatte ich Erfolg. Geh und stirb irgendwo, Culain. Ich werde deinen Körper finden und ihn zurückbringen. Dann wirst du mir gehören.«

»Ich komme nach Skitis, Goroien«, sagte er leise. »Ich werde deine Macht zerstören.«

Da lachte sie, ein volles, spöttisches Lachen, das ihm das Blut in die Wangen trieb. »*Du* kommst? Einst hätte mir das Schrecken eingejagt, aber jetzt nicht mehr. Ein Mann mittleren Alters, schwach und alternd, kommt, um Gilgamesch herauszufordern? Du hast keine Ahnung, wie oft er von dir spricht, davon träumt, dich zu töten. Glaubst du, du kannst gegen ihn bestehen? Ich werde dir zeigen, wozu dich deine Arroganz verleitete. Du hast immer gern mit den Schatten gespielt – jetzt spiel mit diesem.« Sie machte eine Geste mit der rechten Hand, und die Luft schimmerte. Vor Culain erschien ein großer Krieger mit goldenen Haaren und blaugrünen Augen. Er war mit einem Krummschwert und einem Dolch bewaffnet. »Hier ist Gilgamesch, wie er war.« Der Krieger sprang vor, und Culain riß die Lanze hoch, drehte an dem Griff und zog das verborgene Schwert hervor. Gerade rechtzeitig, um einen wilden Hieb abzuwehren. Und noch einen ... und noch einen. Culain kämpfte mit dem Geschick von Jahrhunderten, aber Goroien hatte recht: sein alternder Körper war nicht mehr fähig, es mit dem Wirbelwind Gilgamesch aufzunehmen, dem König des Kampfes. Culain wurde allmählich verzweifelt und ging ein Risiko ein. Er wirbelte auf dem Absatz herum, wie er es Thuro gelehrt hatte. Sein Gegner sprang nach links, wich so Culains erhobenem Ellbogen aus, und ein kaltes Schwert drang dem Nebelkrieger unterhalb der Rippen in die Seite.

Er sackte zusammen, stürzte hart auf den Lehmboden und verlor seinen Silberhelm. Er versuchte, bei Bewußtsein zu bleiben, aber sein Geist versank in Dunkelheit. Als er erwachte, saß Goroien immer noch neben dem Steinhaufen.

»Geh fort, Culain«, sagte sie. »Du hast gegen Gilgamesch gekämpft, wie er einmal war. Jetzt ist er stärker und schneller, er würde dich in Sekundenschnelle töten. Es sei denn … du nimmst dies.« Sie ließ einen gelben Stein vor ihm auf den Boden fallen. Es war ein reiner Sipstrassi, praktisch ohne eine Spur von Schwarz. »Werde wieder unsterblich. Werde wieder, was du einst warst … was deine Bestimmung ist. Dann hast du eine Chance.«

Er erhob sich mühsam. »Es ist nicht gerade üblich, daß du deinem Feind eine zweite Chance gibst, meine Dame.«

»Wie könntest du mein Feind sein? Ich habe dich geliebt, schon vor dem Untergang. Ich werde dich noch lieben, wenn das Universum im Feuer endet.«

»Wir werden nie wieder Liebende sein, Herrin«, sagte er. »Ich sehe dich auf Skitis.«

Sie stand auf. »Du Narr! Du wirst mich nicht sehen. Du wirst den Tod auf dich zukommen sehen mit jedem Schritt, den Gilgamesch macht.«

Sie ging davon in das verfallene Haus, ohne sich noch einmal umzusehen, und Culain sank auf die Erde, Tränen in den Augen. Es hatte ihn seine ganze Kraft gekostet, ihr zu sagen, daß ihre Liebe am Ende war. Er starrte auf den Sipstrassi-Stein und hob ihn hoch. Sie hatte recht, er war nicht in der Verfassung, sich Gilgamesch zu stellen. Ihre Stimme drang zu ihm wie aus großer Ferne.

»Dein Enkel ist ein gutaussehender Bursche. Ich glaube, ich nehme ihn mir. Erinnerst du dich an meine Zeit als Circe?« Ihr Lachen verhallte in Schweigen.

Culain blieb mit gesenktem Kopf sitzen. Nach dem Trojanischen Krieg hatte Goroien bittere Rache an den

Griechen genommen und für den blutigen Tod von Agamemnon, dem Kriegsherrn, sowie von Menelaos, dem König von Sparta, gesorgt. Aber der bei weitem grausamste Racheakt war der Schiffbruch des Odysseus. Denn als Hexe Circe verwandelte Goroien einige der Überlebenden in Schweine und brachte die anderen dazu, sie zu kochen und zu essen.

Er nahm sein Schwert und wischte die Klinge sauber.

Er ging zu seinem Pferd, legte ihm den Sipstrassi-Stein an die Schläfe und trat einen Schritt zurück. Das Tier brach zusammen. Dann schwoll es an, streckte sich, die glatten Flanken bekamen silbrig umrandete Schuppen in einem tiefen Rostrot. Der Kopf schimmerte auf, die Augen stellten sich schräg wie die einer großen Katze, das Maul wurde groß, Fangzähne traten daraus hervor. Riesige Schwingen entfalteten sich aus den Rippen, aus den Hufen entsprangen mit Krallen versehene Pranken. Der lange Hals bog sich zurück, und ein furchtbarer Schrei erfüllte die Luft. Culain sah auf den schwarzen Kiesel in seiner Hand nieder und warf ihn zu Boden. Er steckte sein Schwert wieder in den Griff seiner Lanze, kletterte in den Sattel auf dem Rücken des Drachen und flüsterte die Befehlsworte. Das Wesen erhob sich auf die kräftigen Hinterbeine, breitete die Flügel aus und schwang sich in den Nachthimmel. Sie schlugen nordwestliche Richtung ein, nach Skitis.

In der dritten Nacht brach ein furchtbares Unwetter über das Plateau von Erin herein, Blitze zuckten über den Himmel. Uther blieb, wo er die letzten drei Tage gewesen war, am Rande des Steinkreises. Prasamaccus und Korrin nahmen Essen und Decken für den Prinzen und traten in den strömenden Regen hinaus. In diesem

Moment erhellte ein Blitz den Himmel, und die beiden Männer sahen, wie Uther aufstand und die Arme hoch über den Kopf hob. Sein blondes Haar wehte im heulenden Wind. Dann verschwand er. Korrin lief zu den Steinen, Prasamaccus humpelte hinterher, aber sie fanden keine Spur von dem Prinzen.

Das Unwetter ließ nach, der Regen schwächte sich ab zu einem feinen Nieseln. Korrin sank auf einen Stein.

»Es ist vorbei«, sagte er. Zum ersten Mal, seit die Voren über die Soldaten hergefallen waren, lag wieder Bitterkeit in seiner Stimme. Korrin begann zu fluchen und zu schimpfen, und der Brigant entfernte sich von ihm. Er fühlte sich selbst demoralisiert und besiegt, und er setzte sich auf den umgestürzten Stein, von dem man einen guten Ausblick über den Wald hatte.

»Was sollen wir ihnen sagen?« fragte Korrin. Der Brigant zog seinen Umhang fest um seine schlanke Gestalt. Sein Bein schmerzte, wie immer, wenn das Wetter feucht wurde, und sein Herz sagte ihm, daß er Helga nie wiedersehen würde. Er konnte Korrin keinen Rat geben. Genau in diesem Moment erschienen die beiden Monde hinter den aufbrechenden Wolken, und ein dritter Mann kam zu ihnen.

»Wo ist Berec?« fragte Maggrig, aber keiner der Männer antwortete. »Also sind wir allein, wie er sagte, daß es sein könnte.« Er kratzte sich den grau werdenden Bart und setzte sich neben Korrin. »Wir haben ein paar Fallen aufgestellt und Gruben ausgehoben, das sollte sie ein bißchen aufhalten. Und wir haben fünf gute Stellen für Hinterhalte ausfindig gemacht.«

Korrin sah erstaunt auf. Die Nachricht von Berecs Verschwinden schien Maggrig nicht im mindesten zu beschäftigen. »Zuerst sollten wir sie im Ulmental angreifen. Die Reiter können bergauf nicht angreifen, und wir haben rund hundert Meter Raum zum Kämpfen. Selbst unsere Bogenschützen dürften auf diese Entfernung kaum danebentreffen. Wir könnten vielleicht hundert Mann erledigen.«

»Du sprichst von 80 Mann gegen eine Armee«, sagte Korrin. »Bist du verrückt?«

»Achtzig Mann sind alles, was wir gestern hatten. Bei allen Göttern, Mann, niemand lebt ewig.«

»Außer der Hexenkönigin«, sagte Korrin und schickte einen wüsten Fluch hinterher.

»Nimm einen guten Rat von einem alten Krieger: erzähl niemandem, daß Berec ein für allemal fort ist. Sag einfach, daß er ... wer weiß? ... zurück in sein Schloß in den Wolken gefahren ist. In der Zwischenzeit wollen wir ihnen so stark wie möglich zusetzen.«

»Ein guter Rat«, meinte Prasamaccus. »Wir wissen nicht, wie viele Soldaten kommen, und der Wald ist riesig. Wir sollten ihnen zumindest eine fröhliche Jagd bieten.«

Unten, in dem winzigen Zeltdorf, das am Bach entstanden war, wanderte eine junge Frau in den Wald hinaus, um eine Weile allein zu sein. Als sie in die Dunkelheit trat, sah sie, wie in der Ferne ein Mondstrahl von Metall zurückgeworfen wurde. Sie kletterte auf eine Eiche und spähte nach Westen.

Durch den Wald zog lautlos Goroiens Armee.

Uther war mehr als dreißig Stunden wach gewesen und hatte über das Problem der Leere nachgegrübelt, hatte es aus jedem Blickwinkel betrachtet, alle Kenntnisse abgewogen, die ihm zur Verfügung standen. Sein Verstand und seine Ausbildung sagten ihm, daß er einen springenden Punkt übersehen hatte, aber sosehr er sich auch bemühte, er fand ihn nicht.

Und dann, gerade als das Unwetter losbrach, fiel

ihm die Antwort mühelos ein. Nur weil man die Geisterarmee nicht *sehen* konnte, bedeutete das nicht notwendigerweise, daß sie auch nicht *da war*.

Es war so einfach. Der eisige Regen war vergessen. Prasamaccus hatte ihm gesagt, daß er von Trommeln und marschierenden Füßen geträumt hatte in seiner ersten Nacht auf dem Plateau von Erin, und Uther hätte sich wie ein Falke auf dieses Bild stürzen sollen.

Alles was noch zu tun blieb, war, in die Leere zu gehen – die Heimstätte von Atrols und Seelenräubern. Ja, dachte er, das ist alles. Halt nicht inne, um zu überlegen, Uther, befahl er sich. Tu es einfach! Er stand auf, hob die Arme über den Kopf, packte den Stein fest und wünschte sich in die Leere.

Ihm wurde schwindlig, er stürzte. Um ihn herum wirbelte der Nebel. Er hob sich auf die Knie und zog seinen Gladius. Der Sipstrassi-Stein war fast schwarz. Er riskierte es, ihn an seine Schwertklinge zu halten, sie schimmerte in weißem Licht auf, und im Nebel konnte er dunkle Schatten und graue, kalte Gesichter sehen. Vor langer Zeit war Thuro das Kind hier in einem Fiebertraum umhergewandert, und Aurelius hatte ihn zurückgebracht. Die Angst von damals kehrte wieder und plagte ihn, und so wie seine Angst wuchs, kamen die Schattengestalten näher. Uther der Mann stand auf und zwang sich zur Ruhe, er hielt sein Schwert hoch über den Kopf. Das Licht der Klinge scheuchte sowohl den Nebel als auch dessen Schatten zurück.

Als der Nebel sich zurückzog, sah Uther die trostlose Landschaft der Leere, eine Gegend mit aschgrauen Hügeln und längst abgestorbenen Bäumen unter einem schiefergrauen Himmel. Er schauderte. Es war kein Ort, an dem ein Mann sterben sollte. Aus weiter Ferne, rechts von sich, hörte er das Dröhen von Trommeln. Er hielt sein Schwert hoch wie eine Laterne und ging auf den Klang zu. Die Schatten folgten ihm, und er konnte hören, wie wispernde Stimmen seinen Namen riefen. Der Prinz beachtete sie nicht. Er wanderte einen niedrigen Hügel empor und blieb erstaunt stehen. Vor ihm, in einem staubigen Tal, lag eine Verteidigungsstellung. Es waren Wälle, aufgeschüttet aus grauer Erde, die aus einem riesigen, viereckigen Graben stammte. Zugespitzte Pfähle waren in die Seiten gerammt. Innerhalb der Einfriedung standen zahlreiche Zelte, und in der Mitte war ein Stab aufgepflanzt, der einen goldenen Adler mit ausgebreiteten Schwingen trug. Uther blieb minutenlang stehen und betrachtete das Lager, unfähig, das Bild, das er vor Augen hatte, zu akzeptieren. Doch er hatte alle Anhaltspunkte vor sich. Korrin hatte von der Adlertruppe gesprochen, die versucht hatte, Verbindung mit den Geistern aufzunehmen. Die Soldaten marschierten in perfektem Gleichschritt zum Klang der Trommeln.

Und Culain hatte von seinem größten Fehler gesprochen, als er eine Armee dem Nebel ausgeliefert hatte.

Uther stand auf dem einsamen Hügel und blickte voller Staunen auf den Adler der Neunten Legion.

Langsam stieg der Prinz den Hügel hinunter, bis er vor der breiten Öffnung in der Einfriedung stand. Zwei Legionäre stellten sich ihm in den Weg mit müden Augen und scharfen Speeren. Sie befahlen ihm stehenzubleiben. Ihre Sprache war verständlich, aber ihr fehlten die späteren britannischen Zusätze. Er dachte zurück an seine Ausbildung unter Maedhlyn und Decian und antwortete ihnen in ihrer eigenen archaischen Sprache.

»Wer ist euer Legat?«

Die Legionäre warfen sich einen Blick zu, und der größere der beiden trat einen Schritt vor.

»Bist du ein Römer?«

»Ja.«

»Sind wir bald zu Hause?« Die Stimme zitterte.

»Ich bin hier, um euch nach Hause zu bringen. Wer ist euer Legat?«

»Severinus Albinus. Warte hier.« Der Soldat hastete davon, und Uther blieb stehen, immer noch mit dem leuchtenden Schwert in der Hand. Ein paar Minuten später kamen zehn Männer zurück, und der Prinz wurde in die Einfriedung geleitet, mit einer Ehrenwache von je fünf Legionären zu beiden Seiten. Männer stürzten aus ihren Zelten, um den Fremden zu sehen. Ihre Gesichter waren aschfahl, ihre Augen stumpf. Die Wache blieb vor einem geräumigen Zelt stehen. Uther händigte dem Zenturio am Eingang seine Waffen aus und duckte sich unter der Zeltklappe hindurch. Ein junger Mann von vielleicht fünfundzwanzig Jahren, angetan mit einer polierten bronzenen Brustplatte, saß auf einem niedrigen Stuhl.

»Dein Name?« fragte er.

»Bist du Severinus Albinus?« erwiderte Uther. Er war sich im klaren darüber, daß der Erfolg seiner Mission davon abhing, daß er die Initiative ergriff.

»Das bin ich.«

»Der Legat der IX. Legion?«

»Nein. Unser Legat ist Petillius Cerialis, er hat uns nicht begleitet. Wer bist du?« Uther spürte, daß der junge Mann, wie alle Männer, die er hier gesehen hatte, am Rande der Verzweiflung stand.

»Ich bin Uther.«

»Wo sind wir hier?« fragte Severinus und erhob sich. »Wir marschieren seit Monaten hier. Ohne Lebensmittel. Ohne Wasser. Trotzdem leiden wir keinen Hunger, keinen Durst. In diesem verfluchten Nebel leben Wesen, die Blut trinken. Es gibt Tiere, die ich mir in meinen kühnsten Träumen nicht hätte ausmalen können. Sind wir alle tot?«

»Ich kann euch nach Eboracum zurückbringen«, sagte Uther, »aber zuerst gibt es einiges, das du wissen mußt.« Er ging an dem jungen Soldaten vorbei und setzte sich auf einen Diwan im rückwärtigen Teil des Zeltes. Severinus Albinus gesellte sich zu ihm. »Erstens, ihr seid von Eboracum losmarschiert, um Paullinus gegen die aufständischen Icener zu unterstützen. Ihr seid in die Leere gekommen – eine Welt der Toten.«

»Das weiß ich alles«, sagte Severinus. »Wie kommen wir wieder nach Hause?«

Uther hob die Hand. »Langsam. Hör mir gut zu. Paullinus besiegte Boudicca vor mehr als vierhundert Jahren.«

»Dann sind wir tot. Beim Jupiter, ich kann nicht noch länger marschieren!«

»Ihr seid nicht tot, glaube mir. Was ich dir zu sagen versuche, ist, daß die Welt, die ihr kennt, tot ist. Das Römische Reich geht allmählich unter. Keine einzige römische Legion ziert Britannien mehr.«

»Ich habe eine Frau … eine Tochter.«

»Nein«, sagte Uther traurig. »Sie sind seit vierhundert Jahren tot. Ich kann euch nach Eboracum bringen. Die Welt hat sich sehr verändert, aber die Sonne scheint noch immer, die Trauben geben Wein, die Flüsse sind klar, und das Wasser ist gut.«

»Wer herrscht jetzt in Britannien?« fragte Severinus.

»Das Land ist im Krieg. Die Briganten haben sich erhoben, und Sachsen und Jüten sind eingefallen. Die römisch-britannischen Streitkräfte unter Aquila, einem reinblütigen Römer aus vornehmer Familie, kämpfen um ihr Leben. Es gab einen König namens Aurelius, aber er wurde ermordet. Ich bin sein Sohn und habe die

Grenzen zum Reich des Todes überschritten, um euch nach Hause zu holen.«

»Um für dich zu kämpfen?«

»Um für mich zu kämpfen«, bestätigte Uther, »und für euch selbst.«

»Und du bringst uns nach Eboracum?«

»Nicht sofort«, sagte Uther und erzählte dem Römer von dem Krieg auf Pinrae und der Herrschaft der Hexenkönigin. Severinus lauschte schweigend.

»Es gab einmal eine Zeit«, sagte er, als Uther geendet hatte, »da hätte ich über deine Worte gespottet. Aber nicht hier, in dieser aschgrauen Wildnis. Du willst, daß wir für dich kämpfen, Uther? Ich würde meine Seele für einen Tag an der Sonne verkaufen. Nein, für eine einzige Stunde. Bring uns nur fort von hier.«

Angst hatte Uther an den Rand der Panik gebracht. Mit den viertausendsechshundert Mann der Neunten Legion, die hinter ihm hermarschierten, war er zu dem Hügel zurückgekehrt, auf dem er die Leere betreten hatte. Jetzt, nach einer Stunde, war es ihm noch immer nicht gelungen, den Pfad zwischen den Welten zu öffnen. Er hatte sich selbst zurückgewünscht, der Stein hatte aufgeglüht, und für einen kurzen Augenblick nur hatte er die riesigen Steine von Erin gesehen, nebelhafte Schatten, eben außerhalb seiner Reichweite. Er hörte Severinus Albinus hinter sich und winkte ihn zurück. Er zwang sich, ruhig zu bleiben. Er warf einen Blick auf den Stein, nur ein haarfeiner Goldfaden war geblieben.

Er war sich jetzt sicher, daß die Macht des Steines nicht ausreichte, um ein Tor zu öffnen, das groß genug war, die Legion hindurchzulassen. Er war nicht einmal sicher, ob er selbst zurückkehren konnte, und sein flinker Verstand begann wieder mit der langen, sorgfältigen Prüfung aller Möglichkeiten.

Schließlich entschied er sich für einen einzigen Kraftakt. Er schloß die Augen und stellte sich vor, er wäre wieder in Pinrae, behielt dabei aber die ganze Zeit das Bild der Neunten Legion im Kopf. Hinter ihm sah Severinus, wie Uther weniger greifbar wurde, fast geisterhaft, aber dann war er wieder da wie zuvor. Der Prinz starrte auf den schwarzen Stein in seiner Hand und fand nicht den Mut, sich umzudrehen und den erwartungsvollen Soldaten ins Gesicht zu sehen.

Jenseits der Leere hatte die Armee den Hügel eingekreist und wartete auf den Befehl zum Angriff. Maggrig und Korrin hatten um den ganzen Steinkreis herum Bogenschützen aufgestellt, aber sie konnten unmöglich die gepanzerten Soldaten aufhalten. Bestenfalls konnten sie vielleicht zwanzig verwunden, und Korrin hatte den Eindruck, daß unten mehr als zweitausend Mann versammelt waren.

»Warum greifen sie nicht an?« fragte er den hageren, wölfischen Maggrig.

»Sie fürchten Berecs Magie. Aber bald werden sie kommen.«

20 Schritt zu ihrer Linken kniete Laitha hinter einem umgestürzten Stein. Sie wartete mit schußbereitem Bogen, die Augen auf einen großen Krieger mit purpurnem Federbusch am Helm geheftet. Sie hatte bereits entschieden, daß er ihr Ziel sein würde, aus keinem anderen Grund, als daß ihr die arrogante Art, in der er durch die Männer unten stolzierte und Befehle erteilte, nicht gefiel. Irgendwie gab es ihr ein gutes Gefühl zu wissen, daß dieser aufgeblasene Pfau vor ihr sterben würde.

Eine Hand legte sich auf ihre Schulter, und als sie sich umdrehte, sah sie einen großen, breitschultrigen

Mann mit goldblondem Bart. Sie konnte sich nicht erinnern, ihn schon einmal gesehen zu haben.

»Folge mir«, sagte er. Seinem Verhalten nach war er offensichtlich gewohnt, daß man ihm gehorchte. Er sah sich nicht um, als Laitha ihm in die Mitte des Plateaus folgte.

»Wer bist du?« fragte sie.

»Stell keine Fragen und klettere auf den Altar.« Sie stieg auf die zerborstenen Mittelsteine und kletterte über die Vorsprünge und Ritzen der Runen, die dort eingegraben waren.

Als sie den höchsten Punkt erreicht hatte und unsicher auf dem obersten Stein stand, knapp zwei Meter über dem Erdboden, befahl er:

»Jetzt heb deine Hand über den Kopf.«

»Wozu?«

»Findest du, jetzt sei Zeit zum Debattieren? Gehorche mir.«

Sie schluckte ihren Zorn hinunter und hob den rechten Arm. »Höher!« Ihre Finger berührten etwas Kaltes, Klebriges, und sie zog instinktiv die Hand zurück. »Es ist nur Wasser«, beruhigte er sie. »Streck dich so weit wie möglich und öffne die Finger. Greife, was dort ist und zieh es herunter.«

Plötzlich gab es einen Aufschrei, ein Kriegsgeschrei, das das Blut gefrieren ließ, und die Soldaten Goroiens stürmten den Hügel hinauf. Pfeile zischten ihnen entgegen. Einige prallten von gepanzerten Brustplatten oder Helmen ab, andere drangen in nackte Arme und Beine.

»Greif hoch!« befahl der große Fremde. »Rasch, wenn dir dein Leben lieb ist.«

Laitha schob ihre Hand durch die unsichtbare Barriere aus Wasser und öffnete die Faust. Sie spürte kaltes Metall und die nachgiebige Wärme von Leder. Sie packte den Gegenstand fest und zog ihn herunter. In ihrer Hand hielt sie ein großes Schwert mit aufgeschwungenem Griff aus poliertem Gold und einer silbernen, zweischneidigen Klinge, in die Runen eingraviert waren, die sie nicht entziffern konnte.

»Folge mir«, sagte der Mann und rannte zu den Steinen, an denen man Uther zuletzt gesehen hatte. Er blieb stehen und zog Laitha zu sich. »Wenn ich aufhöre zu sprechen, durchschlage die Luft vor dir.« Die folgenden Worte hatten für Laitha keine Bedeutung, aber die Luft um ihn herum zischte und knisterte, als ob ein Gewitter aufzöge. »*Jetzt*!« rief er. Das Schwert sauste herab, und ein starker Wind kam auf. Blitze zuckten über den Himmel, und von dort, wo sie zugeschlagen hatte, waberte Nebel. Laitha wurde rücklings zu Boden geschleudert.

Uther sprang aus dem Nebel und blickte sich um. Am anderen Ende des Plateaus begannen die Rebellen zurückzuweichen, und der Prinz konnte die Federbüsche der Helme von Goroiens Soldaten sehen. In diesem Augenblick trat Severinus Albinus in den Sonnenschein, gefolgt von der Neunten Legion. Einige der Männer fielen auf die Knie, als sie die Sonne sahen, andere begannen vor Freude und Erleichterung zu weinen. Obwohl er noch jung war, verfügte Severinus über reichlich Schlachterfahrung und hatte die Situation mit einem Blick erfaßt.

»Alba-Formation!« brüllte er, und sofort war die römische Disziplin wiederhergestellt. Legionäre mit ihren gehämmerten, rechteckigen Bronzeschilden zogen ihre Schwerter und bildeten eine Kampflinie. Sie drängten vorwärts und zogen die Linie auseinander, damit die Speerwerfer hindurchkonnten. Als die Rebellen zurückliefen, öffnete sich die Reihe vor ihnen.

In jenem Augenblick hatten Goroiens Soldaten Gelegenheit gehabt, die Kampflinie zu stürmen, aber sie taten es nicht. Es waren vorwiegend Männer aus Pinrae, die die Legende um die Geisterarmee kannten. Sie standen wie erstarrt, als die Legion ein Rechteck bildete und mit dicht zusammengehaltenen Schilden vorrückte, aus denen die Speere ragten. Die Soldaten von Pinrae waren keine Feiglinge – sie nahmen es, und das hatten sie schon bewiesen, auch mit einer gewaltigen Überzahl auf –, aber sie hatten bereits die Ankunft des Gottes Berec mit angesehen. Jetzt erschienen immer mehr Geister der Toten aus dem Nebel, und das konnten sie nicht ertragen. Langsam zogen sie sich zurück zum Fuße des Hügels. Die Legion hielt am Steinkreis inne und wartete auf neue Befehle.

In der Sicherheit des Rechtecks half Uther Laitha auf die Füße. »Wie hast du das gemacht? Ich dachte schon, ich wäre erle…« Er brach ab, als er das große Schwert sah, das vor Laithas Füßen lag. Er fiel auf die Knie, seine Hand schloß sich um den Griff. »Das Schwert meines Vaters!« flüsterte er. »Das Schwert von Cunobelin.« Er stand auf. »Wie?«

Laitha drehte sich um und suchte den Mann mit dem goldenen Bart, aber er war nirgends zu sehen. Sie erklärte rasch, während Severinus Albinus näher kam.

»Wie lauten deine Befehle, Prinz Uther? Sollen wir angreifen?«

Uther schüttelte den Kopf, und mit dem Langschwert in der Hand schritt er zum Rande der Formation. Die Legionäre traten beiseite, und er ging hügelabwärts, bis er etwa dreißig Schritt vor der feindlichen Linie stand. Ein Bogenschütze legte einen Pfeil auf die Sehne.

»Wenn du spannst, verwandle ich deine Augen in Würmer«, sagte der Prinz. Der Mann ließ unverzüglich Pfeil und Bogen sinken.

»Euer Anführer soll vortreten!«

Ein kleiner, untersetzter Mann mittleren Alters in silberner Brustplatte trat aus der Reihe. Er leckte sich die Lippen, hielt aber die Schultern gestrafft. Sein Stolz verbot ihm, Furcht zu zeigen.

»Du weißt, wer ich bin«, sagte Uther, »und du siehst, daß die Geister zurückgekehrt sind. Ich schätze, daß ihr jetzt eins zu zwei unterlegen seid, und ich erkenne, daß deine Männer nicht in der Verfassung sind zu kämpfen.«

»Ich kann nicht kapitulieren«, sagte der Mann.

»Das verstehe ich, aber die Königin wird auch nicht wünschen, daß du das Leben deiner Männer ohne Not vergeudest. Führe deine Armee aus Mareen-sa und erstatte Astarte Bericht.«

Der Mann nickte. »Was du sagst, ist logisch. Darf ich fragen, warum du uns verschonst?«

»Ich bin nicht hier, um zuzusehen, wie die Bevölkerung von Pinrae sich gegenseitig abschlachtet. Ich bin hier, um die Hexenkönigin zu vernichten. Deute meine Gnade nicht falsch. Wenn wir uns auf einem Schlachtfeld wieder begegnen, werde ich dich und alle, die sich mir in den Weg stellen, zermalmen.«

Der Mann verbeugte sich steif. »Ich heiße Agarin Pinder, und wenn ich den Befehl erhalte, mich dir in den Weg zu stellen, so werde ich dies tun.«

»Von einem pflichtbewußten Mann würde ich auch nichts anderes erwarten. Geh jetzt!«

Uther machte auf dem Absatz kehrt und stieg den Hügel wieder hinauf, dann rief er Severinus zu sich. Der junge Römer folgte ihm in das langgestreckte Gebäude.

»Bei allen Göttern, habe ich einen Hunger«, sagte Severinus, »was für ein wundervolles Gefühl!« Auf dem Tisch stand ein Krug Wein, und Uther schenkte zwei Becher ein, von denen er einen dem Römer reichte.

»Wir müssen den Wald verlassen und nach Callia marschieren, einer Stadt in der Nähe«, erklärte Uther. »Hier gibt es nicht genügend Lebensmittel, um eine Legion zu ernähren.«

Severinus nickte. »Du wolltest nicht kämpfen. Warum nicht?«

»Die römische Armee war einmal die beste der Welt. Nirgends kannte man eine bessere Disziplin, und in vielen Schlachten brachte sie die Wendung. Aber deine Männer waren noch nicht bereit, nicht nach dem schleichenden Entsetzen der Leere. Sie brauchen Zeit, um die Sonne auf dem Gesicht zu fühlen, dann werden sie wieder die wahre IX. Legion.«

»Du bist ein sorgsamer Befehlshaber, Prinz Uther. Das gefällt mir.«

»Wo wir gerade von Sorge sprechen, ich möchte, daß du deine Männer vom Plateau herunterführst und ihr euer befestigtes Lager dort unten baut. Es fließt auch ein Bach in der Nähe. Laß nicht zu, daß deine Männer sich unter die Leute von Pinrae mischen. Ihr seid seit vier Jahrhunderten Teil ihrer Legenden, und in bestimmten Nächten konnten sie euch sogar marschieren sehen. Eine Täuschung des Nebels. Aber der springende Punkt ist der: Sie glauben, daß ihr aus Pinrae stammt, daß ihr Teil ihrer Geschichte seid. Dadurch werden wir Unterstützung aus dem Land erhalten. Laßt niemanden vermuten, daß ihr aus einer anderen Welt stammt.«

»Ich verstehe. Wie kommt es, daß diese Menschen Latein sprechen?«

»Das tun sie nicht, aber das erkläre ich ein andermal. Schick einen Spähtrupp, der den Abmarsch von Goroiens Soldaten aus dem Wald verfolgt. Ich werde versuchen, Lebensmittel für deine Männer aufzutreiben.«

Severinus richtete sich auf, salutierte, und Uther nahm die Geste mit einem Lächeln entgegen.

Als Severinus ging, traten Korrin und Prasamaccus ein.

Korrin überstürzte sich fast, seine grünen Augen strahlten vor Aufregung. »Du hast es geschafft!« rief er. Seine Hände durchschlugen die Luft.

»Es ist schön, wieder hier zu sein«, sagte Uther. »Wo ist der Mann mit dem goldenen Bart?«

»Ich weiß nicht, wen du meinst«, antwortete Korrin.

Uther machte eine Handbewegung. »Spielt keine Rolle. Morgen marschieren wir nach Callia, und ich möchte, daß deine besten und vertrauenswürdigsten Männer uns vorausgehen. Die Geisterarmee von Pinrae kehrt zurück, um das Land zu befreien, und diese Nachricht muß verbreitet werden. Mit etwas Glück öffnet die Stadt kampflos die Tore.«

»Ich werde Maggrig und Hogun schicken. Bei den Göttern, Mann, wenn ich daran denke, daß ich dich beinahe getötet hätte!«

Uther legte Korrin eine Hand auf die Schulter. »Es ist schön, dich lächeln zu sehen. Und jetzt laß mich mit Prasamaccus allein.« Der Jäger grinste, trat zurück und verbeugte sich tief.

»Bist du immer noch entschlossen, Pinrae zu verlassen?«

»Ja – aber erst, wenn Goroien besiegt ist.«

»Das genügt mir.«

Nachdem Korrin gegangen war, nahm Prasamaccus dankend einen Becher Wein entgegen und beugte sich vor, um Uthers Gesicht prüfend zu betrachten. »Du bist müde, mein Prinz. Du solltest dich ausruhen.«

»Sieh«, sagte Uther und hob das Schwert hoch. »Die Klinge Cunobelins, das Schwert der Macht. Und ich habe keine Ahnung, wie es zu Laitha kam. Oder warum. Ich saß in der Leere fest, Prasamaccus, und suchte nach einem Weg, fast fünftausend Männern zu sagen, daß ich ihnen umsonst Hoffnung gemacht hatte. Und genau in diesem Moment sah ich, wie einen Geist, Laitha das Schwert heben und den Nebel durchschneiden, als wäre er das Fell eines Tiers.«

Prasamaccus öffnete den Mund, um eine Frage zu stellen, hielt aber mittendrin inne. Uther wandte sich um, um seinem Blick zu folgen. An einem neuen Feuer saß der Mann mit dem goldenen Bart und hielt seine gebräunten Hände den Flammen entgegen.

»Laß uns allein«, bat Uther den Briganten. Prasamaccus brauchte keine zweite Aufforderung und hinkte hinaus, während Uther auf den Fremden zuging.

»Ich schulde dir mein Leben«, sagte er.

»Du schuldest mir gar nichts«, erwiderte der Mann lächelnd. »Es ist angenehm, einem jungen Mann zu begegnen, der die Pflicht so hoch achtet. Das ist nicht gerade verbreitet.«

»Wer bist du?«

»Ich bin der König, den die Geschichte nicht mehr kennt, ein Fürst der Vergangenheit. Ich heiße Pendarric.«

Uther zog sich einen Stuhl heran und setzte sich neben den Mann. »Warum bist du hier?«

»Wir haben einen gemeinsamen Feind, Uther. Goroien. Aber dir zu helfen war nur eine Laune – wenigstens glaube ich das.«

»Ich verstehe dich nicht.«

»Es ist besonders angenehm, nach so vielen Jahrhunderten festzustellen, daß ich immer noch überrascht werden kann. Hat Laitha dir gesagt, wie sie zu dem Schwert kam?«

»Sie sagte, sie zog es durch die Luft, und ihre Hand war naß, als ob sie sie in einen Fluß getaucht hätte.«

»Du bist ein kluger Kopf, Uther. Sage mir nun, wo sie das Schwert fand.«

»Wie kann ich? Ich weiß ...« Der Prinz hielt inne, sein Mund war plötzlich trocken. »Es war ihre Hand in dem See, am Tag, als mein Vater starb. Und doch war sie mit mir in den Bergen. Wie ist das möglich?«

»Eine gute Frage, die ich gerne beantworten werde. Eines Tages, wenn ich zu einem Entschluß gekommen bin und falls du immer noch am Leben bist, werde ich zu dir kommen. Ich weiß nur eins gewiß, nämlich daß es richtig war, daß es geschah. Was willst du jetzt tun?«

»Ich werde versuchen, Goroien zu stürzen.«

Pendarric nickte. »Du hast viel von deinem Großvater – dieselbe Ernsthaftigkeit, denselben stolzen Sinn für Ehre. Das gefällt mir. Ich wünsche dir alles Gute, Uther, jetzt und in Zukunft.«

»Du gehörst zu den Feragh?«

»Ja.«

»Kannst du mir sagen, was in meiner Heimat passiert?«

»Aquila verliert den Krieg. Er hat eine Brigantenarmee bei Virosidum geschlagen, und Ambrosius hat Cerdic zerstört. Aber der Sachse Hengist zieht mit siebentausend Mann nach Norden, in der Hoffnung, sich bei Eboracum zur Entscheidungsschlacht mit Eldared verbinden zu können.«

»Wie lange ist es noch bis dahin?«

»Es ist nicht möglich, das zu sagen, Uther – ebensowenig, wie man die Zukunft vorhersagen kann. Es kann sein, daß du Goroien schlägst und nicht nach Hause zurückkehren kannst. Es kann sein, daß du zurückkehrst, nur um Niederlage und Tod zu erleben. Ich weiß es nicht. Was ich weiß, ist, daß du ein Rolynd bist, und das zählt weit mehr als Kronen.«

»Rolynd?«

»So nennt man einen Seinszustand, einen Zustand der Harmonie mit dem unbekannten Universum. Es ist sehr selten – auf 10 000 Menschen kommt vielleicht ein Rolynd. In materiellen Begriffen bedeutet es, daß du Glück hast, aber auch daß du dein Glück verdienst. Culain ist ein Rolynd, er wäre stolz auf dich.«

»Culain ist tot. Die Seelenräuber töteten ihn.«

»Nein, er lebt – aber nicht mehr lange. Er ist ebenfalls unterwegs, um Goroien zu stellen – und dort wird er einem Feind begegnen, den er nicht besiegen kann. Und jetzt muß ich gehen.«

»Kannst du nicht bleiben und den Krieg gegen die Hexenkönigin führen?«

Pendarric lächelte. »Ich könnte, Uther – aber ich bin kein Rolynd.«

Er streckte die Hand aus, als ob er die Uthers schütteln wollte, aber statt dessen ließ er einen Sipstrassi-Stein in die Hand des Prinzen fallen.

»Nutze ihn klug«, sagte er und verschwand.

Laitha fand Uther am Feuer sitzend, wie er gedankenverloren in die flackernden Flammen starrte. Sie näherte sich lautlos und zog sich einen Stuhl heran. »Bist du wütend auf mich?« fragte sie. Ihre Stimme klang leise, wie die eines Kindes. Er schüttelte den Kopf, entschlossen, daß es besser war zu lügen, als sich seinem Schmerz zu stellen. »Du hast seit Tagen nicht mehr mit mir gesprochen«, flüsterte sie. »War es … war ich … so enttäuschend?« Da wandte er sich zu ihr und erkannte, daß sie keine Ahnung hatte, Culains Namen geflüstert zu haben. Er spürte den Drang, ihr weh zu tun, sie seine Bitterkeit spüren zu lassen, aber ihre Augen waren unschuldig, und er hielt seinen Zorn im Zaum.

»Nein«, sagte er, »du hast mich nicht enttäuscht. Ich liebe dich, Laitha. So einfach ist das.«

»Und ich liebe dich«, erwiderte sie. Die Worte kamen ihr so leicht über die Lippen, daß sein Zorn ihn zu ersticken drohte. Sie lächelte und neigte den Kopf, wartete darauf, daß er die Hand ausstreckte und sie an sich zog. Aber das tat er nicht. Er drehte sich wieder zum Feuer. Eine tiefe Traurigkeit umfing sie, und sie stand auf, in der Hoffnung, er würde es bemerken und sie bitten zu bleiben. Er tat es nicht. Sie hielt die Tränen zurück, bis sie draußen im Mondschein stand, dann lief sie zum Rand des Steinkreises, wo sie allein sein konnte.

Drinnen fluchte Uther leise. Er hatte sie gehen sehen, gehofft, diese kleine Bestrafung würde ihr weh tun, und mußte feststellen, daß sie ihn selbst genauso schmerzte. Er hatte sie in die Arme nehmen wollen, sie streicheln, hatte das Bedürfnis, seinen Kopf in ihrem Haar zu vergraben und in ihrem Duft zu baden. Und er hatte ihr nicht erzählt, daß Culain noch am Leben war. War das auch eine Strafe – oder die Angst, daß sie sich dann von ihm abwenden würde? Er wünschte, er wäre ihr nie begegnet, denn er spürte, daß sie sein Herz nie mehr verlassen würde.

Er stand auf und blickte an seiner zerlumpten, zerfetzten Kleidung hinunter. Nicht gerade wie ein Gott, Uther – eher wie ein armer Kleinbauer. Einem Impuls folgend, nahm er den Stein und schloß die Augen. Sofort war er in die herrliche Rüstung eines Ersten Legaten gekleidet: ein roter Umhang über einer silbernen Brustplatte, ein lederner Schurz, der mit silbernen Streifen verziert war, gehämmerte silberne Beinschienen über weichen ledernen Reitstiefeln. Der Stein zeigte noch keine Spur von Schwarz.

Er ging in die Nacht hinaus und wanderte zu der viereckigen, von einem Graben umgebenen Anlage, wo die Legion ihre Zelte aufgeschlagen hatte. Die beiden Wachposten salutierten, als er vorbeiging, und er schlenderte zum Zelt von Severinus Albinus. Überall brannten große Feuer unter Hirsch, Elch und Schaf am Spieß, und an einigen Feuern wurden Lieder gesungen. Severinus stand auf und grüßte, als Uther sein Zelt betrat. Der junge Römer war ein wenig unsicher auf den Beinen, und seine Toga zierten Weinflecken. Er grinste beschämt. »Es tut mir leid, Prinz Uther. Du findest mich nicht in bester Verfassung vor.«

Uther zuckte die Achseln. »Es muß schön gewesen sein, die Sonne zu sehen.«

»Schön? Ich habe siebzig Männer an die Leere verloren, und viele von ihnen kehrten wieder, standen vor dem Lager und riefen ihre Kameraden. Nur waren ihre Gesichter grau, ihre Augen rot – es war schlimmer als der Tod. Ich werde mein Leben lang davon Alpträume haben. Aber jetzt bin ich betrunken, und es scheint nicht mehr ganz so schrecklich.«

»Du hast dir diesen Abend mit deinem Mut verdient«, sagte Uther, »aber morgen muß das Wachssiegel auf den Flaschen ungebrochen bleiben. Morgen beginnt der Krieg.«

»Wir werden bereit sein.«

Uther verließ das Zelt und kehrte nach Erin zurück, wo er Laitha allein am Rand des Kreises sitzen sah. Er ging zu ihr, sein Zorn war verflogen.

»Bleib nicht allein hier sitzen«, sagte er. »Komm zu mir.«

»Warum behandelst du mich so?«

Er kniete neben ihr nieder. »Du liebtest Culain. Laß mich dich eins fragen: Hätte er dich zur Frau genommen, wärst du dann glücklich gewesen?«

»Ja. Ist das so schlimm?«

»Nein, überhaupt nicht, Liebste. Und wenn er in eurer ersten gemeinsamen Nacht Goroiens Namen in dein Ohr geflüstert hätte, wärst du dann immer noch glücklich gewesen?« Sie sah ihm in die rauchgrauen Augen – Culains Augen – und sah den Kummer dort.

»Habe ich das getan ... dir angetan?«

»Ja.«

»Es tut mir so leid.«

»Mir auch, Laitha.«

»Wirst du mir verzeihen?«

»Was gibt es da zu verzeihen? Du hast nicht gelogen. Soll ich dir verzeihen, weil du einen anderen liebst? Du hattest keine Wahl zu treffen; es ist nur eine von vielen Wahrheiten. Ich muß dir nicht verzeihen. Kann ich vergessen? Das bezweifle ich. Will ich dich noch immer, obwohl ich weiß, daß du dabei an einen anderen denken wirst? Ja. Und das beschämt mich.«

»Ich würde alles tun«, sagte sie, »um dir diesen Schmerz zu nehmen.«

»Willst du meine Frau werden?«

»Ja. Mit Freuden.«

Er nahm ihre Hand. »Von diesem Tage an sind wir vereint, und ich werde keine andere Frau nehmen.«

»Von diesem Tage an sind wir eins«, sagte sie.

»Komm mit mir.« Er führte sie zu einer kleinen, noch immer leeren Hütte hinter dem Hauptgebäude. Hier hob er den Stein hoch, und ein Bett erschien.

Aber die lodernde Leidenschaft ihrer ersten Liebesnacht wiederholte sich nicht, und beide glitten mit ihrem privaten Kummer in den Schlaf hinüber.

Der Drache umkreiste die Insel Skitis zweimal, ehe Culain ihn zu einem Vorsprung von bewaldeten Hügeln lenkte, die etwa drei Kilometer von der schwarzen steinernen Festung entfernt waren, die Goroien sich erbaut hatte. Das Gebäude war gewaltig, ein großer steinerner Torbogen unter zwei Türmen und ein Burggraben aus Feuer, das rauchlos brannte. Culain sprang vom Rücken des Drachen und sprach die Worte der Macht. Das Tier schrumpfte wieder zu dem grauen Wallach zusammen, der es vorher gewesen war, und Culain nahm ihm den Sattel ab und gab ihm einen Klaps auf den Leib. Das Pferd trabte über den Hügel davon.

Der Nebelkrieger nahm seine Habseligkeiten und wanderte die paar hundert Meter zu der verlassenen Hütte, die er aus der Luft gesehen hatte. Sobald er drinnen war, machte er Feuer, streifte seine Kleider ab und trat nackt in die Morgendämmerung hinaus. Nach einem tiefen Atemzug rannte er los. Nach kurzer Zeit ging sein Atem nur noch stoßweise, sein Gesicht war tiefrot angelaufen. Er rannte weiter, fühlte, wie sich in seinen Gliedern Säuren bildeten, spürte das Pochen in der Brust. Schließlich machte er kehrt, jeder Schritt eine brennende Qual. Wieder in der Hütte streckte er seine schmerzenden Beine, massierte mit seinen Fingern tief die Muskeln seiner Waden, tastete nach den Knoten und Verspannungen. Er badete in einem eisigen Bach und zog sich wieder an. Hinter der Hütte erstreckte sich felsiger Grund. Hier hob er zwei faustgroße Steine auf und blieb mit hängenden Armen stehen. Er holte tief Luft, dann hob und senkte er die Arme und wiederholte diese Bewegung wieder und wieder. Schweiß floß ihm in Strömen übers Gesicht, brannte ihm in den Augen, aber er machte weiter, bis er jeden steinbewehrten Arm vierzig Mal hochgehoben hatte. Als die Abenddämmerung den Himmel färbte, brach er zu einem zweiten Lauf auf, kürzer diesmal, um die Muskeln seiner Beine zu lockern. Schließlich schlief er auf dem Fußboden vor dem Feuer.

Im Morgengrauen war er wieder auf den Beinen und wiederholte die Marter des vorigen Tages, trieb sich sogar noch härter an, ohne Schmerzen oder Unbequemlichkeiten zu beachten, und hielt sich an dem einen Bild fest, das ihn seine Qualen ertragen ließ.

Gilgamesch, der König des Kampfes …

Der tödlichste Kämpfer, den Culain je gesehen hatte.

Wie Uther gehofft hatte, öffneten sich Callias Stadttore kampflos, die Bevölkerung strömte heraus und streute den marschierenden Legionären Blumen vor die Füße. Ein junges Mädchen, nicht älter als zwölf, lief zu Uther und legte ihm eine Blumengirlande über den Kopf.

Agarin Pinder und die Armee Goroiens waren verschwunden wie Morgennebel. Die Legion schlug vor der Stadt ihr Lager auf, und Karren voller Proviant rollten hinaus. Uther traf sich mit den Stadtältesten, die ihm ihre Unterstützung zusicherten. Er fand es geschmacklos, daß sie sich bäuchlings vor ihm auf den Boden warfen, machte aber keine Anstalten, sie aufzuhalten. Am nächsten Tag waren 600 ehemalige Krieger der Hexenkönigin zu ihm übergelaufen und hatten ihm Treue geschworen. Korrin hatte ihn gedrängt, sie alle zu töten, doch Uther hatte ihren Schwur angenommen, und sie ritten mit ihm, als die Legion zu dem Zehntagesritt nach Perdita aufbrach, der Burg aus Eisen.

Prasamaccus wurde mit Korrin als Kundschafter vorausgeschickt. Jeden Abend kehrten sie zurück, aber bis zum sechsten Tage fanden sie keine Spur von feindlichen Kräften.

Müde und staubbedeckt nahm Prasamaccus dankbar den Becher verdünnten Wein entgegen und lehnte sich auf dem Diwan zurück, während er sein schmerzendes Bein rieb. Uther und Severinus schwiegen und warteten, daß der Brigant wieder zu Atem kam.

»Es sind achttausend Fußsoldaten und zweitausend Reiter. Sie müßten morgen am späten Vormittag hier sein.«

»Wie war ihre Disziplin?« fragte Severinus.

»Sie marschierten in Reih und Glied und sind gut gerüstet.« Severinus warf Uther einen Blick zu.

»Haben sie Späher ausgeschickt?« fragte der Prinz.

»Ja. Ich sah zwei Männer, die in den Hügeln westlich von uns ihr Lager aufgeschlagen hatten und unser Lager beobachteten.«

»Gib Befehl, daß die Männer eine Verteidigungsstellung auf dem höchsten Hügel errichten«, sagte Uther zu Severinus. »Sie sollen einen Wall aufwerfen und eine Palisade bauen.«

»Aber, Prinz Uther ...«

»Jetzt gleich, Severinus. Es wird bald dunkel. Ich möchte, daß die Männer innerhalb der nächsten Stunde an dem Wall arbeiten.« Das Gesicht des Römers verdunkelte sich, aber er stand auf, salutierte und eilte aus dem Zelt.

»Die Römer kämpfen nicht gern hinter Wällen«, bemerkte Prasamaccus.

»Ich auch nicht. Ich weiß, du bist müde, mein Freund, aber bitte spüre die Späher auf und komm zu mir, wenn sie weg sind. Laß sie nicht wissen, daß du da bist.«

Zwei Stunden lang warfen die Männer der Neunten Legion einen knapp zwei Meter hohen Erdwall um die Kuppe eines runden Hügels auf. Sie arbeiteten schweigend unter den wachsamen Augen von Severinus Albinus. Eine Stunde nach Einbruch der Dunkelheit kehrte Prasamaccus in Uthers Zelt zurück.

»Sie sind fort«, sagte er.

Uther nickte. »Bitte hol Severinus zu mir.«

Bei Morgengrauen waren Agarin Pinder und seine Fußsoldaten rund dreißig Kilometer von der neuen Festung entfernt. Er schickte seine berittene Truppe aus, um den Gegner zu beschäftigen und festzunageln, bis die Infanterie folgen konnte. Dann ließ er Rationen austeilen – einen kleinen Laib schwarzes Brot und ein Stück Käse. Als sie ihr Frühstück beendet hatten, brachen sie in Dreierreihen auf zu dem langen Marsch in die Schlacht. Er trieb sie nicht hart an, denn er wollte, daß sie für den ersten Ansturm frisch waren. Er ließ es jedoch auch nicht zu langsam angehen, denn er wußte, daß Kämpfer es nicht schätzten, lange warten zu müssen. Es war ein schmaler Grat, aber Agarin Pinder war ein bedachter Mann und gewissenhafter Soldat. Seine Truppen bestanden aus den bestausgebildeten sowie besternährten und gerüsteten Soldaten aus sechs Nationen. Diese drei Dinge gehörten, wie er wußte, untrennbar zusammen.

Schließlich kam er in Sichtweite des befestigten Hügels. Seine berittene Truppe hatte ihn bereits – außer Schußweite – umkreist. Agarin stieg ab. Es ging auf Mittag zu, und er ließ Zelte aufschlagen und Kochfeuer entzünden. Er hob die Marschordnung auf und ritt mit seinem Adjutanten los, um sich die feindlichen Befestigungen anzusehen. Als Pinders Armee die Zelte aufschlug und die Soldaten in ihrem neuen Lager umherliefen, marschierte die Neunte Legion in zwei Phalanxen aus dem Wald zu beiden Seiten. Die Römer marschierten ohne Trommeln, hielten an und ließen ihre fünfhundert Bogenschützen einen tödlichen Regen ins Lager schicken. Als er die Schreie der Sterbenden hörte, riß Agarin sein Pferd herum und sah ungläubig, wie seine hervorragend ausgebildeten Truppen völlig verwirrt durcheinanderliefen. Die Legion rückte in dichter Formation ins Lager vor und ließ zwei Reihen von Bogenschützen auf den Hügeln zu beiden Seiten zurück.

Agarin fluchte und stieß seinem Pferd die Fersen in die Flanken, in der Hoffnung, durch die Reihen des rotgekleideten Feindes brechen und seine Männer wieder sammeln zu können. Sein Pferd stieg und stürzte mit einem Pfeil in der Kehle. Der General flog über seinen Hals, raffte sich wieder hoch und zog sein Schwert. Er drehte sich zu seinem Adjutanten um und befahl ihm abzusteigen. Während jener dem Befahl nachkam, erschienen zwei Pfeile in seiner Brust. Der Hengst stieg auf die Hinterbeine, als das Gewicht des Sterbenden auf seinen Rücken fiel, und galoppierte davon. Donnernde Hufe hinter sich ließen Agarin herumfahren. Uther und zwanzig Mann in der Uniform von Pinrae ritten aus dem Wald. Der Prinz stieg ab und zog ein Langschwert.

»Ich hatte es dir einmal gesagt. Jetzt sollst du es lernen«, sagte Uther. Agarin stürzte sich auf ihn, seine Klinge schwingend, doch Uther blockte den Hieb ab und antwortete mit einem Stich in die Kehle seines Feindes. Agarin fiel auf die Knie, seine Finger versuchten, die rote Flut seines Lebensblutes einzudämmen. Er sank mit dem Gesicht voran ins Gras.

Im Lager herrschten Chaos, Gemetzel und Panik. Ohne Zeit zur Vorbereitung kämpften die Männer aus Goroiens Armee entweder in kleinen Schildkreisen, die langsam und erbarmungslos in Stücke gehauen wurden, oder sie rannten nach Osten zurück im verzweifelten Bemühen, sich wieder zu formieren. Etwa zweitausend Mann entkamen unter dem Kommando von drei erfahrenen Offizieren aus dem Lager. Sie brachten das tödliche Spießrutenlaufen vor den Bogenschützen auf den Hügeln hinter sich und versuchten, eine Kampfformation zu bilden, aber da donnerten vierhundert Kavalleristen mit gesenkten Lanzen aus dem Wald. Die Formation zerbrach, Panik machte sich breit, und die Soldaten flohen und wurden von den Lanzenreitern verfolgt und erschlagen.

Von ihrer eigenen Kavallerie erhielten sie keine Hilfe, denn als sie sahen, wie Agarin Pinder erschlagen wurde, galoppierten sie mit höchster Geschwindigkeit nach Süden. In einer Stunde war die Schlacht vorbei. Dreitausend Überlebende legten die Waffen nieder und baten um Gnade.

Überall hing der Gestank des Todes, und Uther ritt zu dem Festungshügel, wo zweihundert Mann der Legion warteten. Sie jubelten, als er hineinritt, und er zwang sich, den Jubel mit einem Lächeln entgegenzunehmen. Korrin war begeistert.

»Was für ein Tag!« sagte er, als Uther aus dem Sattel glitt.

»Ja. Fünftausend Tote. Was für ein Tag!«

»Wann willst du die anderen töten?«

Uther blinzelte. »Welche anderen?«

»Die sich ergeben haben«, sagte Korrin. »Sie sollten alle hängen wie Verräter, die sie ja sind.«

»Es sind keine Verräter, Korrin, es sind Soldaten – Männer wie du. Starke Männer, mutige Männer. Ich werde niemanden abschlachten.«

»Aber sie sind der Feind! Du kannst doch nicht zulassen, daß 3000 Mann – Krieger – frei abziehen. Und wir können sie nicht ernähren und bewachen.«

»Du bist ein Narr!« zischte Uther. »Wenn wir sie töten, wird sich nie wieder jemand ergeben. Sie werden kämpfen wie gefangene Ratten – und das kostet mich Männer. Wenn diese Überlebenden zurückgehen, werden sie die Nachricht von unserem Sieg verbreiten. Sie werden sagen – und das mit Recht – daß wir hervorragende Kämpfer sind. Das wird die Entschlossenheit derjenigen, die sich uns immer noch in den Weg stellen wollen, schwächen. Wir sind nicht hier, Korrin, um ein Blutbad zu veranstalten, sondern um die Herrschaft der Hexenkönigin zu beenden. Und frag dich eins, mein blutdürstiger Freund: Wenn ich dieses Land mit meiner Legion verlasse, woher willst du deine eigene Armee rekrutieren? Doch genau aus jenen Männern, die ich deiner Ansicht nach töten soll. Und jetzt laß mich allein. Ich bin des Krieges und des Redens darüber müde.«

Gegen Mitternacht betrat Severinus mit zwei seiner Zenturios Uthers Zelt. Der Prinz sah auf und rieb sich die Augen. Er hatte geschlafen, Laitha neben ihm, und zum ersten Mal seit Wochen waren seine Träume nicht unruhig gewesen.

»Deine Befehle wurden ausgeführt, Prinz Uther«, sagte Severinus. Seine Miene war starr, seine Augen anklagend.

»Welche Befehle?«

»Die Gefangenen sind tot. Die letzten versuchten zu entkommen, und dabei verlor ich zehn Männer. Aber jetzt ist es vorbei.«

»Vorbei! Dreitausend Mann!« Uther sprang auf, seine Augen funkelten, er stürzte auf Severinus zu. »Du hast sie umgebracht?«

»Korrin kam zu mir mit Befehlen von dir. Wir sollten die Gefangenen in Gruppen zu hundert fortführen und sie außer Hörweite der anderen töten. Hast du diesen Befehl denn nicht gegeben?«

Uther fuhr zu den Zenturios herum. »Sucht Korrin und bringt ihn her. *Sofort*!«

Die beiden Männer zogen sich eilig zurück. Uther drängte sich an Severinus vorbei in die Nacht. Er sog die kühle Luft in tiefen Zügen ein. Er hatte das Gefühl zu ersticken. Laitha, in einer einfachen weißen Tunika, kam heraus und legte ihm eine Hand auf den Arm. »Korrin hat viel gelitten«, sagte sie. Uther schüttelte ihre Hand ab.

Wenige Minuten später kamen die beiden Zenturios wieder, hinter ihnen Korrin, dessen Arme von zwei Legionären festgehalten wurden.

Uther ging ins Zelt und kam mit dem Schwert Cunobelins in den zitternden Händen wieder.

»Du erbärmlicher Wicht!« herrschte er Korrin an. »Du mußtest unbedingt Blut fließen sehen, was?«

»Du warst zu müde, um zu wissen, was du tust«, sagte Korrin. »Du hast es nicht verstanden, sonst hättest du den Befehl selbst gegeben. Jetzt laß mich frei. Wir haben Arbeit zu erledigen – Strategien auszuarbeiten.«

»Nein, Korrin«, sagte Uther traurig. »Keine Strategien mehr für dich. Keine Schlachten und keine Morde. Heute war der Höhepunkt deiner traurigen Karriere. Heute war das Ende. Wenn du einen Gott hast, dann schließe deinen Frieden mit ihm, denn ich werde dich töten.«

»O nein! Nicht ehe die Hexenkönigin gestürzt ist. Töte mich nicht, Uther. Laß mich sehen, wie Astarte stirbt. Das ist mein Traum!«

»Deine Träume versinken in Blut.«

»Uther, das kannst du nicht tun!« rief Laitha.

Cunobelins Schwert zuckte auf, drang in Korrins Bauch, glitt unter dem Rippenbogen aufwärts und stieß in sein Herz. Der Tote sackte in den Armen der Legionäre zusammen.

»Nehmt diesen Kadaver und werft ihn den Krähen vor«, sagte Uther.

Wieder im Zelt, stieß Uther das blutige Schwert in die festgestampfte Erde und ließ es zitternd im Eingang stecken. Laitha saß auf dem Bett, die Knie an die Brust gezogen.

Severinus folgte dem Prinzen.

»Es tut mir leid«, sagte er. »Ich hätte einen Befehl von solcher Tragweite hinterfragen sollen.«

Uther schüttelte den Kopf. »Römische Disziplin, Severinus. Und die oberste Pflicht heißt Gehorsam. Bei den Göttern, bin ich müde. Du solltest ein paar Männer zu den anderen Führern von Pinrae schicken, Maggrig, Hogun und Ceorl. Hol sie her.«

»Glaubst du, es wird Ärger geben?«

»Wenn ja, töte sie, sobald sie mein Zelt verlassen.« Der Soldat salutierte und ging. Uther ging zu dem Schwert, das im Eingang steckte. Blut war auf die Erde getropft. Er machte eine Bewegung, als ob er es herausziehen wollte, hielt aber inne und ging wieder zu dem Diwan neben dem Bett. In wenigen Minuten waren die Rebellenführer draußen versammelt, und Severinus führte sie herein. Maggrigs Augen waren kühl und distanziert, seine Gefühle verborgen. Die anderen mieden, wie immer, Uthers Blick.

»Korrin Rogeur ist tot«, sagte Uther. »Das ist sein Blut.«

»Warum?« fragte Maggrig.

»Er handelte gegen meinen ausdrücklichen Befehl und ermordete dreitausend Menschen.«

»Unsere Feinde, Berec.«

»Ja, unsere Feinde. Aber darum geht es hier nicht. Ich hatte andere Pläne für sie, und Korrin wußte das. Seine Handlungsweise war unverzeihlich. Jetzt hat er dafür bezahlt. Ihr habt zwei Möglichkeiten: Entweder ihr dient mir, oder ihr geht. Aber wenn ihr mir dient, dann verlange ich Gehorsam.«

»Willst du die Stelle der Hexenkönigin einnehmen?« fragte Maggrig leise.

»Nein. Wenn sie gestürzt ist, werde ich Pinrae verlassen und in meine Welt zurückkehren. Die Geisterarmee wird mit mir gehen.«

»Und wir können frei entscheiden, ob wir gehen wollen.«

»Ja«, log Uther.

»Darf ich mit den anderen sprechen?«

Uther nickte, und die Männer marschierten hinaus. Bis sie wiederkamen, herrschte Schweigen im Zelt. Wie immer war Maggrig ihr Sprecher.

»Wir wollen bleiben, Berec, aber Korrins Freunde wollen ihn begraben, wie es sich für einen Kriegsführer gehört.«

»Sie sollen tun, was ihnen gefällt«, sagte der Prinz.

»In wenigen Tagen werden wir Perdita erreichen. Nehmt den Toten die Waffen ab und rüstet eure eigenen Männer aus.« Er entließ sie mit einer Handbewegung. Er merkte wohl, daß sie noch immer ihre mürrischen Mienen trugen.

»Du hast ihre Liebe verloren, glaube ich«, sagte Severinus.

»Ich will nur ihren Gehorsam. Wie hoch waren deine Verluste heute?«

»Zweihunderteinundvierzig Tote, sechsundachtzig ernstlich Verletzte und etwa hundert mit leichten Verwundungen. Die Ärzte kümmern sich um sie.«

»Deine Männer haben heute gut gekämpft.«

Severinus nahm das Kompliment mit einer Verbeugung entgegen. »Es sind vorwiegend Sachsen und, wie du weißt, gute Krieger. Sie halten sich an Disziplin – fast wie geborene Römer. Und wenn ich das Kompliment zurückgeben darf, deine Strategie war beispielhaft. Achttausend Tote beim Feind gegenüber dem Verlust von so wenigen eigenen Männern.«

»Das war keine neue Strategie«, sagte Uther. »Sie wurde schon von Pompeius und dem göttlichen Julius angewandt. Antonius hat bei Philippi einen ähnlichen Zug unternommen. Darius der Große war berühmt dafür, daß er seine Unsterblichen auf Blitzmärsche führte, und Alexander eroberte den größten Teil der Welt mit derselben Strategie. Das Prinzip ist ganz einfach: Du mußt immer agieren, niemals reagieren.«

Severinus grinste. »*Reagierst* du immer so abwehrend auf Komplimente, Prinz Uther?«

»Ja«, gab er schüchtern zu. »Es bewahrt vor Arroganz.«

Nachdem Severinus gegangen war, sah Uther, daß Laitha sich noch immer nicht gerührt hatte. Sie saß mit umschlungenen Knien da und starrte in die glühende

Asche im Kohlebecken. Er setzte sich neben sie, doch sie rückte von ihm ab.

»Sprich mit mir«, flüsterte er. »Was ist los?«

Sie wandte sich ihm ruckartig zu, ihre braunen Augen funkelten im Kerzenschein. »Ich kenne dich nicht«, sagte sie. »Du hast diesen Mann so eiskalt getötet.«

Einen Augenblick schwieg er. »Glaubst du, es hat mir Freude gemacht?«

»Ich weiß es nicht, Uther. Hat es?«

Er leckte sich die Lippen, ließ die Frage bis in sein Unterbewußtsein sinken.

»Nun?« fragte sie. Er drehte sich zu ihr.

»In diesem Moment – ja. Mein ganzer Zorn lag in diesem Streich.«

»Oh, Uther, was wird aus dir?«

»Wie kann ich dir das beantworten?«

»Aber dieser Krieg wurde für Korrin gekämpft. Wofür denn jetzt?«

»Für mich«, gestand er, »ich will nach Hause. Ich will Eboracum sehen und Camulodunum und Durobrivae. Ich weiß nicht, was aus mir wird. Maedhlyn hat immer gesagt, daß ein Mensch die Summe aller Dinge ist, die ihm widerfahren. Einige stärken ihn, andere schwächen ihn. Korrin war so. Der Tod seiner Frau hob ihn aus den Angeln, und sein Herz war wie brennende Kohle, besessen von Rachsucht. Er hat mir einmal gesagt, wenn er gewänne, würde er Feuer unter seinen Feinden entzünden, die niemals verlöschen. Was mich angeht, ich versuche, ein Mann zu sein – ein Mann wie Aurelius oder Culain. Ich habe niemanden, zu dem ich gehen kann, Laitha. Niemanden, der sagt: ›Du irrst, Thuro. Versuch es noch einmal.‹ Korrin zu töten war vielleicht ein Fehler, aber wenn ich es früher getan hätte, wären dreitausend Männer noch am Leben. Und jetzt – sofern wir gewinnen – wird es auch keine Feuer geben, die nie verlöschen.«

»Als wir noch in den Kaledonischen Bergen waren, lag eine solche Sanftheit in dir«, sagte sie, »und du warst ein gejagter Prinz, unfähig zu Schwertfechtereien. Jetzt spielst du den General und mordest.«

Er schüttelte den Kopf. »Das ist der traurige Teil. Ich spiele nicht, ich *bin* der General. Manchmal wünschte ich, es wäre alles ein Traum, und ich könnte in Camulodunum aufwachen, und mein Vater wäre noch immer der König. Aber er ist tot, und mein Land wird von Wölfen zerfleischt. Zum Guten oder Bösen bin ich der Mann, der dem Einhalt gebieten kann. Ich verstehe mich auf Strategie und habe Menschenkenntnis.«

»Culain hätte Korrin nie getötet.«

»Und so entstehen Legenden«, spottete er. »Sobald ein Mann stirbt, wird er zu einer wundersamen Gestalt. Korrin war ein Krieger, und das macht ihn zu einem Mörder. Warum glaubst du wohl, war die Neunte Legion in der Leere? Culain schickte sie dorthin. In den kaledonischen Bergen hat er mir davon erzählt. Er hat es zutiefst bedauert, aber er tat es, während er vor vierhundert Jahren einen Krieg gegen die Römer führte.«

»Das glaube ich dir nicht.«

»Du bist ein dummes Kind«, fuhr er sie an. Seine Geduld war am Ende.

»Er war doppelt soviel Mann wie du!«

Uther stand auf und holte tief Luft. »Und du bist nur ein Zehntel der Frau, die du sein könntest. Vielleicht wollte er dich deswegen nicht.« Sie stürzte sich auf ihn, wollte ihm mit den Nägeln das Gesicht zerkratzen, aber er schob sie beiseite und warf sie bäuchlings aufs Bett. Rasch setzte er sich auf ihren Rücken und hielt sie so fest. »So benimmt sich keine Ehefrau.« Sie kämpfte noch ein paar Minuten, dann entspannte sie sich, und er ließ sie los. Sie rollte sich auf den Rücken, ihre Faust krachte gegen sein Kinn, doch er packte ihre Arme und hielt sie unter sich fest.

»Ich habe vielleicht nicht immer recht«, flüsterte er, »und vielleicht habe ich mit dir einen schlechten Handel gemacht. Aber was immer auch aus mir wird, ich werde dich immer brauchen. Und dich immer lieben.«

Draußen hörte Prasamaccus, wie der Streit verebbte.

»Ich glaube nicht, daß sie dich jetzt sehen wollen«, flüsterte ein Wachposten.

»Nein«, stimmte Prasamaccus zu und humpelte in die Dunkelheit davon.

Zwei Wochen lang hatte Culain sich geplagt und abgemüht, um verlorene Kraft und Schnelligkeit zurückzugewinnen. Jetzt war er schneller und geschickter als seit Jahren ... und er wußte, es würde nicht reichen. Goroien hatte recht gehabt. Indem er die Sterblichkeit akzeptierte, hatte Culain die vitale Kraft der Jugend verloren. Er hatte viele Zweifel, als er vor der Hütte auf der Erde saß und zusah, wie die Sonne in einem Feuermeer unterging.

Einst hatte er als Cunobelin der König zugelassen, daß sein Körper alt und grau wurde, aber das war nur Täuschung gewesen. Unter den Falten hatte er seine Kraft behalten.

Seit zwei Tagen hatte er jetzt überhaupt nicht trainiert, damit sein müder Körper ausruhen und frische Energie tanken konnte. Morgen würde er zur Eisernen Burg wandern und eine Wahrheit suchen, die er bereits zu kennen glaubte.

Jetzt war er froh, daß er den Stein für diesen wundervoll exaltierten Flug aufgezehrt hatte. Die Versuchung, dessen Macht für sich selbst zu verwenden, wäre heute unwiderstehlich gewesen. Seine Gedanken wanderten zu Gilgamesch, er stellte sich den Krieger vor, wie er ihn zuerst gesehen hatte, stark und stolz, der einen hoffnungslosen Kampf gegen einen unbesiegbaren Feind führte. Goroien hatte Mitleid mit ihm gehabt, was ihr nicht ähnlich sah, und ihm geholfen, den tyrannischen König zu stürzen. Da erlebte Gilgamesch Ruhm und die Verehrung des befreiten Volkes. Aber es war nicht genug, der König des Kampfes litt unter einem Hunger, den noch so viele Siege nicht stillen konnten. Culain hatte nie den Dämon verstanden, der ihn trieb. Dreimal hatte Gilgamesch Culain herausgefordert, und dreimal hatte der Nebelkrieger sich geweigert, zum Kampf gezwungen zu werden. Viele Feragh hatten sich Gedanken über Culains Gründe gemacht. Nur wenige hatten die Wahrheit erkannt. Culain lach Feragh hatte Angst vor der seltsamen, düsteren Eigenschaft in Gilgamesch, die ihn unbesiegbar machte.

Dann kam der Tag, an dem die Nachricht von seinem Tod Culain erreichte. Sein Herz hatte gejubelt, denn tief in seinem Inneren hatte er allmählich geglaubt, daß der König des Kampfes ihn eines Tages töten würde. Er erinnerte sich gut an den Tag – eine strahlende Sonne am wolkenlosen Himmel, die Kornfelder in der Ferne schimmerten golden, und die hohen weißen Türme von Babylon waren in dunkle Schatten getaucht. Brigamartis hatte die Nachricht überbracht, ihr Gesicht vor Aufregung gerötet. Sie hatte Gilgamesch nie gemocht. Vor seiner Ankunft hatte sie als eine der besten Schwertkämpferinnen der Feragh gegolten, aber er hatte sie bei den Schattenspielen mühelos besiegt.

»Irgend etwas stimmte nicht mit seinem Blut«, erzählte Brigamartis fröhlich. »Es nahm die Kraft der Sipstrassi nicht an. Er alterte rapide, in den vergangenen beiden Jahren wollte selbst Goroien ihn nicht besuchen. Er hatte begonnen zu sabbern, weißt du, und er war halb blind.«

Culain hatte fünf Jahre gewartet, ehe er den Nebel durchquerte. Goroien war schön wie immer und verhielt sich, als ob ihre Affäre mit Gilgamesch nie stattgefunden hätte. Noch über drei Jahrhunderte lang kam sein Name nicht über ihre Lippen.

Jetzt war der König des Kampfes zurückgekehrt, und Culain lach Feragh würde wahrlich die Schrecken der Sterblichkeit kosten. Es war abstoßend, so lange zu leben, nur um einer solchen Bitterkeit ins Gesicht zu sehen. Thuro und Laitha saßen in einer Welt fest, die er nicht erreichen konnte, Opfer einer Göttin, die er niemals töten konnte, bedroht von einem Krieger, den er nicht besiegen konnte.

Er hob seine Lanze und zog das verborgene Schwert. Die Klinge war tödlich scharf, die Balance hervorragend. Er betrachtete sein Spiegelbild in dem Silberstahl, sah in seine Augen, als erwartete er, dort Antworten zu finden.

War er jemals wahrhaft mutig gewesen? Wie einfach war es für einen unsterblichen Krieger gewesen, in der Welt der Menschen zu kämpfen. Fast alle Wunden konnten geheilt werden, und er hatte das Wissen und das Können von Jahrhunderten auf seiner Seite. Selbst der große Achilles war im Vergleich zu ihm ein Kind gewesen, der Ausgang ihres Zweikampfes niemals zweifelhaft. Nur seine Gegner hatten Mut bewiesen. Culain lächelte. Seine Angst vor Gilgamesch hatte ihn wie ein Kind davonrennen lassen, das sich im Dunklen fürchtete – und wie alle, die davonliefen, war er kopfüber in größere Ängste gestolpert. Hätte er Gilgamesch vor all diesen Jahrhunderten getötet, hätte Goroien nicht jene schreckliche Krankheit bekommen, die sie jetzt umbrachte. Und dann – vielleicht – wäre sie auch nie zur Hexenkönigin geworden. Und so ruhten die Schrecken dieses Zeitalters auf Culains Schultern.

Er akzeptierte die Bürde und suchte Zuflucht in Eleari-mas, dem Entleeren. Aber seine Gedanken wanderten zurück zu seinen Erinnerungen. Er sah wieder das seltsam schöne Ende der Welt. Er war 15 Jahre alt und stand im Hof seines Elternhauses in Balacris. Er sah, wie die Sonne langsam im Westen unterging und dann ruckartig wieder zum Himmel schoß. Ein starker Wind erhob sich, und der Palast von Pendarric begann zu glühen. Er hörte jemanden schreien und sah, wie eine Frau auf den Horizont deutete. Eine gewaltige schwarze Wand verdunkelte den Himmel und wurde immer größer. Er hatte sie ein paar Augenblicke angestarrt, hielt sie für eine Gewitterfront. Doch bald schlug das Entsetzen zu. Es war eine donnernde, mehrere hundert Meter hohe Wasserwand, die das Land ertränkte. Der goldene Schimmer vom Palast breitete sich über der Stadt aus, erreichte die Vororte in dem Moment, als das Meer über sie alle hinwegtoste. Culain war wie angewurzelt stehengeblieben, versuchte verzweifelt, die letzten Sekunden des Lebens zu verlängern. Als das Wasser über ihm zusammenschlug, schrie er und fiel. Doch als er die Augen aufschlug, blickte er in eine Sonne am blauen Himmel. Er stand auf und fand sich auf einem Hügel mit Tausenden seiner Mitbürger wieder. Der Horizont hatte sich verändert: blaugetönte Berge und endlose Täler dehnten sich vor ihm aus.

Es war der erste Tag der Feragh, der Tag, an dem Pendarric achttausend Männer, Frauen und Kinder gerettet hatte, indem er Balacris in ein riesiges Tor zu einer anderen Welt verwandelt hatte. Atlantis war nicht mehr, sein Ruhm schon bald vergessen.

So begann das lange unsterbliche Leben von Culain lach Feragh, dem Krieger aus dem Nebel.

Unfähig, die Höhen des Eleari-mas zu erreichen, schlug Culain die Augen auf und widmete sich wieder der Gegenwart. Ein Gedanke durchzuckte ihn und löste die Spannung in seiner Seele. Achilles und all die anderen Sterblichen, die unter Culains Klinge gefallen waren, mußten so gefühlt haben wie er jetzt. Welche Hoffnung gab es für einen Sterblichen, der es mit einem Gott aufnahm? Und doch hatten sie ihre Schwerter genommen und sich ihm gestellt, so wie der sterbliche Culain sich dem unsterblichen, untoten Gilgamesch stellen würde. Es war gut, daß Culains letzte irdische Erfahrung eine neue Wahrheit sein würde. Wenigstens würde er wissen, wie sie empfunden hatten.

Später, als er in stiller Meditation versunken dasaß, erschien Pendarric. Er trat in die Hütte, als käme er lediglich aus einem anderen Zimmer.

Culain lächelte und stand auf, und die beiden Männer schüttelten sich die Hände. Ein Tisch erschien, dann zwei Diwane, auf dem Tisch standen Krüge mit Wein und zwei Kristallbecher.

»Eine schöne Nacht«, sagte Pendarric. »Ich habe den Duft von Lavendel immer geliebt.«

Culain goß einen Becher Wein ein und streckte sich auf dem Diwan aus. Der König sah aus wie immer, der goldene Bart frisch gelockt, der Körper kräftig. Die immer wachsamen Augen verwehrten jedoch jeden Einblick in seine Gedanken.

»Warum bist du gekommen?«

Pendarric zuckte die Achseln und füllte seinen eigenen Becher. »Ich kam, um mit einem alten Freund am Vorabend seiner langen Reise zu reden.«

Culain nickte. »Wie geht es Thuro?«

»Er heißt jetzt Uther Pendragon und führt eine Armee. Ich dachte, du würdest gern wissen, wie er sie fand.«

Culain richtete sich auf. »Und?«

»Er reiste in die Leere und brachte die Neunte Legion zurück.«

»Das tat er?«

»Und er hat dein Schwert, wenn ich auch immer noch nicht genau weiß wie.«

»Erzähl mir … alles.«

Und das tat Pendarric, bis er zu dem Punkt kam, an dem er Laitha zum Hauptaltar rief. »Ich verstehe immer noch nicht, warum ich sie bat, das zu tun. Es war wie eine Stimme in meinem Kopf. Ich war genauso überrascht wie sie, als sie das Schwert zum Vorschein brachte – sogar mehr als sie, wenn man alle Möglichkeiten betrachtet. Sie griff zurück in die Vergangenheit, zu einer Zeit und an einen Ort, an dem sie bereits existierte. Wie wir beide wissen, ist das nicht möglich. Es ist ein wundersames Rätsel.«

»Du solltest mit Maedhlyn sprechen«, schlug Culain vor.

»Würde ich auch, aber ich mag den Mann nicht. Er ist innerlich leer, er kann nicht lieben. Und ich bin mir gar nicht sicher, daß ich das Rätsel lösen möchte. Eins der Probleme mit der Unsterblichkeit ist, daß im Laufe der Jahrhunderte kaum Fragen unbeantwortet bleiben. Laß dies eine davon sein.«

»Kann Thuro … Uther … Goroien besiegen?«

Pendarric zuckte die Achseln. »Das kann ich nicht sagen. Sie hat große Macht. Aber im Moment bin ich mehr an Culain interessiert.« Er hielt die Hand über den Tisch und öffnete die Finger. Ein goldener Sipstrassi-Stein kollerte auf die Platte.

»Ich kann ihn nicht annehmen«, sagte Culain. »Aber glaub mir, ich möchte gern.«

»Kannst du ohne ihn gewinnen?«

»Vielleicht. Ich bin nicht ganz unbegabt.«

»Ich mochte Gilgamesch nie, und mir scheint, daß seine Unfähigkeit, die Macht der Sipstrassi anzunehmen, einem Urteil gleichkommt, das weit über meinem steht. Aber man muß sagen, daß er ein gewaltiger Krieger war ... wahrhaft Rolynd.«

»Wie ich auch.«

»Wie du auch«, gab Pendarric ihm recht. »Aber er hat, wie ich glaube, keine Seele. In Gilgamesch ist nichts von Größe zu finden – und war es auch nie. Ich glaube, für ihn war die Welt grau. Als Goroien ihn zurückholte, verdammte sie sich selbst, denn der Blutstein verschlimmerte seine Krankheit, so daß sie sich anstecken konnte.«

»Ich liebe sie noch immer«, gestand Culain. »Ich könnte ihr nicht weh tun.«

»Ich weiß.« Der König schenkte sich noch Wein ein, sein Blick wanderte von Culain fort. »Es gibt noch etwas – und ich bin selbst jetzt noch nicht sicher, ob es dir helfen oder deinen Untergang bedeuten wird.« Pendarrics Stimme zitterte, und Culain spürte, wie eine merkwürdige Spannung in seinen Körper sickerte. Der König leckte sich die Lippen und nippte an seinem Wein. »Goroien weiß nicht, daß ich im Besitze dieses ... Geheimnisses bin.« Er verstummte für einen Augenblick, und Culain unterbrach ihn nicht. »Es tut mir leid, mein Freund«, fuhr Pendarric fort. »Es fällt mir schwerer, als ich sagen kann.«

»Dann sag es mir nicht«, sagte Culain. »Nach dem morgigen Tag spielt es keine Rolle mehr.«

Pendarric schüttelte den Kopf. »Als ich dir von Laitha und dem Schwert erzählte, war das noch nicht alles. Etwas ... jemand ... bat mich, dir die ganze Wahrheit zu sagen. Also sei es. Du erinnerst dich an die Tage in Assyrien, als Goroien an einem Fieber erkrankte, das sie an den Rand des Wahnsinns brachte?«

»Natürlich. Sie starb fast daran.«

»Sie glaubte dich zu hassen, und sie verließ dich.«

»Aber nicht für lange!«

Pendarric lächelte. »Nein, nur für zwei Jahrzehnte. Als sie zurückkam, war alles so, wie es sein sollte?«

»Nach einer Weile. Es dauerte fast ein Jahrhundert, bis sie von der Krankheit frei war.«

»Wurde sie je wirklich frei davon? Wurde ihre Rücksichtslosigkeit nicht größer? War die Sanftheit ihrer Seele nicht für immer verschwunden?«

»Ja, vielleicht. Was willst du damit sagen?«

Pendarric holte tief Luft. »Als sie dich verließ, war sie schwanger.«

»Das will ich nicht hören!« schrie Culain und sprang auf die Füße. »Laß mich allein!«

»Gilgamesch ist dein Sohn und ihr Liebhaber.«

Alle Kraft, alle Wut verließ Culain, er taumelte. Sofort war Pendarric bei ihm und half ihm zum Diwan.

»Warum? Warum hat sie es mir nie gesagt?«

»Wie kann ich das beantworten? Goroien ist verrückt.«

»Und Gilgamesch?«

»Er weiß – deswegen haßt er dich, deswegen hat er immer schon deinen Tod gewünscht. Welcher Wahnsinn Goroien auch befallen hatte, er hat ihn auch. Als er die Unsterblichkeit nicht annehmen konnte, gab er dir dafür die Schuld.«

»Warum hast du mir das gesagt?«

»Hättest du den Sipstrassi genommen, hätte ich nicht gesprochen.«

»Glaubst du, dieses Wissen macht mich stärker?«

»Nein«, gab Pendarric zu, »aber vielleicht hilft es zu erklären, warum du durchaus nicht gegen ihn kämpfen wolltest.«

»Ich hatte Angst vor ihm.«

»Das auch. Aber der Ruf des Blutes rührte an dein Unterbewußtsein. Ich habe euch beide kämpfen sehen, und ich weiß, daß der alte Culain Gilgamesch besiegen könnte. Du warst immer der beste, und das wußte er. Das schürte noch seinen Haß.«

»Wie hast du es herausgefunden?«

»In den letzten Jahren seines Lebens wollte Goroien ihn nicht sehen. Ich ging zu ihm, zwei Tage bevor er starb. Er war senil und rief nach seiner Mutter. Keine schöne Erinnerung.«

»Ich hätte ihn ohne Haß erziehen können.«

»Das glaube ich nicht.«

»Laß mich allein, Pendarric. Ich muß über vieles nachdenken. Morgen muß ich versuchen, meinen Sohn zu töten.«

Die zehn Kohorten der IX. Legion erreichten die Ebene vor Perdita, der Eisernen Burg, fünf Tage nach der Schlacht, in der Agarin Pinders Armee zermalmt wurde. Uther befahl zu halten, und zwanzig Karren mit Proviant und Ausrüstung wurden in eine hastig gegrabene Einfriedung gezogen. Die Rebellenarmee zählte nun mehr als sechstausend Mann, und Maggrig hatte das Kommando über die Krieger von Pinrae bekommen.

Mit Prasamaccus, Maggrig und Severinus ging Uther zum Waldrand, von wo sie die Festung sehen konnten. Kalte Angst überlief ihn, als er die schwarze Burg betrachtete, die sich aus der nebelverhangenen Ebene erhob. Sie erinnerte den Prinzen an einen ungeheuren Dämonenkopf, mit einem höhlenartigen Maul als Tor. Man sah keine Truppen zur Verteidigung, und die Ebene lag still und lockend da.

»Wann marschieren wir los?« fragte Maggrig.

»Warum wurde kein weiterer Versuch gemacht, uns aufzuhalten?« entgegnete Uther.

»Warum die Zähne eines vergifteten Pferdes zählen?« meinte Prasamaccus, und Maggrig und Severinus nickten zustimmend.

»Wir kämpfen nicht einfach gegen eine feindliche Truppe«, sagte Uther. »Wir führen Krieg gegen eine Hexenkönigin. Niemand hat nach meinem Leben getrachtet, keine andere Kampftruppe wurde aufgeboten, um uns Einhalt zu gebieten. Was schließt ihr daraus?«

»Daß sie geschlagen ist«, vermutete Maggrig.

»Nein«, widersprach Uther. »Genau das Gegenteil

ist der Fall. Sie benutzte Agarin, weil sein Sieg eine einfache Möglichkeit gewesen wäre, aber sie hat noch andere Kräfte zur Verfügung.« Er wandte sich an Severinus. »Wir haben noch vier Stunden bis zum Dunkelwerden. Laß eine kleine Truppe in der Einfriedung zurück, und laß die Legion hierher marschieren.«

»Und was ist mit meinen Männern?« fragte Maggrig.

»Warte auf meinen Befehl.«

»Was hast du vor?« fragte Severinus.

Uther lächelte. »Ich habe vor, die Burg einzunehmen.«

Auf dem hohen Turm schlug Goroien die Augen auf, und auch sie lächelte.

»Komm zu mir, mein Süßer«, flüsterte sie. Neben ihr stand Gilgamesch, seine dunkle Rüstung schimmerte im Sonnenschein.

»Nun?« fragte er.

»Sie kommen … genau wie Culain.«

»Ich hätte gern Gelegenheit gehabt, den Jungen zu töten.«

»Sei zufrieden mit dem Mann.«

»Oh, ich werde zufrieden sein, Mutter.« Unter dem Helm grinste Gilgamesch, als er sah, wie ihre Schultern sich versteiften und ihre porzellanenen Züge dunkelrot überhaucht wurden. Sie fuhr zu ihm herum, zwang sich zu einem Lächeln.

»Ich frage mich«, sagte sie, und ihre Stimme war reines Gift, »ob es dir jemals in den Sinn gekommen ist, daß du nach dem heutigen Tag nichts mehr hast, wofür du lebst?«

»Was meinst du damit?«

»Dein Leben lang hast du davon geträumt, Culain lach Feragh zu töten. Was willst du morgen tun, Gilgamesch, mein Liebster? Was willst du tun, wenn es keinen Feind mehr zu bekämpfen gibt?«

»Dann werde ich Frieden finden«, sagte er schlicht. Die Antwort erschütterte sie kurz, denn in seiner Stimme lag ein Ton, den sie vom König des Kampfes noch nie gehört hatte, eine Sanftheit wie der Widerhall von Trauer.

»Du wirst nie Frieden finden«, spie sie aus. »Du lebst für den Tod!«

»Vielleicht liegt das daran, daß ich tot bin«, antwortete er. Seine rauhe Seite gewann wieder die Oberhand. »Er ist unterwegs. Du solltest dich vorbereiten.«

»Ja. Ich freue mich darauf, sein Gesicht zu sehen und ihm in die Augen zu blicken, in dem Moment, in dem ich ihm sage, wer ich bin.«

»Warum mußt du es ihm sagen?« fragte sie, plötzlich voller Angst.

»Was spielt es für eine Rolle?« antwortete er. »Er wird sowieso sterben.« Damit drehte er sich um und verließ die Wehrgänge. Goroien sah ihm nach und spürte wieder die seltsame Erregung, die seine Bewegungen in ihr auslösten. So anmutig, so stark, stählerne Muskeln unter seidenweicher Haut. Wieder blickte sie zum Waldrand in der Ferne, dann ging sie ebenfalls in ihre Gemächer zurück.

Als sie das innere Heiligtum betrat, blieb sie vor einem mannshohen Spiegel stehen und prüfte ihr Spiegelbild gründlich. Ein Hauch von Grau tönte ihr goldenes Haar, und um die Augen herum waren haarfeine Fältchen zu erkennen. Es wurde schlimmer. Sie ging in die Mitte des Zimmers, wo ein großer Brocken Blutstein auf einer goldenen Säule ruhte. Um ihn herum lagen die ausgetrockneten Hüllen dreier schwangerer Frauen. Goroien berührte den Stein, fühlte, wie seine Wärme sich in ihr ausbreitete. Die

Leichname verschwanden, und ein Schatten bewegte sich hinter ihr.

»Komm her, Secargus!« befahl sie, und eine riesige Gestalt schlenderte heran. Mit über zwei Metern überragte er die Königin deutlich – das tierische Gesicht mehr Wolf als Mensch, die lange Zunge hing aus dem Maul.

»Hol noch fünf.«

Er streckte eine krallenbewehrte Hand aus, um sie zu berühren, seine Augen flehten sie an.

»Heute abend«, sagte sie. »Dann mache ich dich wieder zu einem Mann, und du kannst mein Bett teilen. Würde dir das gefallen?« Der riesige Kopf nickte, und ein leises, grollendes Stöhnen entrang sich dem verzerrten Mund. »Und jetzt hol noch fünf.« Er trottete davon zu den Verliesen, in denen die Frauen verwahrt wurden, und Goroien ging zu dem Stein. Die dicken schwarzen Linien waren im Rotgold gut zu sehen. Eine Zeitlang blieb sie, wo sie war, und wartete darauf, daß Secargus die Frauen ihrem frühzeitigen Tod zuführte.

Wieder auf der Brustwehr, wartete Goroien geduldig. Der Nebel wirbelte über die Ebene, aber ihre Aufregung wuchs, während sie auf den unausweichlichen Augenblick des Sieges wartete. Etwa eine Stunde vor Einbruch der Dunkelheit sah sie die Legion in Schlachtordnung aus dem Wald marschieren, in Reihen zu fünf. Dann zogen sie sich auseinander, um eine lange Schildmauer vor ihren Speerwerfern zu bilden. So kamen sie in den Nebel: fünftausend Männer, deren Seelen ihren Blutstein nähren würden. Ihre Hände zitterten, als sie ihren Vormarsch beobachtete. Die bronzenen Schilde glitzerten im Schein der untergehenden Sonne wie

Feuer. Sie leckte sich die Lippen und hob die Arme, dann verknüpfte sie ihren Geist mit dem furchtbaren Stein.

Plötzlich wurde die Ebene von Feuer verschlungen, weißglühend und sengend, die Hitze erreichte sogar die Wehrgänge. Im Nebel brannten die Soldaten, menschliche Fackeln, die zu Boden sanken, die Körper brennend wie lebendige Kerzen. Schwarzer Rauch verdeckte die Sicht, und sie kehrte in ihre Gemächer zurück.

Culain würde bald kommen, und sie zog sich eine knapp sitzende Tunika an, dazu blattgrüne Hosen mit einem Gürtel aus gesponnenem Gold. Es war immer Culains Lieblingskombination gewesen.

Am Waldrand brach Uther zusammen. Prasamaccus und Severinus knieten neben ihm nieder.

»Erschöpfung«, sagte Severinus. »Holt Wein!«

Maggrig stand dicht dabei, starrte in den Nebel, wo die Vision des Todes erschienen war. Er war entsetzt, denn er hätte bereitwillig seine eigenen Männer über die Ebene geführt und läge jetzt verkohlt und tot auf der schwarzen Erde. Berec Uther hatte die Legion im Wald haltmachen lassen, dann kniete er nieder und beobachtete die Ebene.

Unter den verblüfften Blicken der Rebellenarmee hatte Berec seine Hand gehoben, die glühte, als ob er einen Feuerball darin hielt. Dann war eine Vision erschienen – die marschierende Legion – eine wahrhaft geisterhafte Armee. Als das Feuer ausbrach und die Hitze über den Zuschauern zusammenschlug, drehte sich Maggrig der Magen um. Die Illusion war so stark gewesen, daß er beinahe das brennende Fleisch riechen konnte.

Uther stöhnte. Severinus half ihm, sich aufzusetzen und hielt ihm einen Becher Wein an die Lippen. Der

Prinz trank in tiefen Zügen. Dunkle Ringe umgaben seine Augen, sein Gesicht war eingefallen und grau.

»Woher wußtest du?« fragte der Römer.

»Ich wußte es nicht. Aber sie ist zu mächtig, um nicht noch eine Waffe im Ärmel zu haben.«

»Das hier fiel dir aus der Hand«, sagte Prasamaccus und hielt Uther einen schwarzen Stein mit goldenen Adern hin. Der Prinz nahm ihn.

»Wir marschieren um Mitternacht zur Burg. Such mir fünfzig Mann heraus – die besten Schwertkämpfer, die du hast. Die Legion folgt beim Morgengrauen.«

»Ich werde den Angriff befehligen«, sagte Severinus.

»Nein, das ist meine Aufgabe«, erwiderte Uther.

»Bei allem Respekt, Prinz Uther, das ist Torheit.«

»Ich weiß, Severinus, aber ich habe keine Wahl. Ich allein habe eine Quelle der Magie, die ich gegen sie einsetzen kann. Sie ist zwar jetzt nur noch schwach, aber es ist alles, was wir haben. Wir wissen nicht, welche Schrecken in der Burg noch auf uns warten – Krieger der Leere, Atrols, Werungeheuer? Ich habe Cunobelins Schwert, und ich habe den Stein, den Pendarric mir gab. Ich muß der Anführer sein.«

»Dann laß mich mit dir gehen«, bat der Römer.

»Das wäre nun allerdings Torheit, aber ich danke dir für das Angebot. Wenn alles gutgeht, folgt mir die Legion bei Morgengrauen, und ich werde dich im Torbogen begrüßen. Wenn nicht ...« Seine Augen hielten Severinus' Blick fest. »Entwickle deine eigene Strategie – und sucht euch ein Zuhause in Pinrae.«

»Ich werde die Männer selbst aussuchen. Sie werden dich nicht enttäuschen.«

Uther rief Laitha zu sich, und die beiden gingen ein Stück bis zu einer geschützten Senke bei einer riesigen Eiche.

Rasch erzählte er ihr von dem Angriff, den er führen

würde – erklärte ihr, wie schon Severinus, die Gründe für sein Handeln.«

»Ich komme mit dir«, sagte sie.

»Ich will nicht, daß du dich in Gefahr bringst.«

»Du scheinst zu vergessen, daß auch ich von Culain lach Feragh ausgebildet wurde. Ich kann ein Schwert so gut führen wie jeder Mann hier – wahrscheinlich sogar besser als die meisten.«

»Es würde mich umbringen, wenn du getötet würdest.«

»Denk mal an den Tag zurück, Uther, an dem wir uns kennenlernten. Wer hat denn den ersten Angreifer getötet? Das war ich. Es ist schwer für mich, denn ich akzeptiere, daß ich dir als deine Ehefrau gehorsam sein muß. Aber bitte laß mich leben, wie man es mich lehrte.«

Er nahm ihre Hand und zog sie an sich. »Du bist frei, Laitha. Ich werde dich nie besitzen oder dich wie eine Sklavin oder Dienerin behandeln. Und ich wäre stolz, wenn du an meiner Seite durch das Tor gehen würdest.«

Die Spannung wich von ihr. »Jetzt kann ich dich wirklich lieben«, sagte sie, »denn jetzt weiß ich, daß du ein Mann bist. Nicht Culain, nicht sein Schatten, sondern ein Mann aus eigenem Recht.«

Er grinste jungenhaft. »Heute morgen habe ich in einem Bach gebadet, und als ich ins Wasser schaute, sah ich, wie dieses Kindergesicht mich anstarrte. Ich brauche mich noch nicht zu rasieren. Und ich dachte, wie amüsant Maedhlyn all das finden würde – sein schwächlicher Schüler, der eine Armee anführt. Aber ich gebe mein Bestes.«

»Was mich anbelangt«, gestand sie, »ich habe heute nachmittag einen Baum gesehen, der bis in die Wolken zu wachsen schien. Ich wollte ihn emporklettern und mich auf den obersten Zweigen verstecken. Ich habe mir früher immer vorgestellt, ich hätte ein Schloß in den Wolken, wo mich niemand finden könnte. Es ist keine Schande, jung zu sein, Thuro.«

Er kicherte. »Ich dachte, ich hätte diesen Namen hinter mir gelassen, aber ich höre es gern, wenn du mich so nennst. Es erinnert mich an die Kaledonen, als ich noch nicht wußte, wie man Feuer macht.«

Kurz vor Mitternacht näherte sich Severinus lärmend der Senke, räusperte sich und trat auf so viele trockene Zweige, wie er nur finden konnte. Uther ging ihm lachend entgegen, gefolgt von Laitha.

»Schleichen sich Römer etwa so an?« fragte der Prinz.

»Es ist sehr dunkel«, antwortete der Römer grinsend.

»Sind die Männer bereit?«

Das Grinsen verschwand. »Sind sie. Ich werde euch bei Anbruch der Dämmerung folgen.«

Uther streckte ihm die Hand entgegen, die Severinus im Kriegergriff packte, Handgelenk an Handgelenk.

»Ich bin dein Diener fürs Leben«, sagte der Römer.

»Gib acht, Severinus, ich werde dich beim Wort nehmen.«

»Tu das.«

Culain lach Feragh stand vor den Toren von Perdita, der Wind von Skitis heulte über die Felsen. Er trug seinen schwarzsilbern geflügelten Helm und silberne Schulterstücke, aber ansonsten schützte ihn keine weitere Rüstung. Seine Brust war lediglich mit einem Hirschlederhemd bedeckt, und an den Füßen trug er weiche Mokassins.

Das schwarze Tor öffnete sich, und ein großer Krieger trat in den Sonnenschein hinaus, das Gesicht von einem dunklen Helm verdeckt. Hinter ihm kam Goroien, und Culains Herz jubelte, denn sie trug dieselben Kleider wie an dem Tag, als er sie zum erstenmal gesehen hatte. Goroien stieg auf einen hohen Felsen, während Gilgamesch zu Culain ging.

»Sei gegrüßt, Vater«, sagte Gilgamesch. »Ich hoffe, es geht dir gut.« Die Stimme war durch den Helm gedämpft, aber Culain hörte doch die unterdrückte Erregung.

»Nenn mich nicht Vater, Gilgamesch. Das beleidigt mich.«

»Die Wahrheit ist manchmal schmerzlich.« Jetzt lag Enttäuschung in seiner Stimme. »Wie hast du es herausgefunden?«

»Du hast es Pendarric erzählt, aber wahrscheinlich erinnerst du dich nicht daran. Soweit ich weiß, warst du zu der Zeit ziemlich senil.«

»Glücklicherweise wirst du nicht dasselbe Schicksal erleiden«, zischte Gilgamesch. »Heute wirst du sterben.«

»Alles muß sterben. Hast du etwas dagegen, daß ich deiner Mutter Lebwohl sage?«

»Allerdings. Meine Geliebte hat dir nichts zu sagen.«

Plötzlich mußte Culain lachen. »Armer Tor«, sagte er. »Trauriger, gequälter Gilgamesch! Du tust mir leid, mein Junge. Gab es auch nur einen Tag in deinem Leben, an dem du wirklich glücklich warst?«

»Ja – als ich deine Frau in mein Bett holte!«

»Eine Freude, die die halbe zivilisierte Welt mit dir teilt«, sagte Culain lächelnd.

»Und der heutige Tag«, sagte Gilgamesch und zog zwei Kurzschwerter. »Heute findet mein Glück seine Vollendung.«

Culain nahm seinen Flügelhelm ab und legte ihn vor sich auf die Erde.

»Es tut mir leid um dich, mein Junge. Du hättest eine gute Kraft in der Welt sein können, aber das Glück war dir nie hold, nicht wahr? Geboren von einer verrückten Göttin und mit einer Krankheit geschlagen von dem Moment an, in dem du zum erstenmal ihre Milch trankst. Welche Chance hattest du? Komm, Gilgamesch. Genieß dein Glück.« Die Lanze fuhr auseinander und gab das eingepaßte Schwert frei. Culain legte den Schaft neben den Helm und zog ein Jagdmesser aus dem Gürtel. »Komm, dies ist dein großer Moment!«

Gilgamesch bewegte sich geschmeidig voran, dann machte er einen Satz, sein Schwert zischte durch die Luft. Culain blockte den Hieb ab, dann einen zweiten und einen dritten. Die beiden Männer umkreisten sich.

»Nimm deinen Helm ab, Junge. Laß mich dein Gesicht sehen.«

Gilgamesch antwortete nicht, sondern griff erneut an – seine Schwerter wirbelten in einem glitzernden Netz umeinander, wurden aber immer von Culains Klingen abgewehrt. Von den Felsen sah Goroien alles wie in einer Art Traum mit an. Es kam ihr vor, als ob sie zwei Tänzern zuschaute, die sich mit nahezu unmöglicher Anmut zu der mißtönenden Musik von klirrendem Stahl bewegten. Wie stets war Gilgamesch schön, fast katzengleich in seinen Bewegungen, während Culain sie an eine Flamme erinnerte, die im Feuer zuckte und loderte. Goroiens Herz schlug schneller, als sie versuchte, den Kampf zu deuten. Der Schatten Gilgameschs hatte ihn besiegt. Nun war Culain stärker und schneller als damals. Und doch war er unterlegen. Fast unmerklich wurde er langsamer. Gilgamesch, mit dem Blick eines geborenen Kämpfers, sah die zunehmende Schwäche seines Gegners und vollführte einen wilden Angriff ... doch zu früh, Culain parierte die Hiebe, wirbelte auf der Ferse herum, sein Schwert zuckte in einer mörderischen Riposte hoch. Gilgamesch warf sich nach hinten, und die Silberklinge streifte seinen Bauch und ritzte die obersten Hautschichten.

»Sei niemals zu hastig, Junge«, riet Culain. »Die besten sind niemals tollkühn.« Aus der Wunde floß kein Blut. Gilgamesch riß sich den Helm vom Kopf, sein goldenes Haar fing das letzte Sonnenlicht ein, und Culain sah ihn mit neuen Augen. Wie konnte er je die Ähnlichkeit mit der Mutter übersehen haben? Der Nebelkrieger wurde müde – aber nicht so müde, wie sein Körper wirkte. Er war Pendarric jetzt dankbar, denn wenn er die Wahrheit nicht gekannt hätte, wäre er schon tot. Er hätte nicht so gut kämpfen können, während er mit dieser schrecklichen Wahrheit hätte zurechtkommen müssen.

»Bekommst du allmählich Angst, kleiner Mann?« fragte er. Gilgamesch stieß einen Fluch aus und kam näher.

»Ich könnte dich niemals fürchten«, zischte er. Seine toten grauen Augen zeigten keinerlei Gefühl.

Die Schwerter klirrten, und Culains Jagdmesser wehrte nur knapp einen Bauchstoß ab, der hervorragend getarnt gewesen war. Er machte einen Satz zurück. Er wußte jetzt besser als zuvor, daß er seine Strategie beibehalten mußte, denn bei einem Kampf zählte mehr als nur das Können mit dem Schwert.

»Schöner Zug, aber du mußt lernen, deine Bewegungen besser zu tarnen«, sagte er. »Hast du bei einem Fischhändler gelernt?«

Gilgamesch kreischte auf und griff erneut an, bewegte seine Schwerter mit unglaublicher Schnelligkeit. Culain wehrte ab, drehte sich, bewegte sich – und wurde weiter und weiter rückwärts zu einem vorspringenden Felsen gezwungen. Er duckte sich unter einem pfeifenden Hieb, warf sich nach rechts, rollte sich über die Schulter ab und kam wieder auf die Füße. Eine dünne Blutspur rann aus einem Stich in seiner Seite.

»Das war schon besser«, sagte er, »aber du hattest noch immer ein Loch links in deiner Deckung.« Das war eine Lüge, doch Culain sagte sie mit Überzeugung.

»Ich kannte noch nie einen Mann, der so viel redete wie du«, antwortete Gilgamesch. »Wenn du tot bist, reiße ich dir die Zunge heraus.«

»Ich würde die Augen nehmen«, riet Culain. »Deine sehen aus, als ob sie noch immer voller Maden wären.«

»Du verdammter Hund!« schrie Gilgamesch. Seine Klingen zielten auf Culains Gesicht, und alles, was der Nebelkrieger noch tun konnte, war abzuwehren, denn für einen Gegenschlag gab es keine Gelegenheit. Drei Hiebe fanden nur teilweise abgewehrt ihren Weg durch seine Deckung – der erste öffnete eine weite Stichwunde in seiner Brust, der zweite durchstach seine Seite, der dritte drang ihm in die Schulter. Noch einmal entkam er, indem er sich zur Seite warf und wieder abrollte.

»Wo bleibt dein Spott jetzt, Vater? Ich höre nichts mehr.«

Culain richtete sich auf, seine grauen Augen blickten in die leblosen Augäpfel seines Gegners. Er wußte inzwischen mit schrecklicher Gewißheit, daß er Gilgamesch nicht besiegen und am Leben bleiben konnte. Er wich halb taumelnd zurück. Gilgamesch stürzte vor, doch plötzlich schlug Culain einen Purzelbaum und kam vor Gilgamesch wieder hoch. Das Schwert des Königs des Kampfes drang Culain in die Brust, stach durch die Lungen, doch sein eigenes Schwert glitt seinem Feind in den Bauch und aufwärts bis ins Herz. Gilgamesch stöhnte, sein Kopf sackte auf Culains Schulter.

»Ich habe dich besiegt!« flüsterte er, »ich wußte immer, daß ich das kann.«

Culain machte sich von dem Toten frei, der bäuchlings zu Boden sank. Er stolperte, seine Lungen füllten sich mit Blut, das ihn erstickte. Er fiel auf die Knie und starrte auf den Schwertgriff, der aus seiner Brust ragte. Blut stieg ihm in die Kehle und rann ihm aus dem Mund.

Oben auf dem Felsen schrie Goroien. Sie sprang zu Boden und rannte an Culains Seite, packte das Schwert und zog es heraus. Als er zu Boden sank, zog sie einen kleinen Sipstrassi-Stein aus der Tasche, doch als sie ihn über die Wunde hielt, erstarrte sie, als sie ihre Hände sah. Sie waren faltig und voller brauner Leberflecken.

Das war doch unmöglich, denn fünftausend Mann waren gestorben, um ihren Blutstein zu nähren. In diesem Moment wußte sie, daß ihre einzige Chance zu leben in dem kleinen Sipstrassi-Steinchen lag, das sie über Culain hielt. Sie starrte in sein Gesicht hinunter.

Er versuchte den Kopf zu schütteln, ihr zu befehlen, daß sie leben sollte, dann fiel er in den Schlaf des Todes.

Ihre Hand sank herab, die Macht floß in Culain, schloß die Wunde, heilte die Lungen, fuhr weiter und weiter, drängte seine Sterblichkeit zurück. Sein Gesicht wurde dunkler, die Haut straffte sich. Schließlich war der Stein schwarz.

Als Culain erwachte, sah er eine weißhaarige, skelettartige Gestalt zusammengekauert an seiner Seite liegen. Er schrie dem Himmel seinen Kummer entgegen und versuchte, sie hochzuheben, doch ein Wispern ließ ihn innehalten. Die wäßrigen Augen waren offen. Er beugte sich tief über sie und hörte die letzten Worte von Goroien, der Göttin Astarte, der Göttin Athene, der Göttin Freya.

»Vergiß mich nicht.«

Der letzte Lebensfunke verlosch, und ihre Knochen zerfielen zu weißem Staub, den der Wind davontrug.

Uther, Prasamaccus und Laitha gingen schweigend, die fünfzig Schwertkämpfer der Legion marschierten in einer Linie mit erhobenen Schilden zu beiden Seiten von ihnen. Die schwarze Burg wirkte immer größer und düsterer. Aus den schmalen Fenstern drang kein Lichtschein, das Tor war dunkler als die Nacht.

Prasamaccus hatte einen Pfeil auf die Sehne gelegt. Laitha hielt sich dicht bei Uther. Hinter ihnen kamen Maggrig und sechs Krieger aus Pinrae. Maggrig hielt den Blick fest auf Uthers Rücken gerichtet, denn jedesmal, wenn er die Burg ansah, zitterten seine Glieder und sein Herz klopfte wie wild. Aber wo Berec hinging, würde auch Maggrig hingehen, und wenn die Hexenkönigin tot war, würde der Göttliche folgen. Denn Maggrig wußte, daß der Prinz niemals seine Gewalt über das Volk aufgeben würde, und er hatte nicht vor zuzulassen, daß ein neuer Zauberer das Volk quälte.

Mit jedem Schritt wuchs die Anspannung der Angreifer, die darauf warteten, daß das Feuer losbrach und sie verschlang wie die Phantomlegion, die Uther beschworen hatte. Langsam näherten sie sich der Burg, und schließlich trat Uther auf die Brücke vor den Tortürmen. Er zog das Schwert von Cunobelin, warf einen Blick zu den anscheinend leeren Wehrgängen hinauf und ging weiter.

Sofort stürzte eine tierische Gestalt aus der Dunkelheit, ein entsetzliches Geheul zerriß die Stille. Über zwei Meter groß, rannte das riesige Wolfswesen auf den Prinzen zu, eine Axt in den klauenbewehrten Händen. Ein Pfeil von Prasamaccus' Bogen sirrte durch die

Luft und traf das Wesen in der Kehle, doch es rannte unbeirrt weiter. Uther lief los und sprang geschickt nach links, als die Axt niedersauste. Das Schwert von Cunobelin zuckte hoch und trennte den Arm von der mächtigen Schulter. Das Wesen schrie auf, das Schwert drang mit aller Kraft, die Uther beidhändig aufbringen konnte, in seinen Hals. Vor den Augen der Angreifer schrumpfte der riesige Körper, und Maggrig drängte sich vor, um das tote, aber jetzt menschliche Gesicht zu betrachten. »Secargus«, sagte er. »Ich habe vor zehn Jahren mit ihm zusammen gedient. Ein guter Mann.«

In diesem Augenblick drang ein Geräusch zu den angespannten Kriegern, und die Männer sahen einander überrascht an. Das Weinen eines Säuglings wurde vom Wind herangetragen und hallte in dem Torbogen wider.

»Nimm zwanzig Männer«, befahl Uther einem Zenturio namens Degas, »und stell fest, wo das herkommt. Ihr anderen teilt euch in Gruppen zu fünft auf und durchsucht die Burg.«

»Wir kommen mit dir, Lord Berec«, sagte Maggrig, die Hand am Schwert. Er sah Uther nicht an, denn er hatte Angst, daß seine Augen ihn verraten könnten. Uther nickte nur und ging durch den Torbogen. Drinnen war ein Labyrinth aus Tunneln und Treppenaufgängen, und Uther stieg nach oben. Die Flure wurden von Laternen erhellt, schwach duftend und mit blutrotem Schein. Fremdartig bestickte Teppiche bedeckten die Wände. Sie zeigten Jagd- und Kampfszenen. Überall standen Statuen von Athleten in verschiedenen Posen – als Speerwerfer, Läufer, Gewichtheber, Ringer. Alle waren aus feinstem weißem Marmor.

Kurz vor dem obersten Stockwerk kamen sie zu Goroiens Gemächern, in denen ein riesiges Bett fast ein ganzes Zimmer einnahm, das mit silbernen Spiegeln verkleidet war. Uther sah sich in den zahlreichen Spiegelbildern um. Die Laken waren aus Seide, das Bett aus geschnitztem Elfenbein mit Goldeinlegearbeiten.

»Sie betrachtet sich offenbar gern selbst«, bemerkte Laitha. Prasamaccus sagte nichts. Er fühlte sich unbehaglich, und das hatte wenig mit Angst vor Goroien zu tun. Sie konnte nicht mehr tun, als ihn zu töten. Es lag etwas anderes in der Luft, und er mochte die Art nicht, wie sich Maggrig so dicht bei Uther hielt und auch die anderen Männer von Pinrae sich um den Prinzen scharten. Die Gruppe ging weiter in den angrenzenden Raum, in dem eine anderthalb Meter hohe Säule aus Gold einen runden schwarzen Stein trug, der mit Adern aus stumpfem, rotem Gold durchzogen war.

»Ihre Quelle der Macht«, sagte Uther.

»Können wir sie benutzen?« fragte Maggrig.

Uther antwortete nicht, sondern ging zu dem Podest und hob das Schwert von Cunobelin hoch über den Kopf. Mit einem Hieb schlug er den Stein in Stücke. Sofort schimmerte der Raum auf – die Wandbehänge, die Teppiche und die Möbel, alles verschwand. Die Gruppe stand jetzt in einem nackten, kalten Zimmer, nur vom Mondschein erhellt, das in silbernen Strahlen durch die hohen, schmalen Fenster fiel.

»Sie ist fort«, sagte Uther.

»Wohin?« wollte Maggrig wissen.

»Ich weiß nicht. Aber der Stein ist jetzt nutzlos. Freu dich, Mann. Du hast gewonnen!«

»Noch nicht«, sagte Maggrig leise.

»Einen Augenblick bitte«, sagte Prasamaccus, als der wölfische Maggrig sein Messer zog. Der Krieger drehte sich langsam um und sah sich einem gespannten Bogen mit auf seine Kehle gerichtetem Pfeil gegenüber.

Die anderen Pinraeaner verteilten sich und zogen

ihre Waffen. Laitha machte einen Schritt nach vorn, so daß sie neben dem verblüfften Uther stand.

»Hat Korrin euch wirklich so viel bedeutet?« fragte der Brigant.

»Korrin?« antwortete Maggrig höhnisch. »Nein, er war ein halsstarriger Narr. Aber glaubst du, ich wäre ebenso töricht? Das ist nicht das Ende des Schreckens, nur der Beginn neuer Übel. Deine Magie und deine Sprüche!« zischte er. »Aus solcher Macht ist noch nie Gutes erwachsen. Wir lassen dich nicht am Leben, damit du ihren Platz einnimmst.«

»Ich habe nicht den Wunsch, ihren Platz einzunehmen«, sagte Uther. »Glaub mir, Maggrig, Pinrae gehört euch. Ich habe mein eigenes Land.«

»Ich hätte dir vielleicht geglaubt, aber du hast einmal gelogen. Du hast gesagt, wir könnten frei wählen, ob wir dir dienen oder gehen, und dabei warteten die Bogenschützen der Legion in den Schatten. Wir wären alle getötet worden. Keine Lügen mehr, Berec. Stirb!«

Während er sprach, stürzte er sich auf Uther. Der Prinz machte einen Satz zurück, sein Schwert fuhr fast ohne sein Zutun aus der Scheide. Die Klinge traf Maggrig in der Seite, drang unter den Rippen durch und trat mit blutigem Schwall wieder aus. Die anderen Krieger griffen an, der erste fiel durch Prasamaccus, der zweite durch Laitha.

»Halt!« brüllte Uther. In seiner Stimme lag Autorität, die Krieger erstarrten. »Maggrig hatte unrecht! Es gibt keinen Verrat! Ich spreche nicht aus Furcht, denn ich denke, ihr wißt genau, daß wir euch alle töten könnten. Jetzt ist Schluß mit diesem Wahnsinn.« Für einen Augenblick hatte er sie, aber plötzlich schleuderte ein Mann einen Dolch, und Uther wich aus, als er an seinem Ohr vorbeipfiff. Laitha stieß dem nächsten Mann ihren Gladius in die Brust, und Prasamaccus erschoß einen weiteren. Die restlichen beiden stürzten sich auf Uther, doch er blockte einen Hieb ab, wirbelte auf dem Absatz herum und hämmerte dem zweiten seinen Ellbogen ins Gesicht. Das Schwert von Cunobelin trennte den Hals des Mannes, sein Kopf kollerte zu Boden. Laitha sprang vor und tötete den letzten Mann mit einer blitzschnellen Riposte, die ihm die Kehle durchschnitt. In der darauffolgenden Stille wich Uther von den Toten zurück, eine große Traurigkeit überfiel ihn.

»Ich mochte ihn«, flüsterte er und sah den toten Maggrig an. »Er war ein guter Mann. Warum hat er das getan, Prasamaccus?«

Der Brigant wandte sich mit einem Achselzucken ab. Jetzt war nicht der richtige Moment, um vom Kreislauf des Lebens zu sprechen und wie die Taten eines Mannes ihn immer wieder verfolgten. Seit Uther in seinem Zorn Korrin getötet hatte, hatte Prasamaccus auf den Moment gewartet, in dem sich die Männer Pinraes rächten. Es war so unausweichlich wie Tag und Nacht.

»Warum?« fragte Uther noch einmal.

»Dies ist eine wahnsinnige Welt«, sagte Laitha. »Denk nicht darüber nach.«

Die drei verließen den Raum und arbeiteten sich langsam zum Hof vor. Dort wartete Degas mit mehr als vierzig Schwangeren und einer frischgebackenen Mutter. Einige der Frauen weinten, aber es waren Tränen der Erleichterung. Vor zwei Tagen waren noch sechzig Frauen in Perdita gefangen gewesen.

»Das ist ein seltsames Schloß«, sagte Degas, ein kleiner, kräftig gebauter Soldat. »Es gibt noch drei Tore, aber sie führen nirgendwo hin: dahinter ist nichts als Schwärze und eine tödliche Kälte. Und vor kurzem verschwanden alle Laternen und die Statuen. Alles! Nur das Gebäude selbst ist noch da, und an den Wehrgängen zeigen sich schon die ersten Risse.« Während er sprach, knirschte der Torturm und neigte sich.

»Gehen wir«, sagte Uther. »Sind alle da?«

»Alle Römer, ja, aber was ist mit deinen Wachen?«

»Sie kommen nicht. Laß uns die Frauen herausbringen.« Hinter ihnen schwankte eine Mauer, riesige Steinblöcke rutschten und stöhnten, als die Legionäre den Frauen aufhalfen und sie durch das gähnende Tor hinausführten. Sobald sie draußen auf der Ebene waren, sah Degas sich um.

»Bei der Mutter von Mitra!« rief er. »Seht nur!«

Die große Eiserne Burg verwandelte sich in Staub, große Wolken bildeten sich in der frühmorgendlichen Brise. Die Männer der Neunten Legion schwärmten aus dem Wald, ihr Jubel hallte durch die Nacht. Uther wurde von den Füßen gerissen und auf den Schultern ins Lager zurückgetragen. Als die Sonne über der Ebene aufging, war die Burg vollständig verschwunden. Nur ein großer Kreis aus schwarzen Steinen war geblieben.

Uther verließ Severinus und die anderen und ging zum Tor der Einfriedung, um zum stillen Lager der Männer von Pinrae hinüberzuschauen. Einem Impuls folgend, verließ er die Sicherheit des Legionslagers und ging allein zu den Anführern von Pinrae hinüber. Ihr Blick war mürrisch, als er sich näherte, und einige griffen nach ihren Waffen. Sie saßen in einem Kreis, hinter ihnen die Krieger, wie in einer Arena. Uther lächelte freudlos.

»Morgen«, sagte er, »werde ich Pinrae verlassen. Und in eurem Sieg liegt jetzt keine Freude mehr. Vor wenigen Tagen mußte ich einen Mann töten, den ich für meinen Freund gehalten hatte. Heute tötete ich einen anderen, den ich respektierte und von dem ich hoffte, er würde euch führen, wenn ich weg bin.« Seine Augen musterten die Gesichter um ihn. »Ich kam her, um euch zu helfen, ich habe nicht den Wunsch, über euch zu herrschen. Mein eigenes Land liegt weit von hier. Korrin Rogeur starb, weil er den Haß in seinem Herzen nicht beherrschen konnte. Maggrig starb, weil er nicht glauben konnte, daß in meinem Herzen kein Haß wohnt. Heute müßt ihr einen neuen Anführer wählen – einen König, wenn ihr so wollt. Was mich angeht, ich werde nicht mehr zurückkommen.«

Kein Wort wurde gesprochen, doch ihre Hände lagen nicht mehr an den Waffen. Uther sah die Männer an, erkannte Baldric, mit dem er sich zuerst auf die Suche nach dem Stein gemacht hatte. In seinen Augen lag nur kalte Wut. Neben ihm saßen Hogun, Ceorl und Rhiall. Sie rührten sich nicht, aber ihr Haß blieb.

Uther wanderte traurig zurück zum Lager. Erst vor kurzem, als er mit Baldric zurückgekommen war, hatte er sich ihren Beifall ausgemalt. Jetzt spürte er, daß er eine echte Lektion gelernt hatte. Während seiner kurzen Zeit auf Pinrae hatte er ein Volk befreit und sein Leben riskiert, nur um ihre unauslöschliche Feindschaft zu ernten.

Hier war ein Rätsel, das Maedhlyn lösen mochte …

Prasamaccus erwartete ihn am Tor, und der Prinz schlug ihm auf die Schulter. »Haßt du mich auch, mein Freund?«

»Nein. Und sie auch nicht. Sie fürchten dich, Uther, sie fürchten deine Macht und deinen Mut, vor allem aber fürchten sie deinen Zorn.«

»Ich bin nicht zornig.«

»Du warst es in der Nacht, als du Korrin tötetest. Das war eine blutige Tat.«

»Glaubst du, es war falsch von mir?«

»Er verdiente es zu sterben, aber du hättest das Volk von Pinrae zusammenrufen sollen, um über ihn zu richten. Du hast ihn zu kaltblütig getötet und seinen Leichnam den Krähen zum Fraß vorwerfen lassen. Zorn hat dein Urteilsvermögen getrübt. Das war es, was Maggrig dir nicht verzeihen konnte.«

»Ohne dich wäre ich jetzt tot. Das werde ich dir nicht vergessen.«

Prasamaccus lachte leise. »Weißt du, was man sagt, Uther? Daß es zwei absolute Dinge bei Königen gibt: die Dauer ihres Zorns und die Kürze ihrer Dankbarkeit. Bitte, bürde mir keins von beiden auf.«

»Nicht einmal Freundschaft?«

Prasamaccus legte Uther die Hand auf die Schulter. Es war eine rührende Geste, von der Uther – zu Recht – spürte, daß sie nie wiederholt würde.

»Ich glaube, Herr, daß Könige niemals Freunde haben – nur Anhänger und Feinde. Das Geheimnis ist, zu wissen, wer was ist.«

Der Brigant hinkte in die Nacht davon und ließ Uther einsamer zurück, als er je gewesen war.

In der Morgendämmerung wanderte Uther allein zu dem Kreis aus schwarzen Steinen, auf dem Perdita errichtet worden war. Die Morgenschatten wurden kürzer, und ein kühler Wind blies über die Ebene. Auf dem Hauptaltar saß Pendarric, seine große Gestalt war in einen schweren, schaffellgefütterten, purpurnen Umhang gehüllt.

»Du hast es gut gemacht, Uther. Besser als du ahnst.«

Der Prinz setzte sich neben ihn. »Die Menschen von Pinrae können es gar nicht erwarten, mich von hinten zu sehen. Und wenn sie meinen Rücken zu lange sehen, werden sie mit Messern nach mir werfen.«

»Da ist der Weg der Könige«, sagte Pendarric. »Und ich weiß Bescheid. Wenn du lange genug lebst, wirst du auf ein paar große Widersprüche stoßen. Ein Mann kann sein Leben lang ein Räuber sein, aber eine gute Tat vollbringen und wird dann mit großer Zuneigung in Liedern verehrt. Aber ein König? Er kann sein Leben mit guten Taten verbringen, aber laß ihn eine böse Tat begehen, und man erinnert sich seiner als Tyrann.«

»Das verstehe ich nicht.«

»Das kommt noch, Uther. Auf den Schurken blickt man hinab, zum König schaut man auf. Deswegen kann man einem Schurken immer vergeben. Aber der König ist nicht nur ein Mensch, er ist ein Symbol. Und Symbolen gesteht man keine menschlichen Schwächen zu.«

»Versuchst du mich abzuhalten?«

»Nein, dich aufzuklären. Möchtest du nach Hause?«

»Ja.«

»Selbst wenn ich dir sage, daß die Chancen gut stehen, daß du innerhalb einer Stunde stirbst?«

»Was meinst du damit?«

»Eldared und die Sachsen haben sich verbündet. Während wir uns hier unterhalten, sind weniger als sechstausend Mann deiner Truppen von fast zwanzigtausend Feinden umzingelt. Selbst mit der Neunten Legion sind deine Chancen auf einen Sieg sehr gering.«

»Kannst du mich zum Schlachtfeld bringen?«

»Ja. Aber bedenke dies, Uther. Britannien wird ein Land der Sachsen sein. Sie sind viele, ihr seid nur wenige. Du kannst nicht immer den Sieg davontragen. Wenn du hier auf Pinrae bleibst, kannst du dir ein Reich aufbauen.«

»Wie Goroien? Nein, Pendarric. Ich versprach der Neunten Legion, sie nach Hause zu bringen, und ich halte meine Versprechen, wann immer ich kann.«

»Sehr gut. Nur eine Sache solltest du noch wissen. Goroien ist tot. Sie starb, um Culain zu retten. Nein, frag mich nicht warum, aber der Lanzenlord ist wieder jung. Eines Tages wird er wieder in dein Leben treten. Sei auf der Hut, Uther.«

»Culain würde mir nie etwas zuleide tun«, antwortete Uther. Er spürte eine eisige Vorahnung, als er an Laitha dachte. Sein Blick begegnete dem Pendarrics, und er wußte, daß der König verstand. »Was geschehen soll, wird geschehen«, sagte Uther.

Victorinus zog sein Schwert einem Krieger mit hellem Bart übers Gesicht. Er fiel und wurde von der anstürmenden, schreienden Flut der Männer hinter ihm niedergetrampelt. Eine Axt krachte gegen Victorinus'

Schild, so daß sein Arm fast taub wurde. Er stieß seinen Gladius aufwärts, dem Mann in die Seite. Ein Schwert glitt vom Helm des Römers ab und blieb in der ledernen Brustplatte stecken. Ein Speer traf den Angreifer in der Brust, und zwei Legionäre drängten sich heran und hielten ihre Schilde schützend vor Victorinus. Er machte einen Satz zurück, um ihnen Platz zu machen. Schweiß rann ihm von der Stirn und brannte ihm in den Augen. Er warf einen Blick nach links, dann nach rechts, aber die Kampflinie hielt. Auf dem Hügel zu ihrer Rechten war Aquila umzingelt, seine sieben Kohorten bildeten einen Schildwall gegen die Briganten. Victorinus und seine sechs Kohorten standen auf ähnliche Weise achttausend Sachsenkriegern unter Horsa, dem Sohn des legendären Hengist, gegenüber.

Dies war die Schlacht, die die Römer hatten vermeiden wollen. Ambrosius hatte die sächsische Arme während ihres langen Marsches nach Norden ständig verfolgt, aber bei Lindum war er in eine Falle geraten, und seine zwei Legionen waren in vier blutigen Kampftagen aufgerieben worden. Mit den drei Kohorten, die ihm noch geblieben waren – tausendvierhundertundvierzig Männer – war Ambrosius nach Eboracum geflohen. Jetzt blieb Aquila keine andere Wahl, als das ganze Reich in einer einzigen verzweifelten Schlacht aufs Spiel zu setzen. Aber er hatte zu lange gewartet.

Eldared und Cael hatten die Brigantenarmee von fünfzehntausend Mann westlich von Eboracum herangeführt, und sie verbanden ihre Kräfte bei Lagentium mit Horsa.

Aquila hatte einen letzten Versuch gemacht, den Feind zu spalten, indem er die Lager der Briganten und der Sachsen mit zwei getrennten Truppen angriff, doch der Plan war jämmerlich gescheitert. Horsa hatte 2000 Mann im Hochwald versteckt, und diese waren Aquila in den Rücken gefallen. Die Römer hatten sich geordnet zurückgezogen, und auf einem Höhenzug anderthalb Kilometer vor der Stadt ihre Truppen wieder vereinigt. Aber jetzt hatten die Sachsen einen Keil in die römische Linie getrieben, die nachgegeben und sich in zwei Kampfeinheiten wieder formiert hatte. Es bestand keine Hoffnung auf Sieg, und die sechstausend Mann starke römisch-britannische Armee wurde langsam in Stücke gehauen, von einem Gegner, der viermal so stark war. Die Männer kämpften nur noch, um ein paar gesegnete Stunden länger am Leben zu bleiben, hielten sich mit unmöglichen Träumen von einem Entkommen bei Nacht aufrecht.

»Links aufschließen!« schrie Victorinus. Seine Stimme versuchte, sich über den kakophonischen, klirrenden Lärm von Eisen auf Bronze zu erheben, wenn die sächsischen Äxte und Schwerter auf die Schilde und Rüstungen der römischen Soldaten einhieben.

Ohne den römischen Gladius wäre die Schlacht längst vorbei gewesen. Ein Gladius war ein kurzes Schwert, vierzig Zentimeter lang vom Griff zur Klingenspitze.

Er war für disziplinierte Kriegsführung entworfen, wo Männer dicht beisammen stehen mußten, als enge Kampfeinheit. Aber die Sachsen und Briganten benutzten Schwerter, die bis zu einem Meter lang waren, und das bedeutete, sie brauchten mehr Platz, um mit den Waffen ausholen zu können. Das bereitete den Angreifern Probleme, wenn sie sich gegen den Wall aus Schilden warfen, denn die Langschwerter wurden dann schwerfällig und ungelenk zu handhaben. Trotzdem zwang das schiere Gewicht ihrer Überzahl den Wall zum Nachgeben, einen blutigen Zentimeter nach dem anderen.

Plötzlich brach ein Abschnitt weg, und ein Dutzend sächsischer Krieger, angeführt von einem großen Mann mit einer doppelköpfigen Axt, rannte in die Mitte. Victorinus stürzte vorwärts, im Wissen, daß seine Nachhut ihm folgen würde. Er duckte sich unter der schwingenden Axt und grub seine Klinge in die Lenden des Mannes. Ein Schwert stieß auf sein Gesicht, sein Schild wehrte es ab – und sein Angreifer starb mit Gwalchmais Gladius im Herzen.

Die Nachhut rückte im Halbkreis vor, schloß die Lücke und zwang die Sachsen zurück in die dichte Masse, wo ihr Langschwert nutzlos war. Die Legionäre drängten vorwärts, ihre eigenen Klingen stießen und hieben auf den fast hilflosen Feind ein. In wenigen Minuten war die Linie wiederhergestellt, und Gwalchmai, dessen Nachhut auf vierzig Mann geschrumpft war, schloß sich wieder Victorinus an.

»Es sieht nicht gut aus!« sagte er.

In der Mitte des römischen Vierecks hatten die zweihundert Bogenschützen längst ihren letzten Pfeil verschossen. Jetzt warteten sie stoisch, die Hände an ihren Jagdmessern. Sie trugen kaum Rüstung, und wenn die Linie brach, würden sie abgeschlachtet wie Vieh. Einige von ihnen drängten sich dicht an die Kampflinie, zerrten die Verwundeten oder Toten heraus und nahmen ihnen Rüstung oder Waffen ab.

Victorinus starrte über das Meer der sächsischen Kämpfer hinaus. Es waren große Männer, meist blond oder rothaarig, und sie kämpften mit einer ungestümen Wildheit, die er bewundern mußte. Etwas früher hatten sich etwa zwanzig Sachsen die Rüstung von der Brust gerissen und die Linie angegriffen, kämpften mit schrecklichen Wunden weiter. Dies waren die gefürchteten nackten Krieger, die die Britannier Berserker nannten. Ein Mann hatte weitergekämpft, bis er auf seine eigenen Eingeweide trat und ausrutschte. Selbst dann noch hatte er mit seinem Schwert um sich gehauen, bis er verblutet war.

Auf dem anderen Hügel leitete Aquila die Operationen, als ob er einen Triumphmarsch organisierte. Er trug kein Schwert und ging hinter dem Schildwall hin und her, um die Männer zu ermutigen.

Seit zwei Monaten empfand Victorinus jetzt gemischte Gefühle für den alten Patrizier. Er war empört über seine Abneigung, Risiken einzugehen, hatte aber immer seinen Mut und seine Sorge um das Wohlergehen der Männer unter ihm geschätzt. Unter Aurelius war er ein vorsichtiger und kluger General gewesen, aber ohne den charismatischen Monarchen wurde deutlich, daß es bei Aquila nicht zum Spiel der Könige reichte.

Dreimal gab die Linie nach, und dreimal führte Gwalchmai die Nachhut in den Kampf, um die Lücke zu schließen. Victorinus sah sich um, er merkte, daß der Tag beinahe vorüber war. Die Sachsen spürten es auch, sie zogen sich zurück, um sich neu zu formieren, dann griffen sie mit frischer Wildheit an. Victorinus wünschte, die Schlacht würde wenigstens für ein paar Sekunden nachlassen, so daß er seinen Männern sagen konnte, wie stolz er war, an ihrer Seite zu sterben. Es waren keine echten römischen Soldaten, nur hastig ausgebildete Hilfstruppen, aber an diesem Tag hätte sie auch eine römische Legion nicht in den Schatten stellen können.

Plötzlich grollte Donner am Himmel, so laut, daß einige der Sachsen entsetzt aufschrien, im Glauben, der Gewittergott Donner wandelte unter ihnen. Blitze zuckten von einem Hügel im Osten auf, und für einen

Augenblick schwiegen die Waffen. Während die Sonne hinter ihm unterging, starrte Victorinus ungläubig, als der Himmel über dem fernen Hügel im Osten aufriß wie ein riesiger Vorhang und eine zweite Sonne enthüllte, die am Himmel strahlte. Das Schlachtfeld war jetzt beleuchtet wie ein Bild der Hölle, mit doppelten Schatten und unglaublicher Helligkeit, die die Krieger auf beiden Seiten blendete. Victorinus beschattete seine Augen und sah zu, wie eine einzelne Gestalt auf dem Hügel erschien. Sie hielt ein großes Schwert in die Höhe, das funkelte wie Feuer. Dann strömten Krieger herbei und nahmen zu seinen Seiten Aufstellung, ihre Schilde glitzerten.

Und dann schloß sich der Himmel, die fremde Sonne verschwand, als ob ein Vorhang zugezogen worden wäre. Doch die Armee blieb. Victorinus blinzelte, während er zusah, wie sich die neue Truppe mit einer Präzision formierte, die sein Herz mit Staunen erfüllte. Nur eine Armee auf der Welt erreichte eine solche Vollkommenheit ...

Die Neuen waren Römer.

Dieser Gedanke war offensichtlich dem Anführer der Sachsen auch gekommen, der seine Truppen in zwei Einheiten teilte und eine schreiende Masse von Kriegern dem neuen Feind entgegenschickte.

Der Schildwall öffnete sich, und fünfhundert Bogenschützen rannten heraus, die vorderste Linie kniete sich hin, die zweite Linie blieb stehen. Ein Pfeilhagel nach dem anderen regnete auf die Sachsen nieder, die auf halbem Weg hügelan ins Stocken gerieten. Ein Horn erklang, und die Bogenschützen rannten zurück hinter den Schildwall, der langsam vorrückte. Die Sachsen formierten sich wieder und griffen erneut an. Zwischen den Schilden kamen drei Meter lange Spieße zum Vorschein. Die ersten Sachsen versuchten anzuhalten, doch die Masse hinter ihnen drängte sie weiter, so daß die Speere ihr Ziel fanden. Aus dem Schutz des Rechtecks setzten die Bogenschützen – unterstützt von der Neigung des Hanges – ihre mörderische Attacke auf die Sachsen fort, die Römer rückten weiter vor.

Auf den beiden Anhöhen kämpfte die römisch-britannische Armee mit frischer Kraft. Niemand wußte oder scherte sich darum, wo dieser Verbündete herkam. Es zählte nur, daß Leben und Hoffnung wiederhergestellt waren.

Die Neunte Legion erreichte den Fuß des Hügels. Die Männer am linken und rechten Rand des Vierecks zogen sich zurück, so daß sich ein pfeilförmiger Keil in der Mitte bildete, der auf das Rabenbanner zuhielt, wo Horsa die sächsischen Truppen befehligte.

Innerhalb des Kampfkeils sehnte Uther sich danach, sich in den Kampf zu stürzen, doch die Vernunft behielt die Oberhand. Wie die Schwester der Sachsen, wäre auch das große Schwert von Cunobelin im Moment nutzlos. Meter um Meter wichen die Sachsen zurück, unfähig, den Schildwall zu durchbrechen. Sie begannen, Äxte und Messer über den Wall zu werfen. Severinus brüllte einen Befehl, und die zweite Reihe des Vierecks hob die Schilde hoch, um die Mitte zu schützen.

Der anfängliche Bodengewinn begann ins Stocken zu geraten. Selbst mit den fast fünftausend zusätzlichen Kriegern waren die Britannier an Zahl immer noch eins zu zwei unterlegen.

Auf der westlichen Anhöhe deutete Aquila die Situation und gab Victorinus ein Signal – er hob den gebeugten Arm und machte mit der anderen Hand eine stechende Bewegung ins Gelenk.

Victorinus klopfte auf seine Brustplatte zum Zeichen, daß er verstanden hatte, dann rief er Gwalchmai herbei.

»Wir greifen an«, sagte er, und der Cantier grinste. Das war genau jene Art von Irrsinn, den ein Britannier schätzen konnte. Zahlenmäßig unterlegen und in der Falle sitzend, doch von erhöhter Position kämpfend, würden sie ihren einzigen Vorteil über Bord werfen und sich ihren Weg in die feindlichen Reihen schlagen und kämpfen.

Er drehte sich um und rannte zurück zu den wartenden Bogenschützen.

»Bewaffnet euch!« brüllte er. »Wir marschieren!«

Die Bogenschützen rückten vor, nahmen den Toten die Brustplatten ab, sammelten Schwerter und Schilde ein.

Gwalchmai rannte Befehle erteilend an der Linie entlang, dann bahnte sich Victorinus einen Weg zu dem Punkt, an dem der Keil gebildet werden würde. Das war der Augenblick größter Gefahr, denn er mußte dem Feind entgegentreten, die beiden Männer zu seinen Seiten würden ihre Schilde nach außen halten, um seine Flanken zu schützen. Wenn einer von ihnen versagte, wäre er inmitten der Sachsen isoliert. Ein Schwert stieß auf ihn zu, doch er wehrte es mit seinem Schild ab und stach seinem Gegner in den Bauch. Gwalchmai legte ihm eine Hand auf die Schulter. »Fertig!« schrie der Cantier.

»Jetzt!« brüllte Victorinus, machte einen Satz nach vorn und schlitzte einem sächsischen Krieger die Kehle auf. Die Linie gab an den Winkeln des Vierecks nach. Victorinus, der sein Schwert wie rasend schwenkte, arbeitete sich immer tiefer in die feindliche Linie vor. Der Mann links von ihm ging zu Boden, eine Axt steckte in seinem Nacken. Gwalchmai schleuderte den Leichnam beiseite und nahm den Platz des Toten ein.

Langsam erzwang sich der Keil seinen Weg hügelabwärts.

Gleichzeitig ordnete Aquila seine Truppe zum Angriff. Die Briganten wichen entsetzt zurück, als der Keil sich mitten in ihre Linie bohrte.

Inmitten der Schlacht beobachtete Uther, wie die britannischen Kohorten kämpften, um zu ihm durchzustoßen.

Das Schlachtfeld zog sich nun um Horsas Rabenbanner und den Roten Drachen Eldareds zusammen. Uther ging zu Severinus.

»Laß deine Bogenschützen in die Nähe des Drachenbanners zielen. Dort werden sich Eldared und seine Söhne aufhalten.« Severinus nickte, und in wenigen Augenblicken begann ein tödlicher Hagel aus mit Widerhaken versehenen Pfeilen vom Himmel zu regnen.

Eldared sah, wie sein engster Vertrauter neben ihm fiel – ebenso wie eine Schar weiterer Krieger. Andere stürzten herbei, um ihre Schilde über den König zu halten.

Die Schlacht verlief jetzt einigermaßen ausgeglichen, als die drei römischen Truppen, immer noch weit in der Unterzahl, langsam die feindlichen Banner einkreisten. Wenn man sie aufhalten oder zurückdrängen konnte, würde der Tag Eldared gehören. Wenn nicht, wäre es sein Tod. Jetzt war die Zeit für den größten Mut gekommen.

Inmitten der Sachsen scharte Horsa, ein blonder Riese mit Rabenflügeln am Helm, bewaffnet mit Langschwert und rundem Schild, seine Getreuen um sich und unternahm einen eigenen Angriff auf den neuen Feind.

Aber Eldared wollte nicht sterben, in seiner Vorstellung gab es immer noch einen nächsten Tag. Mit Cael zusammen floh er vom Schlachtfeld, die Briganten strömten ihm nach. Horsa sah seinem fliehenden Verbündeten nach und schüttelte den Kopf. Er hatte Eldared noch nie gemocht. Er warf einen Blick zum Himmel.

»Waffenbrüder, Brüder in Walhalla«, sagte er zu dem Mann neben sich.

»Laß die Schwerter noch ein letztesmal trinken«, antwortete der Mann.

Die Sachsen griffen an, durchbrachen beinahe den Keil, doch Wut und Mut waren keine ebenbürtigen Gegner für Disziplin. Die römische Linie schwang wie die Hörner eines Bullen auseinander, umzingelte die anstürmenden Sachsen. Victorinus und Aquila vereinten ihre Truppen hinter ihnen, und aus der Schlacht wurde ein Massaker.

Uther konnte sich nicht länger zurückhalten. Er drängte sich an die vorderste Front, schnappte sich einen Gladius und einen Schild und stürzte sich in den Kampf. Er hieb sich einen Weg zu dem Anführer der Sachsen. Horsa sah die kämpfende Gestalt mit der silbernen Brustplatte und dem schwarzbefiederten Helm und grinste.

Auch er bahnte sich einen Weg, wobei er seine eigenen Krieger beiseite drängte. Hinter ihm kamen der Fahnenträger und eine Reihe seiner Vertrauten. Die Männer links und rechts von Uther fielen. Der Prinz erstach einen Angreifer mit seinem Gladius, der in der Seite des Kriegers steckenblieb. Er ließ seinen Schild fallen, zog das Schwert Cunobelins und begann sich mit beidhändigen Streichen seinen Weg vor dem Kampfviereck freizuhauen.

Horsa sprang ihm entgegen, ihre Schwerter prallten aufeinander. Um sie herum ging die Schlacht weiter, bis schließlich nur noch Horsa und Uther kämpften. Die sächsische Armee war vollständig aufgerieben. Einige Römer kamen herbei, bereit, den riesigen Kriegsführer zu töten, doch Uther winkte sie zurück.

Horsa grinste wieder, als er sah, wie sich die Römer um ihn drängten. Sein Bannerträger war tot, doch im Tode hatte er den Fahnenstab in die Erde gerammt, und der Schwarze Rabe flatterte noch immer über ihm.

Er trat einen Schritt zurück und ließ sein Schwert für einen Augenblick sinken.

»Bei allen Göttern«, sagte er zu Uther, »du bist ein würdiger Feind.«

»Ich bin ein noch besserer Freund«, bot Uther ihm an.

»Du bietest mir mein Leben?«

»Ja.«

»Das kann ich nicht annehmen. Meine Freunde warten in Walhalla auf mich.« Horsa hob sein Schwert zum Gruß. »Komm«, sagte er, »laß uns gemeinsam über den Schwanenpfad zum Ruhm schreiten. Wir wandern Seite an Seite in Odins Heldenhalle.« Er machte einen Satz nach vorn, sein Schwert funkelte im nachlassenden Licht des Tages, doch Uther blockte den Hieb ab und antwortete mit einem Rückhandhieb, der dem Riesen fast das Genick durchtrennte. Horsa stürzte und verlor sein Schwert. Seine Hand tastete danach, seine Augen blickten verzweifelt. Uther wußte, daß viele Sachsen glaubten, ohne Schwert in den Händen könnten sie nicht nach Walhalla eingehen. Er kniete sich nieder und drückte dem Sterbenden sein eigenes Schwert in die Hand, während sich Horsas Augen zum letztenmal schlossen.

Der Prinz erhob sich, steckte Cunobelins Schwert wieder ein und befahl, Horsas Leichnam in das Rabenbanner zu wickeln.

Lucius Aquila trat vor und verbeugte sich tief.
»Wer bist du, Herr?« fragte er.
Der Prinz nahm den Helm ab. »Ich bin Uther Pendragon, Hochkönig von Britannien.«

Uther kehrte im Triumph nach Camulodunum zurück, wo er zum Hochkönig gekrönt wurde. Im darauffolgenden Frühjahr führte er die Neunte Legion ins Land des Walles und zerschmetterte die brigantische Armee in zwei Schlachten bei Vindolanda und Trimontium.

Eldared wurde gefangengenommen und zum Tode verurteilt, während Cael mit zweihundert Gefolgsleuten per Schiff entkam. Er segelte nach Süden, um sich mit Hengist zu verbünden. Nachdem er die Nachricht vom Tode seines Sohnes erhalten hatte, ließ Hengist die Briganten an die Bäume von Anderida nageln, die Brust aufgerissen, damit die Krähen daran zerren konnten.

Moret bot Uther seine Treue an, der ihn als Oberherrn über die Briganten einsetzte.

Prasamaccus kehrte in die Ruinen von Calcaria zurück, wo er Helga fand, die wieder bei den Sklaven von Victorinus lebte. Ihre Wiedervereinigung war voller Freude. Mit den zehn Pfund Gold, die Uther ihm geschenkt hatte, kaufte Prasamaccus ein großes Stück Land und begann Pferde für die neue *cohors equitana* des Königs zu züchten.

Uther selbst beförderte Victorinus zum Oberbefehlshaber über die Legionen, außer der Neunten, die der König für sich selbst behielt.

Während der vier folgenden blutigen Jahre kämpfte Uther gegen die Sachsen, Jüten und die erst kürzlich gelandeten Dänen, wobei er sich einen Ruf als unbesiegbarer Kriegerkönig erwarb. Laitha blieb ihm eine stolze, doch pflichtbewußte Gattin und sprach nur noch selten von ihrem Leben mit Culain lach Feragh.

All das änderte sich an einem Sommermorgen fünf Jahre nach der Schlacht von Eboracum …

Ein einzelner Reiter kam zur Burg in Camulodunum. Er war groß und dunkelhaarig, seine Augen hatten die Farbe von Gewitterwolken. In seinen Händen trug er eine silberne Lanze. Er schritt durch die lange Halle und blieb vor den Türen aus Eiche und Bronze stehen.

Ein thrakischer Diener ging auf ihn zu. »Was suchst du hier?«

»Ich bin gekommen, um den König zu sehen.«

»Er sitzt mit seinen Beratern zusammen.«

»Geh und sag ihm, der Lanzenlord sei hier. Er wird mich empfangen.«

Culain wartete, während der Mann vorsichtig die Tür öffnete und hineinschlüpfte.

Uther und Laitha saßen an einem ovalen Tisch, an dem auch Victorinus, Gwalchmai, Severinus, Prasamaccus und Maedhlyn, der Oberzauberer, Platz genommen hatten.

Der Diener verbeugte sich tief. »Da ist ein Mann, der dich zu sehen wünscht, Majestät. Er sagt, sein Name sei Lanzelot.«

ENDE

Die Fortsetzung erscheint demnächst unter dem Titel: ›*Das letzte Schwert*‹ als Bastei-Lübbe-Taschenbuch.

Abgeschieden von der übrigen Welt, umschlossen von Meer und Bergen, liegt Elderland, die Heimat des friedfertigen Ffolks. Das Ffolk ist stolz auf seine Geschichte und hortet im großen Museum zu Aldswick viele seltsame und kuriose Dinge aus der Vergangenheit. Doch als die düsteren Schatten dieser Vergangenheit sich auf das Land legen und eine Gefahr heraufzieht, die alle schon längst gebannt geglaubt, treten Geheimnisse zutage, von denen niemand etwas ahnte. Nun muß sich das Ffolk bewähren. Das Schicksal des ganzen Imperiums lastet auf einer kleinen Gruppe treuer Freunde, die zu einer abenteuerlichen Reise aufbrechen, welche sie an die Grenzen der Welt führen wird, zum Anfang und zum Ende der Zeit ...

ISBN 3-404-20333-X

BASTEI LÜBBE

Epische Fantasy im Stil von Tolkien und Marion Zimmer Bradleys Darkover-Zyklus.

Arcana ist eine archaische Welt, die bisher nur friedliche Zeiten erlebte. Doch plötzlich tauchen Elfen auf und berichten von Dämonen, die durch eine Weltenbresche nach Arcana einzufallen versuchen. Der Orden der Magier von Cavillon entsendet eine Expedition – die bald in einen Hinterhalt gerät. Nur mit Hilfe eines geheimnisvollen Fremden können die Ordensbrüder entkommen: Kenran Del, ein irdischer Raumfahrer, der auf Arcana Schiffbruch erlitten hat und plötzlich das Geschick der Welt in Händen hält . . .

Beginn eines spannenden, in sich geschlossenen Zweiteilers von Frank Rehfeld, der vor allem als Co-Autor Wolfgang Hohlbeins bekannt wurde und bereits zahlreiche Romane in Deutschland veröffentlicht hat.

ISBN 3-304-20373-9

BASTEI
LÜBBE

Krieg wütet in Normannia. Die Kirche hat ein weltliches Reich errichtet mit dem Ziel, die Ketzerkönige auszulöschen. Inmitten des Chaos kehrt Hawkwood mit der Nachricht von einem neuen Kontinent im Westen zurück. Doch was niemand ahnt: Da ist noch etwas anderes an Bord seines Schiffes, etwas aus der Neuen Welt, etwas fürchterlich Bösartiges. Und es lauert nur darauf, zuzuschlagen.

ISBN 3-404-20379-9

BASTEI LÜBBE

Europa im 5. Jahrhundert christlicher Zeitrechnung. Es ist die Zeit der Völkerwanderung, eine Zeit, in der die Gestalten der Mythologie in das Licht der Geschichte treten. Dies ist die Zeit des tapferen Volkes der Burgunden, deren Schicksal es ist, zwischen den vordringenden Hunnen und dem zerfallenden, doch immer noch mächtigen Römischen Reich zermalmt zu werden.
Und es ist die Geschichte eines Außenseiters: Sigfrid, Gestaltwandler und Wanderer zwischen den Welten. Sein Schicksal wird bestimmt von zwei Frauen: Gudrun, der goldenen Prinzessin der Burgunden, und Brunhild, einer jungen Kriegerin aus dem Hause Attilas und eine Verstoßene der Walkyriun.

ISBN 3-404-20380-1

BASTEI
LÜBBE

BIBLIOTHEK DER
PHANTASTISCHEN LITERATUR

Herausgegeben von Stefan Bauer

Isaac Asimov
28 322 Die Psychohistoriker

Marion Zimmer Bradley / Holly Lisle
28 313 Im Schatten der Burg

David & Leigh Eddings
28 301 Begarath der Zauberer
28 312 Polgara die Zauberin
28 320 Der Riva-Kodex

David Gemmell
Die Drenai-Saga

28 314 Die Augen von Alchazzar
28 317 Winterkrieger

Die Steine der Macht

28 303 Band 1 König der Geister
28 308 Band 2 Das letzte Schwert

Die Falkenkönigin

28 321 Band 1 Eisenhands Tochter
In Vorbereitung: Band 2 Die Keltenkriege

J.V. Jones
Das Buch der Worte
28 304 Band 1 Melliandra
28 309 Band 2 Der Thronräuber
28 310 Band 3 Herr und Narr

Der Dornenring
28 315 Band 1 Die ewige Krone
28 316 Band 2 Krone aus Blut

Wolfgang Hohlbein
28 319 Die Schatten des Bösen
In Vorbereitung: Von Hexen und Drachen

Garry Kilworth
28 305 Tänzer im Frost

Roger MacBride Allen
28 302 Isaac Asimov's Utopia

Jane Routley
Dion von Moria
28 311 Band 1 Die Herrin der Rosen
28 318 Band 2 Die Engel des Feuers